一个门客的自我修养

（下）

天如玉 著

百花洲文艺出版社
BAIHUAZHOU LITERATURE AND ART PUBLISHING HOUSE

目录

CONTENTS

目录

CONTENTS

第十七章

共同入齐

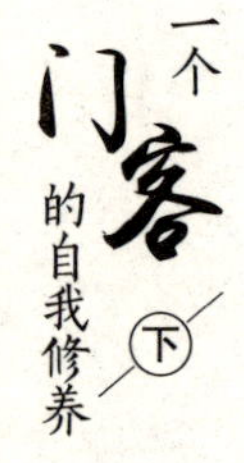

公西吾灭了滥国。恰逢魏王寿辰，他将滥国作为寿礼奉上。

而这原本也就是一场交易——魏国给齐军放行，让他们大军借道，不过要借齐军的手得到滥国。韩王不敢公然派兵抵挡齐国军队，届时纵然会有不满，也只能与齐王建口头交涉，没魏国什么事儿。

魏王近来正因为边境的秦军头疼，被口口声声说要追捕五国相邦的白起吓得心惊肉跳，生怕那个杀人不眨眼的白将军一个不快拿魏国出气。偏偏这时候滥侯还想着娶夫人，他正火大着呢，刚好公西吾过来与他做这场交易，实在是再好不过。

当然这对齐国也是有好处的。齐国与魏国接壤，却不与韩国接壤，把铁矿丰富的滥国给魏国，换取魏国边境一两座城池，总比给韩国强。

这样齐魏国土都有扩张，又巩固了两国结盟，魏王与齐王都会满意。这的确是公西吾的做派，任何时候都滴水不漏、面面俱到。

易姜像麻袋一样趴在马背上，浑身硌得生疼，背却被公西吾紧紧按着，半分动弹不了，每颠簸一下都像是要把肺脏给挤出来一样，头昏脑涨。

果然势力是个好东西，一旦失去了就像是士兵手无寸铁，只能任人鱼肉。

齐营驻扎在洛阳郊外，易姜一路颠到那里，浑身散了架一样，根本动弹不了。

公西吾将她抱下马，放入帐中榻上，她便蜷着身子背过身去，忍了一路没叫疼，下嘴唇都咬破了。

士兵来报说韩国派了人来问话，公西吾在榻边站了片刻，转身出去应付了。

易姜这才低声咒骂了他一句。真是倒了八辈子霉，功败垂成！

营帐之中脚步纷杂，后方攻打滥国的军队还在陆续赶回。

魏国将领连甲胄都没穿戴整齐，象征性地来营地门口嚷嚷了几句表达不满，完全是做个样子给韩国看，然后就掉头回去向魏王复命了。

营地之中开始造饭，炊烟四起。聃亏下了马，擦了擦额头上的汗，走入大帐。

榻上的人背朝外一声不吭。聃亏虽然一直嚷嚷着要公西吾直接把人掳走，可心底还是为易姜安危着想的。此时见了她这模样，难免于心不忍，大约是照顾病又犯了，赶紧退出帐去，特地给她搬来座屏风竖在榻前，仿佛又回到了以前“母爱”泛滥的时光。

隔着屏风，他低声道：“姑娘，裴渊与少鸠二人安然无恙，正在回营的路上，请您放心。”

“那就多谢你了。”易姜回答得不冷不热。

聃亏松了口气，不管怎样，好歹还肯跟自己说话。

公西吾很快返回，见聃亏在并不意外，眼梢轻斜，扫了一眼屏风便坐去了案后，提笔写了份书函交给聃亏：“送回齐国，准备拔营回国。”

聃亏觉得他似乎不太高兴，不敢多话，赶紧接过书函出了门。

帐内只剩下二人。公西吾枯坐在案后一直没作声，易姜隔着屏风也是毫无动静。直到天擦黑时火头兵送了饭食进来，他起身点亮灯火，这才再度朝屏风看去：“可以吃饭了。”

公西吾知道易姜不是那种为了闹脾气亏待自己的人，实际上她可能根本就不会闹脾气。

果然，很快易姜就从屏风后走了出来，一手扶着腰，一手摘去了头上沉重的额饰华胜，走动时随手抛在身后的榻上，发出一阵轻响。

公西吾视线落在她的礼服上，滥侯的品位真是不敢恭维，纵然是上好的绫罗绸缎，这般繁复艳丽的纹饰刺绣盘踞在上面也是扎眼，亏她还愿意穿着出嫁。他移开视线：“换了衣裳再来。”

易姜恍若未闻，径自走去水盆边洗净了手，走到他对面坐下来，不慎扯到腰间，疼得咧了一下嘴，干笑一声道：“怎么，这衣裳不美吗？我还舍不得换呢。”

“随你。”公西吾凉凉地回了一句，率先举箸。恰好瞥见她拿汤勺时露出手臂上的青紫，抿了抿唇，搁下了筷子，“我很好奇师妹这次的计划又是什么，竟值得你如此冒险，非要得到一个易夫人的头衔。”

易姜慢条斯理地垂头喝了口汤：“我怕吓着师兄，先前跟裴渊、少鸠说时，他俩都被我吓得不轻。”

公西吾按下她喝汤的手：“愿闻其详。”

易姜只好抬起头来：“与你选择齐国一样啊，我猜你选择齐国的一大原因就是因为齐国好操控吧，可以让你尽情地施展自己的抱负而没有阻碍，这与我选择滥国是一样的。”

公西吾缓缓点头：“那你操控滥国之后呢，要做什么？”

“我打算与秦国交好。”

公西吾眉眼微动。

“滥侯这种人哪里配做一国之君，不如由我代劳。”易姜笑了，渐渐地，那笑容却有些变味。她的脑中回想起那几位将她当作物品一般讨论归属的四国君主，而滥侯与他们又有什么分别？这样的世道，这样的国度，有什么存在价值，不如颠他个天翻地覆，反正她已一无所惧。

公西吾脸上终于露出明显的震惊之色。

易姜挑眉：“我就说你要被我吓着吧。”

这的确听来有些痴人说梦。不过滥侯命不久矣，又无主见，一旦她成为滥国夫人，国君死了，她完全有机会操控滥国。到时候她以滥国夫人的身份与秦国交好，很容易成功，毕竟秦国也需要铁矿。

届时她的后半生完全不是被毁，简直是再生了，哪里还需要什么齐国保护，她自己就能撑起一片天。眼下她羽翼尽失，势力尽除，这是置之死地而后生的一招，但也是寻常人想象不出的一步。

“可惜都被你打乱了。”易姜叹气，又喝了口汤。

公西吾默然，一个女子敢有这种念头，简直无法想象，不过发生在她身上却又不叫他意外了。一个明明时常心软的人，这时候又展露出强势的魄力，他很钦佩，不过又觉得，幸好他打乱了这计划……

裴渊和少鸠到半夜才随大军回来，因为是作为俘虏回来的。滥国接下来的事情都会交给魏国处理，俘虏的官员宫人也会移交去魏国，他们两人则被单独关押在别处。

易姜很想去见他们，但知道公西吾不会同意，便暂时忍着没提这事。

大概是急着拔营，齐营今晚不安静，一直吵吵嚷嚷的。公西吾不知道忙什么去了，也没在帐中，帐门边的守卫却是比之前严密了许多倍。

易姜浑身疼得慌，在榻上翻来覆去睡不着，不断用手揉着伤处。腰上那处伤得最重，是当时在栏杆上磕的，胳膊上的伤则是被滥国人抓着时拧出来的，其余地方疼就全是因为骑马颠的了。

她以前小时候连吃药打针每次都要号半天，到了这里后遭的罪更严重，每次也只能忍着。现在难得帐中无人，干脆也不忍了，实在疼得很便嘴里哼哼了几声。不过不散瘀也没法迅速好起来，她只有忍着疼继续揉。

帐中忽然传来脚步声，她手下停了停，听那脚步声已经穿过屏风，闻到那阵熟悉的气息就知道是公西吾了。

“擦药吧。”他的手伸到她眼前，掌中托着一只方方正正的漆盒。

易姜坐起身来，接过来打开，刺鼻的味道扑面而来，她赶紧合上。

“化血散瘀的。”公西吾说完便转身绕过屏风走了。

灯火在屏风上跳跃，将他坐在案后笔直的身影摇曳拖拽成一片阴影投过来。易姜收回视线，撩起衣袖涂药，不看不知道，原来紫了那么一大块，那群人下手也太狠了。

药膏黑乎乎的，她屏住呼吸挑了一点抹上去，火辣辣地疼，又忍不住低低轻嘶。

眼前忽然明亮起来，易姜下意识抬头，发现公西吾竟又走了回来，已经不声不响地站到了眼前，一手举着灯，一手朝她伸了出来：“我来。”

易姜撇嘴：“不用。”

“你这样慢吞吞的要弄到何时？天一亮就要拔营，没有那么多时间。”公西吾径自夺过药膏，搁下灯火，坐在榻边，一手撩起她衣袖，另一手拇指沾了药膏，按上去狠狠揉了几下。

“嘶……疼死了！你能不能轻点儿？”易姜眼泪都要下来了。

公西吾瞥她一眼，沉着脸继续动作，根本没有减轻半分力道。不这样如何能散开瘀青？

易姜胳膊攥在他手里，半边身子却已伏在榻上，哼哼唧唧了半天，等后来适应了一些才没再哼了。看得出来他心里有气，嗬，把她掳来他倒还有脾气了！

“还有何处有伤？”公西吾停下动作问。

易姜悄悄摸了一把腰，总不能宽衣解带让他给自己揉腰吧，遂闷声说了句：“没了。”

没有回音。易姜疑惑地扭头，恰好对上公西吾的双眼。

他双眼轮廓本就生得深邃，此时眸中又敛尽了灯火，直直地看过来，竟像是可以穿透人心一般。

然后他搁下药膏，端起灯火，就这么一言不发地起身走出屏风外去了。

易姜觉得莫名其妙。

第二天拔营时，聃亏忙碌间听见两个士兵在窃窃私语，轻手轻脚走过去一听，脸刷地红了。

他们竟然在说昨晚公西吾和易姜……

“真的，我亲耳听到的，一直叫疼呢。”

“想不到相国看着这么清冷，原来是装的。”

“就是说……难怪要发兵抢人呢。”

聃亏干咳一声，惊得两人抱头鼠窜。他揉揉发烫的脸，摆正脸色，走入大帐。

公西吾一夜未眠，此刻正在案后整理书籍。聃亏悄悄朝屏风后瞥了一眼，一边给他帮忙一边低声道：“先生，魏军来接收俘虏了。滥侯抢来的那些侍妾听说您已将易夫人收入帐中，也要求跟随您，不愿去魏国，这要如何是好？”

公西吾面无表情：“什么叫收入帐中？”

聃亏讷讷，又想起方才的不雅传言，讪讪道：“那是她们说的。”

公西吾将竹简仔细纳入锦袋：“她们只是怕死罢了，这种事情有什么好问的，强行移交给魏军就是了。”

聃亏点头：“也是，那么多王室贵女仰慕先生，先生都看不上眼，如何能收了她们？”

公西吾手下一顿，抬眼看他：“我怎么觉得你今日话特别多，可是有什么事？”

聃亏赶紧摆手：“没有，没有。”一边连忙退出帐去了。

公西吾朝屏风后看了一眼：“师妹该起身了。”

路线是早安排好的，魏王对齐军也有防范，何况晚了恐怕会遇上秦军队伍，所以时间不能久拖。

易姜在屏风后偷听了半天，闻言只好爬起来穿戴整齐，榻边放着一套干净的男装，肯定是公西吾准备好的。她扯了扯身上已经脏污的礼服，终究还是换了衣裳，想起先前公西吾的反应，故意道：“这么多王室贵女仰慕你，你竟还见不得我穿一件宫装，应当早就看习惯了才是啊。”

公西吾隔着屏风冷冷道：“你想穿的话，等回到齐国多的是机会。”

易姜憋了一口气，从屏风后走出来：“我何时能见到裴渊和少鸠？”

公西吾上下打量她一圈，换了男装后的易姜顺手束了男子的发髻，没了那些花里胡哨的滥侯痕迹，看起来顺眼多了，于是连语气也缓和了几分："等你到了齐国再说吧。"

"唉……都怪我。"少鸠双手被捆得结结实实，坐在马车里摇摇晃晃，一边怏怏无力地感慨了句。

齐军在外整肃地前行，连着几个时辰都没停顿。自上路以来她就没见到易姜，也不知道公西吾把她怎么样了。

裴渊跟她没什么两样，靠坐在她对面，不过神情要轻松许多："先生那一步计划太冒险，倒不如跟公西先生去齐国，免得再遇到滥侯那样的。"

少鸠踹了他一脚："反正在你眼里公西吾什么都好就是了！"

裴渊"哼"了一声，别过脸不理她。

少鸠撒完气又颓唐了，用脑袋磕了磕车厢："都怪我，我当时该主动去宫中找滥侯代替易姜的。"

裴渊"切"了一声："且不说滥侯愿不愿意拿你换先生，你别忘了当时都说了你已经嫁给我了，滥侯会要个有夫之妇吗？"

少鸠脸上一红，又踹他一脚："谁嫁给你了？少自作多情！"

裴渊气鼓鼓地说道："那不是先生骗滥侯的说辞吗？你当我乐意娶你？"

少鸠怒了，连着踹了他好几脚。

裴渊哀号两声，扑到车门边："来人！给我换车！我要换车！"

响动太大，以至于前方马车中的易姜都听到了。

看来他俩挺生龙活虎的，不用担心了。

她悄悄往外探了探头，公西吾披着披风打马在前缓行。已经到了冬日，阳光没什么温度，他瘦削的侧脸也冷峻得毫无温度。

似有所感，他转头朝马车看了一眼，易姜立即往里面坐了坐。

他转过头去对身旁的聃亏说了句什么，后者掉转了马头去了马车后方，不一会儿再赶到车旁，递给易姜一块兽皮："姑娘披着吧，会暖和些。"

易姜接过来，朝公西吾的背影看了一眼："替我谢过你家主公。"

她语气平常，聃亏脸色却有些不自然，讪讪地回到了公西吾身边。

天气虽然不错，但路上并不是一帆风顺。快到郯城时，队伍受到了一次突袭。

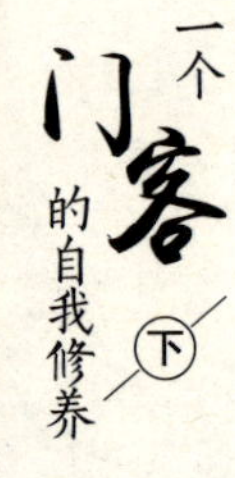

易姜当时正在车中看书，神经却是高度戒备，一听到外面的动静便探出了头。却见公西吾立即打马到了跟前，挡在车边，抽出了腰间的昆吾剑。

她被护得严严实实，只能勉强探头张望了一下，似乎是队伍后方受袭，根本看不见什么。

“什么人？”

“伪装来刺探的秦军。”公西吾叫来聃亏，“吩咐下去，不要恋战，摆脱掉他们就接着赶路。”

易姜见他依然挡在车前没有离开的意思，笑了一声：“师兄这是防着我逃跑？”

公西吾转头看了她一眼：“你觉得你还跑得掉？”

易姜脸一沉，坐回了车内，不再搭理他。

魏王再大方，也不可能让齐国大军经过邺城城内，所以齐军必须要绕城郭而行，直奔齐魏边境。

偏偏邺城就紧挨着邯郸，易姜虽然对赵王丹觉得心寒，却还是很关心邯郸如今的情势，只是不知道该如何打探。

临晚时安营扎寨，士兵们埋灶做饭，易姜也没下车的自由，干脆窝在车里继续翻竹简看。

“天要黑了，再看书会伤眼。”公西吾不知何时来了车旁，朝她伸出手，“下车。”

易姜默默收起竹简，扶着他的手跳下了车。

“有人要见你。”公西吾指了一下前方。

易姜转头看去，立时笑了起来，松开他的手便提着衣摆轻快地跑了过去：“你怎么会来？”

魏无忌身服甲胄，站在平缓的山坡上，背后夕阳渐隐。他清减了一些，笑得却是跟以往一样开朗：“我在附近扎营，听闻向来不近女色的公西先生居然抢了个易夫人回来，当然要来一睹这位易夫人究竟是何等花容月貌了。”

易姜叹气：“你就别寒碜我了，我已经够惨了。”

魏无忌“哈哈”笑了两声，朝远处站着的公西吾看了一眼，托着她胳膊带着她往边上走了两步：“想必你已经知晓了，我欠公西吾最后一个恩情，不得不还他，所以这次无法帮你了。”

易姜点头：“你为人言出必行，所以我才交你这个朋友，不必自责。”

“可眼下看来，你只能跟他去齐国了。”魏无忌又朝公西吾看了一眼，“他到底打的什么主意？我可不希望你们成为孙膑与庞涓。”

“应当不会吧。”易姜笑笑，转移了话题，“邯郸如何了？”

魏无忌脸上的开朗没了：“我正因此心烦呢，王兄被秦王威吓住了，不肯让我发兵援助，如今兵符也不肯发来。好在有田单领着二十万齐军相助，赵国眼下倒不至于危急，就看秦国要如何才肯退兵了。”

易姜点了点头，心中觉得奇怪。白起为何耗费兵力在这里拖着，反而将主要精力放在了追她这件微不足道的事情上，难道有阻力阻止了他进攻邯郸？他亲自追了她一路，始终都没有要她命的意思，又是打的什么主意？

日头彻底隐去，魏无忌愁眉苦脸道：“我得走了，再见面还不知道要到何时，唉，真舍不得，要不你嫁给我得了，还不是一样可以做易夫人。”

易姜扶额：“那你得先把你府上那群莺莺燕燕给送走，我可不愿与人共享一夫。”

魏无忌板起脸：“啐，哪里来的念头，实在莫名其妙！”说完又堆起笑来，“好了好了，言归正传，我真走了，这次被公西吾掐了死穴帮不了你，下次你再要我帮忙，我一定义不容辞。”

易姜含笑点头。

魏无忌走到坡顶，立即有人上前接应。他跨上马背，又朝易姜挥了一下手，这才打马而去。

聃亏走过来，请易姜去用晚饭。

易姜自觉地返回车上，却见公西吾坐在里面。狭窄的车厢里放了小案，案头搁着一盏灯火，两份饭食摆放得整整齐齐。

她跪坐下来，拿起筷子，一言不发地吃饭，仿佛浑然不觉对面多了一个人。

公西吾也不作声，安静吃饭，一直等到易姜吃完，他搁下筷子，从袖中取出一份帛书递给她。

“范雎的书信，你看一下。”

易姜被噎了一下，没好气道：“还没到齐国呢，就已经指使我干活了？”

公西吾撤回手：“那算了。”

易姜一把夺了过来，范雎竟然还跟他保持书信联系，不看白不看。

公西吾嘴角扯了一下，继续慢条斯理地将饭吃完，忽然道：“信陵君与你的关系比我想象的亲密许多。”

易姜自帛书中抬起头来：“是啊，他还说要娶我呢。”

公西吾幽幽抬眼，眸光沉沉。

易姜翻了个白眼，继续去看帛书，许久之后，忽然道：“你是不是想除了范雎？”

“何以见得？”

“他在信中说他已劝秦王接受赵国议和，让白起率军回国，这与你弱化赵国的目的相悖，你一定很想除了他。”

公西吾点头：“这的确与我计划相悖。”

易姜诡异地笑了一下：“正好，我也想除了他。”

“为何？”

“自有我的用意。”她将帛书还给他。

顶着夜晚的寒风过了一晚，第二日再度启程，又遭到了一次秦军的袭击。

大概是因为距离他们在邯郸的驻地比较近，这次人数较多，齐军队伍一度被冲散，场面很混乱。

易姜坐在车中气定神闲地翻着竹简，一点不在乎外面的状况，反正跑不掉，公西吾就跟门神一样守着呢。

好不容易平息状况，再上路时速度便加快了许多。

到达边境时天色将晚，边城官员大概是接到了消息，早早前来接应。易姜眼睁睁地看着马车驶入齐国大地，深深叹息，这下是插翅难逃了。

大军在城外驻扎，其余人员去驿站歇息。这下总算有女子前来照应了，城守的家眷特地赶来了驿馆，竟不假手于下人，亲自来给易姜擦药。

易姜趴在榻上没吭声。那家眷是个温和的中年女子，到底有身为女子的心细，力道正好，不像公西吾那样没轻没重。

大概是怕尴尬，女子给她擦药时问了几句她的事情，尤其对她和公西吾的关系感兴趣。此地靠近魏国，她自然已经听说公西吾灭了滥国抢了易夫人的事情，视线便一直在她脸上转悠，大概是好奇究竟是何等绝色会引得那样一个清冷的人物做出这种事来。

屋中灯火明亮，易姜伏在床榻上半张脸对着她。这段时日奔波劳苦，清减了许多，神色间也有些憔悴，着实算不得什么倾国倾城之色，只觉得被她问东问西弄得尴尬，回答时支支吾吾很是敷衍。

女子还道她是有问必答，问题渐渐就往私密方向发展了，到后来忽然问了句："听闻滥侯身有恶疾，寻常女子吓都吓死了，易夫人怎么还愿意嫁给他？您侍奉他的时候如何受得住啊？"

最后一句话问得语调婉转，易姜如何不懂她的意思，脸色变了变，冷声道："我厉害啊，自然就受得住。"

大概是听出她话语里的不快，女子不再作声了，匆匆涂完药就告辞离去。

快入夜时，公西吾敲门造访。

易姜气尚未消，闻到他行走间隐隐携带酒气，猜想他大概是与城守宴饮去了，冷笑着说了句："想必城守与你说起我了吧？"

公西吾点头："你怎么知道？"

"他的家眷试探我有没有失身于滥侯，必然会去他耳边嚼舌根，城守当然要提醒你小心提防我了。"

易姜来这里几年，知道这里风气开放，女子婚前失身也没什么，但是滥侯有病，与他接触可能会感染。公西吾堂堂齐国相邦，抢了一个可能染病的女子回来，做下属的当然要表示关心以证明忠心。

公西吾语气平淡："是提醒我了，不过以师妹之能，对付一个年迈昏聩的滥侯，应当用不着牺牲色相。"

易姜冷笑："你这么肯定？对一个女子而言，色相也是手段，没什么不好牺牲的，你最好离我远一些。"

公西吾蓦地脸色微冷，眼睛不眨地盯着她。

易姜被他盯得发毛，移开视线，下巴一凉，竟被他的手指捏着扳了回来。他的脸近在咫尺，隐隐夹带怒气，混着酒气，越来越近，她一时错愕，尚未及做出反应，呼吸已经急促起来。

鼻息可闻，温热缭绕，直到快贴在一起时，他又蓦地松开了手，头也不回地出了门。

易姜一把抚住胸口，猛吸了几口气，许久才平静下来。

齐王建收到公西吾的信后，才知道那所谓的易夫人就是当初联合五国合纵的易姜。几个月前她还带着重兵来攻打齐国呢，现在却被公西吾带回了齐国，怎么

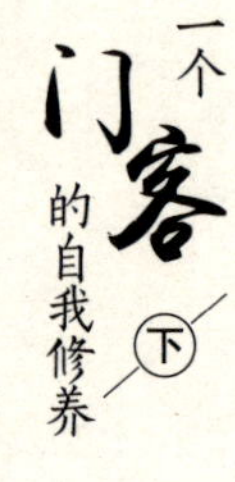

想来也不是个事，他赶紧催促公西吾回都。

在驿馆里休息一晚，队伍一大早就朝临淄进发，从上路开始，公西吾就没有理过易姜。

易姜也是老大不高兴。她明明是被强行掳来的，除了没坐囚车之外，跟个犯人没什么区别，结果他倒是从头到尾都带着怒气，算是怎么回事？

想起昨晚的事情也是觉得气闷，她狠狠捶了一下车厢，结果又扯到了腰，疼得咧了一下嘴。

聃亏的视线从车上收回去，看向身前一言不发的公西吾："先生，姑娘似乎不太对劲，你不去看看吗？"

公西吾要转头去看，到一半又转了回去："没事。"

冬日的临淄城有种肃穆的庄严，寒风刺骨，阳光根本没有一点热度。

相国府早已洒扫一净。公西吾叫聃亏安排易姜入府歇息，只进门换了身朝服，都不曾休息片刻便赶去了宫中。

易姜对此毫不关心，被聃亏带去房中，连陈设如何都没看清，先倒头睡了一觉。

聃亏认为公西吾忽然改变主意把她掳回来是因为自己的提议，心里那丝小愧疚又开始泛滥，轻手轻脚地退了出去，还不忘叫人备好热饭热水，好生伺候。

易姜醒来时已经是傍晚，坐起身却见息嫦立在榻前，惊喜地揉了一下眼睛："你怎么在？"

息嫦笑时眼角露出细细的笑纹："是公西相国派人接我来伺候主公的。"

易姜脸上的笑敛了几分，他安排得如此周密，离开的机会就更渺茫了。

婢女们抬着几大桶热水走了进来，息嫦扶易姜起身："听闻主公受了些皮肉之苦，先沐浴上药吧。"

易姜也就腰上的伤最重，还没痊愈，也算不上什么皮肉之苦了。不过这一路的确是身心俱疲，便依她所言沐浴更衣。

洗澡的热水里带着些许草药的气味，她躺在浴桶里泡了一会儿，好奇地问："这是药浴吗？"

息嫦在屏风外给她准备换洗衣物，一面回道："听闻对跌打损伤有用的，是聃亏特地叫人安排的。"

易姜有些怅惘，虽然聃亏欺骗了她，但认真计较也的确一直都对她不错，以前就跟老母鸡护着小鸡一样。自从知道他是公西吾的人之后，她就没跟他再多接触过，也不清楚他到底对自己现在的身份知道多少，是不是还把她当成以前的桓泽看待。

沐浴完后在腰上上了药，息嫦给她穿上府里早已备好的外衫，是她平时很少会穿的女装。不过公西吾为人素淡，准备的衣裳也不花哨，都是些青绿玄白的色调。

息嫦扶着她坐去铜镜前，一边给她梳头一边道："主公这些年四处奔波，受了很多苦，如今能安定下来做回女子其实也很好。"

易姜不知该说什么好，这样细致的安排叫她不大痛快，可息嫦的话又让她无法反驳。她最早所渴求的也只是安安稳稳地活下去，可是现在真正安稳了，却又想挣脱这束缚。

梳洗完毕，一路车马劳顿的疲乏消除了不少。息嫦去为她准备晚饭，聃亏忽然出现在门口，手中捧着一摞竹简。

"姑娘，先生让我把这些送来给你过目。"

易姜朝他手中看了一眼，那些竹简上都有精致的锦袋套着，她并不陌生，经常在公西吾的案头见到。她点了一下头，口气有些揶揄："师兄还真是相信我，我刚到府上就让我过目这些重要文书了。"

聃亏将竹简都仔细摆在她案上，一面给她点亮灯火，高大的身影在案前投下一道阴影："姑娘慢看，有什么事叫我。"

易姜目送他朝门边走，终究唤了他一声："今日那药浴多谢你了，很有效。"

聃亏转头看了她一眼，神情隐隐有些激动，忍住情绪点了点头，退出门去了。

易姜打开那些竹简，一份一份仔细阅读。以前对公西吾的计划只是知道一个目标，并不了解详细，现在总算有了一点细致的认知。

她又想起那日在路上和他说的话，他们现在有了一个共同的目的——除掉秦相范雎。

公西吾如今让她接触他的计划，应该就是采纳了她的提议，要与她一起和这个师叔一较高下了。

又翻了一卷竹简，她忽然想起来，好像公西吾入宫很久了还没回来啊。

齐王宫里此刻气氛有些紧张。

书房中端坐着齐王建，君太后坐在王座后的帘内，近日感染了风寒，一直微

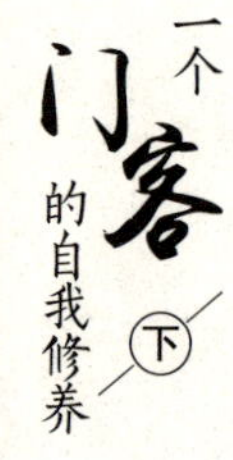

微地咳嗽。座下设了两案，右边坐着后胜，左边坐着公西吾。

入宫已经好几个时辰，公西吾避重就轻，将能说的都告知了齐王建。齐王建倒是没说什么，国舅后胜却有些不依不饶的意味。他斜视对方一眼，后胜与他争权逐利的心思真是越来越明显了。

“这数月行军，足迹遍布好几国，开销巨大啊。”后胜细眼尖腮，看上去和容貌艳丽的君太后没有半分关系，却偏偏是她嫡亲的弟弟。他一边感慨一边捻着放在案上的笏板，“除了得到边境魏国那几座城池，相国此举未免太劳民伤财了些。”

公西吾玄服庄重，身姿笔直，侧脸瘦削似冷锋出鞘：“国舅此言差矣，此番行军，笼络了赵魏二国，威慑了西秦，又使大齐开疆扩域，岂是一些军饷可以比拟的？”

齐王建听到此处连连点头，没有君王不喜欢国土扩张的。

后胜又挑刺道：“那如今我大齐还有二十万兵马陷在邯郸，又算什么事？”

“现在看起来是陷在那里，以后说不定就会成为大齐兵马新的驻地了。”

齐王建愣了愣：“相国的意思是……邯郸会成为齐国领土？”

公西吾淡淡道：“臣希望是这样。”

齐王建说不出话来。他有些激动，可又忽然惦记起与赵王丹、赵重骄的表兄弟情分来，居然有些于心不忍。

君太后对此倒是很满意：“赵太后死后赵国便一蹶不振，能纳入齐国，对赵国的子民而言也是好事。相国深谋远虑，是大齐之福啊。”

后胜攥着手心，脸色有些难看。停顿许久，忽然和颜悦色地笑了起来，甚至还附和了君太后对公西吾的夸奖，只是说到一半便转了话头：“听闻相国灭了滥国后将滥侯夫人抢回国了，那位不就是当初合纵伐齐的易姜吗？”

齐王建一直忍到现在没问出口的问题终于被舅舅问出来了，不禁松了口气。

公西吾点头：“的确是她。”

“听闻此女有天女授书，博学多才，又曾身任五国相邦，实在是人才啊。”

公西吾听后胜如此夸赞易姜，不禁多看了他一眼。

齐王建倒是将他的话听进心里去了，点头沉思道：“此女的确有些本事。当初毅然率军来攻我大齐，也是有魄力，若能为我大齐所用，倒是好事一桩。”

君太后不轻不重地“哼”了一声。她还记得桓泽当初是如何摆了她一道与赵国暗中结盟的，即使现在化名为易姜，这口气也难消。

后胜摸了摸脸，笑眯眯地向上方见了一礼，似乎有点不好意思："王上、太后，你们知道的，我自丧妻后多年未娶，一直便想娶个如易夫人这般天资聪颖的女子。如今相国将她带回了国内，看来是天赐良缘啊。"

齐王建久坐多时，早已是斜倚半躺的状态，闻言惊诧地坐正了身子："哦？舅舅是想求娶易姜？"

后胜笑得有几分赧然："是。"

君太后"哼"了一声："你当真是想到什么说什么，怎么会有这种念头？"

后胜软声道："姐姐也不知体恤我。我孤家寡人一个，没有个正室，府上的事情都没人照料啊。"

君太后咳了两声，她不喜欢易姜是真，可若成了后胜的人，那就置于自己的眼皮子底下了。何况对这个弟弟她向来是心软得很，这次自然也不会拒绝。当下拂袖背身而坐，没好气道："随你的便。"

公西吾抬眼，冷冷地看着后胜。

他知道后胜并不是真想娶易姜，而是担心易姜的加入使他公西吾如虎添翼，让他多了个智囊，以后更难对付，所以急着要分化他的助力。

齐王建沉思了片刻，可能是觉得此举能留住易姜的心，竟然有心做媒，笑着看向公西吾："本王觉得这是好事一桩，相国以为如何？"

公西吾目光一收，摇了一下头："此事恐怕不行，易姜是我师妹，我们一同出身鬼谷，而鬼谷门人几乎从不与王室贵胄联姻。"

齐王建怔了一下，不明白这是哪门子规矩。平民女子高攀贵族的又不在少数，难不成他们鬼谷派还看不起贵族不成？

当然没这规矩，根本就是公西吾随口胡诌的。但他说起来一本正经的，反而让人分外信服。

后胜勉强挤出丝笑容来："相国这话如何说得，难道我真心爱慕易夫人的才貌，还不能娶她吗？"

齐王建也点头："此事若真成了，本王都得叫她一声舅母，何等荣光啊。相国不妨先问一问她的意思，也许她自己愿意呢？"

公西吾忽然想到之前的经历，以易姜心思之诡谲，还真有可能同意。

他的手指轻轻摩挲了一下腰间的玉佩，心中已然当机立断，沉声道："王上

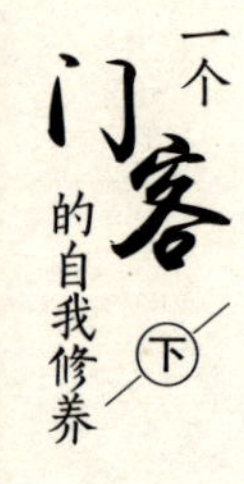

见谅，还是不用问了，实不相瞒，她已经嫁给微臣了。”

齐王建愕然地看着他。

后胜脸上终于露出不悦：“相国休要推搪，你刚将她从滥国带回来，她何时嫁给你的？”

公西吾语调没有一丝波澜：“回国的路上。”

第十八章

强娶为妻

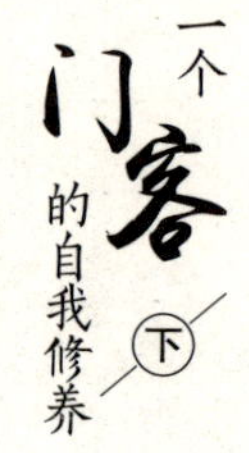

这边前脚说要求娶，他那边后脚就说已经娶了，除非后胜傻才会觉得这是纯属巧合！他怒火陡生，当即就要起身与公西吾理论，实在是看到齐王建在场，才又忍耐了下去。

君太后也被气得不轻。刚令了相国有远见，结果却得知他做出这等莫名其妙的事来，便再也坐不住了，咳了两声，连道两声“荒唐”，起身就走。

齐王建有些尴尬，左右看看，讪笑着圆场：“罢了罢了！天下多的是好女子，舅舅不要担心，本王会为你好生物色的。”

公西吾终于找到机会告辞。

后胜犹不解气，憋了一肚子火。公西吾刚走出殿门，他便给齐王建吹耳旁风道：“王上需对相国防范着些，他动用军队给自己抢个妻子回来，未免也太恃宠而骄了吧！”

“这……”齐王建向来没有主见，竟然觉得有点道理。

公西吾回到相国府时天已经黑透。聃亏一边给他解下披风一边请他用饭，他却吩咐即刻装点府邸，怎么喜庆怎么弄。

“怎么，先生要办喜事吗？”聃亏追着他的脚步，不解地问。

“嗯，娶亲。”

“谁娶亲？”

“我。”

聃亏愣在当场，公西吾已经朝易姜住的院子去了。

易姜刚刚用完饭不久，叫息嫦代替她去看望少鸠和裴渊了，一边坐在案后继续看聃亏送来的文书，一边等消息。

听到有脚步声进了门，她还以为是息嫦回来了，笑着望过去，原来是公西吾，身上的朝服都没换下来。

“想必师兄在齐王跟前耗费了许多口舌，竟然这么久才回来。”她收起笑不冷不热地寒暄了一句。

“的确耗费了许多口舌，不过刁难我的不是齐王。”公西吾朝她案上看了一眼，忽然问，“文书都看过了？”

“没有看完，只觉得师兄计划庞杂，我只能管中窥豹了。”易姜似笑非笑。她很好奇怎么入了一下王宫，他就丢下之前生的闷气跑来找她了。

她口中经常冒出一两个新奇的词来，公西吾已经见怪不怪，走到她面前，却没就座，只站着，一言不发。

易姜觉得他有话要说，正要发问，忽然听到外面脚步攒动，人声嘈杂，似乎在忙着什么，起身走到窗边看了一眼。婢女侍从往来不息，有人在廊下悬起明亮的灯火，有人在周围缠上红绸。

“这是要做什么？”

公西吾走到她身边，朝外看了一眼：“从今日起你我就是夫妻了。”

易姜的身体明显僵了一下，缓缓转过头来，一副见了鬼的神情：“你说什么？”

“后胜为了削弱我的势力，今日在王上面前提出要娶你。”

“所以你就要抢先一步娶了我？”

“我说你我在回齐国的路上就已经完婚了。”

易姜不可思议地看着他，神情由错愕渐渐转为愤怒：“为了保住你的势力，你就要强娶我？你凭什么认为我一定就会嫁给你！”

公西吾走近一步，垂眼看着她：“我早就说过，若要娶妻，我只会娶你。”

“你当我稀罕？”

公西吾的脸色沉了下去，紧抿住唇。

易姜心中五味杂陈，震惊、失望、气愤、委屈齐齐涌了上来，半个字也说不出来，咬住下唇狠狠剜了他一眼，转身要走，却被公西吾捉住了胳膊。

他颀长的身躯紧贴而至，压迫感迫使她后退了好几步，背抵着堆放竹简的木架，撞下好几卷竹简掉落在地。她下意识低头看了一眼，再一抬头，就碰到了他的脸，他的唇已经重重地压了下来，突兀地碾压在她的唇上。

公西吾明显动了怒气，力道也格外地大，那两片微凉的唇堵着她的，毫不熟稔，没有技巧，几乎要叫她无法呼吸。易姜的双眼睁得老大，回神后却怎么都挣脱不开，干脆在他唇上重重咬了一口。

公西吾闷哼一声，终于退开，胸膛剧烈地起伏着，下唇已经破了。

易姜昂起下巴，双唇微肿，鲜红欲滴：“满意了？就当是还你一次好了。”

公西吾抬手抹了一下唇瓣，明白她说的是她受封为五国相邦那日在阁台上强吻他那事。

他平复了一下气息，退开几步：“婚事一切从简，以后我再补给你。”丢下这句话就转身出了门。

易姜扶住木架，气得浑身发抖。

这一晚自然是睡不好的。侍女们几乎是一夜没睡，到处都是走动的脚步声。

易姜辗转难眠。如果是三年以前，她可能会欣喜地像个满怀憧憬的小女生，而现在只能看到公西吾直白的目的。

当然他也未曾遮掩过自己的目的。

天刚刚亮，侍婢们便从外鱼贯而入。几个人熟练地伺候她起身梳洗，另外一些人将她的东西收拾起来，一件件搬了出去。

易姜察觉到不对，拦下她们问：“这是做什么？”

一名婢女屈膝见礼：“奉相国之命，将夫人的物件移去他房中。”

息嫦走进房来，手捧漆盘，里面放着红面绣线的礼服：“请主公换衣吧。”

“连你也跟着胡来！”

易姜冷着脸背过身去，两个婢女立即上前，一左一右架住了她，硬是给她套上了嫁衣。她挣脱不得，正要动怒，却被息嫦扶住了胳膊。

那两个婢女竟也给息嫦面子，便退开了去。息嫦扶着易姜走到铜镜前坐下，一面拿起梳子给她梳头一面低声道：“主公，现在不是闹脾气的时候，相国都对我说了，嫁给他总比嫁给齐国舅好，您向来知道明哲保身，该明白眼下是如何境地啊。”

易姜看着铜镜里自己的脸，视线又移到身上的嫁衣上。息嫦早已嫁作人妇，她是个认命的人，或者说这里的女人大多都是认命的人，怎么能明白她的心思？

公西吾并不爱她，这样的婚姻根本就是出于利益的结合，没有什么保障，反而还会揭开她心里的伤疤。

息嫦为她梳好头，略微添了几件装饰，扶她起身，看她板着脸一言不发，又有些不忍：“主公不要多想了。公西相国当初在赵国做上卿时就是个不近女色的人，口碑素来好得很，这次为您劳心费力，甚至动用军队，娶您定然不是心血来潮的念头。何况你们还是师兄妹，彼此相知多年，如今能成就姻缘又有何不好呢？”

“当然不是心血来潮。他从不做亏本的买卖，不过是因为我还有点价值罢了。”易姜推开她的手出了门，门口登时呼啦啦跟上去一群婢女。

府上添了不少侍婢，穿梭不断，四处都是喜庆。聃亏立在廊下指挥众人忙这忙那，远远看到易姜接近，赶忙朝她抬手做请。

易姜顺着他示意的方向看了一眼，原来是公西吾的房间。她转头要走，身后却跟着亦步亦趋的息嫦和一大群侍婢。

“夫人进去吧，相国在前厅见客，待会儿才会回来。”两个灵巧的侍婢上前，将她半推半请地送进房中。

易姜四下一扫，铜镜前多了女子饰物，桌案上摆着一双捆扎双腿的大雁，还是活的，在那里惊慌地扑腾着翅膀。她是第一次来公西吾的房间，屋中原本陈设简单，清清冷冷，现在却多了女人的痕迹。

息嫦跟进来，扶她坐去床边，柔声道：“日头尚早，我去给主公端饭食来。”

“不用了。”易姜别过脸。

她很少会给下人脸色看。息嫦知道她心里不好受，耐心安抚几句，退出门去了。

因为说起来是早已完婚，自然没有什么喧闹的仪式，一切只是做给外人看的一个补办仪式罢了，就这般急切又笃定地宣告了天下，她已经嫁给公西吾。

齐王建派来了宫人，在前院高声宣读加封书函，公西吾为齐国开疆扩域有功，加赐五邑为封地，号宣宁君。顺带承认了易姜已经嫁给他的事实，封其为宣宁君夫人，并且象征性地赏赐了一些珠宝绢帛。

这么大的动静，根本不用人来通知，易姜就已经知道了。

她的确是易夫人了，只不过是齐国的宣宁君夫人。

她在公西吾的房里坐了几个时辰，中间出了好几次门，但很快又会被请回来。侍婢奉了饭菜酒水进来，她几乎一口没动。息嫦焦急不已，在旁劝说了半天，后来聃亏也来劝她，弄得侍婢们顾不得规矩，时不时朝房中张望。

大概是对堂堂相国竟然还有人不愿意嫁这件事觉得太过惊奇。

聃亏跟易姜谈了许久的人生没什么效果，叹息道：“姑娘好歹吃些东西吧，你知道先生的为人，他做的决定不会轻易更改的。”

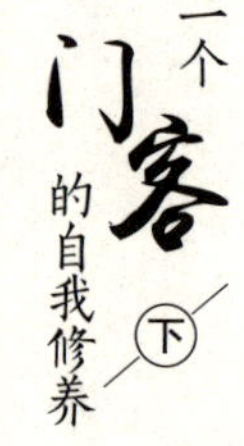

易姜当然知道，想了许久，坐去案后拿起了筷子。

息嫦欣喜无比，赶紧跪坐下来为她盛汤，一面道："主公想通了就好。"

"想通？"易姜冷笑，"要公西吾想通还差不多。"

到了下午，陆续有官员来府上补送贺礼，前厅热闹得很。公西吾命人设宴款待，一直在前院忙碌，始终没有现身。

易姜坐在案后听着前面的喧嚣，心里思路理了一遍又一遍，最后发现自己根本没有离开这里的可能。

侍婢们取了浸了香料的清水进来，用枝叶蘸着洒遍房中各处，又换掉了床帐被褥，在屋中立起双鹤缠颈的灯座。

易姜就看着她们忙，侍婢们被她的视线盯得浑身古怪，全都垂着头不敢看她。

待到夕阳落山，入府道喜的宾客更多了。

公西吾独身至今，身边连个伺候的婢女妾侍都没有，忽然就娶了妻，自然惹得众人诧异。不过一听说其妻乃是鬼谷派弟子，曾掌五国相印的合纵相国，还有天女授书的经历，就觉得不意外了。

有不知天高地厚的甚至还偷偷摸进后院来，想要瞧一瞧这位叫公西吾灭了滥国也要抢回来的易夫人到底长什么样，结果人还在回廊上就被人高马大的聃亏给截住了。

息嫦一直守在易姜身边，好歹又劝她吃了些东西，后来怕她心烦，特地遣退了所有侍婢。眼看时间不早了，便想要替她整理下衣裳，再细心添些妆，但都被易姜拒绝了，息嫦只好也退出门去。

房门紧闭，她独自坐在床榻边，听着外面觥筹交错的笑闹声，干脆在床榻上一躺，背身朝外睡觉，那桌案上的大雁还在扑腾翅膀，太过烦躁，她抬手捂住耳朵。

待到四周静谧时已至夜半。

她并没有睡着，耳中听着脚步声进了房，僵着身子没有动弹。

脚步声在床边停住，在床边静默许久，之后又响起，那对烦人的大雁终于被拿出去了。

过了片刻，房门被掩上，灯火也被吹灭，身侧微微下陷，公西吾躺到了床上。

他的身上有沐浴后淡淡的清香，易姜心中有些紧张，下意识缩了缩身子。现在不是当初在军营大帐里，她已经成为他的夫人了。

公西吾忽然一手覆在了她肩上，扳着她的身子面向自己时，另一只手已经移去她腰间抽去了她的腰带。

“你想干什么？”易姜双手撑着他的胸膛，声音有些轻颤。

“行房。”

易姜被他的直白弄得脸一红，连忙按住他手：“你不过就是为了利益，做做样子不就可以了？”

公西吾抬眸看她，语调如常：“娶了就是娶了，何必要装模作样？”

易姜竟无法反驳。

没了腰带的束缚，外衫轻巧地滑开。易姜的手想要遮挡，却被他拨开，温热的掌心触到了她颈边的肌肤，里衣也松散开来。

“公西吾……”她有些慌张，更多的却是委屈和不甘。既然不爱她，何必做这种亲密的事。

“嗯。”公西吾竟然应了一声，翻身压在她身上。

易姜连忙推他。

他的动作顿了顿，垂首贴近，鼻尖轻轻触到她脸颊：“长安君、滥侯、楚王，还有个信陵君，现在又多了一个后胜。这世道就是这样，身为女子，行走在他们之间，他们就只看得到你是个女子，何曾正视过你的才能？我早就该了结这一切的。”

易姜的鼻尖靠着他的颈窝，他身上的气息让她大脑昏昏沉沉，干脆闭起眼睛说道：“轮不到你来了结。”

公西吾的脸抬起几分，似乎在黑暗中盯着她的脸看了一瞬，忽然手下重重扯开了她的亵衣。

身上一凉，易姜口中不自觉惊呼一声，唇却被他堵住。他的手掌探入她身下，衣衫尽除，扶着她的腿，狠狠撞了进来。

骤起疾风暴雨，搅碎一夜安宁。易姜疼得冷汗涔涔而下，手指紧紧抠入他肩头，破碎的呜咽被吞没在他唇间，几乎要流出泪来。

公西吾，我绝不原谅你！

天气已经很冷，清早相国府里的侍从忙着清扫庭院，已经冻得能呵出白气来。

童子一早备好了滚热的茶汤放在书房，然后端上热水去公西吾房前等候他起身。刚踏上回廊，发现公西吾已经出了房来，连忙加快步子朝他跑去，险些将铜盆里的水洒出来。

公西吾拦下他，朝身后的房门看了一眼，吩咐去别处洗漱。

童子有些诧异，这是怕吵着新夫人？

最终去了书房，洗漱完毕。公西吾也没用他备好的茶汤，而是叫来息嫦嘱咐了几句，便匆匆出门上朝去了。

聃亏在府门前等着护送他，一面递上披风一面细细观察他的眉眼，有些暧昧地说了句："总觉得先生与往常不一样了。"

公西吾登上车："哪里不一样？"

聃亏指了一下他的下唇，笑道："像是个有家的人了。"

他的下唇被易姜咬破了，原本不算严重，但昨晚她又狠狠地咬了一口，现在已经能明显地看出伤口来。公西吾神色有些不自然，并没有露出半分新婚的欣喜，许久才道："晚些叫裴渊来见我。"

聃亏以为他是不好意思才故意转移话题，又道声贺，坐去车门边，一面驾车一面低声道："希望姑娘早日给您诞下子嗣，大晋血脉永远流传下去。"

公西吾手指摩挲着腰间的玉佩，没有回应。

易姜醒得很晚，任谁被那样摧残都会累得恨不得晕过去。

一睁开眼发现息嫦已经站在床头，正微微地笑着看她："主公，您醒了。"

易姜动了一下，觉得腰下很疼，轻哼了一声。

息嫦连忙来扶她，低声道："相国出门前特地吩咐了，回头您泡个热汤缓一缓。瞧他那模样八成还是头一回呢，没轻没重的。"她说着忍不住笑了起来。

易姜没心情笑，摆了一下手："我饿了。"

"是是，我先给您梳洗。"

快到中午时侍婢们才来收拾房间，易姜觉得尴尬，坐不住。好在息嫦了解，建议她去书房，说之前她看的那些文书全都送过去了。

易姜披了件狐皮领子的大氅，走到书房外。三年没见的童子长高了许多，依旧和以往一样恭谨，见了个礼请她进门。

她去案后坐了下来，四下看看。和以前没什么分别，案上很干净，除了她之前看的那些竹简，并没有其他。

刚刚摊开一卷竹简，门口闪出两道人影来。

“先生！”

易姜抬头，原来是裴渊和少鸠。两人看起来都挺好，神采奕奕的，尤其是裴渊，穿着厚厚的黛蓝袄衣，看起来好像还胖了一点。

童子没有阻拦，他径自冲了进来：“可算是见到你了，听闻你与公西先生成婚了？真是大喜啊！”

少鸠慢吞吞地走过来，在易姜面前跪坐下来：“他逼你了是不是？”

裴渊瞪她：“胡说什么！”

易姜朝门口的童子看了一眼：“我们三人说些话，你别守着了。”

童子特别听话地离开了。

裴渊立即对少鸠道：“看到没，那可是公西先生的贴身小仆，这么敬重先生，哪里像你说的那般严重。”

少鸠白他一眼：“严不严重你得问易姜。”

裴渊立即转头盯着易姜。

“我的确不愿意嫁给他。”易姜干笑了一下，“不过事已至此，总不能再揪着过去不放，该想着以后才是。”

裴渊的心先是一紧，继而一松：“先生说的是，以后与公西先生好好过日子是应当的。”

好好过日子？易姜冷笑一声，却见对面二人都因为这声突兀的冷笑紧紧盯着自己，又摇了摇头：“没什么，我只是随便感慨一下罢了。”

少鸠细细观察着她的神色，没有言语。坐了一会儿，找了个借口告辞，连带将裴渊也拽走了。

等把裴渊支开，她又返回书房里，重新坐到易姜对面：“你分明就是想离开公西吾吧？”

易姜从竹简中抬起头来：“你知道就行了，别说出去，如果想走就找机会走，我怕到时候顾及不上你们。”

少鸠道：“我们微不足道，公西吾不会在意，全看你自己。你不是喜欢他吗？当真舍得离开他？”

易姜搁在案上的手指缩了缩：“他只是看得起我，将我视作一枚能使他如虎添翼的棋子，我总不能就这样被绑着一辈子。”

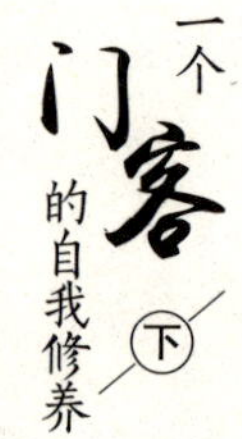

公西吾午后才回府，易姜已经取了竹简回房去看了。童子告诉他说易夫人今日见了裴渊和少鸠后心情似乎不错，他点了点头。

聃亏依照他之前的吩咐叫来裴渊时，他正在用茶。背后窗户里透入午后的冬阳，给案上涂了一抹暖暖的金黄。

裴渊心情有些激动，扒着门框久久没有进门。公西先生居然主动请他来见，这与之前见面的契机都不一样，难道多年夙愿就要实现了吗？

公西吾对他这模样已经见怪不怪，搁下茶盏，请他进来。

裴渊进屋后除鞋入席，恭敬地行了拜见大礼："不知公西先生因何事要见在下？"

期待的儒家与鬼谷派的论道今日就要实现，风云诡谲的世事变幻就在此刻运筹帷幄之间，这样地宏伟壮阔，又是这样地波澜不惊！裴渊心潮澎湃，呼吸急促，紧紧盯着对面，等他发话。

公西吾沉默了许久，问了句："你与那个少鸠是如何相处的？若是惹恼了她，又是如何哄她的？"

"啊？"裴渊的下巴差点儿掉下来，"您就是因为这个要见我？"

公西吾点头。

见他不作声，公西吾微微蹙了蹙眉："怎么，你不愿说？"

裴渊这才回过神来，连忙摇手："公西先生误会了，我与少鸠清清白白，并没什么啊！"

"是吗？"公西吾沉吟了一下，"我见你们总是形影不离，还以为是一对，之前将你们押来齐国时也没注意，还将你们关在了一起，真是对不住。"

裴渊讪讪，他是儒家子弟，最重礼仪，不过少鸠跟他从小一起长大，早就习惯朝夕相对了，倒也没那么多顾忌了。他想了一下，问道："公西先生忽然问起这个，是因为我家主公？"

公西吾抿了抿唇："嗯，她并不愿意嫁给我，其实是我强迫了她。"

裴渊不禁抓耳挠腮。真是要命，难得公西先生有求于他，他竟然给不出个好的建议来。不过想起先前见易姜的情形，他又释然了："公西先生怕是想多了，我之前还听她说要与您一起好好生活，兴许没那么严重。"

公西吾一怔："当真？"

裴渊连连点头。他觉得有必要为二位先生的未来幸福贡献些力量，便又靠近一些，将一些自己认为正确的理论知识告诉了他。比如要时刻关心对方啦，嘘寒问暖啦，要对待她像对待最珍贵的宝物一样啦……哎呀反正他也没经验，差不多就是这些呗！

公西吾倒是把话全都听进了心里，但理智促使他一针见血地戳出了问题："既然你知道这么多，为何少鸠还没与你成一对？"

"公西先生，我跟她真的没什么。"裴渊一本正经地强调。

晚上易姜是在房中用的饭。息嫦在旁伺候，时不时说个逗趣的段子逗她，但她都没怎么在意听，一边拿着勺子还一边看着一卷竹简。

息嫦叹息道："主公这样可不行，您得好好吃饭。"

易姜搁下竹简，忽然问她："你夫家如何了？"

息嫦闻言怔然，摇了摇头。她是赵王宫里的宫女，原本出身不错，极有教养，所以为赵太后所喜，并由她做主嫁给了一个小侍卫，育有一子一女。目前他们都在邯郸城里，秦军尚且未退，真不知情形如何。

易姜宽慰她："不用担心，我猜秦军就要退兵了。"

"真的？"息嫦刚刚问完，门口已经传来脚步声，她看了一眼便垂首退了出去。

公西吾坐到易姜对面，侍婢立即奉上另一份饭食。他看了看易姜的脸，好一会儿才开口："为何觉得秦军就要退兵了？"

易姜也不意外他听见了，慢慢啜下口汤道："范雎一直在给秦王吹耳旁风，料想白起很快就会被调回去了。"

公西吾点头："听闻信陵君终于出兵援赵了，看来赵国终究还是起死回生了。"他之前一直未能拿到兵符，如今是魏王的侍妾如姬趁魏王熟睡时窃了兵符给他才得以救援。

易姜摇头："元气大伤，起死回生也是风烛残年了。"

公西吾没再接话，成婚才第二天，同室用饭，说这些话题似乎不太应该。但难得她还肯理会他，有话说就不错了。

一时无话，房中便安静下来，他想了想，找了个话头："明日我叫人在书房里布置一下，你以后闲来无事便去那里处理事务。"

易姜看了他一眼："我一个内宅女子，有什么事务好处理的。"

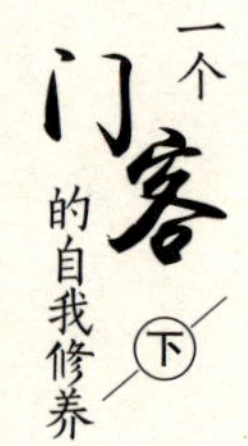

"谁说你是内宅女子，我正准备请王上授你官爵，有的是你的用武之地。"

易姜有些惊讶，她还以为公西吾是打算禁锢住她的，顶多是将她绑在身边做个智囊，没想到他竟然准备让她出仕。

公西吾见她一直看着自己，又补充了句："以后你以易夫人身份处事，会更方便些，也少去许多麻烦。"

易姜默默用饭，心中慢慢理着头绪。

吃完饭公西吾就回书房去忙了。易姜为消食，在院中走了走，碰到聃亏。他笑眯眯地向她道了喜，还送了份贺礼。

贺礼是一柄青玉搔杖，其实就是后世所说的玉如意，看着有些年头了。她惊讶道："你怎么有这么贵重的东西？"

聃亏道："这不是我的，是智父留下来的。当初说好留给公子将来的夫人，可惜他走得早，我还以为这辈子送不出去了呢。"

"智父是谁？"

"是晋国智氏一族的后人。当初晋国被智、韩、赵、魏四大卿族霸权，智氏势力最大。后来赵韩魏三族在晋阳之战中合力打败智氏一族，三家分晋，智氏族人自此四处逃离，隐姓埋名。智氏对曾经分占王权导致晋国覆亡之事十分后悔，所以后人都尽力辅佐晋王室后代。公子是由智父一手带大的，因此称他为智父，我们也跟着这样叫。智父去世后，公子才入云梦山拜入鬼谷。"

易姜点了点头："这我倒是第一次听说。"

聃亏讪笑："以往姑娘没有和公子成一家人，这些话是不能说的。公子一个人这么多年也不容易，以后就指望姑娘你多照应了。"

易姜皱了皱眉，心不在焉地敷衍了一句，拢了拢衣襟，转身回房。

仿佛全天下都在祝福他们，只有她自己感觉不到半分喜气。

公西吾又是忙到半夜才从书房回到房中，易姜已经熄灯就寝。

他躺在床上，好一会儿才朝她那边靠了靠。易姜还没睡着，立时机警地绷紧了身子。他没再靠近，只在她耳边低低地说了句："我对男女之事所知不深，昨晚一定弄伤你了，对不住。"

易姜绷着身子没有丝毫放松，过了许久没见他有其他动作，才终于放松下来。

多了一个女主人，相国府的变化还是挺明显的。府上的女仆从多了许多，相国每日起身的时间也晚了一刻，童子觉得近来手上的事情一下减轻了不少，还真有些不习惯。

这两天天气都是阴沉沉的，看着似乎要落雪。童子换上了厚厚的袄衣，给各屋分派了取暖用的木炭，正忙着，瞧见息嫦在门口朝他招手。

他搓着手走过去："姑姑有事？"

息嫦道："易夫人想练练箭，你去为她取把弓来。"

童子有些为难："夫人不会是想出去行猎吧？"

息嫦摇头："怎么会呢，相国又不允许她出府，你在府上竖个靶子让她活动活动筋骨就好了。"

童子这才放心，手脚麻利地去办，不一会儿就在后院里竖好了箭靶。

易姜穿上紧贴腰身的胡服，将头发绑成马尾，站在那里射箭，少鸠轻手轻脚地从后面接近，猛地吓了她一下，害她手中的箭一下脱了靶。

她咯咯笑了几声："你是闲着只能练箭了吧？我也是闲得无聊，连门都出不了呢。"

易姜朝远处立在廊下的童子和息嫦看了一眼："你试过了？"

"是啊，我和裴渊都出不去，不过裴渊那呆子甘之如饴啊。"她叹了口气，仿佛恨其不争一样，"这日子过得太闷了，我还想去临淄城中逛一逛呢。"

易姜又搭上弓射了一箭，忽然道："公西吾说要让我出仕。"

少鸠愣了愣："真的？"

易姜点头："不过肯定没这么容易。"

正说着，聃亏朝这边来了，易姜立即闭上嘴。

"姑娘。"他唤了一声，到了跟前又憨笑着道，"该叫夫人了，我总忘了改口。夫人请随我来，公西先生请您与他一同入宫去。"

"入宫？"易姜想了想，也许是为了授官爵的事，便将弓箭交给少鸠，随他朝府门走去。

公西吾大概是从别处绕回来接她的，立在车边没有进门。天气寒冷，他的脸在寒风中越发白皙，朝服玉冠在身，庄重得如同一株古松。

易姜没来得及换衣服，还穿着那件胡服，腰肢纤细，曲线毕现，背后的马尾几乎要拖到腰间，随着走动轻轻摆舞。虽然脸上没什么表情，整个人看起来却很活泼。

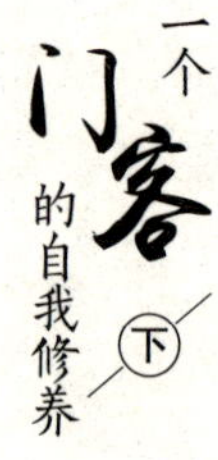

公西吾走过去，解下身上的披风给她系上，握着她的手扶她登车，注意到她手心有道微红的印子，问了句："拉弓了吗？"

"嗯，闲着无事，练了一会儿箭术。"

公西吾点了点头。以她的性格，在内宅之中待着总是苦闷的，能有些事情做也好。

马车缓缓驶动，易姜瞥了一眼他的侧脸，忽然道："我有一事相求。"

公西吾转头看她："怎么了？"

"能不能让少鸠他们出去走一走，别关着他们。"

公西吾蹙了一下眉。

易姜立即补充："若不放心，派人跟着他们也行。"

公西吾不太习惯她这种央求的语气，终究点了点头："好。"

"谢谢师兄。"易姜在车厢上靠了靠，没再说话。

公西吾一路盯着她的神色，偶尔她也会看他一眼，每次对视她的眼神都很平常，看不出喜怒。不知从何时起，这个他一手掌控的人竟叫他读不懂了。

一路无话，就这么到了宫门前。

先前公西吾下了朝会后去见过齐王建，提了授易姜官爵的事。若在往常，他开口的事是没多大波折的，但是最近后胜在齐王建跟前吹了不少耳旁风，就没那么简单了。

齐王建纵然是个惜才之人，但到底没什么主见，何况他本也没考虑过给易姜授官爵，认为她以易夫人的身份为国家出谋划策就很好，再求官职未免有贪图权势之嫌。于是打了个岔说："此事再议吧，易夫人至今还未入宫拜见呢，稍后不妨让本王见一见她。"

这也是该有的礼节，公西吾便回府接了她过来。

齐王建在书房里接见了他们。二人行了拜礼，齐王建的视线在易姜身上扫了一圈，朝公西吾笑道："难怪相国在半路就忍不住娶了妻，你这位师妹是越发容光照人了，先前瞧不上别人也不奇怪了。"

公西吾淡淡道："王上过奖。"

君太后一只手挑开珠帘看了过来。齐国大国风度，装束自由不讲约束，但她有心挑刺，见到易姜身上穿着胡服竟出言讽刺了一句："到底是赵国来的，爱穿这胡人的服饰。"

易姜垂眼，微微笑道："太后说的是，当初赵武灵王推行胡服骑射，使赵国军事强盛，可见胡人的服饰也没什么不好。"

君太后脸一沉："哼，那是过去了，赵国四十万兵马都被坑杀在长平了，还谈何强盛？"

公西吾闻言立即朝易姜看了一眼。她果然变了脸色，抿着唇僵着身子。

他开口岔开话题："近来时局变幻，内子或有独到见解，王上不妨问一问她的看法。"

齐王建也正因母亲语气而尴尬，便赶紧搜刮了个问题丢了出去，连自己都没注意到底问的是什么。

易姜认认真真地回复了，估计他也没仔细听，只随口夸赞了几句，便示意二人告辞。见这情形，她便知道授官的事不太容易了。

出了殿门，走下长长的台阶，公西吾安抚了一句："太后还因为以前的事记恨你，所以有些阻碍，不过也不会太难，王上终究会同意授你官位的。"

易姜其实并不是太在意什么官位，但若真能得到官位就意味着可以得到一定程度的自由，还是有好处的。

但是的确艰难，当初赵太后重用她就被齐国视作离经叛道，如今要已经嫁作人妇的她再在齐国为官，阻力更大。何况她曾经进攻过齐国，这始终是个把柄。

寒风刺骨，卷入宫道，在两边撞出呜呜的声响，天上渐渐飘起了细细的雪屑，还没到中午，天色却有些昏暗。

公西吾忽然想起裴渊对自己说的话，侧头看向易姜："冷吗？"

"还好。"易姜回答得很客气。

公西吾方才已瞥见她拢衣领的动作，便伸手去牵她的手。谁知她竟缩了一下手指，他的指尖便僵停在半途。

"你的手比我还凉。"易姜看了他一眼，算是对自己举动的解释。

公西吾听闻此言又重新牵起她的手，放在掌中呵了呵气，又轻轻搓了搓："现在可好些了？"

"好些了……"四周还有宫人往来，易姜有些尴尬，垂着头朝前走，手被他攥着抽不出来，只好作罢。

公西吾却是神色如常。

快走到宫门口时，有辆车马缓缓驶入。能在宫中驾车的自然不是寻常人，易姜拽了拽公西吾，朝边上避让。那车马在经过他们身边时忽然停了下来。

公西吾目不斜视地往前走，车中有道声音叫住了他。

是个女子的声音。对方自车中探出身来，穿着厚重华贵的宫装，头戴玳瑁镶嵌的头饰，一双眼睛眼角微微上扬，极有风情。

“这不是公西相国吗，许久不见了。”

公西吾抬手见礼：“云阳夫人有礼。”

云阳夫人扯了一下嘴角：“听说相国近日娶妻了，当初不是口口声声说不打算娶妻的吗？”她的视线落到他身后的易姜身上，“这位就是那位众口相传的易夫人？”

公西吾道：“的确是内子。”

易姜被点了名，只好近前一步见礼。刚抬起手意识到自己行的是男子的揖礼，讪讪地收回手臂，掖在腰侧屈了屈膝。

云阳夫人掩口笑了起来：“原来相国喜欢的是这样的女子，真是叫人长见识。”

公西吾不置可否，出言告辞，便要离去。

云阳夫人的话在他这里撞了个空，笑容却是分毫不减，又转头叫住了易姜：“我刚回到齐国不久，易夫人不妨抽空去我府里坐一坐。”

易姜道：“夫人抬爱，本不该拒绝，不过夫君不准我出府，只能心领夫人好意了。”

公西吾不禁停步瞥了她一眼。

云阳夫人诧异道：“相国怎么这般对待妻子？”

“内子身体不适，过些时日再说吧。”公西吾转身托住易姜后腰，径自带她往宫门而去。

易姜未曾转头去看，临出宫门时方听见车轮辘辘远去。她瞥了一眼公西吾的侧脸：“这位云阳夫人是何人？”

公西吾又将她的手捉在了手里，一面扶她登车一面道：“云阳夫人是齐王建的长姊，当年嫁与楚国的云阳君联姻。年前云阳君病逝，她膝下空虚，便请求归齐了。”

“原来如此。”看她排场也能推断出该是个公主级别的。易姜其实能明显看出云阳夫人对公西吾有点那方面的意思，却也没说什么。

本来这也不稀奇，聃亏不就总说爱慕他的王室贵女多的是吗？

公西吾神色无波，仿佛根本不曾见过什么云阳夫人，却忽然说了句：“你要想出门，过些时日我带你出去。”

易姜往后一靠：“师兄别多想，我只是为了婉拒云阳夫人的邀请才说你不让我出门的，没别的意思。”

公西吾看了她一眼，没再多言，命聃亏驾车回府。

刚到府上，眼线送了新的书信过来，似乎来自好几个地方，公西吾一下变得很忙，在书房里待了一整天。

晚上易姜吃完饭他才现身，去屏风后换了身常服，出来后忽然问易姜：“之前你说要除了范雎的事，有何计划？”

易姜一听他这么问便猜今日那几封送入府中的书信与秦国有关。一边撩起袖子往茶汤里添了些佐料，一边理了理思绪：“借白起的手除了他最好，目前白起与他矛盾最大不是吗？”

范雎一直建议秦王让白起从赵国撤军，就是怕他灭了赵国权势坐大，威胁到自己。白起不恨他才怪。

公西吾在她身旁坐下，自怀中取出一方帛书，在桌案上摊开：“这些年诸国征伐，局势难得有些明朗，如今却因为他要和白起争权夺势，险些毁了这局势。”

易姜看着帛书上细细描绘的地图。秦国与齐国一西一东，中间几国夹在中间，如同渐渐被逼入死角的困兽。

她想了想：“既然真要除了他，暂时还是先不要惊动他，师兄先稳住他，由我来联系白起。”

灯火暖黄，公西吾微微敛眸，长睫在眼下映出一小片阴影，沉吟许久，抬头时眼中竟有些笑意：“也好。”

易姜对他这笑不明所以，转头挑了一下灯芯：“如果范雎死了，算不算是鬼谷内斗？”

“算是吧，你我联手也算是替老师出手了。”公西吾顿了顿，微微叹息，“历来鬼谷弟子无一不是天纵英才，可谁也没有在成就的丰功伟业上坚持到最后，大概他们都和范雎一样，最终败给了权势。”

易姜失笑：“这不奇怪，是人都会渴望权势，你觉得遗憾是因为你不渴望，而你不渴望是因为你没有欲望。你没有欲望却又坚持辛苦操劳着，想来也真是叫人钦佩呢。”

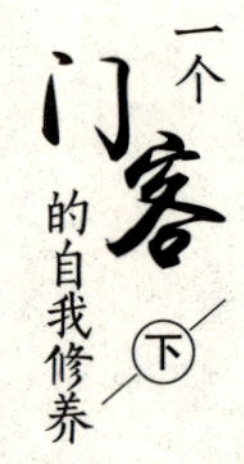

公西吾的视线落在她绕到身前的发尾，移到她被灯火映照的脸，忽然伸手钩着她的腰贴近自己，声音低沉："谁说我没有欲望？"话音未落，唇便贴了上来。

易姜双手扶住他肩头，本要推开他，刚用了力道却又改了念头，反而缠住了他的脖子。

公西吾心中讶异一闪而逝，欣然起身，将她拦腰抱起，走向床榻。衣衫逶迤，落了一地。

第十九章

意假情真

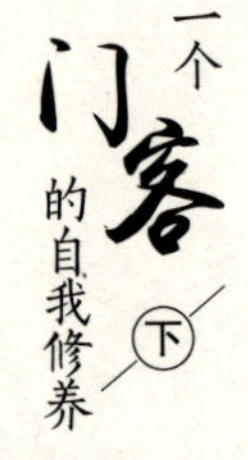

早上推开门，院内堆满了积雪。

公西吾看到童子穿着雪白的衣裳在院中忙活，忽然想起自己像他这么大的时候也喜欢穿一袭白衣，因为觉得这样看起来会比同龄人成熟一些，在各国游学时就不会受到轻视。

其实他的童年很特别。自记事起就没见过父母，生活倒是无忧，不愁吃穿，甚至可以说过着锦衣玉食的生活。

有一群人资助他。这些人来自各国，有的经商，有的为官，但他们的根都曾在晋国。

他也没见过这些人，跟他最亲近的只有一个沉默寡言的老侍从。那是个智者，本身就姓智，公西吾一直唤他智父。

智父经常对他说起当初的晋国如何幅员辽阔，如何物产富饶。晋献公并国十七，服国三十八；晋文公尊王攘夷；晋襄公两败秦国；晋厉公大败楚国；晋悼公九合诸侯。当年一共五位霸主，晋国出了四位。

他背负着恢复这份荣光的职责，不敢怠慢。从三四岁起读书认字，他几乎被智父带着游遍了列国，师从诸家学派名师，没有一丝空闲。他每日的生活里只有读书、练剑，然后换一个地方，重复读书、练剑。

诗书礼乐，剑术骑射，智谋兵略，每一样都要学入心中，融会贯通。

目标太长远，要完成什么都要迅速而直接，不能拖泥带水。这是从小就学会的道理。

十四岁那年，智父离世。公西吾受他临终提点，将目光瞄向了云梦山的鬼谷。

他永远记得初入山的那日，鬼谷子犀让隔着垂帐向他发问的场景。他一一作答，帐中沉默许久，而后让他伏地拜师。

后来他才知道，其实犀让当时也很苦恼，来求学的人很多，但没有一个能看得上的，直到遇到他。

不知怎么就想起了过去，他人已经站在廊下，却有些茫然，忽然记不起自己在这里的目的。

“公西先生。”裴渊从远处过来，笑着向他见礼，“不知您现在与我家主公如何了啊？”

公西吾想起昨晚易姜的柔情，脸上有了丝笑意：“你说的没错，她的确是想与我好好生活的，应当是原谅我了。”

裴渊拍了一下手：“那太好了，我这就去见见她！”

公西吾尚未来得及阻拦，他便推门进了房中。然而不过一瞬他就跑了出来，惊慌失措地道：“公西先生，那不是主公啊，你是不是认错人了？”

公西吾一愣，快步走入房中。刚站定，迎面扑上来一道人影，紧紧搂住他的脖子：“师兄，你去哪里了，叫我找了好半天。”

公西吾稍稍推开她。这就是易姜，并没有其他人在，不明白裴渊为何会那么说。

裴渊扒着门框道：“您看看她那样子，哪里是易姜啊。”

“师兄……”她又黏过来，搂着公西吾，兴奋地道，“可算嫁给你了！我就盼着这一天呢！父亲在天有灵若知道，肯定也会为你我高兴的。”

公西吾闻言一怔，僵着身子再次推开她。这张脸是易姜，但神情不是易姜。

“你是谁？”

她指了一下鼻尖：“我？我是桓泽呀，师兄你怎么把我给忘了？”

公西吾惊骇地推开她，环顾四周：“易姜呢？”

“什么易姜？”她莫名其妙。

“主公一定是回去了，再也不会回来了！”裴渊捂着脸蹲在门边呜呜低泣起来。

公西吾手指发凉，冲进内室找了一圈。转头却依旧只看见紧跟着他不放的桓泽。

“易姜？”他唤了一声，回声空旷。再一转头，周围什么人也没有，只有他一个人站在房中。

忽然有人握住了他的胳膊，他猛地一拽，惊醒过来。

四周黑暗，只有窗口透入一抹微亮的熹光。他闭了闭眼，原来是场梦。

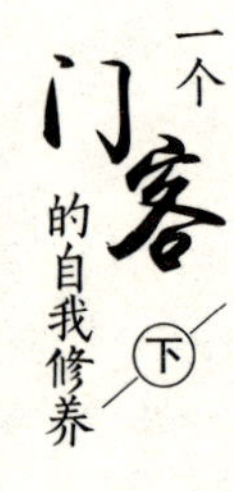

“你怎么了？”

偏头望去，身旁的人已经坐起，披着单衣，一只手被他紧紧拽着。

“易姜？”

“是我，你做噩梦了？”

公西吾舒了口气：“我还是第一次做梦。”

“什么？”易姜忍不住笑了，“你长这么大居然第一次做梦？”

“嗯，日有所思才夜有所梦，我以前从未有过什么可以牵挂到带入梦中的事。”

“梦到什么了？”

“没什么。”公西吾坐起身来，这样的寒冬时节，背后竟然出了一身的汗。

易姜披上衣裳，下床取了帕子过来给他擦了擦背，忽然听他问道：“你的名字为何叫作易姜？”

“父亲姓易，母亲姓姜啊，合在一起就是易姜嘛。”易姜没想到他会问这种微不足道的问题。

公西吾锁眉，他一直以为这只是个化名，没想到居然是她的本名，张了张嘴，本想问一下她的事情，但想想还是没有问出口。

他怕一旦牵了头，就会引起她对“那个世界”的向往。

天快亮了，公西吾本也没了睡意，起身穿戴整齐，辞别她出门上朝去了。

易姜却是补了个回笼觉，起身时太阳已经老高。

息嫦伺候她梳洗时说：“早上云阳夫人派人递了请帖来，邀您去她府上一聚，主公要去吗？”

易姜摇头，先前已经拒绝了，她还邀请，也是执着。

这位云阳夫人嫁的可是楚国公子，就算没经历过，也多少可以想象得出她的生活。这样一个出身宫廷又终日处在一堆脂粉争艳环境里的美貌少妇，岂是泛泛之辈。如今待价而沽，邀请她无非就是探探虚实，看看能不能挤掉她赢得公西吾罢了。

她要烦恼的事情够多了，可没心情去跟她玩什么后宅心计的把戏。

其实从这个角度来看，她倒是可以理解公西吾原先不愿成亲的心理了。

先前飘过一回小雪。自那以后终日都是阴沉沉的，寒风刮了好几日，如今总算是干脆了，劈头盖脸落下来一阵鹅毛大雪，纷纷扬扬下了三四天。

大概天气不正常的时候人也会变得异样，易姜这几日总觉得公西吾不对劲。

有时她在房中坐着好好的，忽然听他唤自己一声，应了之后，他又说没事，只是叫她一下。有时半夜睡得好好的，手会忽然被他捉住，过一会儿他又轻轻松开。

这情形持续了好几日，大雪停了，他也正常了。易姜这才没管，要是再这样下去，她可能会叫大夫来给他瞧一瞧是不是病了。

公西吾答应了她的要求，允许裴渊和少鸠出门了。可是外面的积雪太厚，出行很不方便。少鸠因此垂头丧气，每天哀叹生活太无聊，最后居然自暴自弃到要跟裴渊学习儒家礼仪去了。

齐王建是个疏懒的人，大雪封路，他就懒得再开朝会，官员们都闲散不少，公西吾也不用每日早起上朝了。

雪过天晴，相国府的仆从们艰难地铲掉了积雪。从别国赶回来的眼线裹着厚厚的冬衣进了门，怀里揣着来自四面八方的消息。

童子领着他去书房，揭开几层厚厚的挡风帘子，请他进去。

书房里烧着很旺的炭火，暖融融的。眼线却没有半分放松之色，在案前跪下，递上书信："主公，白起前日从邯郸撤军了。"

公西吾接过书信阅览了一遍，转头递去身后。

眼线瞥了一眼，他的侧后方原本堆满了竹简木牍，如今却布置着精致舒适的案席。案后坐着个大袖深衣的女子，膝头铺着一块厚厚的兽皮。

如今秦军一退，魏无忌的援军也撤回去了。平原君那个老狐狸，需要魏无忌的时候恨不得将他直接拽过来，现在不需要了立即就把魏国大军送出了城，还亲自送了一百里出去。

魏国军队送走了，齐国还有二十万兵马在邯郸城旁边静静驻扎着。赵王丹这时候倒是谨慎起来了，也打算请齐军撤回，一直明示暗示田单。

公西吾很快就有了决定，吩咐道："叫田单拖延着，先按兵不动，赵王那边我自会去信说明。"

眼线称是，起身预备离去。

后方的女子忽然道："叫人去秦国散布谣言，就说白起憎恨范雎破坏其攻赵计划，恨之入骨。"

眼线不知该不该接这命令，一时没有应答，却见公西吾朝他点了一下头："照夫人吩咐的去办便是。"

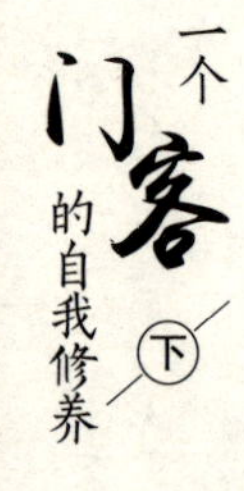

他这才知道女子身份，连忙见礼，退出去了。

易姜道："我想写封信给白起，由少鸠送去，师兄以为如何？"

公西吾想了想："还是让聃亏去送吧，他脚程快一些。"

易姜笑着点了点头，心中却很挫败。让聃亏去送，基本上就没什么秘密可言了。

门帘揭开，童子和息嫦送了饭菜进来，原来已经到午后了。

公西吾起身净了手，正要回座用饭，却见易姜已经坐去他案边。她举着勺子将每样菜都尝了一遍，而后点了点头，对他道："不咸不淡，口味正好，可以吃了。"

息嫦只道这是夫妻情趣，捂嘴轻笑，拽着童子退了出去。

公西吾坐去她身边，清冷的眸光里染了一丝暖意："以后有你在，我的味觉便又回来了。"

易姜笑着将勺子塞进他手中："快吃吧，不然菜就凉了。"说完坐了回去，像是被他的话弄羞赧了，垂头吃饭，不发一言。

连着几日出了太阳，终于将那厚厚的积雪给消融掉了。少鸠这下可以出门了，早上一准备好就跑去叫裴渊。

裴渊不愿意和她一起出去，被她一直拽到大门外，连件厚一点的外衣都没来得及换，冻得直哆嗦。正好公西吾又安排了聃亏来随同他二人一起出门，他跟聃亏一直不对盘，就更不想去了。

"要去你们去吧，我还不如待在屋里看书。"他说完扭头就走。

少鸠一把拽住他衣袖："成天看书人都看傻了，随我出去逛逛，好久没去过集市了。"

"不去不去，你们女人就是麻烦！"裴渊掰开她的手。

聃亏抱剑倚着大门，翻了个白眼："你们俩到底走不走，我还有别的事要做呢，不走就算了。"

少鸠来了气，甩开裴渊，走过去一把挽住他胳膊："走啊，他不去我跟你一起去，走！"

聃亏吓得差点把剑都给扔了，连忙要避让，胳膊却被她死死拽着不放："哎哎，你……你干什么？"

“走啊，一个大男人扭捏什么？”少鸠亲昵地搂着他胳膊往前走，一边回头朝裴渊得意地看了一眼。

裴渊冻红的腮帮子鼓鼓的，气呼呼地跟了上来。

少鸠头也不回地道：“哟，你不是不去吗？跟过来做什么？”

“我想去就去，与你何干？”裴渊瞪着她和聃亏交缠的胳膊，“哼”了一声。

他们走得也是巧，刚离开没多久，相国府前就驶来了六乘车马。

守门的仆从一看就知道来的是谁，连忙进去禀报。不多时，公西吾亲自出门来迎，车上走下来的人是齐王建。

公西吾抬手见礼：“王上屈尊驾临寒舍，臣有失远迎。”

齐王建身着便服，缠着厚厚的狐领，笑得和颜悦色：“本王许久不曾来与相国私下叙话，今日来府上坐坐，这还是阿姊的提议呢。”他笑着转头，车上果然走下了云阳夫人。

今日她着装更是艳丽，红绸曲裾，领口袖口布满金线纹绣，涂脂抹粉，双唇鲜红，在这萧瑟的冬日看来分外夺目。“我是来见易夫人的。”她笑着朝公西吾身后张望了一眼，“怎么不见她人呢？”

“内子还未起身，夫人若要见她，我命人去唤她起来。”公西吾垂眼作答。

云阳夫人掩口惊呼一声：“日上三竿还未起身？相国还真是宠易夫人呢。”

齐王建一边扶住她朝前走一边揶揄道：“那是自然的。易夫人以往本王也是见过的，彼时可是瘦弱苍白毫无颜色啊，不想这几年长大了，容貌气质竟出落得与过往判若两人。这般才色双绝的女子，也难怪能叫相国这般高山雪岭般的人物动心了，宝贝她一点也不稀奇啊。”

公西吾不置可否，退开一步，请二位入门。

一直到进入正厅就座，云阳夫人都没发现公西吾多看自己一眼，心中已然不悦，不过脸上却依然笑得风情万种。

当初公西吾刚到齐国时她便爱慕上了他。身为齐国公主，她见过太多的男子，大多身份尊贵高不可攀，可在公西吾面前全都低进了尘埃里。那时向他暗表心迹的贵族女子不在少数，可她都觉得公西吾看不上她们。

果然公西吾都一一拒绝了。她是极有信心的，公西吾再有才有貌，再高贵出尘，却也不过是个平民，她一个品貌出众的公主，料想要得到他不过是手到擒来的事。

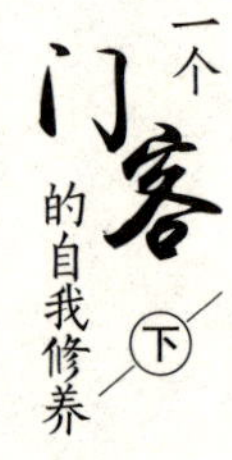

然而事与愿违，他根本没有因为身份而高看她一眼。

彼时齐国刚刚恢复一些生机，为了消除外患，她未满十六就被父王安排远嫁给楚国公子云阳君。出嫁前她终于忍不住向公西吾表露心意，却换回一句他根本不曾考虑过终身大事。

这样也好，她得不到的，别的女子也得不到。于是她咬着牙出嫁了。

如今没了牵绊，再回到齐国，一直不曾见到他却也时有挂念，不想再听到他的消息，竟然是他娶了亲。

这样一个对男女情爱毫无牵挂的人，就像是天边的一抹云，看得见却永远无法触及。究竟是怎样一个女人，能够让他甘愿从高空中坠下，做一捧簇人心暖的绵？

厅门外传来脚步声。云阳夫人抬眼望去，脸上的笑容又深了一分，从席间起身道："易夫人可算来了。一直邀你相见都未能如愿，今日我只能贸然登门了。"

易姜穿着雪白的深衣，乌黑的长发束在脑后，淡施粉黛，一双蕴着笑的眼睛水灵灵地动人，向齐王建和她分别见了礼。

公西吾吩咐下人奉茶，齐王建却道想看一看他府上那座八角飞檐的亭子。

亭子其实根本没有什么特别，但这就是他来这里的原因，因为云阳夫人说那儿很有特色。齐王建觉得这个长姐当初为了齐国付出了许多，一向敬重她，对此毫不怀疑，被稍一怂恿就跟着她过来观看亭景了。

公西吾只好请他去后院。齐王建当先一步出门，他正要跟上，被易姜扯住了手。

从齐王建进门时起他忙着接应，丝毫没注意到自己身上穿着的外衫很单薄。易姜从息嫦手中取过披风给他披上，一边给他系带子一边低声道："你刚从那炭火旺盛的屋里出来，小心吹了风感染风寒。"

公西吾捉住她的手低声宽慰一句，匆匆出门去追齐王建的步伐了。

云阳夫人侧身站着，看似回避，却早已将一切看入眼中，还真是一副琴瑟和鸣的模样呢。

易姜送别公西吾，转身回来迎她，笑着抬手做请："云阳夫人可别站着，坐下用些茶吧。"

云阳夫人亲昵地挽住她的手："易夫人不要客气，不用茶了，你我一同出去走走吧。"

易姜受宠若惊般点了点头："也好。"

二人相携着往花园里走，像是亲昵的闺中姊妹一样。易姜身量略微高挑一些，云阳夫人虽然成熟风情，却反倒像依偎着她一样。

远处齐王建和公西吾已经入了亭中，正在交谈。云阳夫人的视线朝那边瞥了一眼，浅笑盈盈地道："我还道公西吾做了相国会换个宅邸，不想这庭院还是以前做上卿时的那个，我记着这前面有个小湖的吧？"

说话间已经走到前面，花丛环绕之间的确有一汪小湖。她掩口而笑："他还真是个念旧的人呢，这里都没变过。"

易姜赔笑点头，也不给回应。云阳夫人故意透露出自己对这里熟悉的模样，无非就是想惹她这个女主人不痛快。如果不是情势所需，她还真想与之彻谈一番，告诉她别努力了，花再多心思得到公西吾又能怎样，他的心里装着宏伟大计，可没地方留给情情爱爱。何况就算是念旧，她做了公西吾那么多年师妹，旧的那个也是她啊。

云阳夫人只当她是气在心中，强作镇定，装作毫不知情的模样，松开了她，去前面观赏花草，口中赞叹不绝。

跟在后方伺候的息嫦快走一步，凑在易姜耳边低语："主公小心，这位公主像是来者不善。"

易姜笑了笑："她大概是不甘心吧，随她去吧，叫我浪费时间在这里陪她就够麻烦的了，我可没心思管她玩什么花样。"

息嫦本也是担心她生气，造成什么误会，见她并不放在心上就安心了。

去前面转悠了一圈的云阳夫人已经走到八角亭附近，又折返了回来，拉上易姜道："走，去前面看看。"

易姜只好打起精神，被她拉着绕过几丛花草，穿过一道墙垣，停在窗格边。云阳夫人朝窗格外瞧了一眼，口中轻轻"咦"了一声。

易姜不禁也朝外看了一眼，恰好就对着那座八角亭。公西吾与齐王建相对坐着，正在谈话，话音不高不低，仔细听也能听见。

齐王建道："相国此话当真？你真的只是因为易姜对齐国有用才娶她的？"

公西吾点头："确实如此，所以还请王上宽心，授予其官爵，好让其施展才华。"

"听你这么说本王就放心了。"齐王建沉吟片刻，"容本王回去想想授个什么官比较妥当。"

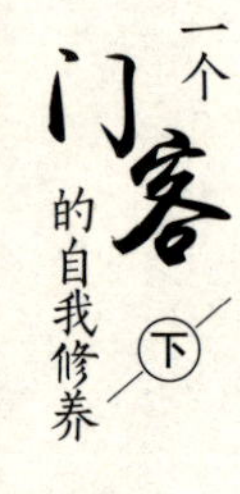

“她曾是五国相邦，至少也该位列三卿。”

“这……”

易姜后退两步，后面的话没再听下去。虽然早就知道这个事实，被这样明明白白地揭露一遍还是觉得难堪，何况还是在别人面前。

云阳夫人挽着她走远几步，仿佛什么都没听见一般笑道：“真是羡慕易夫人。有相国这样一个贴心的夫君，居然要为你求授官爵，当真是宠爱至极。”

易姜扯了扯嘴角：“云阳夫人过誉了。”

终于在她脸上看到一丝不悦，云阳夫人心满意足。公西吾若真的对这位易夫人只是利用，那倒是叫她很满意。

跟在后面的息嫦远远朝公西吾比画了一下。他坐在亭中朝窗格那边望了一眼，微微蹙了一下眉。

待送走齐王建和云阳夫人已经到了傍晚，裴渊和少鸠他们还没回来，也是玩野了。

易姜觉得疲倦，径自回房休息去了。刚刚进屋，身后就紧跟着闪进来一道身影，尚未来得及回头，人就被他自身后牢牢抱住。

“生气了？”

易姜抿唇，瞬间又扬起笑脸，转过身去看着他：“没有的事。”

公西吾端详着她的神情：“真没有？”

易姜柔顺地偎进他怀里：“我知道你都是为我好。”

公西吾心中一震。这些时日以来，她与他越来越有夫妻心心相印之态，但唯有此时的这一句话是对他最大的宽慰。为了让齐王建放心授官，摆出为国为公的姿态是必然的。他埋首在她颈边，深深吸了口气。

易姜的双手揽着他的腰，轻声问：“何时能给我授官？”

“我会尽快催王上下决定的。”公西吾站直身子，准备去书房，却又被易姜拉住了胳膊。

她踮起脚来吻他，搂着他的脖子主动而热情，甚至撬开了他的牙关。公西吾意外之下节节败退，一直退至墙边，被她的手轻轻抚着脸，呼吸渐渐急促起来。她湿热的吻伴着低低的呢喃：“我觉得就要离不开你了，师兄……”

公西吾眸光陡然一沉，心中似被这句话撩出了火，托着她的腰将她抱起来，重重吻住了她的唇。她的双腿顺势便缠上了他的腰。

他决定暂时还是不去书房了……

一晌贪欢，离开房间去书房时已经天黑了。

公西吾想着易姜最近渐渐开始关心自己的表现，心中竟有些愧疚。

每日吃饭前她都要先尝一遍，觉得口味适中才会准他开动；也开始对他的起居作息嘘寒问暖；偶尔也会像今日这样主动地与他亲热。

越是这样夫妻和睦，他就越希望能给她最适合她的生活，原本这也是一心要带她回齐国的原因。她不该困在宅第之中，应该有更大的作为，像以前那样纵观天下，有合纵五国的决心和意志。

一思及此，他决定还是继续去催一催齐王建。

冬日到了末尾，云阳夫人又登门造访了几次。公西吾都避而不见，每次见易姜招待完她后又都是一副很疲倦的模样，先前的念头便又坚定了一分。

上疏几次入宫，齐王建总算是松了口。相国势大，他终究是要顾忌着些的。纵若是公西吾是个强横不讲理的奸佞，硬要让易姜为官，他也无法阻拦。现在既然已经给足了尊敬，他也只好卖个面子。

刚做下这个决定，后胜就急匆匆地入宫来见了他。

“王上怎么能答应啊，公西吾势力已经很大，岂能让易夫人再为官？他们夫妻同心，倘若届时二人互相勾结，摆弄权势，齐国岂不是要变成他公西一家的了？”

齐王建道：“本王也担心过此事。但相国说他正是看中易姜对齐国有用才娶她的，想来也没那般伉俪情深，二人平常也是各怀政见，舅舅未免太多虑了。”

后胜一听急了：“想必太后也未必会同意此事。”

他将太后搬出来，齐王建的确是有些苦恼。思索了许久，终究还是败给了公西吾连日来那一道道上疏：“本王相信相国为人，他在齐国这些年劳心劳力，凡事都是向着齐国的，舅舅与他同朝为官，也该信任他才是。”

后胜气闷语塞，憋了一肚子不甘，告辞去见君太后了。

转眼到了开春时节，一直多受阻挠的授官一事总算是有了着落。齐王建原本下令拜易姜为上卿，后来被君太后唠叨得没有办法，只好又改成了下卿。

对于曾经的五国相邦来说官职是低了点，可是对于如今嫁作人妇的易夫人而言倒是不错了。

不过齐王建又下了令，下卿准议国事而不可入朝会，所以易姜依旧无法与男人们一起出入朝堂。

天气暖和了，相国府的花园里重新整改了一下。这是易姜的主意，免得云阳夫人每次来都一副跟进了她自家门似的各种秀熟悉。连那个小湖都被她填了，挪去了别的位置，造了一汪浅池。

公西吾没有任何意见，随她怎么倒腾。可怜了认惯了路的聃亏，晚上摸黑走路险些栽进新挖好的小池里，闹了个大笑话。

园子里花草开始繁盛，易姜站在其间侍弄花草，少鸠忽然幽幽地冒了出来。

“听闻你终于拿到官职了，可喜可贺啊，这下该自由多了吧。”

易姜扯了一下嘴角：“确实，不过还不够。”

少鸠左右看看：“我看你最近与公西吾一副恩恩爱爱的样子嘛，哪里看得出来你是被他抢回来的。”

易姜挑挑眉：“所以他对我的戒心少了许多。”

“可我听裴渊那意思，他好像是真喜欢你的。”

易姜转头冲她笑了笑：“他是喜欢我啊，他向来都是直说的啊。”

看她这模样，料想公西吾说的喜欢也不是什么好话，少鸠撇嘴：“你有何打算得告诉我才是。”

易姜叹了口气：“我还想问你有何打算呢。裴渊太信任公西吾，我也不好与他直说什么，到时候如果我真走了，你是追随我呢，还是跟着他呢？”

少鸠愣了愣，脸刷地红了：“谁要跟着他！”说完转头就要走，恰好看到远处回廊尽头远远走来的裴渊，“哼”了一声，步子更快了。

裴渊刚看到她离开，转头就撞上聃亏从她身后方向而来，还以为这二人先前是在一起的呢。也是凑巧，聃亏刚好朝少鸠离去的方向看了一眼，就被他给撞见了。

“看什么呢，没见过姑娘啊？”

聃亏踏上走廊，眼神古怪地打量了他几眼：“少阴阳怪气，我可不喜欢那样刁钻的女子。你当谁都跟你一样将她当个宝呢？”

裴渊顿时跳脚了：“休要胡言！你哪里看见我将她当个宝了？”

聃亏翻个白眼绕过他走了。

易姜在园子里站得久了实在觉得无趣，丢下花草离开了花园。刚沿着回廊走到前院，却见有个年轻男子立在新发芽的高树旁，穿一身绛色胡服。她有一瞬间的恍惚，因为这背影像极了赵重骄。不过仔细看看又觉得比赵重骄的身材要结实一些。

她轻手轻脚地走近，想看清楚对方到底是何方神圣。恰好一个侍婢经过，朝她见礼，惊动了对方，那人转过了头来。

易姜愣了愣，这人竟然是她见过的，就是当初在赵魏边境被她错认为是赵重骄的那个年轻胡人。若非这张脸的五官轮廓太明显，还不至于记得这般清楚。

“原来这位就是易夫人，久闻不如一见。”对方显然已经将她给忘了，是听了侍婢对她的称呼才赶紧上前见了一礼。

易姜回礼，视线落在他的脸上：“敢问阁下如何称呼？”

“在下却狐，魏国使臣，特地来府上拜见公西相国。”

“魏国使臣？”易姜心中一喜，正要与他再说下去，公西吾从府外回来了。

他的视线在却狐身上扫了一眼，便落到易姜身上：“今日怎么有心来前庭？”

“贵客临门，自然要出来招待一下。”易姜笑着向却狐做请，“还未请魏使入厅用茶，怠慢了。”

“不敢，不敢。”却狐恭谨知礼，与寻常胡人给中原百姓的感觉大不相同。

公西吾回来了，易姜便不多留了，在厅中站了站便告辞去了后院，想起却狐还是有点奇怪。她记得少鸠说过，他是秦国义渠胡人，怎么会做了魏国的使臣呢？

不过少鸠说的也未必准确。何况有才之人四处谋生，出生地与发家地大不一样的多了去了，这就不奇怪当初为何会在赵魏边境遇到他了。

公西吾似乎很重视魏国的这次出使，与却狐商谈到天黑不说，还特地设宴招待了他，还叫来易姜一同入席。

易姜在房中歇了几个时辰，精神正好，梳洗换衣，去了前厅，坐在公西吾身旁，静静地听着二人说话，颇有女主人端庄持家的风范。

却狐此行是为了重议赵魏齐三国结盟之事而来。赵国如今一蹶不振，魏国在助其抵挡秦军时也消耗了许多国力，如今攀住齐国这棵大树是迫在眉睫的事。

厅中灯火明亮，酒香肉鲜，却狐举着酒爵向公西吾敬酒，口中道：“还请公西相国一定要给个准信才是。”他说话时神情颇为认真，语气也不拖泥带水，直来直往，不像那些文士们，出口前总要再三斟酌。

公西吾托着酒爵看向身边的易姜：“夫人如何看？”

易姜稍作思忖，道：“三国结盟，两国孱弱，那么齐国就必须要相助二国重振气势。只不过齐国也不容易，魏使需多多体谅，所以究竟要如何相助，细节还需仔细推敲确认才是。”

公西吾微微点头。易姜会这么说，证明她已经站在齐国的立场上考虑。

却狐闻言叹息：“易夫人既然这么说了，那在下只能先拟定详细再来了。”

公西吾忽然道：“魏使不妨问一问信陵君。他对二国情形所知最清楚不过，而且涉及府库资助，我也得上奏齐王才可做决断。”

易姜本也想提魏无忌，但怕公西吾多心防范，就没开口，他倒是自己提了。

宴席结束，却狐起身告辞。易姜跟着公西吾送却狐出门，一直站在公西吾身后，与却狐保持着很长一段距离。这样任谁看，她都没有与他有任何私下接触的可能。

公西吾今日似乎很高兴，饮了酒也有些上头。

易姜扶他回房，路上笑着问他：“是不是因为白起和范雎闹僵了的事？”如今她有了官职，再不是之前耳目闭塞的后宅夫人，消息灵通，眼观八方，总算又能及时得知天下大事了。

公西吾点头：“范雎还写信给我，让我与他见上一面。他似乎有所察觉，居然说无论如何也不能败在老师手中。”

易姜嗤笑：“还真是执着。”

“你若愿意，我可以带你一起去见他。”

这是个千载难逢的机会，可是易姜只思考了一瞬便摇头拒绝了：“上次蔚山一行我便不喜此人，再也不想见到他了，我懒得出门，要见你自己去见好了。”

公西吾扫了一眼她的脸色，眸光微敛：“那算了，还是不见了。”

“对了，白起那边，可要我再与他通一通信？”

“你全权处理便是。”

易姜心中惊讶一闪而过。他毫不迟疑便这么回答了她，看来是已经放心让她独自与白起接触了。

房中烛火朦胧，公西吾微醺，一进门就躺去了床上。易姜亲自给他擦洗了手脸，温柔体贴。待忙完便除去外衫躺在他身侧，偎进他怀中。公西吾就势搂住她，安安心心地闭眼入睡，自然而然。

白日同朝议事，夜晚共榻而眠，默契天成，相濡以沫，神仙眷侣也不过如此了。

做了下卿之后，易姜的事情多了起来，每天出入书房的时间也多了。

以往一手培植的眼线终于再度与她搭上了联系，天下各地的消息都纷至沓来，她也终于没了前段时间那种被蒙住眼睛捂住耳朵的感觉。

几乎是第一时间她就写了信给白起。信由少鸠送去赵国，再由身在赵国的东郭淮接应，这样送往秦国会更快。

眼下情势变化最大的还是秦国，白起和范雎如今已经势同水火。秦国将相不和，秦王也头疼，而这无疑给了赵国喘息之机。

赵王丹似乎直到此时才得知易姜嫁给了公西吾，竟然命人补送了贺礼过来，大有重修旧好的架势。易姜却退了回去，她知道赵王丹只是想要齐国的资助，而她根本不愿意搭这个桥。

也许公西吾说的是对的，感情的确毁了她。假如她能和公西吾一样理智冷漠地看着世事变迁，甚至主动推进它，自己就根本不会陷入现在的困局。

所以情这种东西，不如戒了的好。她觉得自己跟以前的赵国已经没有任何瓜葛了。

天气越来越暖和，阖府上下渐渐换上了薄薄的春装，往来穿梭都是一道道的丽景。

公西吾早上起身穿上了轻薄的宽衫，似乎没有上朝的意思，转头问尚未起身的易姜要不要一同出去踏青。

易姜整衣起身，跪坐到他身后为他梳发，一边道："师兄就不怕我跑了吗？"

公西吾心思微动。他算无遗策，而易姜势单力孤，要跑是没可能的。何况之前故意以带她去见范雎来试探她，她也明确放弃了机会。不过此时听她这么问，他还是反问了句："那你会跑吗？"

易姜揽着他，下巴搁在他肩窝上，望着铜镜里他的脸："如果你对我不好，我自然会跑。"

"哦？"公西吾微微笑了笑。他已习惯夫妻间这种情话般的打趣，以前从未觉得男女之情竟会有如此多的乐趣，连一个眉眼一句话都能叫人愉悦。

易姜的手指正刮拨着他瘦削的脸颊，视线仍望着镜子里的他："师兄，你不会嫌弃如今的我吗？"

公西吾不解："为何这么说？"

"你曾担心我因情误事，如果我对你用情太深，那岂不是要叫你失望了？将来在天下大局和你之间，我若选择了你，恐怕在你看来也是错的。"

公西吾从没想过这种问题。他的时间都用在运筹帷幄、操劳国事上了，不会浪费在思考这些无关紧要又根本没发生的事情上，就算真发生了他也会迅速做出

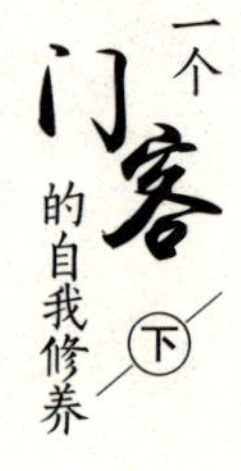

判断和应对。

“若是三年前我还会有这种担心，但如今你已脱胎换骨，行事有度，我相信你自有计较。”他的语调和平常一样没有起伏，和任何时候一样理智。

易姜一点也不意外他会这么回答。其实她早已发现，他也就偶尔在床上才不太理智罢了。

原本她也就是当作夫妻间的私话来逗趣着说的。对公西吾这样的人，若是一下表现得太过安于现状，丝毫没有想过跑的念头，他可不会信。

两人整装梳洗完毕，当真一同出门踏青去了。

易姜也有完全放松心态对待公西吾的时候，比如此刻，穿着最普通的衣裳，与他一同走在淄水河岸。

公西吾近来渐渐会照顾人了，不过到底清冷惯了，并不会有太多额外的情绪表达。易姜跟在他身后缓缓前行，觉得这样的踏青分明就是出来走路的。不过就这样的他会叫人觉得自然舒适，因为他这个人就是这样，改变了就不是他了。

岸边草长莺飞，淄水在阳光下波光粼粼。远处河面上有人泛着舟悠闲地飘远，逆着阳光成了浮在河面上的一道剪影。也有不少达官贵人们的船只招摇而过，美人们拨鼓起歌，声音甜腻得挠人心痒。

易姜忽然问公西吾：“师兄还记得当初我们在附近被困在机关里的事吗？”

公西吾停步，转身等她走到跟前，一边与她并肩前行一边点头：“记得，我本是想看你会不会急哭的，没想到你竟然一本正经地破起机关来了。”

易姜有些惊讶：“你竟然会有这样的坏心思。”

公西吾嘴唇轻抿，露出微微的笑来：“只是想看看你的反应罢了。”

易姜抬手遮着阳光远眺河面，也遮了自己的心思。公西吾的话只会提醒她自己一直都活在他的观察和掌控中。她不愿再多谈往事，看到河上他人优哉游哉，不免心生感慨：“师兄，将来若是天下大定，你想做些什么？”

公西吾摇头：“没想过，不过我倒是希望那一日能快些来。”

易姜忽然冲他神秘地挤挤眼：“你听说过皇帝吗？”

“三皇五帝？”

“没错，能结束这乱世的人，自认功盖三皇五帝，就能称作皇帝。”

公西吾点头：“若真有这样的人，的确是功盖三皇五帝。”

易姜闲扯完一转头，竟然发现却狐也在，就站在她身后不远处，大概是觉得不便打扰，直到被她发现才趋步上前。

“没想到在此遇见公西相国和易夫人。”他恭敬地敬了一礼，今日却是着了中原士子钟爱的大袖宽衣，看起来将深刻的五官柔化了几分。

公西吾道：“我们只是出来踏青，不想惊动旁人，魏使莫要揭露了我们身份。”

却狐连连点头：“是是！方才听易夫人说到什么‘皇帝’，在下觉得甚为有趣，不知夫人可否再多说一些？”

易姜原本是低声说的，没想到竟被他给听见了，这人耳力真不是一般地好。她讪讪笑道：“我一介女流，随口胡诌罢了，魏使莫要当真。”这种话私下说说就好，若是被有心人利用可就不妙了。

却狐也不再追问，笑道：“今日碰巧遇上二位，不该叨扰。我改日再登门拜访，就请齐国扶助一事再与公西相国商议。”

公西吾点头：“本相会在府上等着魏使大驾光临。”

却狐又道：“关于如何扶助，我也拟定了一份文书。这是易夫人的提议，在下是不是先给易夫人过目一下？”

易姜立即道：“不必了。有夫君在，轮不到我一个女子插手，魏使还是给夫君看吧。”

公西吾的视线在她脸上轻轻扫过，稍作沉吟：“那就先给夫人看吧。我们夫妻，不分彼此。”

却狐仿佛丝毫没察觉二人之间的一场暗波涌动，点头称是，当即与二人约好登门日期，告辞离去。

易姜笑着挽住公西吾胳膊：“师兄放心，我一定好好把关。”

“嗯。”公西吾近来渐渐放松了对她的管束。她也没有任何出格举动，他的戒心是该放一放了。将她看得太紧，她反而束手束脚，无法放手做事。

恰好过些时日朝中有春祭，公西吾心中思索，届时不妨也带上她一同前往。

踏青的第二日却狐就入府来拜访了，公西吾入宫未归。童子应门，事先早已得了吩咐，便直接请他去后院书房见易夫人。

书房两方案席，里侧那方案前悬了垂帘。案头茶水正沸着，热气腾腾，发出咕咕的轻响。

易姜跪坐案后，鬓发油光可鉴，钗饰素淡，着一袭水青曲裾，袖口挽着，露出白嫩的一截手腕。

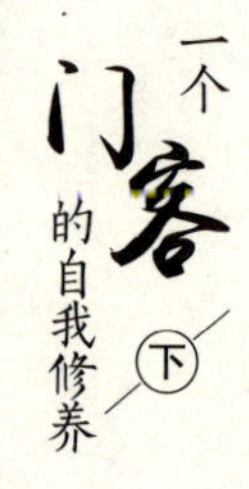

却狐进了门，隔着帘子见了礼。易姜请他入席就座，亲自奉了盏茶给他。

却狐连道“得罪”，自袖中取了说好的文书，双手呈上。

易姜撩开垂帘接过去，缓缓展开那卷竹简。不过一瞬便抬头朝他看了一眼，声音微变：“这便是魏使拟定的计划？”

“是，敢问夫人有何见教？”

“太过潦草了些，魏使做事未免有些不负责任吧。”

“这……”却狐有些焦急，不顾礼仪便朝前探了探身子，“易夫人再仔细看看，在下是当真用了心的。”

门口站着的童子原本觉得他这模样在堂堂相国夫人面前有些轻浮，但见二人因公事议论得热烈，也不好插嘴，只好别开脸望着别处，当作没看到。

却狐稍稍歪了歪身子，手指透过帘子指了指竹简上的文字：“易夫人看这里，在下写得难道不够详细？”

易姜恰好瞥见他的手指，指腹粗糙，拇指上有一圈白印，应该是长期戴扳指所致。通常经常拉弓射箭的人才会习惯佩戴扳指。这不该是一个文臣的手，他有可能是个武官。

他手所指的文字也并不是什么请求齐国出钱相助魏国脱困的详细计划，而是一封书信。里面明明白白地说了，他此番入齐本就是个幌子，本就是奉了信陵君魏无忌的命令来助她逃出齐国的。

“详细？”易姜冷哼，“就这样一份文书还想来齐国要钱，你们魏国也太不将齐国放在眼里了，还是觉得我是个女子好糊弄？”她一把卷起竹简丢入了煮茶的炭火里，险些将茶盅打翻。

却狐缩回了手，坐回原位，尴尬道：“那在下再回去重写拟定就是。还请易夫人息怒，千万莫将此事告知公西相国，否则怕是再难谈成了。”

“罢了，你重新写来让我过目。今日的事便当没有发生过。”易姜似乎消了气，朝门口的童子使了个眼色。

后者会意，魏使已经丢了大面子，到底关乎魏国颜面，他自然也不会在公西吾面前说什么了。

却狐再三道谢，起身告辞。临走时依旧是一脸尴尬，就这样垂着头一路走出了府。

第二十章

逃离齐国

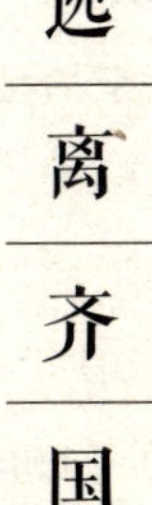

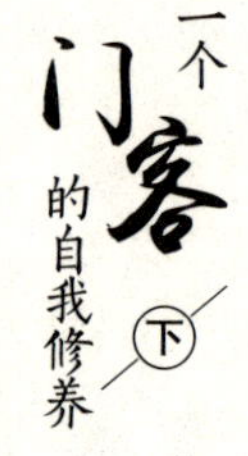

晚上公西吾回来，果然问起了魏使的事。

易姜坐在铜镜前梳头，摇头叹息：“再看看吧，兴许他下次可以写出点像样的东西来。”

公西吾自屏风后换上常服出来：“说来也怪。我派人去魏国查了一下，魏王对入齐求援一事并不太上心，却狐却这般积极，真是叫我刮目相看。”

易姜梳头的手一顿，透过铜镜盯着他的脸：“居然有这样的事？”

公西吾点了点头，没有再说什么。她心里却紧张了许久。

用饭时，公西吾对她提到了春祭的事。

每年到了暮春四月，齐国都要举行春祭。齐王和王后会亲自去临淄城外，百官要卷起衣袖裤腿跟着齐王下地耕种，贵妇们也要穿上朴素的衣裳去随王后采桑，以表示对百姓农作的重视。

据说当初齐宣王就是在钟无艳采桑的时候去见她的，后被她才华打动，不顾她容貌丑陋立其为后。以至于这春祭活动也含着些求贤若渴的意味在里面。通常每年都有几个急着施展政治抱负的士子等在田头，就等着到时拦下齐王一抒己见。

公西吾是百官之首，自然要到场。往常都是一个人去，今年他娶了亲，要带易姜出行也是应该的，何况易姜还领了下卿的官衔。

“会不会很难？”易姜搁下盛汤的铜勺，语气很担忧，“我又不会采桑，万一丢了脸，岂不是让你也失了面子？何况还有个云阳夫人在，要不我就不去了吧？”

公西吾见她竟有推诿之意，先前那点担忧就再也没了，握住她的手道：“没事，做做样子罢了。何况你是下卿，作为官员也是该去的。”

“那好吧……反正还有一个月呢，我再准备准备就是了。”

事情就这么说定了。

吃完饭，公西吾又去书房忙碌。易姜借口出去散步转去了少鸠的住处。

这次春祭是绝佳的机会，而消息得带给却狐。除了少鸠之外，没人可以做到了。

她交代得很迅速，说完话便立即离开。一出门却恰好撞上了裴渊。

廊下灯火昏暗，即使这样也遮掩不住他满面红光，神采奕奕。“先生，天大的好事！”他激动地叫住易姜。

易姜见状不禁笑了：“什么好事把你高兴成这样？”

少鸠慢悠悠地从屋里出来，不屑道：“无非就是见了一下他的公西先生罢了，能有什么好事？”

裴渊板起脸道：“休要瞧不起我！方才公西先生叫我去他书房，跟我说他给我安排了官职，以后我可以在齐国为官了。你说这是不是好事？”

易姜怔住，转头朝少鸠看了一眼，后者也很意外。

公西吾究竟是不是故意的？在这关头给裴渊授官，岂不是拖住了他。少鸠对裴渊有情，岂不是也要被拖住？而一旦裴渊和少鸠这两个左膀右臂都被拖住了，那她要离开就会难上加难。

裴渊没有等到期待中的祝贺，反而对上两张凝重的脸，不禁疑惑：“怎么，先生不高兴？”

“没有。”易姜赶紧笑了笑，“只是你以往都只做门客，忽然出仕，我有些不放心罢了。”

裴渊羞涩地摸了摸脸：“哪个门客不希望出仕施展抱负呢？先生你不也是从门客起步的嘛。如今能有机会渊已万分庆幸，先生放心便是。”

易姜含笑点头，又朝少鸠看了一眼。少鸠沉着脸转身回房，一句话也没有与裴渊说。

眼见被她无视了，裴渊自然脸上无光，但是死犟着不承认，向易姜告辞，气鼓鼓地扭头走了。

公西吾在书房里忙到半夜，聃亏在旁就唠叨了半夜。说他这些时日忙碌起来了，恐有冷落易姜之嫌。

其实聃亏也是多操心，希望他能早日有后，奈何童子杵在一边，也不好说太直接，只能点到为止。

公西吾一看时候已经不早，便依他所言收拾了一下桌案，起身回房。

房中灯火昏暗，易姜坐在案后，面前摆放着水酒煮食。

公西吾有些意外，在她对面坐下，扫了一眼桌案："有什么事要庆祝？"

"我想谢谢师兄为裴渊谋了一官半职。"易姜神色愧疚，"他跟着我这么久，未能出人头地，我很亏欠他。如今师兄帮我报答了他，我自然感激。"说着将斟满水酒的酒爵双手奉上。

公西吾知道她向来不愿意自己多帮她，既然道谢便该接受，也好宽她的心，"既然如此，我就领受师妹的谢意了。"说完接过酒爵仰脖饮尽。

易姜自己也喝干了酒，脸上浮出微微的红晕。

公西吾想起聃亏的话，竟有几分愧疚。这些时日彼此都有些忙碌，是与她很少有相处时间，便起身坐去她身边。

易姜不胜酒力，一杯酒下肚已经有微醺之态，此时眼如媚丝，双颊微红。他倏然心动，顺势揽住了她，低头便吻了上去。

易姜勾住他的脖子，唇掠过他的眉梢眼角，瞥见他微微泛红的耳根，忍不住笑出声来。公西吾的神情语调永远不会有多大变化，可是一旦她热情主动地吻他，他的耳根就会泛红。这个秘密还是不久前才发现的。

公西吾听见她笑，立即将她扣到身前。她却不安分，手抚着他的脸，跨坐到他身上，打散了他的发髻。

易姜不喜欢被控制和征服，可是这种时候垂眼看着他的双眼，亲手搅碎里面的沉静和幽深，仿佛自己已经征服了他，却会有兴奋的感觉。也许公西吾控制和征服她的时候也会有这种感觉吧。

双手插入他发丝，如江上泛舟，浮浮沉沉。易姜在欢愉中保持清醒，只想看到公西吾的沉沦和失控……

"先生。"

醒来时天尚未亮，只听到聃亏在外面呼唤。易姜坐起身，公西吾已经穿戴整齐走出门外。

"怎么了？"

"少鸠跑了。"

易姜一怔，连忙起身，匆匆穿戴好。公西吾已经返回屋内。

"我听到聃亏说少鸠跑了？"

公西吾点头，递给她一块木牍。是少鸠留的字，上面写着她自认才华不输裴渊，如今却只有裴渊受到重用，她心有不愤，决定离开齐国。

易姜看向公西吾："你要抓她回来吗？"

公西吾牢牢盯着她的脸："看你如何决定了，她毕竟是你的人。"

易姜失落地垂下眼："自我进入相国府以来，她就一直嫌弃太多禁锢，未能顾及她心情也是我的错。既然她想走就让她走吧，反正我身边的人，从聃亏开始，一个个都走了。"

公西吾眼眸轻转，沉思许久："那就随她去吧。"

易姜暗暗松了口气。

少鸠一走，府上一下就安静了不少。裴渊忽然就没了精神，不仅如此，还经常坐在廊下唉声叹气。

聃亏撞见他这颓唐模样好几次，久而久之难免来气。这日经过廊下又见他在发呆叹气，忍不住瞪着他道："你以前不是总说恨不得她早些离开才好？如今怎么又这副德行了？看上人家为何不直说？你这样哪里像个男人！"

"休得胡言！谁说我是因为这个叹息了？"裴渊暴躁完了又抱着柱子继续哀叹，"你这样的粗人，如何能懂？"

聃亏懒得与他争辩，他这样的粗人觉得还是直接叫个大夫给他瞧瞧最好。

易姜也因此情绪不佳，连着好几日饭都没好好吃。公西吾不会安慰人，只能说春祭在即，叫她不能亏待了身体，她这才好受了一些。

却狐终于又登门造访，自然揣着新写好的文书。

易姜在书房里看后，依然不满意，又是一把火给烧了。

童子在门口看着，居然都要开始同情魏使了。太可怜了，唉！

转眼到了暮春，齐王建携王后祭告上天，率众官员出都三十里，入住行宫，准备春祭。因为这事，少鸠离开的哀愁一下冲淡了不少，连裴渊都少叹了几回气。

易姜的身份比较尴尬。论官职她该与诸位男性官员待在一起，可是论性别她又该和诸位官员的妻子待在一起。以至于最后她根本就没有与众人多接触，只与公西吾待在一起。

云阳夫人从上路之后就一直找机会来见易姜。好在易姜早就吩咐了息嫦，就说自己忙碌着政事，推拒了一切与她碰面的机会，世界真是清静不少。

上午出发，傍晚便到了行宫。行宫外不远就是王室围场，用于狩猎，旁边紧挨着王室的耕田和桑园。其实这里平常全是奴隶们在忙碌侍弄，每年也就这一两

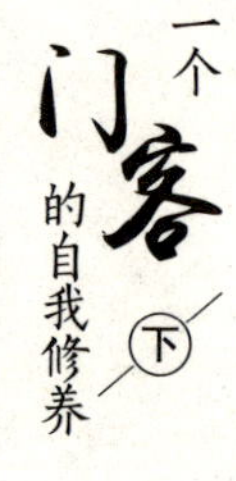

日会迎来它们真正的主人光顾罢了。

这个时节的临淄气候舒适宜人。在行宫高台远眺，可以看到远处村郭有人垦荒的烟火，山峰连绵与天相接的壮丽。这两天天公也作美，日头不冷不热，春风不湿不干，卷着花香，混着泥土的气味飘在空气里，叫人心旷神怡。

一行人刚刚入住，都很疲惫，易姜却倚着栏杆在看风景，若是被云阳夫人知道，少不得又要找过来了。

身子被人自后拥住，头顶响起沉沉醉人的声音："累吗？"

易姜先是一惊，听到声音才放松下来，往后靠了靠："还好。"

公西吾道："瞧你这几日似乎没什么精神。"

"出来透透气就好了。"她伸手指了一下西北方的一道门，"那里通向哪里？"

公西吾顺着她的手看了一眼："围场。"

"里面有许多野兽？"

"自然。"

易姜点点头，站直身子道："还是回去歇会儿吧，站久了还是累。"

公西吾与她并肩往回走，一面道："今晚我要晚些回殿里来，后胜好排场，提议王上就明日春祭的器具用度再行定夺，诸臣都需到场商议。你就不用去了，好好歇着便是。"

易姜"嗯"了一声，垂头走路。

公西吾回殿内换了朝服，出门前与她说了一声。易姜送他到门口，看着他颀长的背影渐行渐远，直到彻底不见才收回目光。

给相国安排的寝殿位置独到，除了齐王建和王后所居的那间之外，这间是整座行宫里最方便通行各处的所在，而且视野开阔，景致优美。

晚上息嫦端来饭食给易姜时，禀报道："云阳夫人又叫侍婢来问主公能否见她，主公如何回复？"

易姜这次竟没有拒绝，当着在场的一圈侍婢道："你就说我晚一个时辰会亲自去拜见她。"

息嫦不明所以地出门传话去了。

等她再回来，易姜竟然已经换上了一身黑衣，外面还罩着一件宽大的披风，浑身上下都一片黑，连带白肤红唇都弱化了几分。

"主公要出门？"

"去见云阳夫人啊。"

息嫦瞥了一眼桌案，饭食一口没动。"您不是说晚一个时辰再去吗？为何连饭都不吃就急着去了？"

易姜笑着挽住她胳膊："走吧，别问那么多。"

息嫦只好跟她出了门。易姜的脚步轻快，甚至有点像在小跑，在她看来似乎有种急迫感，心中不免疑惑。

走了一段路之后，息嫦觉得不对了："主公，这不是去云阳夫人寝殿的方向啊。"

"我说了别问那么多，放心跟我走便是。"易姜的声音生冷严肃，叫她不禁噤了声。

西北门口的那队守兵闲得发慌，正在百无聊赖地对天数星星。易姜到了跟前。

"奉王上之命，入围场察视。"她借着火把的光亮，自袖中取出下卿官令。

领队士兵有些不解："下卿这么晚去围场察视什么？"

"王上嫌春祭的牺牲不好，要另择良兽宰杀。我也只是来走个过场，大晚上的，看一眼便当交差了，诸位通融一下。"

领队会意，何况这位不仅是下卿，还是相国夫人，可不敢得罪，便命人打开了门。

"下卿小心些。"虽然她说只走个过场，他还是得嘱咐一声。毕竟这里是围猎之地，这春季的野兽都忙着交配寻偶，机敏得很，很容易被惊动。

易姜道了谢，还摸出一袋刀币赏了他。

领队千恩万谢，掂了掂分量塞进袖中，再抬头，她已经进了围场。他连忙跟进去，竟有些赶不上她的脚步。耳中听着她的脚步声越来越快，眼中她的背影很快就隐入了黑暗中。

"下卿？"领队慌了，万一出什么事可要如何交代？连忙叫人举火把来找人。

易姜扯着息嫦一路奔跑，一直到看见前方隐隐闪烁的火光，不顾后方守兵的呼喊，快速跑了过去。

却狐坐在马上，一手举着火把，一手牵了两匹快马，一看到她们走近便将火把捣灭。

息嫦直到此时才意识到她是要跑，惊慌地叫了她一声。

易姜翻身上马："你要是想再见到丈夫子女便随我一同走，不想就留下来，

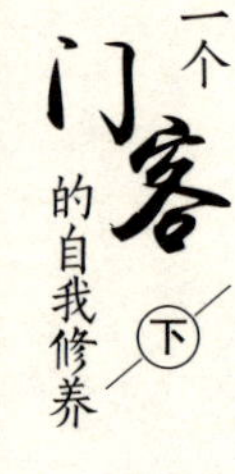

我不强求。”

息嫦一听这话，顿时没了犹豫，赶紧也摸黑爬上了马背，抱着马脖子战战兢兢。

“易夫人仔细跟随我，免得惊动野兽。”却狐拍马在前，疾驰而出。

易姜仅凭着那道模糊的影子追了上去。

却狐早已制定好详细的路线，顺着这条路线出了围场，再往南一直行，就会到达齐国的牟城。

围场占地极广，先是稀稀疏疏的树木，往前越来越幽深，树木也越来越繁盛。后方的守兵都是徒步，声音已经被甩得听不见。

易姜片刻不敢放松，紧紧盯着前方那道身影前行。后面的息嫦骑马次数少得可怜，一路上时不时发出惊呼，不过大概是因为急着要见到家人，竟然坚持了下来。

公西吾刚刚回到寝殿，侍婢们都恭恭敬敬地站在门边，桌案上放着已经冷了的饭食。他在房中转了一圈，问道：“夫人呢？”

一个侍婢垂首回答：“夫人带着息嫦姑姑去见云阳夫人了。”

门口的聃亏立即举步要走。

公西吾叫住他：“去哪里？”

聃亏道：“去云阳夫人那里看着啊。”

公西吾摇了一下头：“这么久了，总是看她太紧，随她去吧。”他又问侍婢，“她去了多长时间了？”

侍婢道：“半个时辰左右。”

公西吾吩咐聃亏：“再过半个时辰，若她还未回来，你再去接她就是了。”

聃亏点点头，在门口安安分分守着去了。视线扫到行宫西北方，讶异道：“咦，这么晚了，怎么围场里还亮着火光？”

公西吾刚换下朝服，听到他提及围场，忽然想起白日里易姜问的话，眉心一蹙，快步出门：“去看看。”

领队都要急疯了。眼见着相国夫人跑了竟然追不上，到底是怎么一回事啊！

一个守兵跑过来告诉他，相国已经来了。他腿都软了，连滚带爬地跑回门边去拜见。

“下卿是不是来过？”公西吾尚未到跟前便劈头问道。

“回禀相国，来、来过。”

“她现在人在何处？”

“在围场里……已经不见了。”

公西吾立即越过他朝大门而去。领队慌了，跪着趋近：“相国万万不可冒险，还是再调人过来找吧。”

公西吾沉着脸没有吭声，夺过门边守兵手中的火把，走进了围场。

聃亏气得一脚踹开那领队：“为何不早早来报！”

领队抖索着道：“小人们怕惹了相国不快，希望能找到下卿将她好好送回去。”

“就靠你们？”聃亏气得都快拔剑了。实在是想着找人要紧，又赶紧跟进了围场。

公西吾已经去前方查看过，折返回来高声吩咐：“备马。”

聃亏大惊：“夫人必然没有走远，何须备马？先生不如派人搜寻，免得她遇着野兽啊。”

“她不是被困住了，是自己要走的。即刻备马，再晚就追不上了。”

聃亏愣住。

守兵将快马牵至。公西吾正要翻身上马，被聃亏一把拉住：“先生，您明日还有春祭要主持，不能亲自去找人啊。”

公西吾抿唇，易姜是故意掐准时机走的。

聃亏抢先上马，扯了一下缰绳：“先生放心，府兵就在附近，我即刻带他们去找夫人。”

“往魏国方向搜寻，速度越快越好。”公西吾迅速吩咐完，亲手拍了一下马，聃亏疾驰而走。

他立在原地没动，手指在夜风中微微发凉。还以为她已经接受现状，没想到她还是离开了……

聃亏带了足足三千府兵，都是快马轻骑，出围场直奔魏国方向，速度快得惊人。

易姜对此早有预料。公西吾敢对她放松警惕，也是因为自信她即使跑了也能追上，她现在唯一的优势只是多了个却狐这样的帮手。所以才出了临淄不久，她就提议却狐改道，从牟城去赵国的邢地，而后再由邢地入魏土。

接连赶路，除了草草吃了些东西，连夜没有休息，她脸色苍白憔悴。却狐便提议休整片刻再上路。

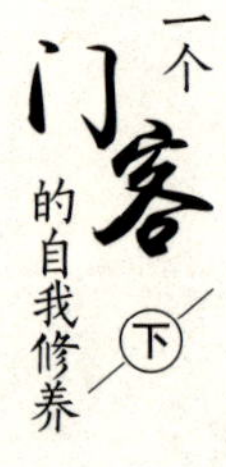

易姜断然拒绝，坚持要到牟城再休息。

却狐只好答应，感慨道："易夫人这样性子的女子，在下还是头一次见。"

易姜脸上没有一丝轻松，只要想到公西吾时刻会追上来，神经就一直是紧绷着的。

却狐的准备极其充分，一进入牟城，立即有人前来接应。易姜被扶进铺着软垫的马车，息嫦也松了口气。

一行五六人，男仆女奴俱全，这使她看起来像是哪个地方来的富豪商贾或是达官贵人。牟城是个小城镇，百姓淳朴，也不敢招惹，一路走来都没多大风波，很顺利地朝搭界的赵国邢地而去。

易姜已经是困倦至极，即使马车速度行驶得飞快，她还是进入了梦乡。

醒来时天已经黑了。车外传来说话声，易姜一时竟分不清自己身在何处，好一会儿才回忆起自己已经跑出来了，赶紧坐起身来。

探身出去一看，马车停在荒郊野外，女仆们围着一小丛火堆，却狐带着男仆们在远处巡视。

息嫦正在吃东西，见到她醒了，连忙擦擦手，端了吃的送过来："主公可算醒了，您都睡了两天两夜了。"

"这么久了？"听她这么一说，易姜觉得真是饿了，赶紧接过吃的。

车后方闪出一道身影，黑衣黑发，笑眯眯地登上车来："你的确睡这么久了，我都到啦。"

易姜嚼着块肉，顾不得咽下去便含糊不清地道："少鸠？连你都来了，难道我们已经到赵国了？"

少鸠点头，给她拍拍背："不仅我来了，东郭淮也来了。不过他先行一步去魏国了，毕竟那边也需要人接应。"

易姜问息嫦："见到你的家人了？"

息嫦微微笑了笑："却狐大人早已派人将他们都给安置好了，看来是要让主公全然无后顾之忧地随他走，倒是细心。"

少鸠的目光朝远处的却狐身上扫了一圈："这小子到底在魏国任何官职，能调动这么多人，安排这么周密？"

易姜慢慢咽下口中食物："也许他魏国官员的身份只是表象罢了。"

少鸠一怔："哦？"

旁边响起一道带笑的声音："易夫人似乎正说起我。"却狐朝这边走来，一袭贴身胡服，领口微敞，露出里面的软甲，腰边佩着一柄短剑，又在外披了黑色的披风，看起来全副武装。

易姜将食物递给息嫦，取了帕子擦了擦嘴，走下车来："你自称奉魏无忌的命令来助我逃离齐国，但这是不可能的。魏无忌与公西吾有约定，我被公西吾掳去齐国的事他是不能插手的。他为人讲究信义，绝对不会出尔反尔。已经到了这里，可以告知我你的真实身份了吧。"

却狐恍然："原来易夫人早就怀疑我了。"

易姜面无表情地盯着他，其实心中多少有数。

却狐笑道："我听闻易夫人一直想去秦国看看，不知真假。"

易姜点头。

他倏然正色，抬手抱拳："秦国左庶长却狐，奉我王密令，迎接易夫人入秦。"

少鸠和息嫦都是一副目瞪口呆的表情。

易姜也有些意外。她怀疑过却狐是白起派来的，却没想到派他来的人竟然是秦王。

聃亏果然没有追上易姜。他怎样也想不到一个逃跑的人会放弃最近的路线，反而拐了个弯去绕远路。

后来倒是反应过来了。他琢磨着可能是漏掉了哪个地方，便一面叫人去前面继续追查，一面亲自返回再去搜寻。没想到在半路居然碰到了赶来的公西吾。

春祭刚一结束公西吾便快马加鞭地追了过来，一路不停，人疲马乏，身上的白衣沾了灰尘，袖口已有些发皱，神色却没有半分颓唐。

听完聃亏的描述，他想了想便回味过来，叫所有人随他立即赶去魏国大梁。

聃亏已经耽误了不少时间，她就算绕道，恐怕也快入魏境了。她一个人不可能贸然逃跑，必然有帮手，还有十分周密的安排，而这段时间以来，与她接触最多的唯有却狐。

出发前聃亏问他："先生，我不明白，夫人为何要忽然跑出齐国？难道她之前与你夫妻恩爱的模样都是装的？"

公西吾手指紧紧攥着缰绳，人在春月，心在寒冬，夹杂着丝丝缕缕的愤怒，也许还有不甘。

这一路几乎忘了是怎么走的，仿佛没有一刻是空闲的。而一路追赶至今都未能看到蛛丝马迹，就连聃亏都快要放弃了。

公西吾上次率军经过魏境虽然得到魏王同意，但事后魏王又觉得不妥，以至于魏国如今每次遇到有齐人入境都盘查得格外严格仔细。这样一来又让他耽误了不少时间。所幸这次带的是府兵，不是正规军队，入境终究是没受到阻拦。

不过才短短半个月而已，他竟然从齐国临淄一路到这里赶了这么长的路，这在以前几乎是不可思议的事。

眼看就要到大梁附近，终于探子回报，前方发现了可疑的踪迹。

“你真打算去秦国？”马车行驶的速度很快，眼看就要到大梁城外，少鸠在车中小声地问易姜。却狐居然是秦国安插在魏国的奸细，直到现在她还是无法接受这个消息。

旁边的息嫦也有些担忧，只不过碍于身份不好多问。

“假如不是因为长平之战，我已经去了。”易姜叹了口气。那时候她是抱着游学的心态想去秦国，可现在却惊动了秦王，事态发展真是无法预料。

少鸠一手托着腮，若有所思：“也不知道裴渊现在如何了。”

易姜正想安慰她两句，忽听车外却狐高声喊了起来。车夫闻声立即呼喝着甩鞭，身下的马车陡然加速，险些将她摔着。

她连忙探身出去看了一眼。后方烟尘滚滚，即使离得远，为首的人即使光是看一眼身形也能知道是谁。

“公西吾居然亲自追来了。”

少鸠闻言也朝外看了一眼，果不其然。她想了想，对易姜道：“他们速度太快，肯定都盯着马车，我在里面假装成你引开他们，你上马走。”

夕阳刚刚下山，白色的月影已经悬在空中。

离前方那群人越来越近，当中一辆马车疾驰着，甚至连车夫呼喝马匹的声音都能听见。其余一行十几人全都骑着快马护卫在后，摆出挡住后方追兵的架势。

再往前不远就是大梁城门。却狐有官员身份，要进入魏都容易得很，公西吾却未必，当即连下几道命令全速追赶。

聃亏为拖慢对方速度，当即搭弓引箭，接连射杀了两个护卫在马车旁的仆从。他不愧是当年驰名燕国的剑客，马在疾驰中仍能瞄准目标。对方速度果然慢了下来，他赶紧又搭起一箭指到车旁另一名骑马的侍从身上。

公西吾的视线也正落在那侍从身上，忽然跃马上前，伸手拦他："住手！"

聃亏的箭已经射了出去，但被他推了一下歪了方向，只射到了对方身下的马臀。马吃痛狂嘶，将身上的人甩了下来。对方一声闷哼，聃亏才惊觉她是个女子。

刚意识到这点，身下的马已经又往前疾驰了一段距离。他依稀看见那摔在地上女子的脸，似乎正是易姜。

"先生，我……"聃亏怎么也没想到是她穿了男装，愧疚万分，骑马的速度也不禁放慢下来。

公西吾顾不得与他说话，心中只觉后怕，若非对她身形太过熟悉，方才险些就要酿成大错。

易姜伏在地上，视线隔着层层叠叠人和马望过来，撞上他，眼神疏离得像是陌生人。

公西吾陡然勒住了马。随行的人从两侧流水一般往前冲去，而他眼中却只看得见那个半天爬不起来的人。

昨日还相对言笑晏晏，今日竟已冷眼相对。

易姜不是不想爬起来，实在是爬不起来。也不知这一摔是伤到了哪里，腹中竟然一阵绞痛，浑身冷汗涔涔而下，半分力气也使不上。但又不得不庆幸，假如那一箭射在身上，可能连命都没了。

所幸有侍从及时挡住了她，齐国追兵未能靠近。却狐纵马过来，一手揪紧缰绳俯身向下，一手抄起她的腰，竟将她携到了马上，实在是臂力惊人，连后方的追兵都被唬住了。他片刻不停，拍马便朝城门冲去。

易姜一手捂着小腹，忽然感觉身体有些异样，抖索着手悄悄往身下探了探。浑身一僵，待手指拿到眼前，果然见上面有一丝血迹。

"易夫人受伤了？"却狐瞥一眼她的手指，只顾着往前赶路。

易姜一个字也说不出来。身下的马踩过护城河上的木桥，闷声作响，每一下颠簸都如同撞在她的心上。

她恍然记起，自己这个月的例假似乎没有来，而她一直顾着安排逃跑计划，竟然没有在意……

却狐朝城头高呼几声，冲入城门。就这一瞬间，城门外的吊桥便缓缓收起，城门开始关闭。公西吾的人马被隔在护城河外。

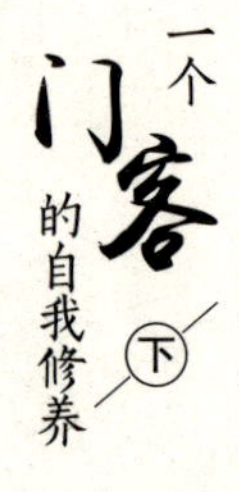

“快！放我下马！”一确认已经安全，易姜便扯住却狐的胳膊，人像是从水里捞出来的一样，衣衫几乎要被汗水湿透。

“易夫人再忍忍，马上到。”却狐以为她是受了伤难受，没敢加快速度，拐入岔路，在一间院落前停下，将她抱下马。

易姜根本站不住，一下马就软倒在地。

后方马车已经驶到，少鸠和息嫦一前一后跳下来。看到易姜被却狐架着，赶紧跑了过来。

息嫦眼尖，一眼看到她身后衣衫上沾了血渍便心惊了一下，忙道：“不能架着走，横抱进屋，小心些。”

却狐连忙将易姜打横抱起。她已经脱了力，虚弱苍白，像是个破碎的纸鸢。

院落不大，却狐就近找了个屋子将易姜放去榻上，一边出门一边道：“我去叫大夫。”

息嫦忙道：“不慌，我粗通医理，待我先瞧一瞧。”

少鸠见她神色有异，料想有事，忙也跟着附和。

却狐不疑有他，只吩咐有任何事一定要及时告知他，便匆匆退出门去了。

息嫦示意少鸠守着门，连忙扑去榻前：“主公这月的月事是不是没来？”

易姜点头，声音轻颤：“可是不该啊，我一点害喜迹象也没有……”

“害喜是因人而异的啊。相国也是，竟然下杀手，险些连自己的孩子也……”息嫦小声埋怨了一句，见她情绪激动才惊觉失言，又赶紧安抚两句，小跑着到门边，叫少鸠去取热水来。

易姜耳中听着她们忙碌不息的脚步声，手紧紧捂着小腹，手指一片冰凉，心中杂陈了五味，脑中混混沌沌，甚至撑不住要晕过去。

此处是却狐的官邸，他在魏国的官职不高不低，有这么个安身之处已经算不错了。

不过他也不在乎什么官职。此番只要完成将易姜带入秦国的任务，他便可以光明正大地做回秦国的左庶长，这些年小心隐藏的艰辛总算是熬过去了。

他换了身衣裳，草草吃了些东西。在厅中等候到半夜也没有易夫人的消息，正打算去探望一下，前去查探的人回来禀报，说公西吾已经撤走，眼下不知身在何方，可能是回齐国了。

却狐对公西吾很忌惮，下令再查，一定要确定他是回了齐国才行。

一直到后半夜，息嫦总算出现了。

她额头上还带着汗，神情有些憔悴，眼角的细纹也明显了几分："却狐大人，我家主公恐怕暂时不能随你入秦了。以她如今的情形，至少得调养个一年半载才能痊愈。"

却狐大惊失色："易夫人究竟受了什么伤，竟需要调养这么久？"

息嫦蹙着眉垂下头："她小产了。"

野外荒寂，一丛火光熊熊燃烧着。聃亏坐在火堆旁，小心翼翼地看着对面公西吾的脸。从先前到现在他就没有开过口，连眼线千里迢迢送了消息过来也是自己代为过目的。

原来他一早就在调查那个却狐。这小子藏得够深，竟然是秦人。

"先生，何不直接拆穿却狐身份？魏国一旦发现他是奸细，一定会擒拿住他，也会交出夫人。"

公西吾的视线落在别处，许久才收回来："只要她不愿意，还会继续跑。"

聃亏讶异道："那就这样让夫人走吗？"

公西吾又想起那记排斥的眼神："大概我从来就未留住过她。"

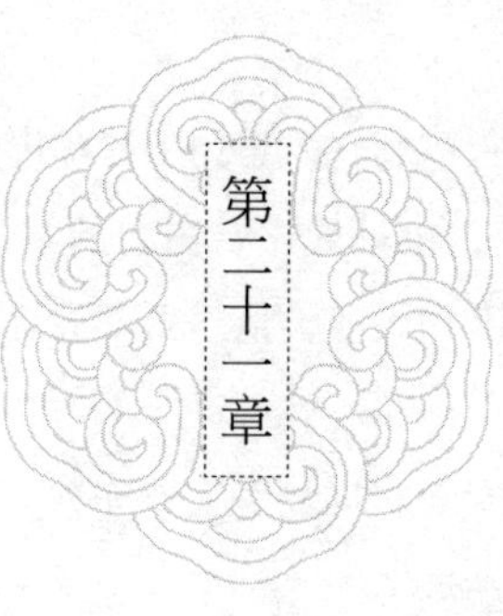

第二十一章

遗珠于魏

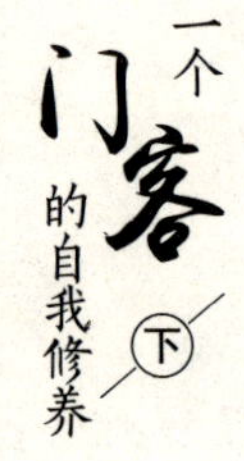

却狐很忧心。事情原本很顺利，没想到半道却出了这样的岔子。

他是义渠胡人中的贵族，也是武安君白起的学生，少年时便在军营杀敌建功，得赐左庶长爵位。为了秦国大业，他不得不放弃身份潜入魏国几年，其实早已按捺不住想回秦国。

如今秦王密令中允诺他只要带回易夫人就能恢复身份。易姜是他回秦后步步高升的关键，却偏偏在这时候流了产。

息嫦倒是解释了缘由，易姜的身体原本就弱，此番元气大损是一方面，另一方面是因为秦相范雎。之前易姜与公西吾合力对付他的事早已被他察觉，此番入秦必然会被他视作眼中钉肉中刺，易姜希望得到秦王的确切答复。

就算这样，休养一年半载也未免太让人心焦了。却狐因此懊恼了一夜，天亮时写了信去秦国报信。信送出门交给仆从，忽然听到后院传来青铜器具落地的脆响，侍女们一窝蜂地被赶了出来，院门轰然合上。

“怎么了？”他走去廊边问。

一个侍女哭着道：“易夫人脾气暴戾，除了息嫦姑姑和少鸠姑娘，谁也接近不了。”

却狐皱眉：“算了，那就让她俩伺候吧，你们不要露面，免得刺激易夫人。”

“是。”侍女们似乎松了口气。

等侍女们都退走了，却狐举步去了院门边，打算去探望一下易姜，顺便与她商议一下能不能尽早上路。

结果敲开门，息嫦双手把住门，朝他摇了摇头：“易夫人小产，脾气不善，却狐大人又是男子，最好不要探视。”

却狐不耐烦地叹了口气：“那等她好一些我再来吧。”

后院的门又关上，瞬间恢复平静。

太阳渐渐升高，初夏的风开始在大梁城中盘旋，院子里花红草绿，生机勃勃。偶尔有鸟雀从院中经过，叽叽喳喳地喧闹一会儿又飞走，这一方小天地仿佛成了与世隔绝的世外桃源。

少鸠将那些摔在地上的器具都收拾了起来，和息嫦一前一后走进屋内。

易姜还躺在榻上，刚刚一觉睡醒，双眼还带着惺忪，手却一直护着腹部。

息嫦走过去给她拉了拉薄被，目光落在她腹间，迟疑着问："主公为何要骗却狐？"

她说的是流产的事。昨晚是见了红，但失血不多，也并没有到滑胎的地步。

这孩子竟然这般顽强，居然在她腹中安稳地度过了一劫。

易姜当时已经晕死过去，醒来后得知消息竟然生出了欣喜，便决定留下他。

虽然知道将来会有许多不易，但这孩子还好好的本身就太不易了。何况她也不放心这时代的堕胎方式，无论是自残还是用药都太危险了，很容易有生命危险。

息嫦和少鸠也劝她不要冒险，只是对她故意隐瞒却狐都感到不解。

易姜端了放在手边的白水喝了一口，许久才说道："我不能让秦王知道这个孩子的存在。"

少鸠顾不上收拾东西就走了过来："为何？"

易姜道："秦王一改前态要接我入秦，必然有目的，若是将来有分歧时他以孩子要挟我，我很难保证这个孩子的安危。"

少鸠急了："既然如此，何必还要入秦？"

"我没有选择。天下敢接纳我的非齐必秦，就算是魏国也只能是暂避。难得秦王有心修好，我自然要把握机会，绝对不能再像之前那样陷入全天下都孤立无援的地步。"

少鸠一想也是。早在滥国时她就计划要与秦国修好，这次难得对方先低头，的确是个难得的好机会。

"那孩子怎么办？都说怀胎十月，你这十个月要怎么熬过去？"

息嫦在旁无奈摇头："傻姑娘，这孩子估摸着至少也有个把月了，你当日子是从发现那天起算的？"

少鸠脸一红，嗫嚅道："我又不懂……"

易姜早有准备，指了一下案上："我写了封信，你帮我送去给魏无忌。"

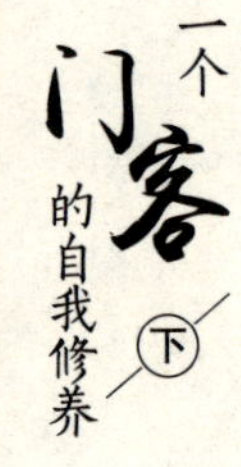

少鸠还有一堆问题要问，无奈她一副催促的模样，只好揣上信出了门。

却狐并不愿意放她出门。但她称易夫人不放心任何人，非要她亲自去买药才肯喝，他只好同意。

到底是在大梁生活过好几年，她对城中熟悉得很，办事利落迅速，回来时竟然还带回了眼线的消息——原来眼下范雎也不好过，他已经被秦王怀疑了。

这还多亏了之前易姜和公西吾的合作。他们策动范雎一手栽培的将领反了秦国，秦王自然不再信任他。

据说范雎在秦王面前痛哭流涕，指责是公西吾构陷他，但秦王根本不为所动。

易姜琢磨，难道秦王是想让她取代范雎？

其实她刚被掳去齐国时就想除了范雎好取而代之，但那是抱着破釜沉舟之心想要去秦国自荐的。因为当时发现白起没有杀她的意思，她又急着摆脱公西吾的桎梏，才有了这样的念头。

但如今秦王忽然主动器重她，实在是她没有想到的。天下能人名士多如牛毛，秦王为何偏偏看中了她？

秦国的回复很快就到了。秦王许诺，易夫人入秦后不会有半分危险，还会封爵授官，绝不会因为她是女子而轻视她。甚至就连她小产的事都特地慰问了几句，允许她好生休养，丝毫不觉得她要求休养一年半载是在拿乔。

别说易姜，就连却狐都对这个回复感到震惊。

这下他不仅不能催促，还一定要尽心照顾，不可有半分差池。

却狐头疼，他想回秦国都想疯了，还以为秦王可以施压让易夫人早些上路，没想到还是要等。更不妙的是，这一等竟然等到了信陵君的命令。

信陵君忽然下令，调派他去魏国的安邑任职。

却狐很慌张。他从回到魏国之后就计划着要走，因此一直没去向魏王陈述此番使齐的结果，便怀疑是不是自己的身份有所暴露了。

这么多年的努力不能毁于一旦，他只能忍耐着静观其变。原本打算带易姜一起去，但息嫦说她身体实在不适合长途跋涉，婉言谢绝了。

有秦王的命令在，却狐自然不敢强迫，唯有在临走前嘱咐府兵严加看护，绝对不能让易夫人出门。

可惜，他前脚刚走，魏无忌后脚就到了。

风评甚佳的信陵君第一次摆出了贵族子弟嚣张跋扈的嘴脸，站在门口叉着腰宣布原主调去安邑了，这座宅邸以后就被他信陵君接手了。

仆从全都撤换掉，府兵全都赶去安邑，就连院子里的花都恨不得打上他魏公子的标记才好。然后他优哉游哉地转悠了一圈，十分惊讶地发现，哟，后院里面竟然藏着一窝娇啊！

秦国探子们惊悚地将消息送去给却狐，他当真是慌张了。之所以希望早些离开魏国就是怕节外生枝，没想到居然被信陵君发现了。

还以为要功亏一篑，易姜及时送了信来给他。她在信中叫他安心，信陵君与她是至交好友，并没有为难她，消息也半分没有走漏。待她身体好一些便来安邑与他会合，共赴秦国。

却狐不放心，又叫人去查探。来报的人说府上一切如常，信陵君也就那日来过一次，之后都没出现过。易夫人也从未出过门，连她身边的那两个女子都不常露面，看来她的确是在静养，并无离开迹象。

易姜当然不会离开，她只不过是要借魏无忌的手支开旁人罢了。

天气渐渐炎热起来，骄阳似火，整日整日地照着临淄城。

公西吾从王宫出来，厚重的朝服压在身上，却依旧风骨卓然，在这样叫人燥热的天气里也半分没有狼狈之态，难怪引得两旁宫人纷纷侧目。

刚出宫门，立即有人迎了上来，命随从为他撑上遮帐。

“云阳夫人不必费心。”公西吾见了一礼，继续前行，聃亏在远处看着，也不好上前。

“这么热的天，相国身边连个照顾的人也没有怎么行。”云阳夫人装扮得精致，笑颜如花地跟在他身侧，一手抬袖遮了遮阳光，似随口般说道，“唉，自易夫人离开，你就没人照顾了。”

公西吾没有应声，径自走去了自己的车驾旁。

云阳夫人被甩在身后没得到半分回应，脸上的笑也没了，终是僵着脸走了。

聃亏这才迎上来，低声道：“夫人可能还在魏国，但我们的探子如今半分消息也探不到了，这可如何是好？”

公西吾登上车，沉默许久后道：“不要再探了。”

聃亏忙道：“这怎么行！”

“照我说的做便是。”他朝里坐了坐，吩咐驾车。

云阳夫人说得没错，自她走后的确没人再会像那样照顾他。没有人再会关心他吃的食物是什么口味，没有人过问他是否该添减衣物，更不会有人再在房里等着他从书房忙完回去。

可就算有又如何，这一切都是她为了离开装出来的柔情。曾经的甜蜜，如今都是心头剑。

齐国探子打探不到消息是正常的。因为魏国最近接连发现了几个秦国探子在魏国走动，于是开始严密盘查，大有狠抓一把的架势。

却狐因此越发安分守己，在安邑待了几个月都不敢有半分出格的举动，甚至没敢与秦国有书信往来，只偶尔派人回大梁的宅邸问一问易夫人的情形。

有时候带回来的是好消息，有时候又说不太好，弄得他心里七上八下的。

易姜的情形其实的确算不上太好，倒不是身体不好，只是太过担心。

肚子一日日大了，可她几乎没怎么害过喜不说，也丝毫感觉不到胎儿的动静。到底之前摔过一回，心里难免会多想。

少鸠一个姑娘家当然不懂这里面的奥妙，只有息嫦能安慰她。她生下了两个健健康康的孩子，以往在赵王宫里又见了太多生儿育女的事，经验足得很。

“还没到时候呢。”她好笑地摇头。

“大概是需要我走动走动吧？”易姜扶着腰站起身来走了两圈。

息嫦忙张开双臂护着她：“小心小心，可别动了胎气。”

“哪有什么胎气？多走动一些是有好处的。”易姜凭着以前那点儿常识坚持己见。

息嫦无奈。她总有一堆古怪的主意，可怜旁人一惊一乍的。

一直到了盛夏，院外蝉鸣阵阵，易姜浮躁地擦汗时感到肚子被踢了一下。她几乎立即就坐了起来，手抚着肚子不可思议。

原来孕育一个生命是这样的感觉。

几个月的时光流水般滑过。托魏无忌的福，府上已经全部弄空，只剩了她们三个。

魏无忌因为之前未能帮到她始终有愧，如今还清了公西吾的人情债，一身轻松，便想要补偿她，当日来见她时还一心想将她接走。

但是易姜知道魏国得罪不起齐国，到时候反而会拖累他，便婉言拒绝了，并请他暂时不要再来。

魏无忌唉声叹气地离开了，除了叫人好生护着宅邸之外，之后的确一次没来。

易姜就在这一方小天地里一边带着身孕一边铺排着计划，每日都很耗费脑力，弄得息嫦只能每日给她炖汤滋补。

等到魏国好不容易放松下来，已经到了深秋，却狐终于送来了秦国的消息。

局势越来越混乱。之前和易姜通过几次信的白起也送了信过来，范雎地位岌岌可危，与白起大有一触即发的架势了，而秦王对此不闻不问。

大概冷眼旁观的还有公西吾，他们之前铺排了许久的计划一点点收紧，像是一把剑正缓缓靠近范雎的咽喉。

易姜每日在院中活动身体，谋划入秦后的安排，生活得很充实也很积极。倒是少鸠和息嫦开始惶惶不安。虽然日子看似平静有条不紊，可是接下来还有更严峻的考验。

孩子怎么办？不能让秦王知道，那生下来后要如何安置？

少鸠一直想问易姜，甚至想问她是不是打算把孩子交给公西吾，但见她一次也没有提及过那个人，又闭上了嘴。

只有一次，易姜闲了下来，拉着她俩给孩子想名字。息嫦歪着脑袋苦思冥想：“叫公西什么好呢？”

她立即在旁纠正：“姓易，这个孩子跟我姓。”

这在息嫦看来简直不可思议。

易姜算过日子，临盆要到冬日，不用着急。不过她已经无法久站，总觉得疲惫，肚子里那小东西倒是不知疲倦，经常折腾她，晚上都睡不好。

可是没想到那一天来得如此突然。那晚刚要入睡就感到了阵痛，她只来得及叫一声息嫦就扶着床榻跪在了地上。

向来注重仪态的息嫦从未跑这么快过，声音也一下抬高许多，指挥少鸠烧热水拿布巾，仿佛是战场上的将军。

少鸠平时挺有主意，这会儿完全慌了，什么都“好好好”，“是是是”，“马上来”……

易姜慌张地拽住息嫦的手：“才七个多月，不会有事吧？”

息嫦心里也没底，但得安抚她：“不会有事的，总比八个月时出生好。”这是民间的说法，她也是慌了才拿来安慰她。

少鸠端着热水匆匆进门，脸上沾了炭灰，手背上还被烫红了一块，全然顾

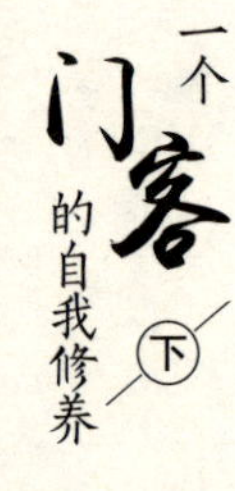

不上。

息嫦怕她害怕，叫她按住易姜的肩别多看。少鸠看着疼得死去活来的易姜，深吸好几口气才有勇气走去榻边。

后来发生了什么少鸠简直不想回忆了。孩子怎么出生的，过程有多纠结痛苦，实在对她造成了难以磨灭的阴影。

等息嫦将孩子抱去清洗时，少鸠几乎比易姜还累，一下就瘫在了地上，口中喃喃：“太可怕了……我以后可不要生孩子……”

易姜强撑着身子朝息嫦望去，战战兢兢地问：“怎么不哭？”

息嫦“啪”一下打在婴儿臀上，她终于如愿听到一声啼哭，这才放心地躺了下去：“是男是女？”

息嫦也是一头的汗，此刻却松了口气。这孩子虽然不足月，但声音洪亮，看着也没什么问题，就是个头小了一些，需要悉心照料。她用软绢包着婴儿送去榻边，屈了屈膝，笑道：“恭喜主公，是个小郎君。”

易姜没力气抱他，只能歪头看着他的脸。其实红通通皱巴巴的一点儿也不好看，可是这是她的孩子，她来到这世界后终于有了血脉相连的人，有了对这世界温柔的眷恋。

孩子眼睛还没睁开，号了几声就啜着手指睡了，易姜也终于放心地睡了。

少鸠终于从榻边爬出来，狼狈不堪：“我、我要出去缓缓。”

要照顾产妇还要照顾婴儿实在费神，息嫦几乎忙得脚不沾地。

大概是因为不是足月出生，孩子很安静，除了饿了的时候，很少啼哭吵闹。但是胃口真是不小，能吃得很，经常是刚喂过奶过一会儿又饿了。

息嫦笑道：“能吃就没事，用不了几个月就要长成大胖小子了。”

易姜剪了一搓自己的头发用绢布裹起来细细缝好，给他做了个小手链拴着。以前她小时候她妈也给她做过一个，不过头发是装在透明塑料管里的，就一小截，连在链子上像个装饰，据说这样能护佑孩子平安。

息嫦瞧了还夸她手巧，一边问：“主公还没给他取名字呢？先取个小名叫着也好。”

易姜看着孩子熟睡的脸想了一会儿：“小名叫无忧吧，我希望他活得自由自在、无忧无虑，以后想做什么就做什么。”

少鸠从窗边转过头朝她看了一眼，又若有所思地移过头去。

魏国一到冬天就冷得烦人。魏无忌站在院中，披上大氅搓着手还是觉得冷，又跑回屋内对着炭火烤了烤手，一面叫人去送些木炭衣物给易姜。刚吩咐完，一名仆从匆匆送了信过来，他一看信函上的名字脸就沉了几分。

不是公西吾是谁。

当初他被迫不插手公西吾掳走易姜的事，结果他不仅掳走了人还直接将人给强娶了。因为这事魏无忌一直对他颇有微词，连带以往那点敬重也没了。当下展开信来看，原来还是因为易姜。

他倒是很笃定易姜就在魏国，还请他好生照料。

我自会照顾，还用你说？魏无忌将信丢进炭盆，搓搓手继续烤火。

过两日，易姜托少鸠送信过来向他表达了谢意。

魏无忌趁机提出去见一下易姜，哪知少鸠立即道："她近来身体不适，不方便见您，待开春了她会自己登门拜访的，信陵君不用挂怀。"

魏无忌无奈："她神神秘秘的，都好几个月没见我了，到底跑魏国做什么来了？"

少鸠讪笑，找了个借口溜了。

开春之后魏无忌就把这事给忘了，因为府上多了不少有本事的门客，他心情舒畅，夜夜设宴款待，忙得不亦乐乎。

这晚又是一夜尽欢。众人纷纷散去，他独坐在案后醒酒，仆从忽然进来禀报说易夫人来了。

魏无忌瞬间脸上堆满了笑，起身理理衣襟，大步朝府门走去。

易姜带着息嫦和少鸠进了门，双手笼在宽大的披风里，冲他笑道："信陵君夜夜笙歌啊。"

魏无忌嘴角边又露出浅浅的梨涡来："你可算来了，没你在场，笙歌也听不出乐趣啊。"

易姜并未没被他的打趣逗笑，反而神色肃然地说了句："可否借一步说话？"

魏无忌立即正色，抬手做请，率先朝前走去。

易姜跟上他的步伐，身后的息嫦忽然追上去一步，神情里竟无端多了一丝不舍，多亏少鸠及时拖住了她手腕才没失态。

魏无忌一直带着易姜走到了自己房中，遣退了所有下人，请她入座，一边借着明亮的灯火上下打量了她一圈，打趣道："这么久没见，我怎么觉得你丰腴了一些？”

易姜没有坐下，也没有任何其他表情，一手掀开披风。

魏无忌愣住，快步上前。她的怀中竟然有个襁褓，襁褓中的婴儿白白嫩嫩，看着才四五个月的样子，正睡得香甜。

“这……这是谁的孩子？”

“我的儿子。”

“你的？”魏无忌捂了一下胸口，“你和公西吾的儿子？”

“我的儿子。”易姜强调，“你只要记着他是我的儿子就好。”

魏无忌镇定下来：“你有什么话不妨直说。”

易姜道：“你当初曾对天发誓，将来我若有求，你一定会报答我，还算数吗？”

魏无忌立即道：“自然，你当初救我一命，我欠你天大的人情，这是应该的。”

易姜垂眼看了看孩子：“我想将他交给你抚养。此事只有你我知晓，不能让第三个人知道，尤其是公西吾。”

魏无忌其实已经猜到了，毫不意外地点了一下头：“我府上仆从婢女多的是，乳母也不缺。他既然是你的儿子，我一定视如己出，绝对不会亏待了他。”

易姜神色犹豫：“假如将来你我处在对立位置……”

魏无忌爽朗地笑了一声：“真有那日我也不会以你儿子做要挟，你还信不过我？”

易姜点点头：“承蒙大恩，我将来一定报答。”

魏无忌神色有些怅惘：“你这是要走吗？”

“是。”

易姜的手紧了紧，终究还是将孩子递到了他面前。其实她悄悄给孩子做了个记号，但怕魏无忌多心便没有提及。毕竟他还太小了，小孩子一天一个样，总要以防万一。

魏无忌虽还未娶正室，但早已是做父亲的人了，接过她怀里的孩子，竟然抱得有模有样。孩子睡得香甜，嘴边竟然还吐着泡泡，不禁将他给逗乐了。

齐国的临淄此刻已经宵禁，家家户户熄灯入眠。

聃亏拿着一份绢帛进了公西吾的书房。他还在案后忙碌，垂着头，发髻上的玉饰在灯火下泛着温润的光泽。

听到声音，他搁下笔接过绢帛。展开一看，是范雎的消息，他举荐的另一名将领也叛了国，如今已经被迫辞去相国之职，回归封地，还染了重病，只怕命不久矣。

“范雎倒了，恐怕易姜就要入秦了。”他将绢帛揪成一团。先前费心对付范雎，竟像是给她开辟了一条远离的路。

聃亏看着他出神的双眼便知他又在想什么，叹息道：“公子既然如此挂念夫人，为何不去找她？你总这般将心意藏着，也难怪她会走。”

公西吾摇头。他并没有藏着，他说过很多次自己喜欢她。

但现在想想，似乎又有些不同。

以前他说喜欢她，心底半分起伏也没有，只是喜欢罢了，与喜欢一卷书一盘棋没什么区别，出于欣赏一般。

他一直以为这就是喜欢。可自她走后，再想起这三个字，心情里多了从未体会过的情绪：愤怒、难过、不甘、酸楚，也许又夹杂着一丝丝的甜……

一句莫名其妙的话，一点无关紧要的小事，都会无端地想到她，使他无法再专注于该做的事。他已变得生疏，叫自己都认不出模样来。

易姜曾说他暗中栽培了她。可是如果再有机会，他只想问她，到底是我造就了你，还是你改变了我？

自魏国国都大梁至安邑，尚且是中原大地的风土人情，繁华的城镇，拘谨守礼的百姓，广袤的平原，一望无际的原野，连风都带着温和的意味。而一旦到达函谷关，感觉立即有了变化。

崤山自西南向东北逐渐低缓的山势像是天然的屏障，由主脊向两侧呈阶梯状降低。发源于山地的河流在山脉两侧分流，向西北注入黄河，向东南流入洛河。至北麓有数座陡峭山峰矗立，关城在深谷之中，东西十余里，绝岸壁立，山崖上到处都是松柏树林，通道狭窄，抬头几乎无法看见日光，当真是一夫当关万夫莫开。

相传老子预见周室衰微，离周隐居，驾青牛途经此处。守关官员尹喜夜观天文，观紫气东来，便知有圣人临，立候关前得以与之相见，拜曰：“子将隐矣，强为我著书。”老子遂连夜写下了五千余字的《道德经》。

又传齐秦结盟，齐国派孟尝君入秦为相，不料二国反目，孟尝君仓促夜逃，夜半过关。随行门客有善口技者，仿鸡鸣引关内群鸡相和，关吏遂开启关门，孟

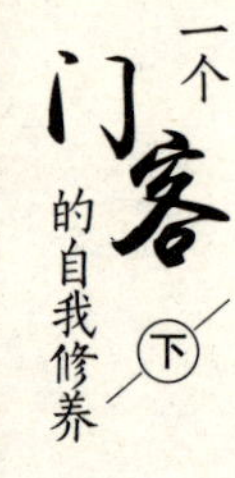

尝君终得以出关。

这地方留下了太多的传说，东面是中原三晋，西面是虎狼强秦。

渭水汤汤，乘舟而下，直到咸阳。

宫城前窄后阔，背后便是群山山脉，接天而立，布成一道绵延的背景。两道宫门巍峨庄严，驷马拉着铜车从中而过，经过旌旗猎猎的宫道，至广场前方停。

灰瓦朱廊，台阶三叠，每叠几十阶，阶下竖立雕像，黑龙飞爪，面目骇人，正殿在上，仿佛遥不可及。黑衣戴帽的内侍自殿门中快步而出，分立两侧，迎接贵宾。

秦王迟暮，发须花白，身形却不见发福，在殿中案后坐着，双眼微合假寐。

三声通禀过后，他睁开了眼，看向进殿的女子，她除去披风帷帽，俯首叩拜，素衣墨发，只可见一抹光洁的额头。

秦王主动起身，走至她身前，亲自扶她起来："易夫人快快请起。"

易姜抬起头来，秦王终于看清她的脸，黛眉明眸，肤白唇朱，却没有半分装饰，未免太过素净了些。尝闻中原女子好容仪，秦王心里多少有数，一个女子孤身入秦总带着些许旖旎在其中，又是来这被山东六国称作虎狼之国的秦国，她大概是有意掩饰容貌吧。

"易夫人此番入秦舟车劳顿，今日会面暂且不多谈，本王已命人备好一切，夫人不妨先行安置。"

易姜拜谢："王上仁厚。"

内侍进来请易姜出门，拐过长长的回廊，经过中桥，在前宫偏殿为她暂备住处。怕她多心，内侍特地解释："易夫人先在此休整，待王上授爵录用，自会拨府安置。"

易姜点头，进了殿内。少鸠和息嫦已经提前被领了过来，殿内寝具都备好了。

气候渐热，但秦国地处西北，却很畅快。少鸠身上还穿着严严实实的墨家服饰，坐在殿中有点不自在："我一个韩国人，又是墨家弟子，居然到了死对头秦国，光是想想都觉得惊奇。"

息嫦从内室转出来，一边取来清水给易姜净手一边道："我又何尝不是，秦国坑杀了赵国四十万兵士，我如今竟然来了秦国。"

易姜在水中搓着手道："你们为何不早些说，到了这里说可来不及了。"

息嫦讪讪地端着水盆走了，留下少鸠还坐在那边发呆。

易姜知道她八成又是在惦记裴渊，也不打扰她，转进内室去了。

其实她也舍不得就这样入秦，尤其舍不得她的小无忧，才几个月大就被丢下，世上没有像她这样狠心的母亲了。但时间已经拖了太久，再耽误难免会惹人怀疑。

宫人早被吩咐过，因为一行人沿途劳累，晚上送来的饭食十分丰盛。秦国偏居西隅，常年与戎狄打交道，与中原风俗民情大不相同。他们的烤肉竟然是整只的，用具更原始，一把小刀，自取自食。

易姜一觉睡醒正饿着，出来便见息嫦和少鸠目瞪口呆地围着桌案。顺着她们的目光看到那架在上方的肉食，这才明白是怎么回事。

内侍是秦王身边的贴身老奴，十分热情："此乃王上特赐。几位贵客都是女子，添了药料，可以养身，王太后生前最爱此食。"

易姜大步走过去，拿了小刀割了一块塞进嘴里，嚼了嚼，点头道："当真是很美味，烤食也有风趣。"

内侍满意地抄起手："我大秦子民崇拜昆仑西王母和女娲，俱是女神。易夫人虽是女子，但来到秦国大可不必拘束，我大秦没有中原六国那些规矩。"

他一个内侍如何会说这些，易姜一听就知道这话是秦王授意他说的。她的确是有所顾虑，女子的身份注定她到哪里都低人一等，但秦王主动打消了这个顾虑，倒是用心。

第二日早早起身，净脸梳妆，侧耳听见鼓声喧喧，便知朝会开始了。一个时辰未过，朝会结束，内侍便过来请易姜去见秦王。

秦王坐在内宫书房里，身上朝服未换。到底上了年纪，起得早便有些精神不济，坐得不甚端正，半边身子倚在软垫上。

易姜进了殿，瞥见却狐也在。他已换上秦朝装束，发髻侧束，神采奕奕，将脊背挺得笔直。

"易夫人请坐。"秦王不喜麻烦，免了她的礼，请她入座。

易姜自昨晚听了内侍的话便打消了着男装的念头，身上穿着曲裾，头发温顺地束着，敛衽跪坐下来。

"不知易夫人对当今天下形势有何见教？"秦王开口直奔正题，这是惯例，一个君王想要用你，先要问策。就算是一个门客想要攀附权贵生存，入门时也是要接受考验的。

易姜道："山东五国一盘散沙，齐国强但内力不足，西秦强又鞭长莫及，如此僵持，难以打破。"

秦王点头："的确如易夫人所言，本王甚忧，好在如今你入了秦。"

易姜敛眉垂目，等着他后文。

果然，秦王接着道："本王深信范雎，奈何他行差踏错。我大秦若依靠此人，恐怕永远东进无望，毕竟齐国有个公西吾。"后面一句话说得语调悠扬。

易姜不禁抬了一下眼，正撞上他目光，心中一凛，连忙又垂首："敢问王上，莫非是因为公西吾才要接我入秦的？"

秦王笑了一声，大概身体不适，受此牵动又咳了两声："易夫人是聪明人。公西吾此人若能为秦所用固然好，但他偏偏身在齐国，就算与秦合作也需防范，何况他如今已经与秦为敌。范雎无法动其根本，但易夫人可以。普天之下唯有你对他最了解，也只有你一人曾以合纵压制了他。"

其实秦王会有此念头也是受白起提点。白起原本在追杀易姜时就出于私心没下杀手，后来与范雎越斗越凶便出了这样的主意。

公西吾灭了滥国抢了易夫人回去的消息天下皆知，这一对鬼谷弟子在世人眼里一直处在针锋相对的位置，谁也不会觉得和睦。秦王悄悄派人入齐，果然探知易姜长时间被禁足府内。既然是走投无路被强迫的，那么要迎来秦国便好办了。也是老天助他，竟然又让她在路上因公西吾追赶而流产，这二人仇恨越深，对他也就越有利。

"原来如此。"易姜多少猜到了一些，不过此刻听到秦王直言还是有些意外。他对公西吾这般忌惮，可见对齐国的防心。

秦王犹自叹息："齐王建还年轻，本王已垂垂老矣，膝下二子一死一病，孙子又不成器。今后大秦到底何去何从，本王只能尽力了。"

话虽如此，易姜并不觉得他有半分认命的意思。在他这个年纪还能仔细谋划，甚至不惜重用她一个女子也要达成目的，绝对不是个容易服输认命的人。

"易姜明白王上的意思了。"

秦王不禁坐正身子："那么易夫人以为眼下秦国该走哪一步？"

易姜垂首盯着桌案："齐国虽是劲敌，但这也是由我的合纵造成的。王上因齐国忧虑时，齐国也正因秦国忧虑，二国国力相当，直面对决只会两败俱伤，既然如此，何不重提远交近攻之策呢？"

远交近攻是鬼谷派的主张之一，也就是连横。东西最强大的两国结盟，彼此互不干涉，那么要侵占周边其他国家也就更为顺利。之前范雎也是这般主张的，秦王并不意外，不过也不太赞成。

“与齐合作，难保不会再被反咬一口。”

易姜抿唇而笑：“五国国君各怀心思，上次合纵破裂，要再联合难上加难。至于齐国，不妨让他们自己主动来与秦国结盟，不同于往常的暗中联盟，要让齐国正大光明与秦国结盟，使之不得不与五国对立。”

这倒让秦王没想到：“哦？愿闻其详。”

“秦国当先与魏国结盟，破坏齐魏赵三国结盟，逼迫齐国不得不向秦国求交，此举意在消耗齐国，隔断五国。”

秦王闻言大悦，站起身来。易姜连忙跟着起身，就见他抬手见礼道：“本王愿拜夫人为相。”

易姜回礼，弯身低过他方止：“谢王上。”

秦王稍稍扶她一把，朝旁边的却狐看了一眼：“相国是女中英才，身边该有个人陪伴才是。却狐是义渠贵族，又一表人才，从今往后就让他侍候在你身边吧。”

易姜大惊，还是头一回见到直接赏个男人给她的。

更惊讶的还在后头。却狐不仅没拒绝，还大步走过来抱拳见了个军礼：“却狐领命。”

相国府里早已清扫完毕，重新布置。易姜的车马穿过咸阳城宽阔平整的大街，进入相府。

一离开王宫息嫦和少鸠就轻松多了，二人忙着张罗布置，心思被转移开去，一时半会儿竟也挺高兴。

易姜在房中列着书目。自她被赵重骄强行带出邯郸后，再辗转入齐，许多以往收集的书籍都遗失了，如今只能重新列出来让人去搜集了来。正好如今来了秦国，还可以再派人打听打听赵重骄的消息。

离开王宫前她试探着问了内侍，近年来的确有刺客在秦王出行时行刺过，但秦王安然无恙，刺客也没抓着。

写完了出门，发现东郭淮正好进门。先前他被安排先行一步去魏国接应，结果易姜遇到公西吾追赶而与他失去联系，还好他找到秦国来了。

易姜见他风尘仆仆，也没与他多说几句，只嘱咐他好生休息。息嫦忙领着他安置去了。

虽然身边的熟人多了，但到底是身在异国，又是一飞冲天地拥有了个相国府，易姜晚上便怎么也睡不着。

躺在床上翻来覆去，门外忽然传来了脚步声，接着是敲门声。易姜以为是息嫦，起身披上外衫去开门。一打开门愣了愣，竟然是却狐。

他穿着月白的细绢常服，借着夜色，五官看来越发深刻："夫人不需却狐陪侍吗？"

易姜这才明白他为何在这里。秦王将他赏了给她，他倒好，直接就住进来了。"不用了。"她有些讪讪，便要关门。

却狐抬手挡住门，声音低了几分："夫人何须羞涩？神女也有慕春的时候，以往太后在世时还不是时常与我义渠的头领私会，这都是人之常情。"说着他伸手拉开了领口，露出一片结实的胸膛，在这夜色下看来分外撩人。

易姜还听说过秦国民间有用妻女招待宾客留宿的呢，但亲身体会到底太过震撼。她叹了口气："我暂时没这个需求，你回去睡吧。"

却狐闻言便不再坚持，那就是要等她有需求的时候了。"那么夫人可要记着在王上面前多美言几句。"他见了个礼，拉好衣襟，转身走了。

易姜好笑，秦人直接，重利功名，可见一斑。看来她这个相国的位子还没坐稳，名声已经要臭了。

第二十二章

齐秦二相

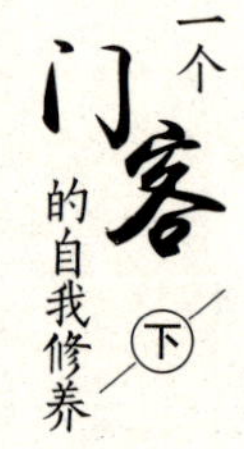

中原列国得知秦国竟然任用女人为相，震惊之余扼腕叹息：到底是化外之邦，虎狼之国，这等不合礼仪的事也做得出来。

至于对易姜的评价，那就只能用惨烈来形容了。一个嫁了人的女人不安分守己，反倒跑去秦国做了相国，这是千百年来没有过的奇闻。

顺带连公西吾也遭了殃。堂堂齐国相国竟连妻子都留不住，委实无能！只怕身子上还有什么不对盘的地方，否则人家何必跑走，还在府上养了个年轻力壮的武将？

流言四起，人道齐国二姜，前有文姜，后有易姜。文姜是齐僖公之女，与异母兄长齐襄公乱伦被丈夫鲁桓公得知，齐襄公竟然派人杀了鲁桓公。尽管行为不端庄，此女却又以才华著称于当世，所以被称为“文”。易姜如今的名声竟然与她齐头并进了，实在是让她汗颜。

好在流言虽然不佳，倒也兴不起什么大风浪。这个时代就是这点好，议论得再热烈也只是当个奇闻看看，不会有什么卫道士来揪着你不放。就是秦王的母亲宣太后，生前也是利用美色周旋于权势之间，灭了义渠国便是她的功劳。

这世道，出格的女人多了去了。

秦国本就不是那等靠中原礼法约束着的国家，长期与戎狄打交道使秦人骁勇善战，过往的困苦和艰难又使他们更加注重现实的利益。自商君变法后，秦国成了列国中的一个异类，那么再做任何出格的举动也不意外了。别说用个女人为相，秦王就是用个獒犬为相，你又能奈他何？

其实隔着一个函谷关，秦国的消息并不像其他列国之间那般通透，所以其余的人也只知道这些。关于易姜如何在秦国为相，如何让官员们接纳她，实在是一点也不知晓。

倒是有秦国商人绘声绘色地描述过，据说她上朝会第一日，文武官员无一下拜，她视若无睹，不以为忤。但若有办事不力者，则必以商君所立秦法严惩，绝不姑息。

还说她以前做门客时结识的楚国人申息与她有私怨，得知她入秦后要跑出咸阳，被人捉住扭送给她，她也没追究就放了。理由是私怨不触犯国法，不予问罪。

有人说她是鬼谷传人，但她行事又像是法家做派，军事主张又有兵家风范。唯一可以肯定的是她不是儒家，因为她不好繁文缛节，就连下人也可以亲昵地交谈，甚少顾及身份等级这些虚表在外的事。

就在这位女相掌政的第一个月，秦国便派了使臣前往魏国。史官记载："使魏三月，具礼丰厚。"足足出使三个月可见重视，还送了丰厚的礼物，这其中就有点玄妙了。

赵国是第一个开始慌张的。齐国一直表面上撑着它，却又始终不肯撤走驻在邯郸的二十万兵马，所以魏国是它唯一可以倚仗的盟友了，偏偏此刻魏国又跟秦国勾搭上了。

赵王丹近来时常对平原君自责："本王当初不该不信任易姜啊。如今她去了秦国，半分也不顾念赵国了。"

平原君还能怎么办，只能继续去跟大舅子说好话，让他千万不要动摇。

可惜魏无忌这次做不了主。魏王是个怕死的人，秦国肯示好就意味着魏国安全了，自然高兴，已经决定派使臣再去秦答谢了。

等到第二年开春，秦国再次派人出使魏国。这次排场更大，出礼更多，连相国本人都来了。

齐赵魏三国结盟当年由易姜一手促成，如今又在她手中分崩离析。各国惶惶不安，齐王建也开始睡不好觉了。

一旦秦国与魏国交好，那么首当其冲要倒霉的就是韩国和赵国。齐国若是袖手旁观，韩赵被秦所灭，国力大增，就再也比不过。可齐国若去支援韩赵，魏国恐怕又要横插一脚。

后胜在他耳边吹耳旁风："易姜离开公西吾入秦，难保不是公西吾的主意，王上不可再信任他。"

齐王建无可奈何。公西吾把持着全国的势力，又一副君子坦荡荡的模样，他能怎么样？何况是个人都看得出来相国这一年来的变化，想必妻子逃离是真的，他纵然一个高洁不染俗世的出尘人物也是会伤心难过的。

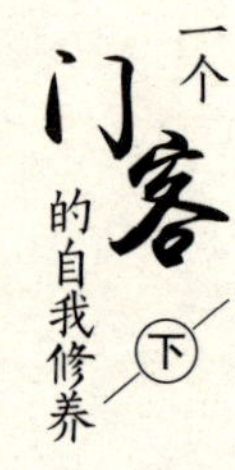

比起其他地方，信陵君府上此刻倒是一派和乐。

易姜从魏王宫里见过魏王出来，顺道拐来了府上。她立在廊下，隔着一丛花木看着园中。侍女们小心围着个孩子，那小小的人儿穿着簇花团锦的绣衣，戴着软软的兽皮帽，张着双臂蹒跚学步，口中咿咿呀呀地叫嚷，脚下没数，一脚深一脚浅，偶尔险些摔着，她的心都要揪一下。

魏无忌在她旁边站着。她身上玄色大袖深衣，纹绣织领，裹着一截纤秀白皙的脖颈，入了神的侧脸仿似一幅绢画，他不禁多瞧了几眼："你大可以去抱抱他。"

易姜抿着唇，脚步动了动，又缓缓收了回来："算了，我怕开了个头就忍不住了，还是等我立稳了脚跟再说。"

魏无忌揽着她的肩头将她的身子扭转了个方向："既然如此还是别看了。你放心，我待他比亲子还亲，你别怪我溺爱了他才好。"

易姜忍不住笑了笑。孩子的确照顾得比她想象的还好，魏无忌为人言出必行，所以她才这么相信他。

"若我没猜错，秦魏结盟长久不了吧？"魏无忌忽然道。

易姜神色微动："那要看你对长久如何理解了，这世上本就没有绝对永远的关系。"

魏无忌点头赞同。不知为何，一年没见，他一个爽朗的人物总是叹息，像是平白多了许多感慨。

五月，秦相返回咸阳。七月，魏使再入秦答谢。

齐国终于有了动静。

一行车马辘辘而行，通过狭窄的函谷关，渡过涨高了的渭水，进入咸阳。

秦人骁勇善斗，大街之上常有逞凶斗狠之人。当年商君变法时首先整治此风气，但至今仍然可见残留。

街道宽阔，百姓们往来不息，交易物品也是种类繁杂。咸阳城不输给任何一个中原国家的都城，甚至可以称得上更繁华，只是建筑都太单调古朴了些。因着崇尚武力，总在建筑上描绘雕刻出兽首做装饰，对外来人而言颇有威慑的架势。

公西吾自车外收回目光。他年少时在秦国游历过多次，如今再重返此地，竟然是在这种境地之下。

齐使求见的拜帖呈了上去，没有人来迎接，驿馆里的招待也不甚尽心。若是聃亏在，只怕又要指摘，所幸这次公西吾带在身边的人是童子。

一连在驿馆里冷落了五六天，秦国终于有人来迎接齐使，安排他觐见秦王事宜。

公西吾没有透露自己的身份，此行所带随从也不多，的确是个普通使臣的排场。接引之人不太用心，领他入秦王宫时也只是用了一驾再普通不过的马车，不过见他姿态端雅，举手投足自有清贵之气，又不敢太造次。

秋风瑟瑟，在这西北寒凉之地越发猛烈地硌脸。走过广场，提着衣摆拾阶而上，他的脚步骤然停了下来。

台阶上方易姜抄手而立，一袭黑绸红绣的深衣宽袍，长发束在脑后拢着白净的脸，双目炯炯，亮若晨星，唇边噙着一丝微笑，仿佛看着一个久别重逢期待已久的故人："居然是齐相亲自赶来，有失远迎。"

公西吾仔细看着她的眉眼。时隔一年多未见，似乎又添了许多变化，眉梢眼角都多了成熟的风韵，神色间也多了几分世故。看着他的目光不算疏离，却也绝不亲近，只是二国外交上的固有礼仪之态。

他到底不是个情绪外露的人，垂首提脚，一步一步走至她跟前，白衣素淡，毫无装点，唯有发髻上束着一支青玉簪。做这种装束，别人很难将他与齐国相国联系在一起。

瞥一眼左右侍立的宫人，他客套地抬手见礼："有劳秦相相迎。"

易姜侧身，抬手做请："请齐相入殿与王上叙话。"

秦王是有意这般安排的。这二人毕竟做过夫妻，同处一室究竟是什么模样，他要仔细瞧清楚，尤其要确认易姜的态度，倘若她对公西吾还有半分情意那都是极大的忌讳。真是这样的话，恐怕他就不只要送一个却狐给她了。

不过他实在是多虑了。那二人站在一处，俱是姿容绝艳的人物，可易姜根本没多看过公西吾一眼，哪怕是商议时，也只是再寻常不过的视线接触，与看旁人没有半点不同。

秦王一把年纪了，阅人无数，看到此刻便放心了。

齐国派相国亲自前来谈和，的确是给足了诚意。秦王不能亏待了他，命驿馆好生照料，不可有半分懈怠，又亲自就之前的疏忽轻慢问候了公西吾。

公西吾倒是什么都淡淡的，并不在意。眼前虽是叫山东六国谈之色变的秦王，他却稳如泰山，不卑不亢，言谈举止看不出半分所思所想，明明该是来求和的，却更像是万事在握。

秦王心中微动。此人深不可测，越发叫他心存忌惮。

出了殿门，易姜走在前面，公西吾落后一步，一路看着她的背影，手攥在宽袖中紧紧的。终究按捺不住要上前，却见前方有人快步迎了上来，赫然便是曾经的魏使却狐。

“夫人何时回府？”他瞥了一眼公西吾，连礼都未见，反而有几分敌意。他回秦国是为了建功立业的，还指着易姜再给他机会，遇着金主的夫君自然要警惕着。

易姜朝身后努努嘴：“没瞧见齐相在吗？我需招待着，你忙完便先回去吧，不必等我。”

却狐这才不得不向公西吾见礼，又问：“可要在府上设宴？”

易姜想了一下，点点头：“难得齐相入秦，自然要设宴款待。”

却狐抱了个拳走了。

易姜继续前行，公西吾跟上，想起传言，终于忍不住问了句：“你与他住在一处？”

“嗯。”易姜回答完转头朝他笑了一下，“齐相可别在意才好。”

公西吾面上没有表情，胸口却阵阵发堵。

如何能不在意？！

晚上相国府果然备了宴席。少鸠和息嫦原先都没在意宾客是谁，只知道来的人是齐国的使臣。等到公西吾施施然进门，她们二人在廊下一眼看到，顿时觉得整个人都不好了。

少鸠还算好些，只是不自然，息嫦对公西吾却抱着些许的歉疚，缩在廊角阴影里绞着袖口道：“我对不住公西相国。”

少鸠不以为然：“你有什么对不住他的？”

“唉，你有所不知，其实公西相国对主公很好的，往常总是来问我她的事，怕主公哪里不如意又不肯直言，生怕自己做得不周全。他那样一个人，看来就是身边没有过女子的，什么也不懂，娶了主公后连照顾人都要现学，也不容易。向来是女人伺候夫君，有几个男人会像他这样爱护妻子呢？”

有点年纪的女人总是对男人带着母性的关爱，少鸠此刻算是体会到了。她想了一下，道：“对她好也不能将她捏在手心里啊。易姜的性子你也知道，外热内冷，吃软不吃硬，倔起来谁也拿她没办法，偏偏公西吾总是逼着她。别的不说，就强娶这事，放我身上我也不能忍受，何况是她啊。”

息嫦眉心皱紧：“娶都娶了，好好过日子不好吗？”

少鸠摇头叹息：“就连儒家都说己所不欲勿施于人，就算是己所欲也不能施于人啊。我看你要读些我们墨家的典籍，我跟你说哈，这世间一切都是平等的，男女也是一样的……”

一见她要给自己洗脑，息嫦连忙转头就走：“我还有事要忙，回头再说。”

正厅里此刻灯火通明。

设宴招待他国来使的目的从来都不是奔着吃，而是奔着谈。所以易姜没有安排他人作陪，只有自己和公西吾，相对设案，方便谈话。

秦国的菜肴粗犷质朴。羊羹不是现代人吃的甜点，而是用羊腿骨整只煨在陶盆里，熬出骨汁来，浓白稠滑。吃的时候要用两种刀具，一大一小，小刀用来剔下骨头上的肉吃，大刀用来劈开骨头吸食骨髓。素食大多是新鲜的野菜，开水滚过捞起来浸在早准备好的汤汁里，像是腌渍过一样染了一层褐色，端上来就吃。至于饭就更豪放了，粟米饭稍稍冷却放在漆盘里，吃的时候用手抓起些许稍稍捏成团塞进口中，一口一个，不能太大也不作兴剩余，总之通常不怎么用筷子。

当初诸侯会盟，周天子在吃饭的时候忽然说想尝尝秦人的吃法，结果却被中原诸侯抨击说茹毛饮血、有失体统，吓得他老人家愣是没敢再提。

中原地区号称礼仪源始，自然看不上这样的用餐方式。不过话说回来，他们对秦国的一切都不太看得上，一边唾弃秦国，一边害怕秦国。

这些东西叫秦人来吃必然是一番风卷残云的架势，可换成公西吾却赏心悦目。他广袖微微拂起，手腕有力，手指修长，拿着刀却比执着笔还有气度涵养，进食时细嚼慢咽，却又毫不拖泥带水。就算知道他尝不出味道，这副细致模样却又让人觉得口味必然精致，对主家而言应当算是无声的恭维。

易姜在秦国待了一年，自认已经习惯了这里的饮食，却还是比不上公西吾。以前和他相对进食，没觉得他有这样的修养，也多亏了秦国食物这么原始，反倒将他的优雅展现得淋漓尽致。

对面的公西吾忽然抬头，正撞上她的视线，深邃的眸子像是敛进了灯火，顷

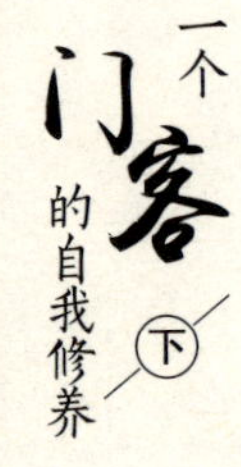

刻间蕴满了潋滟，一张脸在灯火下仿若羊脂白玉：“秦相在看什么？”

易姜笑道：“看齐相吃饭啊，怎么，不能看？”

“能看。”公西吾心中泛出微微的欣喜。想必她的情意还未散尽，并没有到不可挽回的地步。想到这里又有些无奈，不再插手她的事，装作无关紧要，到头来果然还是要来求和的。不只是为国，也是为自己。

然而易姜说完这句话便再没开过口，就算是政事也没有提及过。

公西吾心里那点快要燃起的星火又灭了下去。

直到饭食撤去，她才从案后起身，命人取来地图。

白绢上细细描绘的地图将山川河流都标注得一清二楚。她站在旁边，手指从中间缓缓滑过，赵魏韩楚的大地在她指尖下被劈成两半。

“连横之后，西面归秦，东面归齐，齐相可有异议？”

公西吾站在她对面，淡淡道：“如此大刀阔斧，你有信心？”

易姜笑道：“我刚入秦一年，要一步做到的确没有信心，不过三五年内要完成不在话下。秦国上下同心，是列国之中最团结的国家。相比较而言，齐相倒要担心一下自己，齐国上下当真与你一心吗？”

公西吾微微蹙眉，这点齐国的确比不上秦国。齐王建软弱，偏偏又耳根软，经常朝令夕改，而国中又有后胜等图谋私利者，他要行事的确没有她这般顺畅。

何况秦国在制度上也优于他国。七国之中唯有它敢废除奴隶，按功授爵，废井田，开阡陌，人才前赴后继，是他国不能比拟的。齐国虽也有过改革，但到底不彻底。

“秦相既然有了规划，齐国没有不应的道理。”他负手而立，“不知秦国打算何时与齐国正式结盟？”

“此事不急，待我禀告了秦王才可定夺。”易姜回答得很客套，抬了一下手，“时候不早了，齐相早些回驿馆安置吧。”

公西吾抿唇不语，负在身后的手指蜷起又松开。她就这么赶人走，当初那样决绝地不告而别，彼此这么久没见，就没有一句话要对他说？

易姜的确是没话要说的样子。公西吾盯着她的神情看了许久，她甚至都没看他一眼。罢了，没话说就没话说！

他沉着脸走到门口，忽见却狐正从廊下而来，立领胡服衬出结实的腰身，在廊下灯火里看起来满是蓬勃的张力。

一瞬间脑中全是之前听过的传言。

易姜平常总会摆出不输于男子的架势，行事充满自己的想法，偶尔会有狡黠的模样，这些外人都见过太多次，但只有她私底下的模样是唯他独占的。她在他耳边窃窃私语时微眯的双眼，亲吻他时轻颤的眼睫，动情时如水的柔情……

只要一想到这些都被却狐见识过，他便觉得胸口煨了把火。这把火在齐国听到传言时还是藏在火堆里的一抹热，因为他相信易姜不是传言中的人，她不屑也不会利用自己的美色，可如今亲眼所见，又不得不相信。

他收回脚，却狐已经到了门口，敷衍般向他见了个礼，目光盯着易姜问："夫人准备何时安置？"

易姜正在卷起地图，抬头才发现公西吾还没走，与却狐隔着门槛相对一左一右站在门口。却狐这么问八成是故意的，易姜也不能说完全没感觉，公西吾一个大活人在面前，多少都会尴尬。

"不用管我，你忙你的。"她使了个眼色，示意却狐走。

然而却狐仿佛要证明自己的地位一般立着没动。他的职责本就是留住易姜的人，最好也能留住她的心，拆散她和公西吾是重中之重，所以不仅岿然不动，还补充了句："却狐需侍候夫人，不能不管。"

公西吾心里的那把火轰然被浇上了油，蹿出老高，几乎要舔舐到他的喉头，手几乎下意识按到了腰间才想起赴宴时早已解下了自己的昆吾剑。

却狐一个习武之人如何不知这动作的含义，眼光一瞟，冷声道："怎么，齐相这是要教训我不成？"

公西吾眸光移到他身上，已满是萧萧瑟瑟的森寒："我与易姜是夫妻天下皆知，就算如今我们一东一西也依旧是夫妻。你当初携她入秦这笔账我还未清算，如今又在我眼前行止如此，意在挑衅，我就是杀了你又如何？"

秦人好斗，哪里是能激的。却狐几乎瞬间就绷紧了身子，随时都要动手的模样。"我倒要瞧瞧齐相如何在秦国的地盘上杀我！"

"休得无礼！"眼看事态一触即发，易姜立即出言打断，瞪了却狐一眼，"看看清楚，这是齐国相国，两国结盟在即，岂容你在此放肆！"

这话看着是说给却狐听的，又何尝不是说给公西吾听的。却狐闻言收敛了架势，冷着脸转身走了，公西吾却有些进退两难。

他算什么？口口声声说自己和她还是夫妻，可是她只将他当齐国相国罢了。

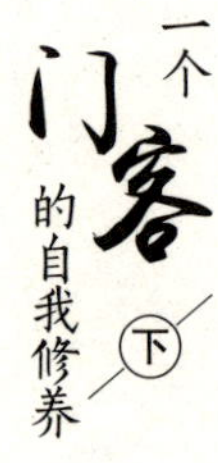

他霍然转过身来，雪白的交领长袍衣摆舒展，将背后的夜色划出了一道波纹，腰间大带上镶绿松石的带钩熠熠生辉，却半分未能夺了他的颜色。

易姜瞧得清清楚楚，这一身君子端方的模样，方才却差点要跟人动手，实在是让她很意外。

公西吾看着她的双眼，缓步接近："政事说完了，师妹不与我说一说家事吗？"

易姜挑眉，无法从他平静的神情和语气中揣度出深意，只好笑道："你我竟还算一家的吗？"

"如何不算？"

"一个女人逃离丈夫，哪里还能算有家？"这里没有相关法例来规范婚姻，夫妇大多合则过不合则离，既然她跑了，又谈什么一家人呢？易姜觉得他简直反常。

说话间公西吾已经站到易姜面前。她脸上带着笑，话里却带着刺。他垂头看入她眼中，音色低沉，有几分咬牙切齿的意味："如今你的丈夫就在眼前，你的家就还没散。"

易姜明白男人是不能刺激的动物，何况是公西吾这样一个高高在上习惯掌控一切的人。另一个男人在他面前公然要给他戴绿帽子，他不发飙那就不算个男人了。不过他说着这样的话又让她不解，倒像是要有心和好一样。

"齐相想必是刚才多饮了几杯水酒吧，你还知道自己在说什么吗？"

公西吾的眼神又沉了几分，他这一年多来无时无刻不在受着煎熬，等到终于见到她，这份煎熬没有半分缓解反而越发浓烈，而她却是这样一副无关痛痒的模样。越是这样越难以忍受，他的手先于自己的意识有了动作，揽住她的腰一把将她扣进了怀里："我自然知道我在说什么，我也知道自己在做什么。"

易姜的背被他死死地按着，脸贴在他的肩窝，那股熟悉的气息这么多年也没变过，只要靠近就能嗅见，像是已经刻在了脑子里。但她还是推开了他，眉头皱得死紧。

她知道只要见面就会有谈及此事的一刻，但所设想的最好的情形也只是一派和谐，没想到却是这样。他似乎没有以往那般沉得住气了，竟然会说这种话。

公西吾僵着手臂，缓缓收了回去，语声渐轻："我强娶你是我不对，但我从无坏心，你就这般厌恶我？"

"你是没有坏心，你总觉得你做的一切都是对我最好的安排。"易姜冷笑，

“但你从未考虑过我自己是否可以做好，是否会接受。试问这世上有哪个女子会愿意被这样对待？仅仅是因为利益，你就要强娶我，那他日若再有利益纠葛，你又会如何对我？”

“不会有那么一日。”公西吾对女子的心思从未深究过，何况这是易姜，唯一可以读懂他心思的人。他以为时间久了总能了解他的初衷，却没想到她根本已经不信任他。

“我也并非只是为了利益。”他的声音有些晦涩。如今回想，当初只要愿意，他也可以用其他方式推拒了后胜的求亲，但他当场就表态娶了她，恐怕除了最直接的目的之外，本也带了私心，只可惜当时并未察觉。

易姜嘴角那抹冷笑又深了几分：“你总不会想说你是喜欢我才要娶我的吧？”

公西吾忽然狠狠地瞪着她：“是啊，我喜欢你,你明明也喜欢我，为何要在我喜欢上你的时候离开我？”

易姜先是一怔，接着便笑出声来：“你的喜欢我懂，无关紧要的东西罢了。何况就算你喜欢我又如何，难不成你以为凭一句喜欢就能正大光明地强迫我？公西吾，我喜欢你时可曾强迫过你什么？那你又凭什么强迫我？”

公西吾看着她眼中的自己，脸色发白，有些陌生。他早该想到的，她看着温顺，心性却那么强，怎么会屈从于他的强迫？

“你不肯原谅我？”他几乎是从喉中一字一字地挤出了这句话。

“原谅？”易姜看着他的脸，笑中带了些许不解，“你所求的不就是要我助你成就大事？你我此刻就在合力谋划着这样的大事，不是正合你心意？我是否原谅你还有那么重要吗？”

公西吾无言以对。是他一手造成了这样的局面，如今既想要她的才能又想要她的人，已经成了一种奢望。

易姜垂眼，退开几步，抬手做请：“齐相请回吧。”

她就在自己面前，看着很近，却像隔着很远。一年多来不曾对她有半分查探，就怕她再有半分抵触，可时间并没有给他眷顾，她终究还是决绝地拒绝了。她依然可以平静地对待他，但只将他看作齐国相国，而不会再像以前那样带着些许依恋地唤他师兄了。

她如他所愿地成了他期待中的模样，可他又开始不甘。

“告辞。”仿佛是喉头无意识翻滚出的一句话，他慢慢移动脚步，终究转头出了门。步伐不疾不徐，雪白的衣角隐入黑夜，脚步声渐行渐远。

易姜一个人在厅中站了许久，这丝压在心里的怨愤终于吐了出来，仿佛把心里的思绪也掏空了。茫茫然然地发了很久的呆，直到息嫦来叫她，才回神离开。

第二日一早起身入宫，却狐在府门边等着。看到他笔直的背影，易姜总会不自觉地联想到赵重骄，待看到他转过头来神采奕奕的表情，便料想昨晚与公西吾的争吵被他听到了。

她没说什么，正好通过他透露给秦王知晓，也可以免去许多麻烦。

朝会上商议了结盟之事，说到具体结盟日期，秦王并没有直接表态，反而有几分支吾。

易姜明白他的意思。他是想给齐国下马威，此事若没有个三五次出使，他不会轻易点头，毕竟眼下主动权在秦国手中了。

不过秦王对公西吾很尊重，隔日又于宫中设宴招待齐相，官员齐齐出席。从规格上而言，给足了齐国面子，足见他对二国结盟之重视。

易姜原本不想出席，但她是相国，实在推脱不掉，只好现身。

天尚未晚，日头仍在，宫里宫外已经悬挂上了灯火。描彩漆器、青铜酒爵，由侍女恭恭敬敬端着放到桌案上。

秦王尚且未到，官员们不太拘束，各自按照官阶分坐案后，三三两两地凑着脑袋交谈着。其实许多都是想看看相国和她那位夫君之间的状况，说着说着总爆发出一阵阵的笑声，似乎谈到了极其有趣的地方。

门口一声通传，公西吾进了门。

侍女们一边侍候一边不住地往他身上瞄。中原三晋的男子不比秦人粗狂，大袖袍服雪白无垢，领口和袖口盘布着鹤鹿花草纹刺绣，衣襟盘曲而下形成曲裾，是中原百姓和贵族都钟爱的深衣样式，头戴嵯峨高冠，冠带系于颌下，步履带风，风姿卓绝。这样的人物，就是比起王室公子也不差分毫啊。

唉唉，可惜就是人太冷了点，一点表情也没有。侍女们遗憾地收起托盘退出大殿去了。

易姜此时姗姗而至。今日却是柔丽的装饰，头发绾成了高髻，广袖宽松曳地的曲裾长袍，袖身宽大至袖口缩敛，腰束大带，环佩叮当，香囊里散出幽幽雅香。

秦国官员纷纷起身见礼，她作揖左右各顿一下便算回了礼，视线朝公西吾身上一扫。他安安静静地坐着，并没有什么表情。

实际上公西吾自她入殿就看了过去，刚刚才收回视线。他曾经希望她大放异彩，像这样与他并肩行走在朝堂之间，可真正有了这一日，所有男人的目光都落在她身上，他又宁可将她藏起来。

嗬，他到底是个俗人。他闭了闭眼，手指紧紧扣住酒爵。

“相国真是一日美过一日，这样下去，朝堂上谁还有心思听政啊。”一个武将哈哈笑着打趣起来。

易姜啐了一口：“没心思听政就别听了，换旁人来听。”

另外有人跟着笑闹：“相国别动气，这不是夸您嘛，依我看这都是却狐的功劳吧。”

却狐坐在后排，眼光瞄过来，“哼”了一声：“瞧你这模样，是羡慕不成？”

“是啊，哈哈，可惜我貌丑，不然也可为相国尽些心力啊。”

秦人向来都是直来直去的，正经的时候严肃得骇人，私底下又百无禁忌什么都说，这会儿你一言我一语地胡乱开着玩笑。反正秦王不在，相国好脾气，算不得多大事。

易姜刚来时候还不太习惯，现在早就见怪不怪了。中原耻笑秦人化外之邦，他们便自称野人天天开玩笑，别人说她这个相国跟许多朝臣有染，他们便恨不得真弄出点事情来一样，这么会自嘲，勉强也能算作优点之一吧。不过今日当着公西吾的面这么说未免有些时机巧妙，像是有意要刺激他一样。

“诸位少说几句，身为重臣该庄重些。”

易姜点到为止，对面端坐着白面短须的中年人却是目光如炬地扫了一圈四周，沉声道：“都将嘴巴管严一些，没瞧见齐相在此？好歹齐相也曾是相国夫君，你们这么说可曾顾及齐相颜面啊？”

殿中静了一瞬，因为说话的是战功赫赫的武安君兼大将军白起。易姜自入秦以来便不常与他接触，大约心底对这种人还是有些畏惧。他看似为公西吾出头，可这般直接，反倒更像是不给面子。

先前开玩笑最凶的人起身向公西吾见礼，像是刚刚知道这层关系一样：“原来齐相就是我们相国以前的夫君啊，真是得罪得罪。”

易姜此刻可以肯定他们是故意的了，必然是有人授意为之。要么是为她出口气，要么是激化他们关系恶化。

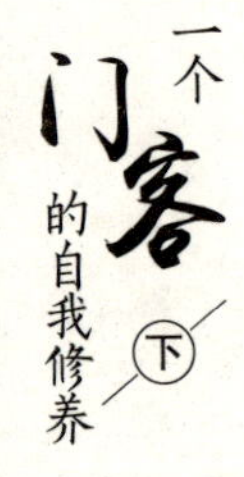

实在是多此一举，他们昨晚明明都已经决裂了。

公西吾自然将这些话都听入了耳中，一句一句都是凌迟，偏偏他此刻已经没有立场表态。没有易姜的承认，他什么都不是。易姜若有心回应他们的示好，他还会显得多余。

他站起身来，一言不发地出了大殿。

“王上还没到，齐相未免太不给秦国颜面了吧？”道歉的官员拂袖坐了回去。

易姜抿唇不语，甩了别人的面子在先，哪里还能要别人给面子。

一顿宴席不欢而散。秦王事后得知了此事，将那些嚼舌根的官员每人罚了半年俸禄，悉数交给齐相当作赔礼。

然而齐使已经换了人，公西吾已经连夜返回齐国去了。

消息传到易姜耳中时，她刚回房不久，正由息嫦侍候着喝汤，手中举着的勺子陡然在唇边顿了顿，“嗯”了一声又伸进碗中，却没有再舀起汤来，只是心不在焉地搅动了两下。

以前每次喝汤都是她先下口，再盛给他，顺便告诉他是什么口味的。

“我又尝不出来，何必特地告知我。”他虽觉得是多此一举，却也并不反感。

易姜只是笑笑，因为她也说不上来为什么。现在想来，大概只是觉得自己能感知的，也想让他体会吧。

可惜她心中所感知的，他永远无法体会。

信陵求娶

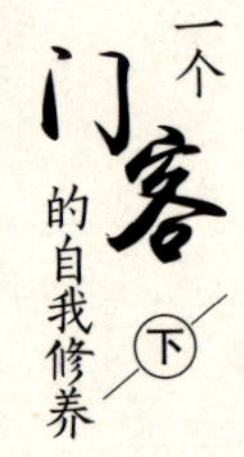

秦国朝堂虽然不像其他国家那样拘谨，但大事关头通常都很正经。如今齐秦二国联盟在即，他们却在宴席上公然取笑公西吾，易姜便觉得不太对劲。

原本她以为是秦王的主意，但秦王赶来后处置那几人的架势是真带着怒气的。事后她去试探着问了一下，的确不是他的主张。

这么想来，唯有白起有可能是主使了。

其实易姜自从入秦后和白起关系尚算可以，加上之前有过书信来往，至少是点头之交。像他这样一个能将几十万人性命毁于一旦而面不改色的人，心理必然是强大到无法撼动的。这样的人易姜从心底就有些排斥和畏惧，以至于一直没能与之深交。

当初与他有共同利益，二者自然同仇敌忾，如今范雎离开，她成了相国，对方恐怕也有自己的打算。

好在此事造成的影响不大，公西吾回到齐国后并没有因此断绝与秦国的连横计划，时常也与易姜有书信来往。依旧以紫草为记，里面是他遒劲的字迹，政事说得简练，偶尔也会夹杂几句问候。

这样的公西吾让她陌生，可又不意外，因为他的想法本身就让人猜不透。

冬日到了，咸阳城里早已落满大雪，将相国府里的一株长了十几年的老树都给压断了枝。易姜靠着炭盆取暖，一边望向窗外，不知道大梁城里现在冷不冷，无忧想必又长大了许多，现在走路肯定已经可以走得很稳了，不知道会不会说话了。

她暗暗盘算着，等根基再稳定一些，就可以把他接来身边了，希望到时候他别嫌自己陌生才好。

这样一想，竟有些近乡情怯的感觉。

东郭淮从门外走进来，随风挟来一阵寒气："主公，齐使到了。"

"嗯？"易姜有些意外，"这样的天气齐使居然来了？"

东郭淮点头："还是熟人。"

"哦？"易姜搓着手走去门口。来人已经进了府门，脸颊和鼻头都冻得通红，裹着披风也掩不住瑟瑟发抖，站在雪地里朝她见了个礼："先生，许久不见了。"

"是裴渊啊。"易姜笑着点头，"快进来烤烤火吧。"

裴渊似乎有些赧然，进了厅中，一副欲言又止的模样，又被她再三催促才缓缓走到炭盆旁："先生，我就这样离了您身边，您不怪我吗？"

易姜失笑："我道你怎么这副模样，原来是担心这个，你能出仕是好事，这有什么好责备的。"

裴渊这才放松下来，脸上顷刻堆满了笑："我此番前来是替相国续谈结盟一事，不知先生以为如何？"

易姜盘算了一下，秦王只是睚眦必报，刁难一下齐国罢了，并不是不想结盟，所以这是势在必行的事。"不知齐相以为何时适合结盟？"

"相国认为越早越好，因为……"裴渊左右看看，凑近一步在她耳边道，"后胜有意破坏连横。"

易姜心思微动，难不成之前宴席上那番针对公西吾的取笑是后胜搞的鬼？这也不是没有可能，毕竟秦国官员里也不可能完全没有不受贿赂不与外人联系的。

"既然如此，那就趁你这次前来订下吧。"易姜匆匆出门，准备去向秦王禀报此事，走到门口忽然想到什么，转头问，"你知道少鸠在我这里吧？"

裴渊脸颊腾地红了，支支吾吾地道："我、我也是听相国说了才知晓。"

这倒是让易姜意外："公西吾还会关心这事，难怪会派你来，难得见他这般细心。"

裴渊小心观察着她的脸色，讪讪道："相国说他已徒留许多遗憾，叫我不要留遗憾，这才特地派我来的。"

易姜干涩地扯了一下嘴角，迅速转身出了门，并未叫裴渊瞧清神情。隔了一瞬，声音又远远传过来："少鸠在后院，自己去找她吧。"

裴渊犹磨蹭了一会儿，终究还是下定决心出了门。刚踏上回廊，就见前方少鸠远远走来，看到他双眼睁得老大，一副见了鬼的表情，忽然拍拍脑门："真是白日发梦了。"说着转头就要往回走。

裴渊快被她这模样气死了，快走上前拽住她胳膊："什么白日发梦，你看我

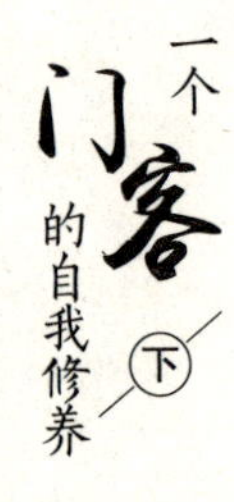

是梦吗？”

少鸠上下打量着他，忽然板起脸来：“做了官了不起啊，对谁大呼小叫呢！”

裴渊真是委屈得不行，好不容易见个面，怎么还是这么凶呢？

秦王近来身体不适，听闻齐国使臣寒冬赶来，毛被捋顺了，很是满意，便授意易姜全权处理结盟事宜。

易姜告辞出宫时，秦王忽然叫住她问了句：“一旦结盟，相国认为秦国该最先进攻哪一国？”

易姜犹豫了片刻，缓缓吐出两个字：“韩国。”

“嗯，本王也这般认为。”秦王斜躺榻上，手指轻轻点着膝头，万般笃定，气定神闲。

大雪停后三日，天气转晴，太阳暖融融地照着，易姜在相国府里与裴渊交换结盟文书盖印署名。

裴渊既高兴又惆怅，高兴完成了任务，惆怅完成了就得回齐国去了。

易姜打趣道：“你将少鸠带回去吧，免得人回去了，心还留在这儿。”

裴渊连忙否认：“先生别误会，我可没那意思。”

易姜叹气：“你们俩一个比一个嘴硬，罢了，既然你没那个意思，我便将她许配给秦人得了。”

“那如何使得！”裴渊急了，脸上浮出可疑的红晕，“秦人……秦人与韩人是老对头，不适合凑一家。”

易姜讪讪笑了一下，竟有几分怅惘的意味。秦人和与韩人是老对头，如今又将再次为敌。

冬季尚未完全过去，白起已经开始点兵。从奴隶变为新国人的秦国士兵一个个拿起武器，摩拳擦掌，准备建功立业。

裴渊还没舍得走，一早又从驿馆转悠来了相国府，看到息嫦正在清扫院落，照例上前招呼一声。二人闲谈几句，并且就公西吾和易姜的分居两地互不理睬的现状例行感慨一番。

侃完裴渊正准备去找少鸠，就见以往在齐国见过的那个魏使朝易姜的书房去了。

“这就是将先生带出齐国的那个却狐？”他转头问息嫦。

“是啊，就是他，秦王将他赏给主公了，他便住在相国府里。”息嫦悄悄凑过来跟他八卦，“我好几回看到他去向主公献殷勤，主公都将他挡回去了。”

裴渊拍了一下手：“我就知道先生不是这样的人！回去我一定要跟相国好生说一说。”

正说着，却狐从易姜书房里出来了，经过前院看到息嫦，对她道：“劳烦息嫦姑姑帮我收拾一下行囊，我要出趟远门。”

息嫦停下活计：“却狐大人这是要去哪里？”

“去军营。”他咧嘴笑起来，露出两颗虎牙，“老师已经调军去了韩国边境。我好不容易才向相国求了个上战场的机会。”

裴渊原本装作看风景没插嘴两人谈话，听到此处猛然转头看向他：“你说什么？韩国边境？”

却狐上下打量他一眼，没理睬就走了。

裴渊连忙要去见易姜，却见回廊尽头站着少鸠，显然也是听到了这话。她向裴渊竖了一下手，自己往易姜的书房去了。

易姜的书房是被撞开的，寒风与冬阳一并随着那一袭黑衣的人影冲了进来。

“怎么了？”她闲散地盘腿坐着，发髻散在肩头，身上披着件灰狐领的袍子，在这炭火融融的屋子里将脸烘得红通通的。

少鸠的脸色却是一片苍白：“我问你，忽然提议裴渊带我走，是不是因为秦国要攻打韩国？”

易姜手里的笔停了下来：“你知道了？”

“果然是真的……”少鸠大步走过来，双手撑在桌案上，“为什么第一个就是韩国？”

“因为韩国是列国之中国土最小，位置最关键的国家，韩国不打通，秦国难以东进。何况韩国的武器优于列国，得到韩国对秦国大有裨益。”易姜知道对她一个韩国人说这些有些残忍，但还是实话告诉了她，“我知道你和裴渊都会难过，但……这是必然的。”

少鸠不可思议地看着她：“必然？你是不是知道什么？从长平之战时我就想这么问了。”

“我只知道一些结果，可实际上又都不敢确定，因为我所知道的和现实未必一样。”易姜顿了顿，轻声道，“如果我说秦国有可能统一六国，你信吗？”

少鸠愣了一下，干笑着摇头：“不可能，若你早知道秦国能统一六国，为

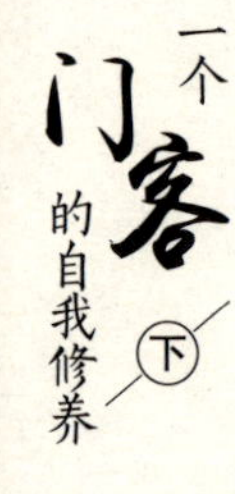

何一早不来相助秦国，反而要帮赵国？之前那些政见主张，包括合纵又有什么意义？”

易姜往软垫上靠了靠，叹了口气：“且不说我不能肯定这里的秦国可以统一六国，纵然我认定它可以，我也没有翻江倒海的本事。一统需要太多的铺垫，在这过程里我个人的力量太过卑微，随波逐流浮浮沉沉，根本难以左右什么。当初我能在赵国立足是因为我助赵国脱了困，可我那时凭什么在秦国立足呢？连生存都无法保证，谈何其他？这世上的事，就算知道结果也未必就能轻易达成。我之前所做的事可能对于这个结果而言是徒劳无功，是弯路，但我又有什么选择？实际上正是这些事情引着我现在到了秦国，而如今我依然没有选择，只能一步步走下去。”

少鸠跌坐在地：“所以攻韩势在必行了？”

易姜垂眼：“我能做的只是劝白起不要屠杀韩国俘虏。”

少鸠苦笑两声，一手撑住脸：“非攻墨门，兼爱平生。我为什么会来这里，眼睁睁看着秦国攻打我的国家？”她霍然起身出了书房，衣袂掀起的风落在易姜刚刚伸出的手指上，冷冷的一阵冰寒。

易姜缩回手，早知道会有这一天的，偏偏事情刚开头就要面对。

齐国临淄今冬未曾落雪，比起咸阳还要稍稍温暖一些，可到了二月开春，反倒要比之前寒冷许多。

公西吾刚刚收到裴渊的回复，齐秦结盟已定，他就知道秦国的铁蹄再也按捺不住了。果然，后脚就收到了白起大军进发韩国的消息。

既然如此，齐国也该有所准备才是。

聃亏自府外匆匆回来，一身短打窄袖的着装，看着像个做粗活的奴役，背后的长剑却扎眼得很。一走进书房，他来不及见礼便对公西吾道：“先生，魏公子信陵君正在着人准备聘礼，似乎是要与他国联姻。我暗中打探了一下，他好像准备入秦。”

因为魏国彻查他国暗探，魏无忌此人公西吾已经很久没有关注过。他是聪明人，当然该明白齐秦结盟意味着什么，如今韩国岌岌可危，他此番与秦联姻想必是为了保住魏国。

公西吾心中有丝不妙的预感：“派人盯着他的动静，事无巨细，一一来报。”

魏无忌以前潇洒不羁惯了，身边美人不少，可从未想过娶妻。他声名赫赫，不管是魏国本土还是他国，想要与之联姻的都不在少数，但全都被他婉拒了，至今依旧是毫无牵挂地游弋于花丛间。

这次忽然准备聘礼是头一遭，还是他主动提起来的。仆从们从料峭二月开始准备，足足几月才完成，已是堪堪入夏。

虽然聘礼丰厚，但他并没有向魏王提及过要成婚一事，魏国的官员只知道他打算入秦，根本不知道他在卖什么关子。

照理说魏国公子要娶秦国公主，是需要由魏王出面以国书下聘的。秦国那边接了聘书，若拒绝则没有好谈的了，若接受则有权选择任何一个女儿来婚配，要娶谁是魏国无法插嘴的，跟魏无忌这个当事人更是没有半点关系。

所以信陵君自己弄得这般积极做什么呢？连未婚妻到底是谁都还没搞清楚呢。

这两年秦国与魏国交好，上下都知道，不过要他们的信陵君去娶秦国的公主总觉得亏待了他。官员们近来总是因此叹惋：秦国的公主想必是没什么容仪好指望的，唉，信陵君真可怜。

准备好一切，原本可以上路求亲了，却刚好碰上秦国开始出兵攻打韩国边境。秦国与中原大地的边境线很长，从上到下依次为赵魏韩楚，其中韩国的边境线是最短的，于是与他紧挨着的魏国便难免要受些牵连。

随从劝魏无忌不要冒险，魏无忌只好绕了个远路赶去函谷关，前后这么一耽误，真的到夏日了。

入了夏的秦国一年之中风光最好，渭水两岸青山依依，水面倒映着湛蓝如洗的天空，被船身划开成两片，又在船尾交融。

厚重的聘礼压满了好几只船，入咸阳城时无数百姓夹道围观。大名鼎鼎的人物来秦国的不少，可像他这样招摇过市的却不多。女子们在道路两旁翘首观望，可惜信陵君乘的是闭门的马车，根本瞧不见模样，真是急死人。

易姜自收到信起便一直派人探他行踪，如今自然知道他已入城，早已亲自赶去驿馆迎接，不想等候半日，下人来报信陵君已径自去了相国府。

易姜只好又匆匆赶回府里，那位却不在厅中，可厅中摆满了礼盒箱匣，满满当当。息嫦在门口禀报说信陵君正在书房里等着她，神色有些古怪。

这么神秘，料想是要说些不能与外人道的话了。易姜快步走去书房，里面一个伺候的下人也没有，魏无忌坐在案后，紫袍绶带的大袖深衣，抬起头来，浓眉大眼，与往常一样一脸笑容，嘴角的梨涡越发深了几分。

“可算回来了，想必你这段时间在忙着韩国的战事，我怕是来得不是时候。”

易姜道：“倘若不是忙着这战事，你也不会来了。”

魏无忌的笑成了讪笑：“你倒是懂我。”韩国已经陷入战事，接下来不是赵国便是魏国，而魏王还依赖着之前与秦国交好的那点情分毫不自觉，一点也没有危机感。

易姜在他对面坐下：“你此番入秦，还带了聘礼，是要求娶秦国公主吗？”

魏无忌白了她一眼：“装什么傻啊，聘礼已经带来相府，我要求娶的是你。”

易姜错愕。

魏无忌正色：“我知道你会惊讶，我也直言不讳，要娶你是出于保住魏国的联姻之举，但我对你也并非全然无意。”他竖手对天，“若你答应，我魏无忌在此立誓，此生必定全心全意待你，绝不负你；若你不答应，我也绝不勉强。”

魏无忌会出面保魏国易姜不意外，意外的是他如此机警地就早早做了应对，还是以这样的方式。“历来王室公子都不可能娶平民女子为正室，我虽然身份是秦国相国，可出身并不高贵，何况我还嫁过人，有过孩子。”

魏无忌笑了两声，爽朗模样又回来了：“我若是计较这些，又岂会身在此处？无忧是我看着长大的，视如己出，你若嫁给我，他便成了我真正的儿子，所以大可不必在意这些。”

易姜其实明白魏无忌的考虑。若是娶个公主，所谓“嫁出去的女儿泼出去的水”，秦国不会因为一个嫁出去的宗亲而顾忌什么，该攻打魏国的时候还是会下手。可若是娶了她这个参与政事的相国，则会直接影响政见决议。

“秦王不会同意。”

魏无忌也料到了这点，犹豫片刻后道：“若我以结盟名义求娶，许你婚后依旧身在秦国，秦王大概是会同意的。”

易姜皱眉看向他：“那样的话，你我只能挂个夫妻名分罢了。你以正室之位求娶我这样一个人，又被如此对待，会被天下人耻笑的。”

魏无忌起身走至她身侧，犹豫一瞬，抬手搭上她的肩头：“这不算什么，我带着目的而来，就不该要求太多。”

易姜身子微微发僵，脸色有些尴尬，一直以来都将他当作至交好友看，从未想过会有今日这一步。

他的声音轻柔了许多："那你呢，你自己如何说？"

易姜沉思许久，缓缓道："我欠你天大的恩情，若你坚持，我可以答应。"

魏无忌按在她肩头的手重了一分："不用谈恩情，我没有提无忧就是怕你以为我用他要挟你。若你当真不愿，我可以立即将他送来秦国。"

恩情既然存在，岂是不提就可以无视的。易姜的手指轻轻摩挲着衣角，"你奏请秦王决定吧，一切由王上做主便是。"她的目光转到他脸上，"不过这份关系未必能持久，你该心知肚明。"

魏无忌眼光黯淡了几分。的确，秦国一旦打开东进的路，迟早还是会对魏国下手。

易姜站起身来，顺带不动声色地挣开了他的手："聘礼先带回去，太大张旗鼓难免要叫秦王以为你我是私定终身，反而不好办。你稍事休息，我叫人备宴。"

魏无忌拦下她："不必了。我自己登门求娶已不合礼仪，还是得避嫌。饭不吃了，眼下便回驿馆去。"说着便要出门。

易姜叫住他，迟疑了片刻道："待秦国攻韩取胜，我根基稳了，便去魏国接无忧回来。"

魏无忌叹了口气，扶着门框道："他是你儿子，你想什么时候来接都行，只是我竟有些舍不得了。"

易姜忍不住笑了，还是与他这般对话才自然。

魏无忌回到驿馆时日头西斜，夏风正盛。刚刚安置下来，仆从送来了信函，说是急切得很。

他还以为是魏国送来的信件，结果一看信上署名是公西吾便冷了脸。

真是怕什么来什么，紧要关头他总要来插一脚。

三两下拆阅，果不其然，公西吾竟然在信中要求他不可求娶易姜。

魏无忌肝火略盛，好歹也是魏国公子，凭什么要被他指手画脚？原先心中就对他积压了许久的气愤，今日再不愿忍受，当即提笔回信。既然三份人情已经还了，自己再也不欠他什么，他还以为有人情债可以要挟自己？

快马加鞭，疾驰送信，很快便将回复交到公西吾手中，但他人并不在齐国，而是在魏国都城大梁。

魏无忌故意将七分说到了十成，自称易姜已经答应他，婚事势在必行，不劳他这个"外人"操心。

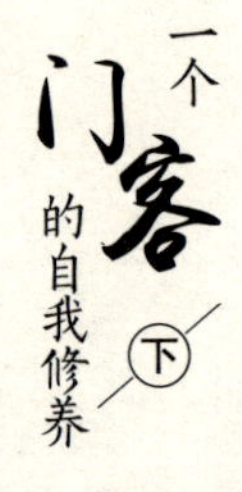

夜幕初降，趁着往来人少，驿站的仆役正在洒扫院落，清水浇在墙角的花草上，淋淋漓漓地溅到了他的窗边。

天成了灰蓝色，卷着半边透亮的微云铺盖下来。四周安静，应该叫人心定神安，他却压制不住自己的欲求。

果然，男人在问女人讨利益时，首先考虑的便是占有和婚姻。他将写满字迹的绢布紧紧捏在手心里，倒像是在揪着他自己的心。

原来他是外人，只消一步，此后与她便再无瓜葛。

也许魏无忌是体贴她，懂得她的需求，比他这种只会伤她心的要好许多，所以她才会接受。也许只是出于秦魏联盟所需，公事公办的一场联姻，她才会接受。

他都明白，却无法接受。嫉妒这种情绪陌生难言，但一出现他就明白这是什么。

是强烈的占有欲。即使她明明白白地说了恩断义绝的话，即使明白自己伤了她，再难挽回她的心意，他还是存着这份占有欲。

他心中所求都很宏远缥缈，触及不到，并非切身所系，却依旧不弃不舍。而易姜是切身所系的那个，又岂能轻言割舍。

若真的只差一步就彻底失去，那这一步也绝对不能让他们走下去。

他将帛书引了灯头火烧掉，整衣出门，叫来聃亏："备车，我去见魏王。"

"公西吾人在魏国？"易姜从秦王宫里回府，刚登上车，接到东郭淮递来的线报。

东郭淮点头："暗中去的，恐怕有段时日了，一定是早就知晓信陵君来秦的事。"

易姜点点头，不动声色地坐入车中，心中却暗暗焦急。

魏无忌此刻不在府中坐镇，公西吾又是个眼观八方的人，倘若让他知道了无忧的存在……

她揉了揉眉心，担忧了一路。然而夏日到了，她乘的是敞座竖伞的铜车，当街而过，又得摆出肃然的颜色，不得有半分情绪写在脸上。

两侧百姓全都俯首拜倒，站着的人便显得尤为瞩目。易姜目光瞄见道旁站着个男子，牵着匹马，一袭黑衣，大约是为了遮挡灰尘，抬袖遮了口鼻，只露出一双眼睛。

他的视线与易姜撞上，原本停下的脚步动了起来，翻身上马，扯了扯缰绳离去。

易姜陡然回神，视线追着他扭转过头去。“赵……”口中的话生生顿住，那人的背影已经消失在尘烟里。

她连忙叫停，让东郭淮去追他。如果没有看错，那应该就是赵重骄。

晚上吃饭时东郭淮才回来，一进门就朝易姜摇了摇头，人没有追到。

易姜顿时没了食欲。

自从来到秦国，她一直派人在找赵重骄，不想他做傻事，平白送了性命，可一直没有结果。

如果今天这人真是他，那就是他自己不愿与她相认了。

也是，她已经是秦国相国，与他成了仇家，他怎么还会来认自己呢？只怕他这辈子都不会再想见自己了。

另一边，魏无忌也是纠结得很。

他出身兵家，不擅长遣词造句，对着给秦王的上疏抓耳挠腮，真恨不得屈原还在世才好。本来听说裴渊还在秦国，想请他帮个忙，但一打听他已经在齐国做官，还是公西吾举荐的，顿时打消了念头。

想起来，那日离开相府时遇到他，还平白无故被他哀怨地瞪了一眼。魏无忌想到这个比他还哀怨，以往易姜带着他在魏国住过许久，好歹相识一场，怎么求娶易姜这事竟弄得跟抢了他的人似的？

魏无忌叹气，继续绞尽脑汁。这事不能写得声情并茂，而是要写得大义凛然，纯粹从利益出发，秦王才有可能点头。

终于写好文书递了上去，秦王却许久没有回复。

近来总有从韩国边境赶回来的快马在驿馆换马入宫，每次马蹄声响起都是在提醒着魏无忌将来魏国的危机，让他心如火煎。

他不甘心，又接连催了几次，给秦国官员的好处也塞了不少，可没有得到秦王新的回复，秦王也没有表示过要接见他的意思。有时候追问急了，下面的官员敷衍一句：“战事当前，容后再议。”

魏无忌心渐渐冷了下来，一早起身又在驿馆等着消息，侍从禀报说秦相到访。

他收拾心神，扬起笑脸迎出去。又是一匹报信的快马进了院子，扬起一阵

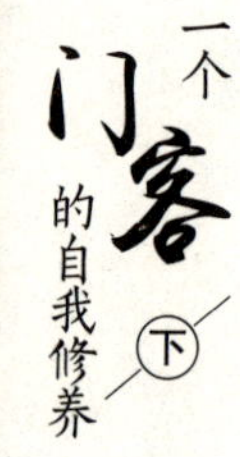

尘土，在阳光照射下纤尘可见。易姜从那阵尘土后方徒步走来，没有带随从，捂着口鼻脚步匆匆地进了厅堂，早有驿馆里的官员点头哈腰地恭迎上前。她摆了摆手，径自朝魏无忌走来。

“你这是来替秦王传话的？”

易姜抬了一下手：“进屋说。”

魏无忌跟着她进了屋中，尚未站定便道：“秦王这模样，看来我这次是白走一趟了。”

易姜道：“秦王不会让别人从自己这里讨了便宜。他已表过态，同意可以，但魏国要以数座城池作为聘礼，并且婚后我不仅要留在秦国，还有诸多苛刻条件，只怕到时候你宁愿他不同意。”

秦王的意思是这桩婚姻既然是奔着结盟而定，那么易姜就该全心全意向着秦国，婚后信陵君夫人的身份应当用来刺探魏国国情和左右魏国走向，而不是为魏国谋取利益。

易姜早就猜到这个结果，与秦王合作，无外乎与虎谋皮。

“不过眼下婚事最大的阻碍倒不是秦王。”易姜从袖中取出一份帛书递给他，“魏王送信给秦王，说已为你定好姻缘，是你自己擅作主张来秦国求亲，算不得数，秦王自然不好回复你什么。”

魏无忌连忙接过帛书看了一遍，后面果然加盖了魏国王印。他莫名其妙：“怎么会这样？”

易姜在案后坐下，拿了他摆放在桌案上的凤形青玉佩把玩着：“听说公西吾现在人在魏国。”

魏无忌脸上顿时有了怒色：“原来如此，难怪王兄忽然插手我的婚事！”

公西吾知道魏王与他兄弟不和是他的软肋，他行事向来直达目的，最擅长掐人七寸。

“看来我一直都会错意了，他这么急着阻止我娶你，分明就是对你有情。”魏无忌脸上少有地添了抹阴郁，“公西吾这样的人居然也会动情，真是叫我刮目相看。”

易姜扯了扯嘴角：“他的心思谁也猜不透，谁知道是为什么。”话虽如此，脑中却不免回想起那晚他带着怒意的那句喜欢来。

他不止一次说过喜欢她，可她竟连真假都无法分辨，因为她觉得只怕是公西吾自己也无法分辨。兴许只是因为她在他那宏伟大计中的地位越来越重，这“喜欢”也就相应地重了一分吧。

魏无忌深深地叹了口气，垂下头去：“虽恨公西吾怂恿，可王兄这般不信任我，也是可恨。”

他恍然记起许多往事，因为父王宠爱他这个幺子，从小王兄就对他心存防范。成年后他有了自己的势力，更是愈演愈烈，甚至好几次都游走在被罢黜和被谋害的边缘。

他招揽门客不像他国公子那样要求门客只对自己忠心，反而要求他们对魏国忠心；他不止一次替魏国领军抗敌，手上却从不把持一分兵权；他多年不娶妻，怕联结了权贵势力更加惹王兄怀疑，现在却愿意将自己的婚姻拿出来为魏国的将来做一点拼搏……

这么多年他从未做过什么对不住魏国的地方，王兄却从未真心待过他。世道太过不公，而这是王室公子们的宿命。

易姜看了看他颓唐的模样，放下那块玉佩：“如果真的是公西吾插手的，那你我应该都被他盯上了。”

魏无忌心绪一收，立时抬头：“你放心，我答应过你的事一定尽力做到，绝对不会让他发现无忧。”说着出门去唤侍从，吩咐即刻启程回国。

易姜坐着没动，若有所思，如今就看韩国的消息了，如果这次她能助秦王得到韩国，那么根基就能牢靠，无忧也就能回到她身边了。

入秋时，白起率领大军叩开了韩国边境大门。裴渊开始劝说少鸠随自己离开，他已经向公西吾告假半载了，再这么拖下去，这个官可以不用做了。

少鸠的为人他清楚得很，她是个将墨家理念贯彻入骨髓的弟子，最不喜征战杀伐，可待在秦国这种地方，以后多的是这样的事，所以就连易姜都建议她走也就不叫人意外了。

少鸠板着脸不回应，这段时日她一直待在房中不愿出门，就连一日三餐都是息嫦送过来的。此刻她就在房里忙前忙后地收拾屋子，好像非得这么忙才能让她心情好点一样。

裴渊扒着门不敢靠近，弱弱地道：“我知道你不好受，可是事已至此，多想无益。”

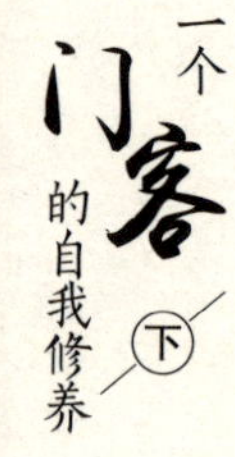

少鸠转头瞪了他一眼，忽然找出包袱开始收拾衣物。

裴渊见状心中一喜：“你决定跟我走了？”

“呸！”少鸠恨恨道，“果然你也是这副毫不关心的样子，那里可是我们的家乡，你不就在齐国做了几天官，连故土也不认了！”她随手将包袱往肩头一甩就朝门口走，“我要回去帮韩国守城。”

裴渊连忙拉住她：“那么危险，你不要命了？”

“与你何干？”

“我不让你去！”

少鸠平常能轻易摆脱他，弄不好还能将他给制住，这会儿却不行，裴渊的力气像是瞬间大了许多，她根本甩不开。她气恼地跺了一下脚：“你到底想怎样？”

裴渊鼓了鼓腮：“要么你跟我走，要么我跟你一起去。”

少鸠愣了愣：“你是齐国官员，居然要跟我去韩国守城，你傻了吗？”

“原来你知道这是傻事啊，那你还去？”

“你……”她一把甩下包袱，“算了，我哪儿也不去了！”说完转头回房，“砰”地甩上门。

裴渊碰了一鼻子灰，无奈地耷拉下肩膀。

易姜已经在廊下看了多时，到此时才悄悄离去。他故意留下裴渊，就是为了安抚少鸠，但看来似乎收效甚微。

刚走没几步，东郭淮匆匆赶来，手里托着一支木管，交到她手上。

拧开管口，取出里面的帛书，上面写着最新的战报，韩国边城已失，白起斩敌一万，俘虏一万，但也尽数斩杀。

她一把揪起帛书，先前约定好不再斩杀俘虏，他竟然又下了手！

“先生。”

易姜一惊，将帛书藏入袖中，转过头去，裴渊正站在身后。

他面有难色，讪讪道：“少鸠我劝不住，可我实在不能再待下去了，得赶回齐国去了。”

易姜有些担心：“她没事吧？”

“她从小就是这样，旁人与她说道理是说不通的，得靠她自己想明白。唉，让她自己想想吧。”裴渊抬手告辞，想想不放心，又加了句，“倘若有什么事，请先生一定要及时告知我。”

易姜点头。

裴渊走出几步，又折返回来：“先生与信陵君的婚事如何了？”

易姜笑了一下：“此事不谈也罢。”

裴渊脸上愁色一扫而空，还以为是说她和信陵君的婚事不谈也罢，当下决定要将这好消息带回去给公西吾。

易姜目送他离去，这才立即朝书房走，准备写信给白起，一面吩咐东郭淮，韩国战事的消息全都不许告诉少鸠。

秦国在如火如荼地推进着大军，齐国也该早做准备。公西吾从大梁城中“功成身退”，走出驿站，吩咐左右启程。

聃亏回来得很及时，车马刚刚套好，他从外面风风火火地走进了驿站的院子，在公西吾身前站定，小山一般遮了一片阳光。

他的声音却很轻：“先生，据说夫人之前在大梁城里整整待了一年，期间与信陵君关系甚密。”

待一年不奇怪，范雎没有解决，易姜不会贸然入秦，不过这与魏无忌关系过密似乎没什么关系。

公西吾改了主意，吩咐暂停启程：“信陵君这一年里都做了些什么，全都去好好查一查。”

第二十四章

吾儿无忧

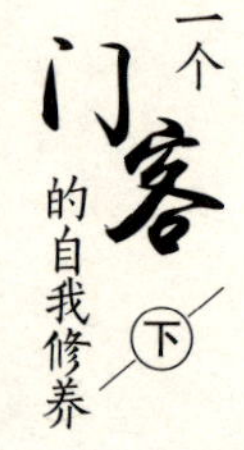

夏末的风悠然地拂过韩国大地，白起的屠刀鲜血未干，秦国的铁蹄又奔向了前方。

易姜的信早已送了过去，字字切切，带着愤怒，力度仿佛可以从帛布中透出来，落款盖着的相国印纹更是鲜明刺眼。

信是她亲笔所写，那些现代用语一到激动时便收不住，后来再三检查遣词造句，确认无误才命人送出去。

白起的回复很认真，他解释说此次杀了那一万降兵是因为他们诈降，并非有心为之，并再三保证此后再不屠杀俘虏。

易姜收到信时，韩国的城池又破了两座，再往前就要到韩国腹地了。

白起的确是秦国的一柄利刃，这柄利刃所向无敌，并且目标明确。只是太过锋利，出必见血，既是优点也是缺点。

韩王慌乱，广招天下有志之士共助抗秦，又派人于天下宣扬秦相易姜是见风使舵的小人，说她见利忘义、背信弃义，当初合纵五国，如今却反戈相向，实乃用心险恶的毒妇。

不过要论找理由，全天下的君王都比不过秦王。他及时补发了一份檄文，文中囊括了韩王几大罪状，并称他当初合纵时便对易姜心怀不轨，有羞辱秦相之嫌，秦国如今要为相国报仇。反正他睚眦必报是出了名的，为臣子出头的事情也不是第一回做了。

韩王没能在正义上站住脚跟，只能示弱求助。齐国已经公然与秦国结盟，魏国也不例外，燕国距离太远，赵国一蹶不振，楚国……楚王仿佛压根不知道这回事一样，连他的国书都没有回复。而说到羞辱易姜，明明当初就是他起的头来着。

有人告诉韩王，楚王已经暗中投靠齐国，韩王心如死灰。

白起嗜杀的名号在外，竟有好几座城池接连不战而降。这回他没再下杀手。

他似乎有个特点：但凡主动投降的俘虏他便不会屠杀，可若是反抗失败后被俘的，往往难逃厄运。

不过如今易姜以相国之命发了狠话，他再不好乱举屠刀了。

秦军正开往许城，一切都进展得很顺利，直到易姜又收到最新的战报。

前几日大风携尘，军队难行，待到白起兵临城下，却见城头乌压压一片墨衣如连云。他派人一打听，竟然是墨家巨子率领弟子赶来韩国相助守城了。

易姜并不希望战事里卷入学派，但这就是墨家的行事风格，谁也阻止不了。

他们是最有纪律性和组织性的学派，弟子即使做了官，也会继续坚定不移地在政坛上推行墨家的主张，俸禄也会交给墨家这个集体。他们看起来分外固执，甚至冥顽不灵，但在这样的纷纷乱世，在别人只愿明哲保身或者坐享其成时，他们却愿意穿着最简朴的黑衣，冒着诸国通缉和大军兵锋，在这千疮百孔的大地上奔走努力，只是为了平息战火。

少鸠也是这样的墨家。

而易姜自己偏偏是以天下做棋局的鬼谷派，一阴一阳，纵横捭阖，玩弄国君，主导杀伐。

窗外起了风，天蓝云白，渐渐有了旷远的意味。她将信卷好，端起桌案上的凉水连灌了几口才静下心来。

另一位主导杀伐的鬼谷弟子还没有回齐，除了战事之外，她要烦忧的还有很多。

魏无忌回到大梁城中时已经是夏末秋初。

他没有立即去魏王宫见魏王，而是马不停蹄直奔回府上，一口水都没来得及喝便叫来管事老仆问话，直到听说府上一切都好，这才放了心。

第二日魏王宣他入宫，问起了秦国的事，对他私自提亲的行为甚为不满。

王室子弟的婚事向来是为国家服务的，他是闻名天下的四大公子之一，更应该明白这个道理。

"无忌是对本王有什么不满不成？连婚姻大事也不让本王过问。"魏王在王座上半坐半靠，人刚至中年，却早已被酒色消耗空了精气，蜡黄的脸色，稀疏的短须，终日一副怏怏不济的模样，加上天生多疑，那双眸子里总是闪着促狭的光，看在人身上总叫人觉得不太舒服。

魏无忌于是回避了他的视线，垂头道："臣弟是为魏国着想，因为不确定此

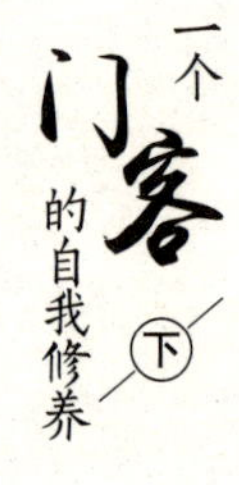

事能成，故而没有事先禀告王兄。”

“呵呵，为魏国着想……无忌虽不是国君，却有颗国君的心哪。”

魏无忌像往常无数次一样敛衽下拜，忙称不敢。

魏王摆摆手：“罢了，人回来便好，正好与你说一说本王为你安排的婚事。”

魏无忌笔直地站着，恭顺地垂头盯着地面，其实一个字也没听进去。虽然看着是他的婚事，但其实也与他并无多大关系。魏王要的不是一个有才能的弟弟，只是一个温顺听话永不与他作对的臣子。

出王宫时大梁城中尚未宵禁。车马当街而过，沿途可以看见三三两两从韩国逃来的难民，缩在街头墙角里，像是一堆破布。他心不在焉，无力过问。

回到府邸，一下车他便察觉出不对。府门大开，门边竟还有两排士兵，一排魏军，另一排却是齐军。

老仆慌慌张张地跑上前来，说是有客到访，已经在此恭候多时，说话时额头上竟沁出了细微的汗来。

往后院的廊下高悬了一排的灯火。魏无忌是个体贴人，担心府上的女眷孩子晚上磕着碰着，因此特地在这条路上多挂了许多盏灯。

客人就站在这排灯火之下。雪白的交领宽袍被照出浅浅的金绣，腰间玉佩润润无声，手中提着精致入鞘的昆吾剑，地上一道斜长的身影，连着他背影阑珊。

“不知公西先生大驾光临，有失远迎。”魏无忌的话很客气，语气却不然。公西吾这副阵仗便是来者不善，他又如何能有好脸色。

公西吾转过头来，神色平淡：“听闻信陵君即将完婚，恭喜。”

魏无忌袖中手指紧捏成拳：“那还不是拜君所赐！”

公西吾没什么回应。他似乎一早心思就不在这里，那双深邃的眸子里敛着微微的波光，幽幽的深沉，似乎正积淀着他的心事。

他既无声，魏无忌便立即侧过身抬了一下手：“公西先生若无事，无忌便不送了。”

公西吾长袖舒展，手中的昆吾剑轻轻抵地，双唇轻启，却似用了许多力气：“易姜曾在大梁城中滞留一年有余，入秦前最后见的人是你，你该知道我为何而来。”

魏无忌浓眉轻轻一蹙，继而抱臂而笑：“难不成她离了你还不能找我？”

“信陵君何必要我说那么明白。易姜行贯沧海，遗珠于魏，今日我来此，便是来取这颗遗珠的。”

“谬谈！”魏无忌怒而拂袖，声音拔高，“来人，送客！”

仆从们尚未近前，门外的士兵已经冲了进来，为首的是人高马大的剑客聃亏。

“魏王特许我今日冒犯，信陵君见谅。”公西吾的语调像是一汪平静无波的湖，没有起伏，但随时都有可能掀起风浪，不容反驳。

魏无忌咬了咬牙，终究忍下了这口气：“公西先生究竟想要如何？”

聃亏在阶下忍不住道：“易夫人为先生留了子嗣，信陵君有什么好掩藏的！”

魏无忌心中暗恼，千防万防，终究还是叫他知道了。面上却是闷笑了两声，往廊柱上一靠，斜睨着公西吾：“就算易姜遗珠于魏，你又如何能断定那珠便是你的？我此番入秦求娶，也许就是因为与她早就有情在前呢？”

公西吾情绪毫无波澜：“信陵君的意思是说，易姜在忙于奔逃的路上还特地留出时间为你孕育子嗣？既然如此情深意重，她居然还是离开你入了秦国？”

魏无忌皱眉，自知话中有漏洞，无法辩驳。

“得罪。”公西吾提剑转身，径自向后院而行。士兵们立戈跟随，无人敢阻。

“慢着！”魏无忌气愤难言，快步走向后院，侍婢早已闻风请走女眷孩童，庭院空空，花草森森，地上还残留着孩子们玩耍后留下的绢花木偶。他挡在前方，面色阴沉，“公西先生此举若是传扬出去，恐怕要叫天下人耻笑。”

聃亏自探知消息后便吃不好睡不着，终于等到这一刻，如何能沉得住气，当即回道：“任由自己的孩子流落在外才会叫人耻笑！”

魏无忌脸色僵了僵，盯着公西吾的脸，想要看出些什么，但终究徒劳无功。“无忌曾经十分敬重公西先生，然而对于公西先生的作为却无法理解，倘若今日你一意孤行，无忌只能与先生恩断义绝。”

公西吾眸光轻转：“我的作为不需要理解，今日只是私事，愿能私了。”

这后院之中没有陌生男子可以进入，眼下却有外人堂而皇之地闯了进来，自然激起了旁人的好奇心，魏无忌的身后陆陆续续有女眷侍婢出来偷看热闹，半遮半掩地缩在草丛后盯着士兵前列的男子看。火光半明半暗地照了他大半张脸，白衣出尘的人物，也不知是哪国的贵胄，竟敢在信陵君府上如此放肆。

“也罢！”僵持多时，魏无忌终是认了输，招手唤来一个侍婢，在她耳边嘱咐了几句。

侍婢匆匆去了后方，不多时抱着个孩子沿廊下而来，将他小心翼翼放到公西吾跟前，又连忙后退开去。

孩子粉雕玉琢的一张脸，睡眼惺忪的模样，茫然无措地举着小拳头揉了揉眼睛，看看公西吾，又转头看看魏无忌，奶声奶气地唤了句：“父亲。”

魏无忌眼中诸多不舍，却抿紧唇没有应。

公西吾上前一步，垂眼看着孩子，一言不发，忽而手腕一转，昆吾剑出了鞘，轻轻搭上孩子稚嫩的肩头。

“公西吾，你想做什么！”魏无忌脚步迈出一步，脸色微微泛白。

聃亏也有些慌张，但公西吾却神色如常。孩子很茫然，他还太小，不太明白剑搁在肩头是什么意思，只是转着乌溜溜的眼睛茫然无措地看着眼前高大的人影。

公西吾的视线移到魏无忌脸上：“信陵君如此慌张，莫非这孩子是信陵君的亲生骨肉？”

魏无忌眼光沉了几分，视线胶着在孩子身上，狠狠心，又收了回来，冷着脸道：“既是我一手抚养的，自然视作亲生骨肉。”

“公子不可！”他的身后忽然冲出一个女子，抱着他的腿哀哀哭泣，“救救我的孩儿啊，你如何舍得……”

“闭嘴！”魏无忌忙怒斥一句，冷着脸命人将女子拉下去。

孩子听到女子的声音有了反应，开始唤“阿娘”，可惜被公西吾按住肩头无法转过头去，忍不住“呜哇”一声哭了起来。

“信陵君还要坚持说这不是你的亲骨肉？”公西吾看向魏无忌。

后者咬牙不语。

女子的哭声，孩子的哭声，忽然院中就吵闹起来。一片忙乱之中，另一个孩子从那群偷看的人群后方钻了出来，小小的身影好似滴溜溜滚动的雪球，从廊下顷刻间便小跑到了公西吾跟前，一把拉住被他制住的那孩子的手：“哥哥走。”

他的脚步很稳，口齿却还不够伶俐，也不理解眼下状况。看着公西吾，又看着哥哥，不明白为何哥哥不能动，也不跟他玩，于是他生气地推了一下公西吾。

魏无忌脸上慌张一闪而逝，沉声道：“无忧，快回来！”

公西吾霍然撤了手中的剑，看着这个忽然冒出来的孩子，眼神终于有了变化。

不需要任何方式来辨认他就知道找到了人。因为这个孩子的五官与他太过相像，尤其是那双眼睛，几乎是一个模子刻出来的。

他蹲了下来，手中的剑轻轻放在地上，像是怕惊动了什么。

“无忧？你叫无忧？”

孩子双眼扑闪，看着他不作声。大约是方才跑得太急，头上的帽子歪了半边。

公西吾抬手给他扶正，才发现自己的手指竟然有些发抖。

收到消息的时候他怀疑了许久，易姜那般决绝，他不敢相信她会愿意留下他的子嗣。可现在人就在面前，这竟然是真的。多年孤身一人，踽踽独行于世，家人离散，一叶障目，今日方知血脉相连是何滋味。

“我儿无忧……”他的手掌贴着孩子的小脸，软软嫩嫩的触感。

孩子歪了歪脖子让开，推开他的手掌。

公西吾心中愧疚，隔了近三年才发现他的存在，他算什么父亲，被推开也是应该。

“你认错人了！”魏无忌快步上前，却被聃亏拔剑阻挡。他一拔剑，四周信陵君府的侍卫和公西吾带来的人全都紧张地举起了兵戈，彼此对峙，一时气氛剑拔弩张。但魏王既然有令，谁也不敢轻举妄动。

魏无忌置若罔闻，视线来回在无忧和公西吾脸上游移，身侧双手紧握成拳。

公西吾收敛情绪，起身整衣，竟向他见了大礼：“犬子蒙信陵君三载抚育大恩，难以为报，改日必备重礼以答。”说完弯腰，单手抱起无忧，拿了地上的剑便转身离去。

无忧还小，却知道认人，一旦被抱走便开始在他怀中哭闹，朝魏无忌伸出小手去，口齿不清地唤他父亲。

魏无忌在重重兵刃后双眼微红。

他什么都没做到，到底还是有负易姜所托。

公西吾用披风裹着无忧将他一路抱上车时他还在哭，小脸上全是泪水。上了车他似乎意识到了什么，不仅开始哭还开始挣扎，小手挥舞，忽然一把拍在公西吾脸上，发出清亮一声脆响。

聃亏立在车边怔了怔，左右皆是大气也不敢出。

公西吾单膝着地，垂首于他面前，执着他的小手按在自己脸上，喉头微哽：“打得好，是为父对不住你，也对不住你的母亲。”

其实会发现无忧，实在是个偶然。

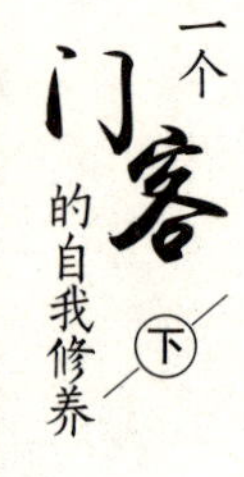

公西吾的本意是要查出魏无忌那一年间到底与易姜之间有过什么来往，料想这与二人要以婚姻结盟的事有关联。撇去私心不说，就公事而论，秦魏结盟太密对齐国也没有好处，他必然要阻止。

但出乎意料，虽然明明白白知道易姜在大梁待了足足一年有余，却很难查出详细。

聃亏只查到原本易姜住的官邸是属于却狐的，后来却狐被魏无忌远调至安邑，官邸被魏无忌接手，并且撤换了所有护院与下手。

如此看来，是有什么秘密要隐瞒了。

事情到这里依然毫无进展，直到聃亏派人一路追查去安邑。当年却狐官邸上的那些侍婢仆从在魏无忌接手官邸后被赶去安邑，又在却狐逃去秦国时被遗留了下来，如今散落在接任的魏国官员手中。

聃亏想从他们口中探得魏无忌接手却狐官邸的缘由，没想到没能探知缘由，反而听说了个让他分外震惊的消息——易夫人当初是因为小产才在官邸里休养的。

聃亏始终因当初那一箭而愧疚着，得知此事后的第一反应便是自己的罪过，哪里顾得上再追查什么结果，返回公西吾身边，告了罪便要拔剑自刎。

公西吾阻止了他，很沉静地坐在案后，却掩不住脸色苍白。

他记得易姜摔在地上时看他的那一眼，决绝生疏，之后再因他的追赶而小产，不知受了多少苦。

以前智父曾对他说："公子是生来要结束乱世苦痛的人。"可他未能结束这乱世的苦痛，反而给身边的人带来了苦痛。

过往不懂人情冷暖，只知世事无常。这次是生平第一次感到后悔，他希望自己当初根本没有将她掳去齐国。她愿意嫁给滥侯便嫁吧，要去哪里都好，想做什么都可以，只要好好的，无病无灾便好。

他终于想到了放弃。今后她安稳地做着秦国相国，他在齐国能与她合作无间，那就够了。

因这消息，公西吾沉寂了好几日没再过问魏无忌的消息，甚至好几日都没有说话。

早先范雎势倒，手下门客尽散，其中许多人慕名而来依附信陵君，公西吾便趁机安插了一个心腹作为门客进了魏无忌府中。这个门客奉命盯着魏无忌的动静，恰逢魏无忌入秦未返，他在府中走动比较自由，偶然就撞见了活泼好动的小无忧。

门客觉得这孩子眉眼与公西吾极其相似。不过只匆匆一瞥，孩子就被侍婢抱入后院去了，也不能说真正瞧清楚了，于是就只告知了聃亏，一面伺机再探。然而魏无忌在回国的路上便已加强防范，他终究未能得到机会。

聃亏原本只是觉得巧合，也不敢贸然在公西吾面前提及，怕一提到有关孩子的话题惹他难受。别人看不出公西吾情绪，他一个多年侍候的家臣岂会不知？

但既然收到了这种消息，难免有些疑惑。聃亏一个人接着明察暗访，终于又得知易姜在入秦前见过魏无忌。那门客又告知他说，那个与公西吾相像的孩子便是在那之后出现在信陵君府的。这下聃亏心中便起了疑，恨不得亲自翻墙去信陵君的后院里瞧上一瞧才好。

思来想去，事关重大，他终究还是忍不住将消息告知了公西吾。

公西吾自然不敢相信。但细思一番，倘若并没有流产一事，以易姜坚强的心性，是肯定会留下孩子的，便又追查了下去。

之后得到的消息越确切，他心里就越没底，直到去信陵君府时他都还带着担忧。但老天实在眷顾他，竟然真的给他送来了个无忧。孩子生得健健康康，标致可爱，可因为他的缘故，却差点就无法来到这个世上。

无忧，这必然是易姜为他取的名字。他的手朝孩子伸过去时轻颤着，有些小心，亦有些无措。他对父母毫无印象，现在居然自己也为人父母了。

他知道一旦带回无忧，易姜必定会更恨他，但他无法让自己的血脉流落在外。这是他迟了三年的责任，终己一生也要承担。

聃亏先行一步回齐国打点，着人寻了可靠的乳母进府，早早恭候着小公子大驾。

公西吾这一路走得却是分外艰难，因为无忧认生，在路上寻了乳娘照顾也照旧哭闹。大约是魏无忌宠的，他脾气大得很，别人在公西吾面前无不毕恭毕敬，他却最不怕，有时候打几下踹几下是常有的事。

无奈公西吾性子又那么冷，他一个小孩子，撒了几回气见没落得回应，渐渐就不闹了。

待到回到齐国，入了相国府，阖府上下都是陌生人，反倒只有公西吾最熟悉，这下他再不排斥公西吾，反而有些黏糊起来。

聃亏见他小小的身子乖巧地伏在公西吾肩头进了后院，欣慰笑道：“果真是

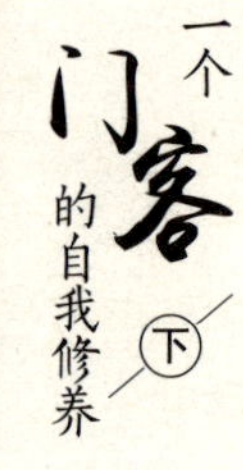

父子连心，到底拆不散。”

公西吾无声叹息：“你哪里知道这一路的艰辛。”说到此处不免想起易姜。当初她独自在大梁掩人耳目生下孩子，又该是何等地艰辛……

入了秋，天气转凉，相国府上添了个孩子，添置衣物是必备的。公西吾不擅长料理这些，倒是聃亏积极，恨不能去跟女仆们讨论下选什么料子才好，大概是存心弥补，什么都尽心尽力。

可惜无忧还没跟他混熟，他又是一副人高马大的模样，每次见到他无忧都要吓得躲起来，叫聃亏一腔赤诚无法抒发，说不出地郁闷。

秦国的大军还在韩国领地上进发，而齐王建这边却是一副尚未搞清楚状况的模样。他不太关心国事，又过分依赖相国，以至于如今大部分国事都直接交由公西吾做主了，此事自然又惹得后胜大为不快。

公西吾因此忙碌起来，每日大部分时间都在书房里待着。他又是个做事专注的人，一忙起来便顾不得其他。

这深秋时节，一入了夜便如泼了凉水似的冷。他照例在书房里忙到半夜，正要抬头挑拨灯芯，忽而听见若隐若现的哭声，连忙起身出了门。

无忧还是不太习惯，近来到了断奶的时候，更是闹腾，今夜更是精神足，铆着劲地哭。这般情形公西吾倒也不陌生了。

众人手忙脚乱，聃亏在门外又不敢进去，怕吓着他更惹得他哭。正无可奈何之时，公西吾到了房门前，径自推门走了进去。

无忧坐在床榻上仰脖子号，一见到他倒是不哭了，可还在直抽气，脸上全是泪水，粉嫩的小脸因为哭得泛红看起来好似节庆时做的春团。

见已惊动了公西吾，屋子里登时跪了一地的人，因为害怕责罚，个个瑟瑟发抖。

到底是在信陵君府养出了娇宠的性子。公西吾自己从记事起就不曾骄纵过，自然也不允许自己的儿子养出这副秉性来。他没有责怪下人，而是径自走到榻边，蹙起眉头便想指责无忧几句，可话还没开口，无忧就朝他张开了小手，边抽气边哽咽着道：“抱抱……”

那奶声奶气的语调一下撞到心里来，公西吾霎时就心软了，弯腰抱他入怀，叹了口气：“哭什么？害怕吗？”这声音比什么时候都轻柔，叫地上跪着的一群仆妇震惊得不敢看，就连门外的聃亏下巴都快掉下来了。

原来他家公子还会哄孩子啊！

无忧伏在公西吾肩头搂着他的脖子，依旧抽气个不停。公西吾只好腾出一只手来轻拍他的背，一面脚下轻移，缓缓来回走动。记得先前见过奶娘是这般哄他入睡的，照本宣科罢了。

那些仆妇见相国这般模样便不再害怕了，甚至忍不住给他出谋划策："相国，您需开口哄哄他，说些话。"

"对，哼支歌也成。"

公西吾幽幽一眼扫过去，她们顿时噤了声。原来他依旧是不好亲近的，还以为转性了呢。

在屋里踩了好几圈，无忧可算是安静下来了，渐渐不再哽咽抽气，小脑袋耷拉在他的肩头，显然是昏昏欲睡了。

公西吾还有事要忙，也不能一直待着，便要放他去床上。哪知他机警得很，一沾着床便立时清醒过来，睁着圆溜溜的眼睛看着公西吾，马上就明白了眼下情形，立时就要撇嘴。

公西吾连忙又将他抱起，他这回学聪明了，牢牢搂着公西吾的脖子不放手。

公西吾无奈，取了架子上的大氅往他身上一裹，坐去案后，吩咐聃亏："去将书房里的文书都取来这里。"

结果便是仆妇们全都退了出去，相国在房中一手抱着儿子，一手处理政务。

直到入夜三分，公西吾低头一看，无忧睡得正香甜，只不过一手还紧紧揪着他的衣领，已将那绣着的盘云纹饰给揉皱得看不出形状来了。

公西吾屈指刮了一下他的脸。还好他还小，倘若再大一点，恐怕就没这么容易与自己亲近了。

连着好几日都这样，仆妇们渐渐习惯相国亲自照料孩子。公西吾自己也差不多习惯了，后来干脆夜里也带着他一起睡，倒有种既为父又为母的感觉了。

过了一阵子，无忧总算是和仆妇们混得有些熟了，也不是那么怕聃亏了，这情形才好转，不过对公西吾依旧是最亲近。

因为入府之前公西吾就已做好安排，府中下人数量缩减大半，只留了妥帖可靠的人手，所以尽管明眼人一看相貌就明白这孩子必然是他亲生，却也没人敢多嘴议论孩子究竟从何而来。

信陵君府上门客众多，可就难以藏住消息了。那一晚后院里又是女子哭声又是孩子哭声的，真是太热闹了，岂能无事？

现在大梁城里已有传言说齐国相国与信陵君的侍妾有染，私产一子抚养至今，现在却被齐相强行索回。信陵君身负丑闻，连去秦国求亲的事都不了了之了，也难怪会郁郁生疾了。

好事者还不忘消遣一下秦相易夫人，若是知道了可是一番怎样的心境哟。

不过眼下天下的焦点还是韩国的战事，这流言也就只在齐魏两国间热议了两天，很快就销声匿迹了，根本没传去秦国。

齐王建也听说了这传言，完全不相信，几次三番趁着朝会之后拖住公西吾询问。

哪知公西吾竟是一副默认的模样，详细的根本不愿多谈。齐王建问不出个所以然来，渐渐也就没兴致再问了。

后胜在朝中早已拿此事嘲笑过公西吾多次了，朝中渐渐也有人颠覆了认知。相国原来是个深藏不露的，瞧着不近女色，却早在外有了风流债，连儿子都抱回来了。不怪易夫人跑，八成她就是被气走的吧！

公西吾任由这些话去说，难得空闲，在书房里握着无忧的小手教他抓笔写字。

“无忧，知道我是谁吗？”

无忧抬头看他，摇摇头。

公西吾抽走他手中笔：“我是你父亲。”

无忧还是摇头，噘着小嘴生闷气：“你才不是父亲，我父亲是魏公子。”回答得这么顺，想必是早就教过无数次的，只是个别字眼发音不清，听来有些好笑。

公西吾板着脸：“你父亲是我。”

无忧悄悄瞄见他神情，难免胆怯，小手扯着帽子上的垂带低声附和：“我父亲是你。”末了又加一句，“还有魏公子。”趋利避害是小孩子的本能，难做选择的时候全都选上就对了。

公西吾捏了捏眉心，无奈继续给他解释：“你只有一个父亲。”

易姜此刻却难有这般闲情逸致。

墨家巨子亲自现身韩国，虽然抵挡不了十几万秦军，但却在道义上置秦国于不义。

天子诸侯也要为诸子百家的圣人学究们礼让三分，这世道再不济，对人才却是极其重视的。可要秦军，尤其是白起所领的秦军重视墨家，却是万万不可能的。

兵家讲究实效，目的明确，那便是“取胜”二字；而墨家抑战，倡导非攻。这两个学派是宿敌，又并非势均力敌。白起又是兵家之中最为善战与嗜杀之人，就是天神挡在他面前也未必有用，何况是宿敌，所以一场血战是在所难免的。

易姜立在廊下，看着院中落了一地的枯叶发闷。

她对白起始终难以放心。早前虽有他保证，在得知墨家赶去韩国时，她还是特地进宫说服秦王，以王命阻止其滥杀。可是方才收到的消息里说，他还是对墨家下了杀手。

消息是却狐递来的，战报里根本没有提及。他连日来几番领军入阵，建下功勋，正是志得意满的时候，便高高兴兴写了信来给她报喜，在信中稍不留神便提到了此事。他大约是想证明老师的兵贵神速，并没有意识到自己透露了不该透露的消息。

“我早不该相信你的。”

易姜猛然回头。身后站着少鸠，她双眼通红，手臂上挽着包袱。

“你这是做什么？”易姜走近一步，她却往后退了一步。

“你当我什么都不知道？墨家众人在韩国抵挡秦军，现在已成了白起刀俎上的鱼肉。这就是所谓的阻止白起滥杀？他那般心狠手辣，只要能助秦国开疆扩域，杀再多的人都不会手软，又岂会听劝！”这番话说得太快，少鸠胸口剧烈起伏了几下，冷笑一声，似乎心也冷了，“也许这便是你说的必然，我却无法接受，所以今日特来告辞。今后拜别主公，我这个门客不再为你效力了。”

易姜扯住她衣袖：“你要去韩国？你知道现在韩国有多危险吗？”

“我自然知道！”少鸠甩手挣开她，“我不怪你。你有你的谋划，同样，你也不要拦我。”

她转身便走，易姜连忙要追上，却见她反身冷冷道：“你再阻止我，便两相绝交！”

易姜一愣，脚步顿止，眼睁睁看着她出了门。

好在东郭淮有眼力，他早已听到动静，一直远远站在廊下观望，见少鸠离去便立即踏上回廊到了易姜跟前：“主公可有吩咐？”

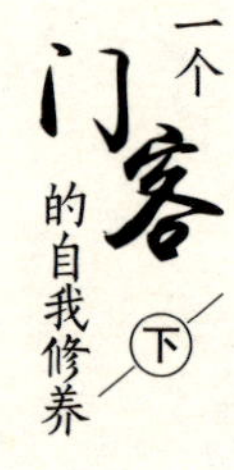

易姜已然回神，点头道："送信给裴渊，将这消息告诉他，要他千万想办法留住少鸠，不可让她孤身犯险。"

东郭淮领命，动身之前从袖中取出封信函递给了她。

是魏无忌的来信，展开粗粗一览易姜便觉头脑眩了一下，连忙伸手扶住廊柱。

少鸠走了，现在就连无忧也被公西吾夺去了……

"啪嗒！"公西吾侧头看了一眼，是无忧在玩他的笔，不小心落到了地上。

他的视线转回到桌案前的聃亏身上："少鸠真走了？"

聃亏点头："裴渊今日一早匆匆来说了这事，说是夫人派人快马送信给他的，他已赶去阻拦少鸠了。"

"那就是说，她现在身边一个帮手也没有了……"公西吾凝神思索片刻，搁下手中笔，抱起身边快要把毛笔磨成秃头的无忧放到腿上，忽然问他，"我们去见你母亲可好？"

无忧眼珠转了转："父亲说母亲在很远的地方，见不着。"

"为父带你去见便不远。"公西吾刚说完这话才意识到他说的父亲是谁，拧着眉再一次纠正他，"怎么还是记不住，你只有我这一个父亲。"

秦军眼看着就要逼近韩国王都，齐国也是时候开始动作了。公西吾原本是打算派人入秦去与易姜商议此事的，如今便改了主意，准备亲自去一趟。

出发前，齐国忽然多了不少远方来客。这些人自中原各处、崤山以西甚至是远从桑海之上匆匆而来，一踏上临淄大地便直奔相国府，趁着夜色从后门悄无声息地进了门。

下人们被屏退下去，厅中摆好桌案软席。公西吾端坐上方，客人们皆是锦衣环佩，养尊处优的模样，却个个都恭恭敬敬在他眼前跪了下来。

为首之人已发须皆白，垂首道："适闻公子喜得麟儿，吾等特来拜见小世子，望公子赐予一见。"

公西吾沉吟片刻，命聃亏去抱了无忧过来。

一见到满屋子的人，无忧便钻到了公西吾身后，趴在他背上悄悄探出双眼睛来看着下面跪着的人。

公西吾捉住他的手将他带至身前，扶他端正跪坐好。众人便俯身再拜，俱是一派欢欣模样。

老者叹道："公子有后，实乃可喜可贺。待他日公子收复三晋，得登王座，世子荣膺太子之位，吾等也就心满意足了。"

公西吾沉默许久，敷衍了一句："待时机成熟，自然会有那一日，诸位放心。"

众人欣喜再拜，当下纷纷献上贺礼，也不逗留，各自散去，来去迅速，像是不曾出现过一般。

天气转寒，西北秦地北风狂嘶，穹隆阴沉，已是入冬的光景。

易姜接连受了刺激，心思过忧，一个不慎受了冻便病了起来。先头几日不甚严重，这两天却越来越精神不济，靠着息嫦煮的药汤才缓和了一些。

好几日没上朝会，秦王也表示了关心，特赐她去骊山离宫疗养。

骊山之中有温泉，对于疗养最为有效。易姜躺在温热的池子里，一时恍惚又一时好笑，权势的确是个好东西，韩国在秦军铁骑下动荡不堪的时候，她还能泡在这里享福，这便是差别。

一国的权势尚且如此，天下的权势则不可同日而语。也难怪但凡有点实力的国家都急不可耐地想要征伐天下。

秦王之前还问她："尝闻却狐所言，夫人提及'皇帝'二字，不知何解？"

其实根本用不着易姜解释，秦王早就有称帝的心。

前几年他灭了西周公国，堂而皇之地将九鼎迁来了秦国。而早在他即位的第十九年，他就下诏自称西帝，还遣使入齐，要尊称齐湣王为东帝。

东西二帝既立，便是要置其余各国于囊中的意思。然而齐湣王听从谋士谏言，未能答应，并有意联合诸国合纵伐秦，他只好被迫取消帝号，恢复称王。

那位当初在齐国谏言齐湣王不可称帝的人，便是鬼谷先生犀让。

真是世事无常，又似冥冥中注定，当初范雎与犀让一西一东，如今她和公西吾也是一西一东。这大概真的是鬼谷派的宿命，迟早都是要斗个你死我活。

被那氤氲的热气蒸久了，思绪也乱得很。易姜胡思乱想了一阵，便出了浴池。

侍婢连忙上前用软绢裹住她的身子，扶她去软榻上揉捏伺候，端来汤药温水。不多时又奉上熏过香的华衣配饰，一件一件为她穿上。

息嫦立在屋门外，待侍婢们都退了出去才举步进门，今日天气甚好，阳光充足，她自外间进了这温热缭绕的屋子，也没感到太大的温差。

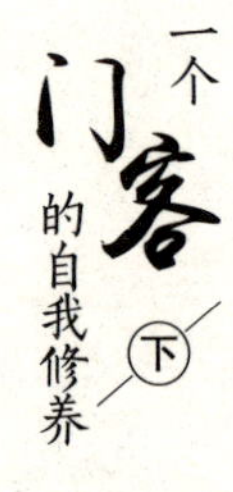

“主公，有远客至，您可要见？”

易姜是来养病的，秦国官员应该都知道，谁会在这时候赶来打扰她？她本就觉得古怪，又见息嫦神色有异，便猜到这人八成是她不想见的。

“何人？”

“是……公西相国。”

果然。

“他来做什么？”易姜端起刚刚放温的药汤，一口一口饮下，面上镇定如常，心中却已翻江倒海。

息嫦斟酌道：“他没有直说，只说想见一见您，刚好您来了骊山，离了咸阳，也好叙话。”

既然如此，大概是要说些不可外道的话了，不用猜也知道是跟无忧有关。易姜放下药碗，伸手拿了架上的披风，一边系上一边出了门。

秦王年轻时受宣太后掣肘，没有实权，也着实放荡过一阵子。而骊山这座离宫便是他当初最钟爱的欢乐场所，往常只要见着漂亮女子便径自掳了到这里来寻欢作乐，以至于整座宫苑至今还带着些许旖旎的意味，装饰布置也不太庄重。

易姜着人寻了许久才寻了间无人居住过的屋子住下，如今自然也只能在那里见客。她示意息嫦在外等候，独自进了屋子。

难得天气不错，窗户却只开了道缝，透入一缕明媚的冬阳来，夹带了些许的风，吹淡了桌案上点着的熏香。

听见掩门的声音，公西吾自屏风后走了出来，立在窗边静静地看着易姜。

她又清减了一些，腰肢细了几分，从那身狐领缠脖的厚重胡服里生生蔓延出几分娇软。只是脸色有些苍白，便显得眉目颜色深了一分，人却有些精神颓唐。

也只在此时会叫人意识到她还不过是个二十出头的女子，不是位高权重的秦相。公西吾本想问候一声，但终究还是抿着唇没有开口。实在是不知该从何说起，他的问候多半会换得几句讥嘲或者是漠视吧。

“齐相忽然到访，不曾递书入朝，也不知所谓何事？”易姜抬手请他就座。

公西吾知道她是明知故问，提了雪白的衣角端坐下来，复又请她入座，显得分外有礼，不像多亲近的模样。

易姜心里揣着心思，不动声色地在他对面坐了下来。

“今日来此，有公有私。公事是想与秦相商议一下齐国出兵事宜。我本意在赵国，然韩国在前，秦齐夹攻，未免留两翼与他国，遂决议改向燕国，不知秦相以为如何？”

易姜道：“燕楚皆可攻之，不过听闻楚国暗中投靠了齐国，也不知真假。”她眼波轻转，落在公西吾脸上。

公西吾没有答复，不管何时他都是这般清清落落的气韵，永远别指望在他脸上看出什么端倪来。隔了多时他方道：“既然如此，那便燕国吧。”

易姜点了一下头，忽而就没了声音。公事说完了，接下来的私事必然是她不太想提及却又迫切想得知的。

公西吾也沉默了片刻才开口：“至于私事，我此番入秦，特地带来了无忧。”

易姜猛然抬眼，她以为他这番前来顶多不过是要与她谈及无忧，没想到他竟然将人直接带了过来！

“你想做什么？”她刚刚缓和的病症似乎又被勾了出来，接连咳嗽起来，一手捂着嘴，一手扶着桌案。

公西吾想伸手扶她，看到她防备的双眼又缓缓收回了手：“我只是想让他来见见你。”

“嘀，你公西吾行事岂会没有目的？”易姜终于止了咳，抚着胸口舒了口气，“说吧，你到底想得到什么？”

公西吾眉头轻轻蹙起又舒展开，起身走去屏风后。易姜的视线追过去，只听见里面传出窸窣的轻响，接着是他低低的声音，带着些许宠溺和安抚，像极了当初在相国府与她耳鬓厮磨时说话的语气，却又有些不同。

接着是一道奶声奶气的声音。她立时回味过来，站起身来，却又不敢靠近，只牢牢盯着屏风，感觉像是在做梦。

“睡了许久，该起身了，不是说好要见你母亲的吗？”

孩子的声音带着惺忪的睡意：“父亲说母亲在远方，见不着。”

“这里就是远方。”

“抱抱……”

“嗯。”

又是一阵窸窣的轻响，公西吾从屏风后走了出来。怀里的无忧一手攀着他脖子，一手揪成拳揉着眼睛，身上搭着厚厚的披风，脸上红通通的。

易姜出神地看着他，自他出生时起到如今已经有两周岁了，可她从未好好看

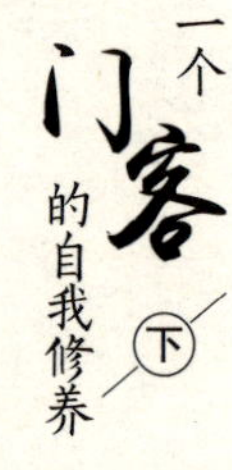

过他，现在才发现他竟然越长越像公西吾。亏得魏无忌在信中那般自责，这种相貌，想要掩藏也的确太困难了些。

她收起纷杂的心绪，强行将视线从孩子脸上移开，落在公西吾身上："你究竟想要什么？"

"我说了，我只是想带他来见见你。"公西吾蹲下来，将无忧放到地上，指了一下易姜，"为父在路上如何教你的？快拜见你母亲。"

无忧还是挺听话的，当真屈着小腿跪了下来，隔着桌案朝易姜拜了一拜："见过母亲。"

易姜错愕地站起身来，一时百感交集，竟不知该说些什么。当初那个在她怀里安然睡着的婴儿，如今已经能叫她母亲了。

公西吾看了她一眼，站直身道："你们母子刚见，必然有许多话要说，我先出去。"

见他要走，无忧一下急了，爬起来跑到他跟前，一把抱住他腿："不走不走。"

公西吾拍拍他的头，安抚了两句，掰开他的小手，走出门去了。

无忧这才转过身来，看着易姜的眼神有些小心翼翼。显然方才的拜见并不见亲昵，只不过是照本宣科罢了，恐怕连易姜长什么模样都没仔细看。

易姜走过去，比他还要小心翼翼，拖住他的小手，慢慢将他带到身前来，蹲下来轻声问："无忧，你怕我吗？"

无忧眨巴眨巴眼睛，许久才摇头："不怕。"说话这么轻声细语有什么好怕的，他都见过那么冷冰冰的父亲了。

易姜笑了起来，眼底却有些湿润，这几载苦苦压抑的思念，连做梦都怕被人发现的秘密，此刻就在眼前。她激动得手都在轻颤，触到无忧的小脸才察觉到自己手心里已满是汗水，狠狠掐了一把手心，强迫自己稳住心神，生怕自己的一点异样的举动都会吓到孩子。明明心里已经急不可耐地想要拉近距离，努力半天却不知道该开口说些什么。

他会怪自己这个从未陪伴过他的母亲吗？他愿意跟自己亲近吗？最后她只能搜刮出一句话来："那……你想吃东西吗？"

听到吃的，无忧立时来了劲，眼睛都亮了起来，连连点头。

易姜心中那丝酸楚退去，终于高兴起来。怕将感冒传染给他，先用一块布遮住了口鼻，这才将他抱进怀里，仔仔细细询问他想吃什么。

小孩子最是单纯天真，大约真的有些母子连心，何况又是一直在大人口中惦念不断的母亲，无忧待易姜的态度与对公西吾的大不相同，很快就跟易姜混熟了不说，简直还有几分缠腻的意味，一直用手扯她脸上的布，闹个不停，咯咯直笑。

公西吾离开了很久，易姜陪吃陪玩结束已过去一两个时辰。无忧又累了，歪在她怀里沉沉睡去，一只手还揪着她衣服不放。

易姜低头看着他睡觉的模样，忽然想起以前在什么地方看到过，这样睡觉的孩子大概都是因为缺乏安全感。想到这里心里难免愧疚，自己将他孤身一人丢在陌生的地方那么久，倘若这次不是公西吾带他来，还不知何年何月才能相见。

转头看看窗外日头，她叫来息嫦小心安置无忧睡下，走出了屋子。

易姜虽然习惯了这里的生活，但还是不习惯那些排场，到这里来之前就特地嘱咐过要少安排宫人伺候，眼下这后苑之中便没什么人来往，安静得只有风声和枝叶摩挲的轻响。远处温泉热气腾腾地依着山势攀升出来，常青的树木带着几分黛色，贴着嶙峋的山壁，枝叶伸到白石栏边来。

日头斜了许多，白石栏细砂的白连着精致绸布的白，裹在公西吾修长的身躯上，在地上拉出浅浅的影子。他立在那里看景，仿若那位石壁上刻凿出来的乘龙吹笛的仙人，一阵风雾便能消隐不见。

易姜自他背后走近，脚步声惊动了他，他转过身来看着她。

“说吧，你将无忧带过来，到底有何谋算？”易姜的脸上病态的潮红未退，却依旧撑着精神，语气也颇为强硬。

公西吾长睫掩眸：“我的话你到底还是不信。”

易姜走近几步，仰头看着他：“我是不敢信，你那么理智，岂会毫无意图？说吧，你是想要利用无忧让我给齐国好处，还是想再逼我回到你身边为你所用？”

公西吾无言以对，被这样质问，反倒比先前独自站着时还要冷静。“我此番前来，是想让无忧认你，恰巧在路上得知你病了，也好过来探望一下。”

“认我？”易姜狐疑地看着他，“仅此而已？”

公西吾点头：“无忧至今尚未将我完全认作父亲，便是因为从未相处过。才这般年纪便已知道亲疏之别，待再过几年他长大些懂了事，与你久不见面，恐怕会比对我更生疏，所以我想趁此机会带他来见见你。你身边聃亏走了，裴渊走了，如今连少鸠也走了，一个帮手也没有，也没有可亲近的人，如果连无忧也不再亲近，未免太过孤独。”

倘若不是人在眼前，易姜绝对不会相信这是公西吾会说的话。可细思一番也未必没有道理。刚刚见面时无忧也的确很回避她，倘若真的等他长大了再见，即使面上母子相称，只怕也再难交心了。

但她心中依旧怀着不愤：“倘若不是你执意去信陵君府带走他，我用不了多久就能将他接来身边，到时候又怎会有生疏的可能？”

魏无忌因为此事十分内疚，又被套上了一桩不甘不愿的婚姻，如今终日混迹酒色之间，简直有些自暴自弃。易姜想到这事越发愧疚，对公西吾也就越发怨愤。

公西吾道：“话虽如此，待你根基稳固还有很长的路要走。信陵君一直受魏王猜忌，也未必好过。无忧在我身边，我可以保证他的安全，他日就算被秦王发现，也未必可以要挟你。等到日后你权势牢固，想要接他到身边，也未必不可。”

易姜牢牢盯着他的双眼：“你愿意将无忧送还我身边？”

公西吾垂眼，又静静抬眸：“他差点因我而无法来到这世上，我本也没资格养护他，待以后你想接他走，我绝不阻拦。”

“当真？”以他的身份，子嗣自然会被十分重视，将来若是无忧离开他身边，他必然要承担诸多压力，易姜实在很难相信他会有这样的决定。古人不是都十分看重子嗣血脉吗，他是真舍得还是另有所图？

公西吾举起三指对天：“你若还不放心，我可以对天立誓，也可以立下字据。”

易姜眼光悠悠一转，轻轻咳了两声，又问：“那你对我呢，可有要求？”

公西吾避开她的视线，许久才道：“没有，我对你再无任何要求。你我之事，你既不愿，我此后决不再强求，以后你我只是师兄妹，再无其他。”自得知她小产的消息他便有了这个念头，以后她想如何生活都可以，他再不会过问。

易姜的脸被风吹去了潮红，在高远的日光下白皙得近乎透明，她的眼光在他身上流连不去。

公西吾是何等人物，从不会浪费时间做无益之事。他由东到西千里奔波来此，口口声声都是为她所想，对他自己却是半分没有好处，未免也太过奇怪了吧，这根本就不是他的行事风格。

不过不管他所言是真是假，静观其变就是了。易姜冲他点了点头：“一言为定。”

公西吾微微颔首，转过身去，目光又落在先前一直看着的石壁上，这意思便是该说的都说完了。

这实在是易姜千算万算也不曾算到过的一个结果。公西吾的背影笔直地伫立在眼前，这道背影以往她痴迷过，追随过，也亲近过，如今已形同陌路。

她的手指蜷缩了一下，已被风吹得冰凉，这结果就是她一直期望的。若说没有半点伤怀怅惘是假的，但这的确就是他们二人之间最正确最合适的结局。

她掩着口咳了一声，慢慢转过身，大约是病得更重了，脚步踏在石桥上也只发出缓慢的轻响，像是踏在了棉花上，轻飘飘地找不到着落。然而至桥中时，忽然身后一阵脚步声碾过了这轻响，急促如鼓点，猛止于她身后，接着她的背就随着身后拉扯的力道落入了宽厚的胸膛。

公西吾的脸贴在她颈窝，微微的凉，手掌扣在她腰间，却带着火一般的热。那股熟悉的气息又弥漫在她鼻尖，叫她原本就病着的脑袋越发昏沉，眼睛却不禁睁大了一分。

“师兄？”她垂在身侧的双手紧紧攥着衣角，声音却分外冷静。

公西吾倏然撤回了手，衣袂轻响。待易姜转头看过去时，他已经走下石桥，身影在她眼中只留下乌发白衣的一瞥。

第二十五章

连横天下

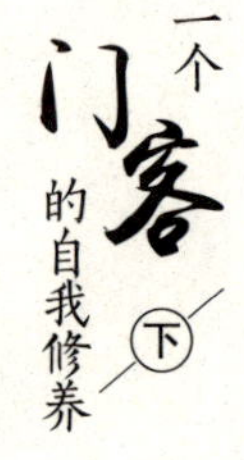

一切仿佛是场幻觉。好天气也是，不过只晴朗了一个白天，到了晚上便开始落雪。

公西吾有意让无忧与易姜多接触几日，没有急着走，被安排住在西角的偏殿里，这之后便没再露面，吃饭也是息嫦送过去的，原本他政务也繁忙。

无忧一直待在易姜身边，玩了一整天，与她越来越亲昵。然而到了要就寝的时候，易姜就必须得送他走了。她的风寒还没好，担心传染给他，想要息嫦带他去睡，哪知无忧死活不肯，哭闹着要跟她睡。虽说他回到公西吾身边后脾气已渐渐有所收敛，认人这个习惯却是不容易改掉。

息嫦哄了他许久，他还是不肯跟她走，委屈地瘪着嘴，可怜巴巴地看着易姜："母亲不带我睡……"

易姜见他这模样，心都要揪起来了，指着脸上的布巾柔声安抚他："母亲病着，怕将你也弄病了，你跟息嫦姑姑睡好不好？"

无忧噘着嘴便朝外跑："我要去跟父亲睡。"

易姜连忙追上去，他的小脚步倒是飞快，好一会儿才叫她追上。他还是坚持要去找父亲，说父亲一定会带他睡的。

易姜朝西角亮灯的偏殿看了一眼："每晚都是你父亲带你睡的吗？"

"嗯！"无忧用力点头。

这倒让易姜没想到，公西吾居然会亲自带孩子，他哪里像是会做这种事的人。

"我要找父亲。"无忧摇着她的手央求。

雪还在落，一直站在外面怕是会冻着。只是易姜此刻尚无心面对公西吾，便扭头吩咐息嫦送他过去。

无忧仍是排斥息嫦，非扯着易姜不放，还拽着她往前走，嘴已经瘪了起来，看来再不答应他可就要委屈地哭了。

易姜拿他没辙，只好将他仔细抱在怀里："好吧好吧，我送你去。"

聃亏守在殿外，忽然见到她抱着孩子过来，眼睛都直了，连忙进去禀告，又匆匆出来迎接，"夫人怎么来了？"他举止有些局促，因为一见到易姜便又想起了当初那险些害她流产的那一箭。

"叫秦相。"公西吾自他身后走出来，衣裳单薄，夹带了一层炭火的热气，手中搭了件披风。

聃亏愣了愣，一时无言。

易姜抿唇不语，将无忧放下来。他立即就小跑着去了公西吾的身边，抱着他的胳膊委屈地抽着小鼻子。

公西吾弯腰将披风披在他身上，一边系一边问："怎么哭了？"

"母亲不带我睡。"无忧瘪着嘴抽抽搭搭，一面朝易姜瞄，公西吾抬头看了过来。

易姜只好开口解释，揭去嘴上蒙着的布巾道："我病着呢，还是你带他睡吧。"

公西吾看了看她的脸色，那病态的潮红在双颊上还未退去。他将无忧抱起来，作势朝屋里走："既然病着就别站在风里了，早些回去歇着吧。"

易姜转身要走，衣裳却被探身过来的无忧伸手拽住，他还是不肯死心："母亲不走。"

公西吾怕他摔着，只好往回走几步，拍拍他的小手，示意他松开："让母亲去歇着，你也早些睡。"

无忧摇头，一手勾着他脖子，一手扯着易姜的衣裳："一起睡一起睡。"

易姜不禁有些尴尬。看了一眼公西吾，他也有些不自在。白日里刚刚把话说清楚，可要如何对这么小的孩子说清楚？

"乖，母亲明日一早再来看你。"易姜拨开他的小手，脚步飞快地转身走了，再没回头看一眼。

公西吾一直目送她远离至不见，才抱着无忧进了屋中。

门边杵着的聃亏忽然感觉这二人之间气氛不太对。原本以为带无忧来秦国能缓和他们夫妻间的关系，可看着好像不仅没有效果，还反而更僵了，是怎么回事？

他满腹疑问，追去屋中想探点口风，结果看见公西吾陈凝的脸色，还是没敢

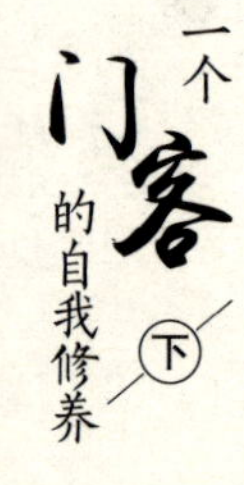

开口。

易姜回屋喝完了汤药，本要再忙一会儿政事，但想起因为自己病着无法陪伴无忧，还是决定躺去床上养病算了。

大约真是自己的孩子怎么看都是好的，她觉得无忧可爱又机灵，此时躺着也满脑子都是他小小的身影。

可想起那张脸又不免会想到公西吾。他白日里那番举动实在古怪，以往他的决定从未见更改，怎会忽然轻言放弃？可既然决心放弃，那一个拥抱算什么？不舍得？难道他对自己还真动了真情？

易姜合上双眼，忽然觉得自己有些可笑。过了这么久，她居然还和当初一样会思索这种纯情的问题，竟还对公西吾怀着这样的奢望。

公西吾的情岂是常人眼中的情？他可绝对不会像她这样无聊，竟纠结于这些毫无意义的事情。

大约是生病的缘故，这一觉睡得极沉。到了第二日，她是被人弄醒的，一睁开眼就见到无忧趴在床头边，穿着厚厚的袄衣，戴着兽皮软帽，睁着乌溜溜的大眼睛盯着她。

易姜第一反应依旧是找布巾，但没找着。摸了摸脸颊额头似乎没那么烫了，也不再咳嗽，便放下心来，一边穿衣一边逗无忧：“你居然偷偷跑进来，小心母亲打你。”

无忧抱着她的胳膊，小腿蹬着想往床上爬，口中哼哼唧唧，也不知回了什么，将她给逗笑了。

息嫦端着热水进来伺候，笑道：“亏得我自作主张将小郎君放了进来，主公难得多了许多笑脸。”

易姜闻言却笑不出来了，将无忧抱进怀里，叹了口气道：“可他也不能天天在这儿。”

息嫦讪讪笑了笑：“是啊，若是少鸠还在就好了。她若是看见当初自己亲手接生的孩子都长这么大了，一定会很高兴的。”

被她这话一勾，易姜越发惆怅。裴渊应当已经到达韩国了，可至今也没送来消息，也不知道情形到底如何了。少鸠虽然嘴上说不怪她，可模样却是带着怨气的，就这样负气离去，实在叫她担心。

息嫦刚提到少鸠便意识到自己失了言，连忙提醒易姜梳洗，转移了话题。

梳洗完出卧室转入外殿，期间无忧跟着易姜一步不离。外殿的桌案上放着饭食和汤药，门口却站着公西吾。

枝头担了雪，宫苑里景致又多了几分看头。他站在门边，玄青宽带的深衣，瘦削白净的侧脸，映着廊下的白雪，倒像是人也入了景。

无忧小跑到他跟前，他低头看了孩子一眼，这才注意到易姜出来了，当即对无忧道："既然母亲已经起来了，你便好生陪着母亲吧。"

易姜这才明白他是特地送无忧来的，大概是见她还未起身，不放心小孩子乱跑便没急着走。

无忧倒是听他话，又滴溜溜地跑回了易姜身边。

公西吾朝易姜点了一下头，算是见过了，便转头要出门。

息嫦见易姜连回应也没有，这原本一对夫妻如今却是这般生疏客套，笼着手低头暗自怅惘。

东郭淮恰巧从外进门，与要出门的公西吾擦肩而过，草草见了个礼便快步走到了易姜跟前。

公西吾见状料想是韩国那边送来了新的战事消息，便停下了脚步。门边守着的聃亏也不禁探了一下脑袋。

易姜也没回避他，不等东郭淮开口便问："可是少鸠有消息了？"

东郭淮摇头："尚未收到少鸠的消息。是却狐，他出了事。"

"他有何事？"

"据说他误入墨家机关阵，受了重伤，还不知能否救活。"

易姜一怔。前几日还收到却狐的来信，信中说他因战功卓著得了老师白起的信任，正要领军赶往韩都新郑做先锋，当是建功立业而意气风发的时候，怎么会出这样的意外？

东郭淮又道："是武安君白起亲自派人送来的消息。他说却狐既然是主公的人，理应知晓此事。主公可要回复？"

易姜皱眉思索片刻，点点头："稍后我会亲自写信过去，你派人关注着些，有新消息再立即送来。"

东郭淮抱了抱拳出去了。

公西吾原本以为是战报，没想到是却狐的事。他稍稍侧头瞥一眼易姜，入眼便是她紧锁的眉头，看起来甚是忧愁。再待下去未免显得多余，他便迈步出了门。

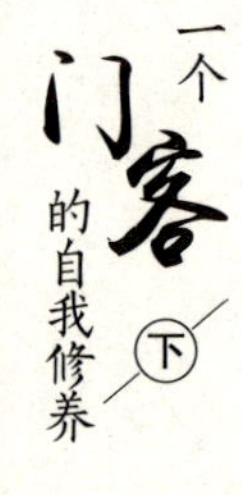

聃亏立即跟上他的步伐，小声道："夫人对那个却狐如此上心，先生难道就这样看着？"

公西吾没有回应。走在这穿风而过的廊下，风灌进衣袖，似乎也钻入了心里，将里面吹得空空荡荡，什么思绪也不剩了。

然而回到偏殿，他依然是理智冷静的齐国相国，一连发了几道命令回国，叫田单准备点兵攻燕。

聃亏也就不再多言，公西吾从小到大都是这样的性子，他无可奈何，也习惯了。

继却狐的消息之后，韩国那边的战况随之源源不断地送了过来。白起以暴力手段驱逐了墨家，如今他们已经退往新郑。那里不是韩国最后一座城，却是心脏所在，一旦新郑陷落，韩国便成了秦国的囊中之物。

易姜这边已经去信询问了却狐的伤势，尚未收到回复，但时间正一天一天地滑过去。

她的病已经彻底地好了，却还是舍不得离开这安静的骊山，每日只安心地陪伴着无忧。那些纷杂的政事，少鸠和却狐的安危，每一桩都压在心上，仿佛只有在孩子软糯的笑声里才可以得到抚慰。这样不太妙，因为越与他相处就越贪恋这时光，想到即将要分离也就越发难过。

无忧并不知道母亲的心思，大雪落了又停，阳光隐了又升。他每日都穿得跟个毛茸茸的小球一样，从父亲的膝盖滚下来，骨碌碌转到母亲的怀里，又咯咯笑着跑到父亲屋中。往返不断，来来回回地当作一件好玩的事，乐此不疲。

这晚终于是易姜带他睡，无忧窝在她臂弯里听她讲故事。其实也没怎么听懂，但是很高兴的样子，拽着她的手道："母亲再讲，天天讲。"

易姜捏捏他的小脸："等你回了齐国，叫你父亲给你讲吧。"

话说到这里她不免好笑。且不说公西吾会不会讲故事，真讲出来只怕也是深奥晦涩的典故，这么小的孩子更加听不懂吧。

天亮后公西吾便收到了易姜要返回咸阳的消息。她的病已经好了，不能再继续逗留下去。公西吾便明白自己该回齐国了。

聃亏收拾东西时，易姜抱着无忧进了偏殿，与公西吾依旧疏离客套地点了个头，将无忧放了下来。看到聃亏已经在忙，就知道自己不用多言了。

公西吾看易姜视线总时不时地落在无忧身上，便知她是舍不得，开口道：“不用挂念，待有机会，我会再送他来见你。你若有机会也可以入齐去看他。”

易姜没想到反倒叫他安慰起自己来，垂眼道：“我知道。”

公西吾点点头，便没话说了。

易姜看了看无忧，又看看他，沉吟了许久才道：“你放心，以后无忧回到我身边，你也可以定期来探望他，我绝不会不让他见你。”

现代夫妻离了婚也没有说不让父亲见儿子的，何况父母双方和睦对孩子成长也有好处，既然公西吾已经退了一步，她也不愿将局面弄得太绝。如他所言今后就只做师兄妹，大概也是可以好好相处的。

公西吾牵起无忧的小手，朝她微微扯了一下嘴角：“多谢师妹。”

“师兄慢走。”这一句一应十分自然，易姜转身出门，走到门口又忍不住回头看了一眼无忧，这才离去。

聃亏却早已听出不对，丢下收拾了一半的东西，大步走到公西吾身边来：“先生方才所言，莫非是打算将小郎君送到夫人身边抚养？您这次来难道不是跟她和好的吗？怎么不仅没和好，反倒还要父子分离了？”

公西吾安安静静地站着，视线盯着自顾自玩耍的无忧：“她因我吃了太多苦，我们不可能再和好了。”

聃亏急了，朝门外张望一眼，声音压低下去：“若您真将小世子交给了夫人，那些老家臣们知晓该如何是好？他们一心支持您复国，绝对不会允许您放弃世子的。”

“他们的事我自有计较，那是我的责任，与无忧无关。”

“可公子如何舍得？您这样做，以后岂不是要成孤家寡人？”

公西吾的视线从无忧的小脸上移开：“我原本就是一个人，只不过回到过去，又有什么好惋惜的。”

公西吾与易姜在骊山行宫分别后不出三日，秦军压近韩国都城新郑。

天气阴沉，乌压压似倾了墨。雪屑子纷纷扬扬地洒下来，落在韩国大地上，拂过新郑紧闭着的城门，又被震得四处乱舞。

秦军铁骑已经在攻城，活下来的墨家弟子一路撤退到此处，依旧有数十人在巨子的带领下盘桓在城头。

少鸠一身墨色，立在城楼之上，看着下方抬着巨木撞门的秦军，心被狠狠地提了起来。接连的战败让韩国变得消极，如今依旧坚守不去的竟然是他们墨家。

她朝巨子看了一眼又一眼，无数次想开口劝他，要不就放弃吧，墨家是学派，理念可以上呈给各国君主，战事需求的却是强兵利刃。

然而这不该是她应有的念头。她向来是将墨家命令与理念放在首位的，有此想法，大概真的是受易姜影响太深了。巨子说过，这世上的事情不能因为办不到而不去做，她终究开不了口。

箭雨随着城下的喊杀声飞射而来，有人拉着她往后疾退几步，才刚好避开。

韩军的抵挡力不从心，城门眼看着就要被攻破，城中到处是慌忙逃窜的人群。鼻尖渐渐嗅到越来越浓的血腥味，城头的守军倒了一个又一个。墨家机关发出“咔咔”的声响，在生死之间挣扎着发出抵抗的呼号。

“韩王逃了！韩王逃了！”

城下一个士兵小跑着上了城头来传递最新的消息，却被流矢射中，仓皇地睁大双眼直直后仰倒地。

墨家巨子浑身罩在宽大的黑袍里，轻轻叹息，沧桑无奈。

连外人都帮着韩王守城的时候，他竟然自己先逃跑了。

国已无主，军心涣散，韩军的抵挡越来越微弱。少鸠在城头盘膝坐下，心中的慌乱忽而一片平静，抬头看着雪屑纷飞的穹隆，深深吸了口气。

也好，与国共存亡，方可算作国士。

明明还在午后，天却像是已经黑了一般。裴渊从后方城门进了新郑，那里是唯一没被秦军围住的城门，韩国王公权贵正拼命挤在那里要逃命而去。

他不知道墨家弟子聚集在哪一座城门前，只能骑着马在城中艰难地寻找。地上杂乱不堪，屋舍门窗不闭，到处都是空舍颓瓦。沿路走来遇到的都是慌不择路的百姓，贵族们驾着车马驮着贵重家资经过，脸上惨白惨白的似被抽去了魂。

裴渊只是个读圣贤书的儒家子弟，从未见过这样慌乱的局面，也许前方等着他的是鲜血淋漓的屠刀，是兵甲森森的铁骑，越逆着人群行走就越清楚地听到那阵阵攻门的巨响。他心跳如擂鼓，畏惧和慌张全都涌了上来，却拽紧缰绳没有后退。

终于到了那道城门前。竟然只有数十将士还在抵着门，每撞击一下，豁口便又大了一分，露出外面雪白的兵刃，映着守军们苍白的脸。

他跳下马往城楼上走，台阶上散落着中箭而亡的守兵。他的衣摆沾了血渍，似有千钧重。踉跄着到了城楼顶上，状况更加惨烈，死尸到处都是，扑鼻而来的血腥味几乎让他战栗。咽了咽口水，看到四周躺着的尸体里有许多都身着墨衣，他不禁手足冰凉。

从收到消息到今日已经过了很久，一直未能找到少鸠。他原本希望能尽快找到她，此时却又觉得还是别找到了。如果找到的是躺在地上的她，那他宁愿永远也不要找到她。

墨家巨子的身影从侧面一晃而过，缓缓下了城楼，他的视线追过去，扫到角落，连忙冲了过去。

“少鸠！”

盘膝坐着的人身上沾了片片血渍，脸也沾满了尘灰，发髻散乱，但他还是一眼就认了出来。

她睁开双眼，视线落在他身上，愣了片刻：“裴渊？”

裴渊蹲下来一把搂住她，手臂瑟瑟发抖：“可算找到你了，我以为再也见不到你了。”

城下一声巨响，仿佛连城楼都跟着摇晃了一下，城内响起惊恐的狂嘶。秦军攻入城了。

少鸠反手揽住裴渊，直到此时才将情绪宣泄出来，窝在他肩头呜咽：“我们……再没有家了……”

从未见过她这般脆弱不堪，裴渊心里的哀伤不比她少，但却瞬间激发出了担当来，搂紧她道：“无妨，天下多的是容身之处，有我在你就有家。”

韩都城破，韩王逃亡，韩国名存实亡。秦王志得意满，整个人都像是年轻了十几岁。白起与重伤不起的却狐都立下大功，他心中是记着的，少不得要大加封赏。

然而白起又犯了老毛病，此番攻破新郑，俘虏韩军三万，他屠杀了两万。留下的那一万不是因为他善心大发，只是因为他们都只是工匠，擅长制作兵器，对秦国有用。

秦军遣部驻扎韩地，白起班师回国，还未曾回府，先意气风发地入了秦王宫。本以为大殿之上等待他的会是浩浩封赏，没想到一迈入大殿，先看到的却是易姜冷肃的脸。

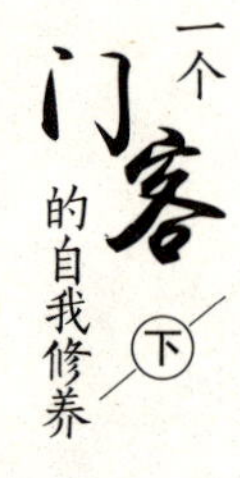

“武安君可知罪？”

白起刚取下盔帽向秦王见了礼便听到她这么一句问话，又瞥见上方秦王并未有阻止之意，便明白她那冷肃的脸色原来正是冲着自己来的。他敷衍地朝她抱了抱拳：“起不知，还请相国明示。”

易姜道：“武安君曾对本相再三保证不再屠杀俘虏，如今再犯，是对上不恭，可不是犯了罪？”

白起先是一愣，继而哈哈大笑两声：“相国对待政事战事，决策一向果决凌厉，却偏偏总对这种小事指手画脚、斤斤计较，看来到底是妇人，难改心慈手软。王上可看着呢，相国这般主张，可称不上是鬼谷派的行事之风吧？”

秦王倚坐在上，掀了一下眼皮，不动声色。

易姜朝上方拱了拱手：“王上明鉴。秦国要开拓的是万世帝业，既想成就功盖三皇五帝的大业，就要有包容天下百姓疆土的胸怀。秦并韩国，韩人便也成了大秦的子民，肆意屠杀王上的子民又岂是武安君口中的小事？”

秦王听到万世帝业时便已动容，微微颔了颔首。

白起怒火已起，话语渐冷：“起征战半生岂非为了秦国大业？相国怎可颠倒黑白！那些是俘虏，算什么大秦子民？今日若不斩草除根，难保他日不会再卷土重来！成就帝业不需要仁慈，要的是无后顾之忧！”

秦王的手指摩挲着袖口，这也在理。

易姜迎着他阴鸷的目光，泰然自若地笼起双手：“战场杀敌垒尸千万亦可谓之英勇无畏，战后屠杀手无寸铁的俘虏却是残暴无道。过往大秦出兵是为了收回失地，驱逐外敌，为免除后患斩杀俘虏情有可原。如今大秦志在一统天下，再肆意滥杀只会叫山东六国视王上为暴君，因惧生勇，交战时必定拼死抵抗。武安君固然可以杀尽他们，如同长平之战那般，但届时秦国得到的天下只剩老幼妇孺，这也叫后顾无忧？”

白起分明觉得她在危言耸听，可又无话反驳。抬头见秦王到现在也不曾替他说过一句话，反而纵容易姜一再质问他，怒喝一声：“荒谬之谈！”愤而拂袖，转头便出了大殿。

易姜悄悄瞥一眼上方皱眉不语的秦王，见礼道：“王上恕罪。臣于驾前指责武安君实乃无状，但也是为了王上帝业顺利，切莫背负上滥杀罪名，惹后世诟病。”

秦王捏了捏眉心：“说的也是。”没有君主不在乎名声的，何况还是他这种希图帝业的君主。白起虽然功高，但已震主，总这般擅自行事已有骄纵之意，做君王的岂会愉快？

秦王早已揣了点压制他的心思，易姜若没有揣摩透这层，又岂会贸然对白起发难。

只是这事后的遏制也改变不了已经发生的事实。韩都已破，尸横遍野，不知道少鸠和裴渊二人眼下如何，想必已经对她恨之入骨，再也不肯见她了吧？

出宫回府时已暮色四合，相国府中的仆从们正在忙个不停。易姜正觉奇怪，息嫦已急匆匆地从走廊上跑过来迎接，张口便道："主公，却狐回来了。"

易姜闻言立即往却狐的住处走，一边问："他的伤势如何了？"

"只能说捡回了条命吧……"息嫦吞吞吐吐，犹豫半天才又接着道，"惨得很，主公还是自己去看吧。"

战事的消息送到齐国时，公西吾刚从秦国返回不久，正在准备攻燕事宜。他在书房里坐着看信，无忧就在旁边安静地玩耍。

聃亏从门外闪身出来："先生，云阳夫人来了，可要见？"

公西吾收起信件，刚要回应，门外已经传来云阳夫人的声音："公西相国的面子真是越发大了，要见上一面可真是难上加难。"

她迈步进了屋内，眼光一扫瞧见了无忧，脸上立时堆满了笑："听闻相国得了贵子，我起先还不信，原来竟是真的。"

公西吾抬手请她就座："云阳夫人今日来此该不是为了看望犬子吧？"

"只不过有些好奇罢了。外人都说这孩子是你在外惹的风流债，可是以你的性子，我可不信。"

"那可未必，我也是个男人。"

云阳夫人挑了一下眉，掩口而笑，看向他的眼神不禁多了一丝风情："想必那个侍妾得是易夫人那样的，否则相国如何能看得上呢？"

"此事不提也罢。"公西吾命聃亏将无忧抱出去，"夫人来此有何事，不妨直言。"

云阳夫人也不想拿易姜惹他不快，只是这孩子的年纪看起来恰好对的上他成婚的时间，生母就是易姜也未可知。

不过这也只是怀疑罢了，毕竟她没听说过易姜曾在信陵君府待过。何况一个

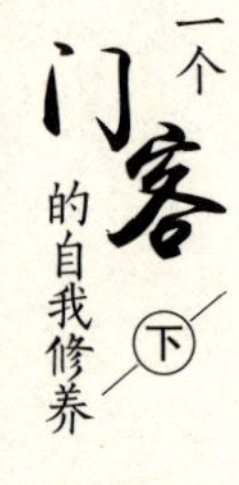

逃跑了的人怎么会为囚禁自己的人生儿育女呢?

她笑着道:“其实说来也算与小郎君有点关系,相国难道不觉得该给幼子找个母亲吗?他还这么小,府上没有女主人如何能行?”

公西吾断然摇头:“不用。”

云阳夫人脸上的笑容隐了下去:“你可别误会我这是要自荐枕席。我自知你对我无意,堂堂一国公主还不至于贴上来叫你羞辱,今日这话只是替楚国说的罢了。”说完自袖中取出一卷浸了熏香的帛布递向对面。

公西吾伸手接时,她的指尖有意无意地自他手背上划过,与方才说话时的大义凛然截然不同。

既然能被其他女人打动,如何就不能被她打动呢?不是自己也说是个正常男人吗?

然而公西吾半分反应也没有,只是拿了帛布展开,安安静静地看起了上面的字迹。

云阳夫人收回手,咬了咬牙,将不甘吞回肚里。

帛布上的字是楚国文字,优雅楚音仿佛可以从芳草的淡香透出来,竟是楚王的亲笔信函。

虽然楚国暗中依附了齐国,但如今韩国被秦国所灭,叫他们觉得这样暗中的依附并不牢靠,他们希望更加光明正大地联盟。

如今齐国的势力被公西吾一手把持,楚王并不看重齐王建,便直接找到公西吾,希望将自己的妹妹嫁给他。

齐国与秦国联盟,楚国是插不进脚的,唯有以婚姻作为纽带尚有一丝希望。云阳夫人是楚王的弟媳,此番来是做说客的。

其实她本也不愿,但比起易夫人,还不如让自己的小姑子嫁过来,反倒好拿捏,说不定他日反倒有了机会。何况此事对齐国有益,她身为公主,家国面前舍弃儿女情长也不是第一次了。

“相国不妨好好考虑一下,楚国公主可是出了名的美人,只会比易夫人强,你不会后悔的。”云阳夫人起身款款而去。

聃亏抱着无忧返回书房,只听到云阳夫人那最后一句话便猜到了大概。见公西吾捏着布帛沉默不语,想起在骊山时易姜的冷淡,咬了咬牙道:“反正夫人又不打算与先生和好了,您就真娶了楚国公主也好过孤身一人。”

公西吾默然不答，随手将布帛丢在一旁，立即被调皮捣蛋的无忧拿过去撕扯着玩了。

暮色四合，秦国相国府的后院里灯火亮若白昼，靠西的院落是左庶长却狐的住处。大夫刚刚离去，尚留一屋药香。

易姜站在榻边，紧抿着唇看着眼前的景象。

却狐平躺着，还在昏睡。浑身是伤不说，就连脸上也涂着黑乎乎的药膏，难得有几块没涂药膏的地方也肿了老高，看起来有些瘆人。

他向来以自己的容貌为傲，即使被取笑是她的男宠也不以为意，反倒视作荣耀，可现在大夫却说他的脸以后要留下疤痕，这副相貌已经毁了。身上的伤倒是能治愈，但是以后是不是还能再上战场建功立业就说不准了。

难怪息嫦说惨，这等于一下把他所有的前途都给断了。易姜叹了口气，转身要出门，衣袖忽然被捉住。转头一看，却狐已经醒了。

“你怎么样？”她俯身凑近，忍着那刺鼻的药膏味问。

却狐眼神来回扫视，似乎好一会儿才反应过来这是哪里，待视线落在她身上时，眼底隐隐有了泪光：“我……我是不是成废人了？”

他的喉结处也受了伤，嗓音嘶哑晦涩。易姜心中更觉可惜，脸上还得装作若无其事：“没有的事！别胡思乱想，先养好身体再说。”

却狐松了手，抬手想要摸脸，被易姜及时捉住手腕：“别乱动。”

他眼眶通红，挣开她的手背过身去：“改日我便搬出相国府。我心中有数，如今这副模样，无法再在夫人身边伺候了。”

易姜安抚地拍拍他的肩：“你本就没伺候过我，我也从未将你看作是以色侍人的奴仆。你是为国负伤的功臣，我照料你是应该的，安心住着养伤就是了。”

“功臣？我只知道秦国不需要废人。不，我就连吃软饭的本钱都没了，连废人也不如。”大概是自己也嫌弃自己这嘶哑晦涩的嗓音，他的话音很低很闷，与以前总是一副直来直去到飞扬跋扈的模样简直判若两人，“夫人现在不过是可怜我罢了，将来必定日久生厌……”

他会这么说易姜一点也不意外。毕竟他本就是个注重现实利益的人，自然也认为天下的人都现实得很，平时就总是事事都为自身利益考虑，又何况是现在这幅光景。

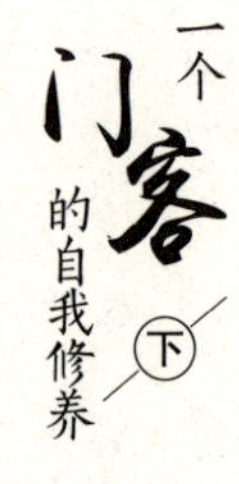

她耐心道："我可以向你保证，只要我还是相国，你后半生就不用离开这座相府。我所得采邑俸禄都与你同享。"

却狐扭过头来，眼神有些诧异："夫人当真愿意？"

易姜点头："我稍后便将此决定上疏王上。有王上给你做证，你总不会再担心我变卦了吧？"

却狐可算是被安抚住了，点了点头，乖乖躺着不作声了。

息嫦在一旁看得暗暗咋舌，却狐向来重利，主公这也真是够大方的。不过也不能说却狐有错，毕竟他也只是为了给自己谋一条生路罢了。

易姜的上疏在第二日的早朝后递送了上去。秦王这段时日因有意打压白起心里不大舒畅，到了入夜才看到她的奏章，不想竟然大为愉悦，当即下令宫中太医入相府为却狐诊治。

随同太医来相府的还有秦王身边的老内侍叔乞。当初易姜初到秦国时，许多事便是由他料理的，也算是老熟人了。用不着下人引路，他自己轻车熟路地进了相府的书房，向案后坐着的易姜见礼，一开口便是道喜。

易姜从眼前一堆竹简里抬起头来："本相何喜之有？"

叔乞含笑弓腰，额间皱纹深深："相国自称愿与左庶长同享采邑，这已等同夫妻相待之礼。王上深感相国重情重义，愿为您二人赐婚。"

易姜蹙起眉，简直哭笑不得："王上怕是误会了。却狐心怀忧虑无心养伤，本相只是希望借王上尊口做个见证，好让他心安罢了。"

叔乞仍是笑眯眯的："王上的意思是，比起作证，赐婚更能让左庶长安心。相国就不要拂了王上一番好意了。"

易姜坐不住了，当即起身朝门边走，一面吩咐东郭淮备车，准备入宫求见。

叔乞快走几步拦住了她的去路："相国，王上近来因为武安君心中郁郁，旧疾复发，已经下令明日起免上朝会，暂时谁也不见的。"

易姜脚步一停，心里明白了，秦王这是根本不打算让她拒绝。

叔乞倒是提醒了她，秦王既然有意打压白起，可能会趁机捧高却狐在此战中的功劳。如果这桩婚事成了，却狐不仅地位会提高，还会与相府绑在一起，今后就不会再向着白起那个老师了。

再三思量，她只好暂时忍了下来。反正却狐的伤还没好，并不急在一时。

叔乞见她又走回案后坐了，以为她已经接受了，便安心告辞回宫复命去了。

这之后事情果然如易姜所料，秦王对却狐的伤势越发上心，数次派遣太医前来，良药更是不曾间断。

短短几日，朝中已经传遍却狐受宠的消息，不仅如此，连他要和易姜成婚的消息都传遍了。

今早息嫦告诉她说，就连咸阳城中的平民百姓都听说了，出府入街必然能听见他人议论。

连日来没有早朝，消息却传得如此迅速，那就是秦王有意张扬的了。

易姜暗觉不妙。秦王以前也不是没提过给她做主婚事，但也只是说说，从未像这次这样认真。看来除了白起的缘故外，也是怕她不肯扎根秦国，毕竟她跟公西吾之间的关系，秦王一直就没真正放心过。若是和却狐成婚，以后就会多双眼睛在这里盯着她了。

公西吾此刻正在齐王宫中。

云阳夫人见他久无答复，便将楚王意图与齐国联姻的事告知了齐王建。

秦国拿下了韩国，齐国大军则已经开往燕国边境，两国早已暗中划分好势力范围。魏国好歹算是盟国，暂时是不会动的，那么就只剩下赵国与楚国。而赵国有齐国驻军，秦军接下来要染指也必然要分齐国一杯羹，所以最后剩下的最完整最需要争夺的就只有楚国。

公西吾暗中接受楚国依附便是考虑到了这层。齐王建担心秦国一国壮大，自然也不愿放弃楚国，所以听了这个提议后便特地将公西吾叫来宫中，希望他能够接受。

后胜也在场，坐在公西吾对面，阴阳怪气地道："相国自然是肯为国着想的，当初不就是为了利益娶了易夫人吗？如今再娶个楚国公主又如何？"

齐王建含笑看向公西吾："是啊相国，我与母后也商议过了，此事的确对齐国有利，相国一向为国出力，如今为何还不点头呢？何况你不是接回了流落在外的幼子？孩子也需要人照料嘛。"

云阳夫人坐在齐王建斜侧，为他斟了爵酒，眼光瞄向公西吾，唇角微微勾起。

公西吾端坐那里，一动不动犹如泥塑，许久才抬眼："王上所言极是，此事的确对国有益，臣只是想再缓一缓，仔细考量清楚罢了。"

齐王建闻言大受安慰："相国忠心为国，本王甚幸啊。"说着举起酒爵便要

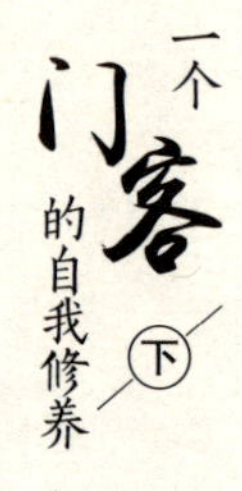

敬他。

公西吾忙端起酒爵回敬。

后胜在旁翻白眼，也就齐王建吃他这套兜圈子的说辞。

出王宫时已至傍晚，隆冬的夕阳原本就没有温度，照着道旁苍白凋敝的树枝，叫人只觉瑟瑟发寒。

公西吾饮了几杯酒，不觉脚下有些轻浮，立在宫门口深吸了口气才接着往前走。

若是从未娶妻，还可以借口自己从不考虑婚姻大事。可他娶过易姜，还是打着以利益为缘由娶的，如今便再无理由拒绝。

他也不知道在坚持什么，既然与易姜再无瓜葛，那就该为国家考虑大大方方接受这桩婚事才是，竟然会心生推诿。

聃亏迎上来扶他登车，看了看他的脸色，问道："先生答应齐王了？"

公西吾摇了一下头，"我还没想好。"他揉了揉额角，忽然问，"秦国可有消息？"

"呃……没什么消息。"

公西吾皱眉："你这模样岂是没有消息？"

聃亏讪笑了一下，模样比哭还难看："倒也有一个，只是先生未必想听。"

"说。"

"据说夫人……秦相她……要与却狐成婚了。"

"是吗？"公西吾靠在车厢上，闭上眼，"我睡会儿，到府后叫我。"

聃亏再三观察他神色，似乎没什么异常，这才放心驾车。

车刚刚驶动，他听见公西吾的声音低低地传出来："你稍后去云阳夫人那里走一趟，就说婚事我应下了。"

息嫦近来不大高兴，晚上端着饭菜送来给易姜时，终于忍不住对她抱怨："主公当真要嫁给却狐吗？"对于易姜和公西吾，她始终是觉得可惜的，自然也就不大乐意这桩婚事。

易姜慢慢咀嚼完口中食物才回话："一个女子独身没什么，可一个有权的女子还独身就有什么了。先前魏无忌求娶一事已经惹了秦王不悦，加上一直不放心我与公西吾牵扯不清，他早有此意。这次也怪我考虑不周，出言不慎，叫他逮到了机会。”

息嫦垂头气恼道：“照理说此事轮不到我插嘴。可婚姻大事关乎终身，却狐满脑子只知想着主公的好处，根本不是真心相待，无非就是贪图荣华富贵罢了。何况如今又落得这般模样，怎么配得上您？您本是好意，却摊上了这样的结果，我实在替您不值。”

“算了，事已至此，多说无益。”易姜停箸，不冷不热地笑了一声，“秦王不是善与之辈。不过万事无绝对，此事未必不可解决。”

话虽如此，息嫦却还是忧心忡忡：“此事若是叫齐相知道了……”她看了看易姜神色，闭了嘴。

易姜若无其事地笑笑。她也想过公西吾可能会有的反应，但又觉得多此一举。既然已经毫无瓜葛，又何必再去想他有什么反应，反倒显得拖泥带水不干不脆。

东郭淮忽然从门外走了进来，易姜一看到他便道：“不见不见，就说我不在。”

近来秦王休养，政事都由她代理，朝臣们偶尔会来府上与她商议政事，本也没什么，可因为现在听说了她要成婚的消息，每个来的人见了她都一脸暧昧的笑，临走还不忘向她道贺。

这就算了，就连与她不对盘的白起都派人送了封信来，象征性地说了几句好话，请她好生照料他的学生却狐。

这架势……怎么说呢，易姜觉得自己仿佛是要娶媳妇儿了一样。

实在是浑身不自在，她便要求东郭淮不要再放人进来了，谁也不见，有事就书信来往。

东郭淮却没离去，双手呈上一只翠纹锦袋：“这是宫中送来的秦王密令，秦王命主公尽快解决。”

易姜赶紧接了过来，取出锦袋中的简牍，视线迅速扫视，忽而凝滞。

楚王准备将王妹嫁去齐国，可是并不是嫁入王室，而是嫁给公西吾。

公西吾虽然身居相国之位，但表面身份毕竟只是出身平民，楚王竟然愿意将公主嫁给他，为了保住国土可真是下了大血本。公西吾已接受，看来齐楚是准备暗中结盟了。

齐秦连横说得好听是彼此各一半瓜分其余五国，但彼此战线是东西对进的趋势，按照这个势头，楚国最后应该是秦国的囊中之物。

楚国在列国之中面积最广，气候宜人，良田肥沃，就连美人都更出名些，秦王觊觎良久，怎么会容许它投靠齐国。更何况这会让齐国壮大国力，对秦国大为不利，他自然不会坐视不理。

“主公。”

东郭淮唤了她一声，易姜恍然回了神，将简牍收纳起来，起身出门，像往常一样往书房走。

也不知走了多久，前面忽然没了路，定睛一看才发现自己已经到了回廊尽头，这哪里是去书房的方向。

她默默站了许久，转头叫来东郭淮：“备车马，我要入齐。”

东郭淮怔住，看了看漆黑的夜色：“现在？”

易姜点头：“却狐那边先不要声张，有事待我回来再说。”

东郭淮见她已有计较，便依照吩咐准备去了。

楚国收到齐国的消息时，已经是开春，立即就开始准备。然而齐国与燕国的战事如火如荼，公西吾每日忙碌，竟像是忘了自己答应了婚事一样。

无忧近来迷上了聃亏给他做的小木马，终日骑着玩耍，也不怎么黏他，他便终日都埋首在书房里，有时一待便是一整天。

童子进来书房关窗，窗外一片轻飘飘的柳絮顺势飞了进来，落在桌案上。他捻起来看了看，目光投向窗外，天已黑了大半，不知不觉又过去一天。

“相国，有客。”童子唤了他一声，朝门外看了一眼，悄然退去。

公西吾顺着他的视线看过去。门外走入一道人影，身形藏在披风里，到了面前站定，轻轻揭去帷帽。

他怔了怔，站起身来：“师妹？”

易姜的视线落在他斜后方。那里当初为她所置的桌案软席垂帘珠帐还没撤去，仿佛还有她的存在一般，她有些意外：“你居然还留着？”

听到她说话，公西吾才终于确定她是真的就在眼前。他朝后看了一眼：“你若觉得不自在，我稍后叫人撤去。”

易姜看了他一眼，抿了抿唇，转头出门。

公西吾觉得她似乎有话要说，不明其意，只好跟上去。

易姜沿着回廊往前走。这里根本毫无变化，她轻车熟路地走到了他们当初的房间，推门而入，里面陈设布置与当初分毫不差，就连她的东西也一样不少。

她转头看过来，眼神里带着微微的错愕。

公西吾竟生出几分尴尬来：“我去叫人来收拾。”脚下刚动，手却被拖住了。他转过身，胸口撞入软软的身躯，易姜的双臂缠在他的腰上。

“师兄要娶别人了吗？”她窝在他怀里，闷声细语，却像是要从他胸膛间钻进心里去。

公西吾垂眼看着她的头顶，声音低了几分，像是怕惊扰到什么：“你特地为此事而来？”

“嗯。”易姜仰起头来，正撞上他的目光，垂眼避开，脸颊微红，“我们……和好吧。”

公西吾垂在身侧的手指微微蜷缩了一下：“你说什么？”

易姜抬手勾住他的脖子，垫脚凑近，贴住他微凉的唇，濡湿地滑到他耳畔，低低呢喃：“我不愿这里有别人的东西，你说过只会娶我的，怎么能娶别人？你只能是我的……”

公西吾的呼吸越发急促，心头就越发澄澈，然而心口的关卡倏然冲开，百种情绪涌将上来，堵得发闷，急于宣泄，似乎要将他四肢百骸都冲刷至酥麻。

他用力扣紧她回吻过去，忽然觉得自己实在太不可思议，竟然会愿意放手，怎么会甘心放手？

易姜不知不觉就被推到了墙上，公西吾的力道极大，恨不能将她揉入自己身体里去。她背抵着墙壁，双手被扣，唇被重重碾磨着，不经意就从唇齿间泄露出低吟来。许久未曾有过的欲望开始在体内积压，喧嚣着冲入脑中，将她烧得昏昏沉沉。

虽然不愿承认，但她特别留恋公西吾身上的气息却是事实。只有他才有这气息，也只有接近时才会嗅到。此刻被他这样紧紧拥着，仿佛全身都浸在这气息里，容易叫人沉沦，忘了那些所谓的家国大事，甚至也忘了种种过往。

公西吾早已不复最初近乎刻板的青涩，他的唇碾压时会含着她的唇瓣，带着微微的挑逗，用舌尖叩开她的牙关，继续更深地纠缠。易姜浑身浮起燥热，手扯去了他的束带，下一刻便被他拦腰抱起，躺在柔软的床榻上。

公西吾的人没有片刻离开她，唇越发胶着不去。易姜睁着眼睛盯着帐顶看了看，忽而按住他肩头反身压住他，重重地吻上去，一面褪去他的外衫，手抚上他的胸口。

他浑身火热，再不是那个清清冷冷无法接近的人，眉头时而紧皱又时而舒展，深邃的眸子里沉沉浮浮地搅碎了光晕又聚拢，口中逸出低低的呻吟。

易姜看着他的模样，忽而有些出神，他已经变了，变得让她意外。

公西吾迷蒙的双眼在她停住时清澈了些许，但也只是片刻的事，下一刻便拥住她反守为攻，手剥去了她微弱的倚恃。他在几乎崩溃的边缘融入她，唇贴在她耳边低语："师妹，为何要将我变成这样……"

易姜像是孤舟泛于狂波之上，沉浮飘摇，根本无法思索他话中深意，用力搂住他的背，咬紧牙关咽下吟哦，喘息着回应："师兄后悔了吗？"

"不，不后悔……"公西吾叼住她的唇，将她的呜咽都吞入口中。

易姜将自己软化成水，在他身下任由攻伐。公西吾从未这般失控过，几乎有些放纵，她沉入海，他将她拽入云，她飘入云，他又将她拉入海。易姜也渐渐失了控，感官的刺激几乎要让她哭出来，在公西吾身上留下了好几道抓痕。

晕晕乎乎地睡去，醒来时已经是夜晚。易姜精疲力竭，窝在床榻上许久没动弹。公西吾已经不知去向。他的精力倒是好得很。

她昏昏沉沉地又睡了片刻，房门推开，公西吾走了进来，亲手端着饭食放在桌案上，又点亮灯火，走至床边坐下，俯身吻了吻她的眉角："醒了吗？"

易姜睁开眼。他的外衫是披敞着的，长发也散着未束，闲散恬淡地坐在眼前，朝她伸出手来。他的掌中摊着一块软白的帛布，上面密密麻麻写满了字。她接过来看了一眼，居然是要送去楚国的退婚文书。

"刚写好。"他拿过来，起身走去门外，唤了一声聃亏，很快又返回，"已经叫聃亏送去楚国了。"

易姜压住满心错愕，拥着衾被坐起身来，没有言语。

公西吾将她的衣裳递过去，触到她的指尖，顺势握了一下，指了一下桌案："饭菜要凉了。"

"嗯。"易姜垂着头，一件一件穿上衣物。

坐去桌案边，仿佛回到了以前相对而食的岁月。易姜将饭菜都尝了一口，点点头："厨子手艺似乎变好了些，不咸不淡，是不是特地照顾你呢？"

"那我以后就放心了。"公西吾脸上多了丝笑意。

易姜忽然问："无忧呢？"

“已经睡了，本来要叫他来见你，但他今日也是玩累了，何况今日你也累着了。”说到后来他的声音低了下去。

易姜脸颊微热，埋头吃饭。

大约仆从都被公西吾调走了，院落里没有旁人走动，分外安静。

易姜知道无忧怕生，吃完饭后还是去将他抱回了房。

公西吾今晚没有忙碌，早早安歇，躺在床上拥着易姜。她的怀中是攥着小拳头安睡的无忧。

“竟然会有妻儿团圆的这一天，我本以为此生都不可能实现了。”他低低地说了一句，有些像是自言自语。

易姜没有应答。她越来越清晰地感觉到公西吾的变化，不像以前那样接触时觉得遥不可及。他成了近在咫尺的一个普通人，竟然会在意这些他曾经弃如敝屣的情感。

小孩子起得早，天尚未亮无忧便起来了。公西吾担心他吵着易姜，在他小手朝母亲捞过去时将他抱了出去。

易姜晚了一个多时辰才醒。起身穿戴梳洗，听到外面吵嚷的声音。她走到房门口悄悄将门推开道缝，原来是云阳夫人，声音是从斜对面的书房里传来的。

“王上说你上疏推拒了婚事，你这是糊涂了不成？楚王好歹一国之君，你拒绝了他，还有机会挽回吗？”

“不用挽回，这桩婚事我本也不愿。”

“为何不愿？楚国公主还配不上你不成？”

“我自有计较。”

后面不知又说了些什么，忽然传出一声漆器掷地的闷响，云阳夫人拂袖出了书房，脸色铁青地朝前庭去了。

易姜反身回到房中，简单收拾了一下，便要出门。

拉开门却是一愣，公西吾背对她站着。廊前几株迎春开得正好，娇俏嫩黄的花蕊伸到了他的脚边，轻轻触到快要曳地的衣摆。

他转过头来：“这么快就要走了？”

易姜身形稍稍一滞，点点头：“秦国有许多事情，我不能久待。”

“因为却狐吗？”

她摇了摇头。

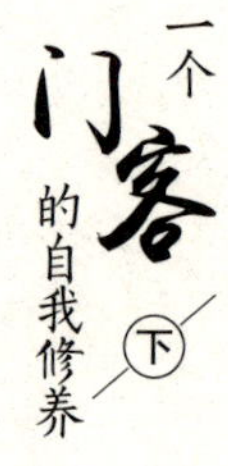

公西吾低低笑了一声，听来仿佛是幻觉：“我知道你是为了楚国来的。”

易姜紧抿着唇，忽而唇边又含了笑：“怎么会呢，我是为了师兄来的。”

“可这桩婚事若是不牵扯楚国，你大概就不会来了。”

易姜将手上搭着的披风系上，手指有些僵硬，好一会儿才打上结，面上却若无其事：“师兄既然知道，为何还退了婚？”

公西吾的脸在晨光下似镀了一层薄薄的光，看起来尤为平静：“因为明知道不可能，还是抱着一丝希望，希望你是真的来与我复合的。”

易姜走近两步，抬头仔仔细细看着他的脸：“你居然会有这样的念头？”

公西吾低头凝视着她的双眼：“师妹变了，如今连感情也可以利用了，果然不可与当初同日而语。”

易姜挑眉，低笑两声：“师兄言重了，我只不过是想让楚国知晓你我仍有瓜葛罢了。秦相掺和了进来，楚王畏惧秦国必然退却，哪里想到你会自己主动退婚呢？我知道你下的决定从不轻易更改，要想速战速决也只能走这一步下下之策了。至于你说的利用感情，这我倒没有想过，因为那首先得需要你对我有真感情才行啊，难道你有？”

公西吾伸手扣住她腰，将她拉至身前：“师妹觉得呢？”

易姜愣了愣，挣扎退却不得。迎着他近在咫尺的脸，更回避不了他的视线。那双幽幽沉沉的眸光竟叫她如觉针芒在刺，浑身都不自在。

她眯了眯眼，生硬地昂起下巴：“自然是没有。当初师兄可是明明白白地教导过我，感情会毁了我。你向来比我理智得多，总不至于毁了自己吧。”

公西吾脸色微白：“不错，这的确是我当初说过的话。”

易姜趁机挣开他，退后一步站定，故作轻松地笑了笑：“我听从师兄教诲，再不会感情用事，凡事利益当先，为达目的不择手段，这不正是师兄期望看到的吗？虽说此事做得不甚光彩，但你我各事其主，这也是没办法的事。师兄大可以恨我，但所谓的感情二字，还是莫要再提了吧。”

公西吾笔直地站着，没有动弹，也没有言语，连看她的眼神都不曾移开过分毫。

回廊上静悄悄的，易姜被他的眼神盯得忽然心头一阵心烦意乱，转身便走，脚步迈得飞快，直到转弯时倏然停住。

前面一道小小的身影正朝她飞奔而来。她担心他摔着，连忙弯腰伸手。无忧欢快地跑过来，一头扑进她怀里。

“母亲抱抱。”

易姜蹲下来，搂着他小小的身子，忽然有种抱着他一走了之的冲动。看着孩子兴奋的小脸，却感觉万分难受，胸口微微起伏着，连呼吸也有几分沉重。

无忧不知她怎么了，天真烂漫地搂着她，要带她去看他的小木马。

易姜勉强挤出笑来，安慰了他几句，起身要走。

无忧不肯让她走，小跑着要追上去，却被公西吾及时牵住了手。

易姜快步走到前庭前，脚步停了一下，却终究没有回头。

出了相国府走了几步，便有东郭淮牵引着车马过来迎接。他似乎颇为诧异：“主公不是说至少需要好几日？怎么这么快就回来了？”

“我也没有想到。”易姜登上车，坐到最里面，背抵着车厢。

闭上眼睛，脑中又浮现出公西吾的眼神，手指轻轻哆嗦了一下。她居然有些胆怯。

胆怯于他的变化，怕他的感情是真的出自真心。

嗬，笑话！她终于斩断了过往对情爱的向往，成了理智果决、不择手段的政客，他反倒成了被感情羁绊住的那个，这算什么？

她抬起衣袖狠狠擦了擦眼睛，凸起的刺绣纹样刮过眼皮，火辣辣地疼。

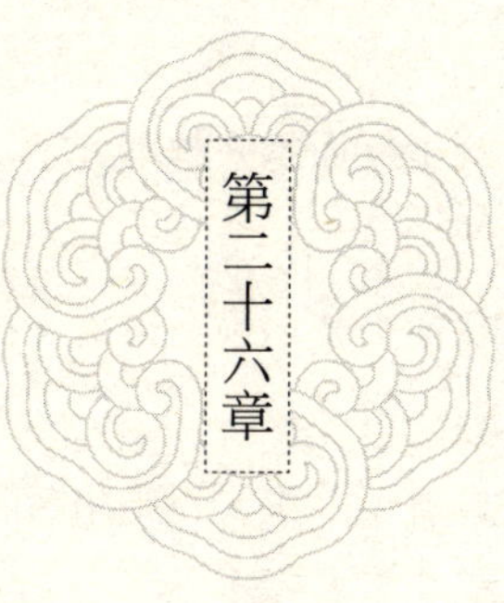

第二十六章

山雨欲来

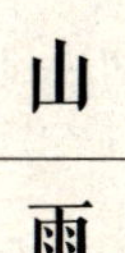

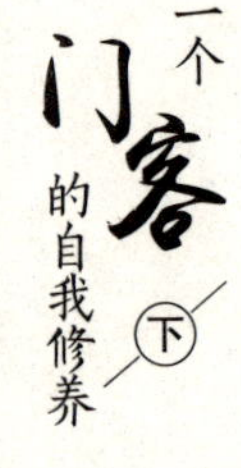

秦王明明休养了许久，身子反而越来越不好了。他倚在案后，刚灌完一口药，后脚便吐了出来。

叔乞一直侍候在旁，见状慌忙来伺候。他摇了摇手，深深叹息，这样子下去，真不知道还能支撑几日了。

又咳了一声，秦王朝窗口看了一眼，正是午后斜阳春风暖人之时。他问叔乞："相国回来没有？"

叔乞回道："派人发了信来，说是已经在回都的路上了。"

秦王点头，卧榻小睡去了。

这一觉一直到入夜时分才醒。外间禀报，相国求见。

秦王立即坐起，披了件外衫便招手准见。

易姜解下银白披风递给门边的叔乞，入殿俯身见礼。

秦王抬了一下手："相国此行一切顺利？"

"回王上，一切顺利。"

"那就好。"秦王的手指微微点着榻沿，关于她是如何解决此事的，他不用问也能猜到一二。世人皆知公西吾当初灭国夺她回齐的事，可见对她颇为看重，如今看来他依然看重易姜，不然此事不会轻易解决。

他悄悄瞥一眼易姜低垂的眉眼。还道女子多情胜于男子，显然她不在此列。

"相国助本王拿下韩国，又立下此等大功，本王该好生封赏才是。不知相国有什么想要的，但说无妨。"

易姜敛住眼眸。从攻韩开始她就一直在等着这一刻，但他真是不好应付，直到她这次拆了齐楚联盟才终于发话。

"臣斗胆，想请王上将蜀地赏给臣做封地。"

蜀地之前是蜀国，先王在位时被司马错所灭，如今成了秦国的领地。易姜并不在乎那块封地上的赋税，在乎的是那地方的三十万兵马，她想求个护身符。

秦王仔细斟酌着，手指在桌案上点击得越发频繁起来：“相国自己不会领兵，蜀地上的兵马总不能搁置不顾吧？”

易姜道：“臣回都时听闻却狐伤势已经确定无碍，他日不会妨碍他上阵杀敌，所以想将兵马交由他统领。”

秦王眼神闪烁，沉默许久才点了一下头：“相国为秦国立下的功劳远不及这些回报，本王便赐你蜀地。”

易姜跪拜谢恩。

正要告辞，宫外一个侍从跌跌撞撞地跑进来，喘着气道：“王上，赵国将公子子楚送回来了。”

秦王刚阖眼假寐，闻言又睁开：“哪个子楚？”

“就是前些年送去赵国做人质的公子异人，他如今改名叫子楚了。”

“异人？”秦王的孙子虽然都不大成器，但数量也有十几二十个，好半天才想起这也是自己孙子，偏偏排行居中，不上不下，难怪记不得，遂摆了摆手道，“唤他来见吧。”

易姜稍稍退开一些，盯着殿门。很快殿中就走入一行二人，为首的人身材瘦高，穿着鸦青色的曲裾长袍，尖瘦脸，五官倒很端正，看着年纪约莫三十岁。

他的身旁跟着一个六七岁的孩子，穿着靛青袍子，梳着总角，圆脸大眼，看起来很精神，只是神情看起来倒比前面的大人还小心严肃。

二人向秦王见了大礼，一一报上了称呼。为首的正是子楚，孩子是他在赵国生下的儿子，名唤政。

易姜的视线来回在那孩子身上扫视，心情难免激动，这便是后世所称的秦始皇嬴政？

“相国在看什么？”秦王见她一直盯着孩子，还以为有什么异常，忍不住问了一句。

易姜垂首道：“臣失礼，实在是第一次见到如此知礼的小公子，不愧身上传承着王上的血脉。”

恭维的话谁都爱听，不仅秦王受用，就连子楚都转头看了她一眼。易姜对上他的视线有些意外，子楚与她素未谋面，但看她的眼神并不友好。

秦王与子楚说了几句家常，十分生疏地问了些问题，子楚回答无不小心翼翼。秦王点点头，视线又落去嬴政身上，随口问了几句课业学习的事情。孩子也回答得很谨慎小心，但这次的答案他不甚满意。

“这年纪，该学些有用的东西了。”

子楚忙道：“子楚之前在赵国朝不保夕，难以顾及此事。如今在回国路上得到武安君许诺，他答应了要亲自教导政儿的学业，不知王上以为如何？”

易姜微微皱眉，这么看来是白起想办法接他回来的了，看来是在为伐赵做准备了。子楚大概是人质做久了，事先也不问问清楚眼下情形，秦王正有意压制白起权势的时候，他偏偏一回来就站去了那一队。

果然，秦王不大高兴了，尚未开口，下方的嬴政见了揖礼道：“王上恕罪。是政听闻白将军杀敌英武，这才斗胆求他教授骑射技艺，未曾事先禀报王上定夺，罪该万死。”

易姜心中诧异，不禁又朝他多看了几眼。小小年纪便如此会察言观色，真是叫人刮目相看，看来他在赵国的日子过得不尽如人意。

秦王的脸色缓和了许多：“白起教导骑射可以，学问就算了，还是另请他人吧。”

易姜心思一动，出列一步：“王上若不弃，臣愿请缨。”历史上的秦始皇就够残暴了，白起又嗜杀，再由他全盘接手嬴政的教学，岂不是火上浇油？她怀揣了些许心思，趁着嬴政还小，不管以后秦国是不是能一统列国，能给他灌输一些仁德爱民的思想总不会是坏事。

“哦？”秦王思量了一番，点点头，“也好，相国是女子，教人学问应当最有耐心。”

嬴政当即走过来朝易姜见礼，弯腰至膝：“见过老师。”

易姜抬手扶了他一下。他看似恭敬，实则疏离。

没想到会见到这样的人物，易姜回去的一路上都还在回味。他不同于旁人，比起任何一个见过的历史人物都要让她情绪来得激烈，这真是一种古怪的心情。

息嫱正在廊下徘徊，见她进了门，连忙迎了上来，一边为她解下披风一边跟着她朝后院走：“主公此番入齐，可有收获？”

易姜怔了怔：“收获？”

“与公西相国啊。”提到公西吾她有些小心，还特地看了看易姜的神色。

“没有。”易姜进了房间，走去铜盆边抄水洗了洗手脸。

息嫦取了布巾给她擦拭，一脸的失望："那您还是要跟却狐成婚吗？"

易姜冲她扯了扯嘴角："应当不用了，我向秦王讨了兵权，说要交给却狐统领，秦王不会让却狐为我所用，肯定不会再提婚事了。"

息嫦有些惊喜："主公怎么做到的？"

易姜脸上的笑渐渐隐去："算是利用了公西吾吧。"

息嫦脸上的笑僵住了，低低叹了口气，走去床边给她铺床，一面小声说道："自我跟着主公以来，就没见过您为自己做过什么，一直为了活命辗转奔波。如今好不容易熬到今日，为何就不能顺着心意和公西相国和好如初呢？您要为自己想一想，不能这样过一辈子。"虽然名分是主仆，但这么多风雨过来，她看待易姜已如妹妹一般，都是女子，自然体谅彼此的苦处，说话也少了许多顾忌。

"是啊，我一直在为了活命挣扎……"易姜在案后坐了下来，不禁被她的话勾起了过往。从赵国到魏国，魏国到齐国，齐国又到秦国，随波浮沉，天下都走遍了，却没有一处是可以给她安身立命的。现在为了无忧，要付出的更多。可是要说和公西吾复合，她不禁苦笑："我身在秦国一日，就不可能跟公西吾复合。"

息嫦手下一停，不解地看着她："为何？"

为何？就凭秦王的目的，她本来就是用来对付公西吾的。

易姜不想总提起这事，打岔道："却狐应该不知道我出门的事吧？"

息嫦愣了一下："我竟险些忘了告诉主公了。您入齐那晚他就知道消息了，竟然偷跑出去追您。待我们发现都天亮了，请了府兵去找才总算将他找回来。可他回来后又不理人，终日窝在房里生闷气不见人，也是叫人无奈。"

"竟有这事？"易姜起身，"我去看看他。"

息嫦摇了摇手："您回府前我刚送了药过去，他喝完就睡。主公晚些再去吧。"

易姜只好点头。恰好这一路奔波也累了，便与她说了一声，也倒去床上睡了。

照理说太过疲倦应该睡得深沉才对，可她睡得很浅，还做了梦。

梦里身在齐国相国府里，廊下开着迎春花，自累叠的山石边延伸而出。廊柱旁立着公西吾，穿着鸭卵青的绕襟深衣，腰间玉佩流苏在春风里轻晃。他的手中牵着小小的无忧，父子二人站在那里，一动不动。

然后迎春花谢，蝉鸣声起，秋叶簌簌，冬雪纷飞。

易姜想叫他们回屋去，张嘴却发不出声音，这才陡然惊醒。

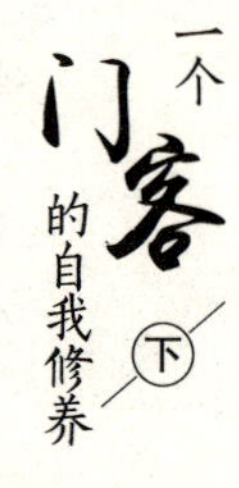

这一觉也不知睡了多久，周围早已黑透，安静得很，似乎已经夜深了。她觉得有些饿，刚想起身，一转头吓了一跳。

床边赫然立着一道黑影，她往后缩了缩身子，猛然喝道："谁！"

那人朝床边走了两步，影子稍稍清晰了些许。易姜嗅到药味，不确定地问了句："却狐？"

"是我。"却狐的嗓音越发嘶哑不堪了，也不知道大夫是怎么医治的。

易姜抚了抚胸口："大晚上的你待在我房里做什么？"

"听闻夫人回来了，我来看看您。"

易姜无言以对。不管怎么说也是在和他有婚约的前提下入齐的，这些天他肯定一直都在担心靠山不保，料想不会好受。

手下的人也是办事不力，明明嘱咐了不可将消息透露给他，还是叫他知道了。

她穿好衣裳走到桌案边点亮灯火，倒了碗水喝了，转头看向他，又是一惊。他脸上戴着个软皮面罩，只露出一双眼睛，亏得先前没点灯，不然肯定被吓得更厉害。

"你的伤如何了？"

"夫人自己都看到了。"

易姜只能在心里叹息，脸上却扬起笑容："不用在意，男子汉大丈夫，并不需要靠脸吃饭。待以后伤好了，你照样可以建功立业。"

却狐那双眼睛似乎因为这场变故而积淀了太多东西，没了以往的纯粹，盯着她时也不再是一板一眼，映着暖黄的光，像是蕴着些许的柔情："夫人还会顾念我吗？"

"自然。"易姜知道他还是计较她入齐的事，难免讪讪，语气也放轻了许多。

却狐忽然贴过来，手揽住她的腰。大概是怕她抵触他的脸，有意站在了她背后，低头凑去她颈边，那嘶哑的声音显出一丝淫靡来："我听说夫人入齐是去见齐相的，难道夫人还是放不下公西吾？"

易姜皱眉，动了动身子，却挣不开他，冷声道："怎么，你这是吃味？我身边可不需要会妒忌的人。"

却狐扣在她腰间的手忽而紧了几分，拦腰将她抱起便抛去了床上，人跟着就压了上来。

易姜暗暗心惊。却狐虽然开放，但只是将伺候她当作工作来做，从不会这样，现在这模样却像是带着怒气。

他脸上的软皮面具划过脸颊，易姜侧脸避开，他的唇却贴了过来，落在她颈边，温软滑腻。易姜伸手推开他，怒道："你想要以下犯上不成？"

却狐跌坐在床边，抚着胸口喘着气道："我是害怕夫人不再顾念我罢了，夫人切莫动怒。"

易姜心软了一些："算了，下次莫要再犯就是了。"

"是……"却狐背过身去，在床沿坐正，忽然道，"先前宫中内侍来传了话，王上说我容貌已毁，实难匹配夫人相国之尊，再三思量，所以你我婚事已经作废不提了。"

易姜恍然，还真是如她所料。

"婚事作废便作废，我对你的承诺不会食言，你放心好了。"她下了床，方才被摔在床上那一下撞到了背，疼痛得很，她忍着没去揉，心里不大痛快，但看他这样也不好责备什么了。

"我知道夫人不会食言，可也总是止不住忧心。尤其是想起齐相那般姿容，愈觉形秽……"却狐嘶哑的声音听起来分外寂寥，"我如今还有什么依靠呢？倘若夫人也不要我，我就真的走投无路了，只能贸然自荐枕席。"

易姜喝了口水，镇定下情绪，转头看他："你想要什么，直说，不需要用这种法子。"

却狐站起身来，垂着头，声音虽嘶哑，却不再拖沓："我想做主将，再上战场建功立业。"

"原来如此。"易姜搁下漆碗，他能拿着她愧疚做人情债，自然是有所图。"有白起在，你要做主将很难，还是待你伤势好了再说吧，下次别用这法子了。"

"白起是我的老师，他嗜杀的秉性我最清楚，夫人不是不喜欢他这样吗？至少我做了主将绝不会如此。"

易姜抬眼看过去。他似乎意识到自己多言了，顿了顿，转头出了房门。

暮春时节刚到，燕国已经被齐军攻占了数十座城池。消息传来秦国，秦王虽然和和气气地发信给齐王建表达了祝贺之意，实际上却并不高兴。

做君王的自然都是希望自己强而他国弱的。

燕王也是急了，居然想起拉拢赵国，如今倒是惦记起二国的姻亲关系来。可

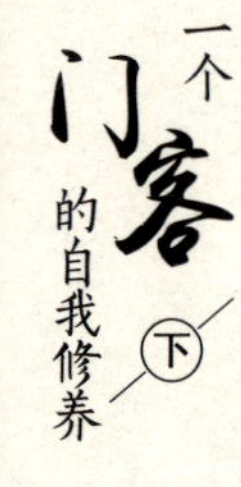

惜赵国也自身难保，魏国又与齐秦结了盟，平原君也不能再像以前那样请大舅子魏无忌帮忙，所以到底还是无可奈何。

楚国那边也是一出好戏。公西吾的退婚书刚刚送到，那位楚国公主居然先一步跟着个文书小吏私奔了。楚王刚打算义愤填膺地找齐国理论，顺带敲点好处，得知消息后顿时没了气焰，只顾着找人和遮掩消息，满心气恼无处发泄，真是憋坏了。

但这毕竟不是小事，还是传到了齐国。公西吾也没过问，反正两边都不占理，倒不如不了了之。

尽管看起来好像是撕破了脸，齐楚两国私底下的联系却依旧没有断。眼线将消息送给易姜，她对此也不意外，公西吾自然有本事办到这点。不过只要没跟齐国正大光明地结盟，能让秦王足够放心也就罢了。

咸阳城中无大事，只有一件，太子因夫人无法生育，想要过继庶出的子楚为嫡子。此事秦王也已答应了，反正他也不太理会这些家事，他现在满心思都是攻赵一事。

如此一来嬴政也就成了太子嫡孙。这对原本不受重视的父子忽然都有了继承王位的权力，当然引得满朝议论纷纷。

历史有时会偏离，此时又似乎在朝着易姜熟悉的方向发展。出于长远考虑，她对嬴政的课业自然也就更重视了一些。只是她来这里后读的都是对自己有用的书，鬼谷派典籍，兵家典籍，法家典籍尤为居多，而要真正教导学生，这些远远不够。

诸子百家的学问，嬴政酷爱法家典籍，每次读到都觉得甚为精妙在理。易姜却明着暗着塞给他读了许多儒家典籍，有时候怕他不喜欢，还举些小例子夹杂在课间。他果然听得进去，至少现在看起来，他并不像是个会长成暴君模样的坯子。

如今秦国伐赵在即，离帝业也就越发近了一步，兔死狗烹的道理谁都懂。易姜知道自己不能一辈子都这样，何况子楚莫名其妙地对她不怎么友好，她必须要为以后打算。而嬴政也许是一条后路，当时主动收他做学生也不是完全没有私心的。

秦王终究按捺不住。眼看时间快要入夏，攻赵之事不愿再拖了。

易姜对赵国最熟悉，此事自然要她多多经手。秦王数次将她叫去宫中，每次都是为了齐国那驻扎在邯郸的二十万兵马，被齐国反咬过一次后，他始终不放心。

可易姜一时也没有办法。

难得有空抛开政务，午后日斜，她坐在廊下偷得浮生半日闲。

息嫦忽然从她身后探出头，小声道："主公看看，却狐又在偷瞧您。"

"又？"

"可不是！我发现他近来有事没事便盯着你瞧，八成又在打什么主意。"

易姜转头看了一眼，却狐正在院中挥舞那柄宽刃的青铜剑。自从确定伤势不影响以后习武上阵后，他便开始每日勤加练习，她也瞧过好几次了，不过还真没注意过他经常看自己。

此时却狐已经练到浑身是汗，脸上的面具看起来有些突兀。也难怪她不曾注意，那双眼睛掩藏在面具之后，怎能看得清楚。

"他只是想找机会再上战场罢了，已经与我提过多次了。"

息嫦遂不再多言，其实她想想也觉得自己近来有些逾矩，总插手主公的私事，可不是她一个仆人该做的。何况却狐也不是什么坏人，她只是私心里希望易姜与公西相国和好，难免对他有几分偏见。

却狐果然时不时看向易姜，自然很快就注意到了她的眼神。他停下动作走了过来，薄薄的单衣因为汗湿了而粘在身上，身形好像比之前还结实了一些。若非因为他脸戴着面具，这模样不知道该迷倒多少女子，易姜想到这里不禁笑了笑。

他已在眼前停住，好奇地问："夫人在笑什么？"

"没什么，你接着练吧。"易姜摆摆手，起身要走，却被他拉住了衣袖。

她转过头，他已贴了上来，手指在她发间一捻一拽，惹了易姜一声轻嘶。他的手递到她眼前："夫人竟然生出白发了，最近烦心事很多？"

易姜接过那根白发叹了口气："是啊，真是没想到。时间过得真快，再这么下去，恐怕稍不留神就已经老了。"

却狐不以为意："是人总会长大变老，没什么好伤感的。"

易姜微微一怔，抬眼看他，他已转身去院中继续练剑了。果然受过一次伤，看待事情也与往常大不一样了。

息嫦很慌张，连忙踮着脚仔细凑近易姜发间找了找，没发现第二根白发才放下心来。

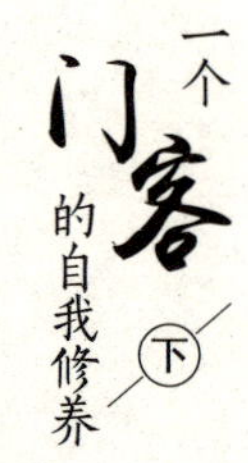

易姜好笑，转头看见东郭淮从前庭匆匆而来，附在她耳边低语了几句，递给她一封书信，绢布做封，紫草为记。

她眼神微动，不动声色地纳入袖中，转头朝外走去。

却狐停了动作，走到廊下，看着她远去的背影，忽而一眼瞄见旁边盯着自己瞧的息嫦，又提了剑回去继续练了起来。

天色将晚，易姜乘着车，在魏国商人开的客栈前停下。

她穿着寻常的曲裾襦裙，头发虽然梳理得一丝不苟，却没有佩戴头饰，进去后便没有引起旁人注意，只以为是个寻常投宿的客人。

东郭淮打发了前来询问的店家。易姜径自进了后院，走去最里面的屋子前，推门而入。

屋子小却干净，案席齐整，立屏很小，后方的床榻隐约可见。

她朝里走了几步，环顾四周，就见公西吾从屏风后走了出来。窗口暮色投进来，他雪白的交领深衣染了一层薄薄的灰。

“你怎么突然来了？”她的手交叠在一起，被宽袖遮盖着，掩饰住绞在一起的手指，骤然再见，依然一派平静。

公西吾的视线从她脸上移开，指了一下桌案上的棋盘。

易姜扫了一眼：“我不会下棋。”

“不是下棋。”公西吾坐在案后，抬手做请，“鬼谷派历来如此，你我师兄妹也必然会有今日。”

易姜顿时想起当初的蔚山之行，他与范雎也是这样。这是鬼谷派的规矩她是知道的，当初公西吾给她的那卷鬼谷子典籍里就有此记载。通常是三年一次，无论鬼谷弟子身在何处，都会相聚在一起以棋做兵杀伐一场。当然也有个别拖延时间或者缩短时间的。

她坐去他对面，看了看他的脸，在他看过来时又及时移开了视线。

“齐国已占了大半燕国。赵国是关键，一旦伐赵结束，魏楚南北分割，无法联结，其实也就到了齐秦对抗之时。”公西吾执起一枚白子，忽然看向她，“我想与师妹比试一场。赵国为局，输了的人，必须要答应赢了的人一个要求。”

易姜捻了枚黑子在指间轻轻摩挲。其实她也算不上什么正统的鬼谷弟子，可已经背着鬼谷弟子的名号行走多年，在比试关头就甩手不干未免有示弱之嫌，当然也不好拒绝。不过出于谨慎，她还是问了句：“你以前与范雎比试的结果是什么？”

“他赢了，我答应与他合作。”

“之前桓泽也是以此为由与你比试的？”

“是，她输了，所以没能得到我。”

易姜闻言托腮，脸上的笑有些暧昧：“从某种意义上来说，她也算是得到你了啊。”

公西吾看着她。这张脸越发添了成熟风韵，哪里还能与当初那个瘦弱苍白的少女联系在一起。连外表都大不相同，又何况是内里。

“得到我的是你，易姜。”

这话以前听到只会觉得他是为人直接，如今却满心异样。易姜不自然地移开视线，忽又皱起眉来：“那你若是赢了我，又想我答应你什么？”

公西吾伸手过来，修长的手指轻轻揉开她的眉心：“胜负尚且未分，师妹未免太小瞧自己了。”

易姜捉住他的手，又连忙松开，心中不大自在，干脆将另一只手中捻着的黑子也丢开了：“那你我不如直接实战比试，也好过摆弄这些棋局，就在真正的赵国见真章吧。”

公西吾思索片刻，点了点头：“也好。”

易姜会接受，其实是为了齐国那二十万驻军。倘若她赢了，就可以要求公西吾撤走驻军。秦王想要的是整个赵国，并不想跟齐国平分。恰好这个难题无法解决，公西吾此举未尝不是个机会。

正事谈完了，室内一时无声。易姜本该告辞，却坐着没动，她看了看对面的公西吾，欲言又止。

公西吾自然明白她心思，告诉她道：“无忧人来了。只不过这里是咸阳城，为防万一我没有带他进城。”

实在也是因为无忧离不了公西吾，才不得不带他出门。但这里是秦王脚底下，耳目众多，他不好将无忧带来客栈，只叫聃亏带着人与他留在城外安排好的住处，待见完易姜就得赶过去。

易姜点点头。其实她已有心接无忧过来，看到公西吾的脸还是咽了回去。时机本也不够成熟，还是再等等好了。

公西吾忽然自袖中取出一份绢布来，递到她眼前：“惦记无忧的时候可以看一看。”

易姜接过来，展开一看，竟然是一幅绢画，细致地勾勒着无忧的眉眼。仔细计较倒也不是特别相像，但神韵抓得极准。

“这是你画的？”

“嗯。”

画里的无忧笑咧着嘴，举着小拳头，手腕上还套着她当初为他做的手链，已经放长了许多。公西吾竟连这细节都描绘了出来。

“我不知你竟还会画画。”

“书画是自幼就要学的。”

易姜点头，难为他想得如此周到。她将绢画叠好，纳入袖中，起身道：“我先回去了，师兄路上小心。”

公西吾站起来送她：“师妹此番比试主动提出了以赵国为局，看来是志在必得了，所以也没再追问我想赢得什么了。”

这还用问吗？易姜很清楚眼下的局势还是对秦国更加有利，但这也是她用不光彩的手段赢来的。公西吾不会一再吃亏，他想赢得的无外乎是扭转局势的机会。她只有主动选择比试方式才有胜算。

“师兄算无遗策，我不敢怠慢，只能说尽力一试而已。”易姜朝门口走了两步，停了下来，“师兄就没别的话要说了？”

公西吾站在她身后，摇了摇头：“没了，师妹慢走。”

易姜蹙了蹙眉，难道他对她之前在齐国的作为就丝毫不介意？她倒宁愿他冷面相向，甚至与她决裂，可一直到他现在都是一副什么也没发生过的模样。

她一言不发地出了门。天已黑透，客栈里悬满了灯火，快至回廊尽头，忽然回头看了一眼。公西吾竟然就站在门口，灯火阑珊下望向她的方向。收回视线，她脚下的步伐不禁加快了些。

直到回到相府，心情才算彻底平静。

早有人等在回廊上。易姜已经看到他，走过去问：“怎么，这是在等我？”

却狐点了一下头：“夫人出去了许久，我不放心。”

“你可比以前关心我多了。”

“我可依仗着夫人生活呢。”

易姜好笑：“不用将自己放得如此卑微，你好歹也是个左庶长。”

却狐上前一步与她同行，碍于身份稍稍落后一步：“夫人用过饭没有？”

“还没。”易姜看了一眼他的侧脸，“息嫦自会料理这些，你好好养伤就是了。”

“我已无大碍。”他垂着头，嘶哑的声音放低下去，“上次冒犯了夫人，我一直心有愧疚，想弥补一些。”

“不用，我没有放在心上。”易姜竖手示意他不必再跟随，调转方向去了书房。

却狐立在那里，悄无声息，安静得犹如这夏夜随风轻摇的一枝竹。直到易姜背影彻底消失，他才转头回房。

第二日一早，朝会之上官员们开始就攻赵一事你一言我一语地发表看法。

易姜有些心不在焉，心里惦记着无忧，也不知道公西吾有没有离开秦国。这一来一往耗时日久，她既惦记着孩子又不希望他奔波辛苦。最后兜了个圈子又想到公西吾身上，当然只一瞬便掐掉了这念头。

下了朝会，众人散去，独独她被留了下来。

秦王的书房里弥漫着浓浓的药味，易姜进去前先顿了顿脚步，抬头见他坐在案后，越发有了几分老态龙钟的意味，忽而也就理解为何他如此焦急地想要攻赵了。

见完礼，秦王对她道：“相国对赵国最为熟悉，赵国的事不问你不可决定。眼下齐军二十万横陈邯郸，公西吾摆弄局势，秦军要想吃了这块肥肉，难上加难啊。”

易姜称是，自然不能告诉他公西吾此时可能就身在秦国。

秦王咳了两声，从侍从手中接过漆碗喝了口水润喉，接着道：“罢了，先谈谈主将的事吧。本王此次不打算任用白起了。”

易姜明白他的意思：“王上考虑得周全。白起之前坑杀长平四十万俘虏，赵国人人恨不能生啖其肉，如果再由他领兵，赵国必然拼死反抗，恐怕会延长战事。”

秦王点头：“相国看得通透，确实如此，所以本王想任用却狐为主将。”

易姜一怔，秦国的将才也不少，白起之外大可以选择其他将领，秦王却主动提及重伤初愈的却狐，实在叫她惊讶。

“恕臣直言，王上提到却狐，莫非是有人举荐？”

“正是。”秦王点点桌案上的一卷竹简，“是白起自己点的。他知道本王不想让他攻打赵国，便提议了自己的学生，本王也不能不卖他这个面子。”

其实以易姜个人的看法，将领贵在心态，如廉颇和白起，都是久经沙场稳扎稳打，从不会自乱阵脚。而却狐年纪尚轻，急功近利，先前也是因为太过在意功勋才误入机关，落了这样一身伤。让他做主将，她其实有些不放心。不过他也有优点，譬如之前他自己所言，至少他不会滥杀。

“怎么，相国似乎不愿意？”

秦王的眼神带着探究，易姜忙笑道：“岂会。却狐对我而言已是自己人，他能建功立业，我高兴还来不及。”

秦王笑了笑，又轻咳了两声，摆摆手：“那便这么定了吧。”

将这消息带回相府时，却狐刚刚喝完药，正坐在榻边研读兵书，见易姜进门立即站起身来。

“王上要任用你为主将攻赵。”易姜将册命的文书放在他案头，“是你主动请白起推荐你的？”

却狐垂首：“是。”

易姜将本想说的话又咽了回去：“王上重视此战，你好好表现就是了。这次小心些，别再受伤了。”

却狐依旧垂着头，低低地回了句：“原来夫人如此关心我。”

难道还希望他再重伤一回不成？易姜笑了笑，转身出了房门。

咸阳的夏日越往末尾走越有闷热的意味，这几日头顶总是阴沉沉地压着一层乌墨的云，偏偏又不下雨，实在叫人烦闷。

易姜坐在案后，手中狠狠摇着芦苇编就的扇子，另一只手中是饱蘸浓墨的毛笔，眼睛盯着案上的地图。

自打她从齐国回来，秦王就表现得十分信任她，如今赵国的事也已经全权交由她安排。

位子一稳当，所有人看起来都是友好的。相国府因此而热闹起来，门客们挤破脑袋想要进来效力，大臣们也时不时来走动。她成了大红人，谁都想要巴结。尤其是那些想要建功立业的将领们，当真恨不得自荐枕席了。

但此时她的书房里空无一人。

战事尚在准备，较量已经开始。书房里的确只有她一人，可公西吾似乎就在对面，也许与她一样也是面对着地图，暗中谋划布局。

齐国在邯郸的二十万兵马未动，却将攻燕的兵马陈驻到了燕赵边境。赵国东北一片包括邯郸尽数在齐国控制之中，局势不容乐观。

东郭淮自门外走入，递来新的消息。

易姜看完后，思索片刻，提笔在木牍上写下命令，吩咐他送出去。

驻扎韩地的秦军借道魏国前往赵国，包围赵国南面。她又从其中另辟一支军队，进攻楚国的丹阳。

要再收到新的消息至少也要数日，要看公西吾如何应对了。

易姜觉得越发闷热起来。明明已经是要入秋的天气，却这般折磨人。她起身走到窗口边，将窗户推开到最大，却没感受到一丝风。

“夫人。”

身后忽然传来声音。她转头看去，却狐站在门口，东郭淮横臂挡在他身前。

“进来吧。”易姜转身站定，东郭淮收手放他进门。

却狐换上了铠甲。秦国尚黑，盔帽皮胄无一不是玄黑色，穿在身上尤为肃杀凌冽。他在距离易姜几步外停住，将盔帽挟在腋下，笔直地站着，微微垂眼：“却狐来向夫人辞行。”

“嗯，你重伤初愈，一切小心。”

“是。”

“另外我还有些事要嘱咐你。秦国攻赵，背后的敌人却是齐国。此战我全责督导，你在战场上需全力配合我，不可擅自冒进，也不可独断专行。”

“却狐唯夫人马首是瞻。”

易姜点点头，本以为话已说完，却狐却没有动弹。

“还有事？”

却狐迅速抬眼看了她一眼，又敛眸：“夫人多保重。”

易姜本没觉得有什么，听他这么说反倒有些别离的情绪，一时无话。

却狐抱了抱拳，转身出门。

易姜目视着他的背影直到消失才收回视线。

每次看到这道背影都会想起赵重骄。虽然比起当年的赵重骄，这道背影要宽厚许多。

自她入秦这几年以来，秦王未曾出游，也未曾遇刺，咸阳城中也从未听说过有刺客出没的消息，他必然不在秦国。

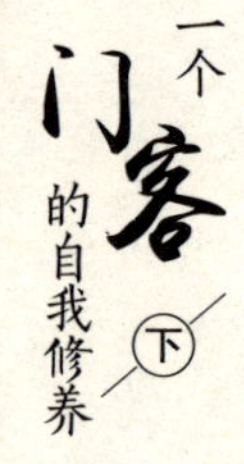

如今要攻赵了，也不知他在做些什么，过得是什么样的日子，是不是依然在寻着机会报仇……

如果得知当年那个与他一起力保赵国的人如今准备灭了赵国，想必会恨她入骨吧。

物是人非，大概就是这个道理。

但却狐说得对，人都会长大变老，没什么好伤感的。

她抽出袖中的绢画，迎着光细细端详着无忧的脸，心里才算是好受了些。

看着看着，忽而觉得不对。她将绢布反过来，上面竟还有另外一张脸。用了极细极淡的笔触，灰灰的线条，不对着光根本看不出来。仔细看看，画的似乎是她？

易姜将画团起，塞回袖中，干笑了一下。公西吾竟然会做这样的事，简直是不可思议。

第二十七章

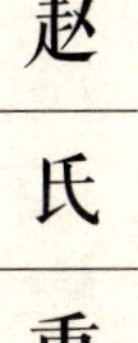

赵氏重骄

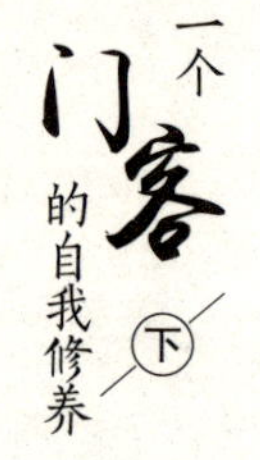

当韩王各处逃窜期望复国时，却狐已经领着四十万秦军浩浩荡荡开往赵国。

无论是人数还是兵器，甚至是士气，秦军都更高一筹，这一仗的结果几乎毫无悬念，秦王更是志在必得。他已经做好准备去接收赵国这块兵家必争之地，邯郸华丽的行宫，代郡的良马，彪悍的武夫，肥沃的良田与温柔的美人，这些都注定是他的囊中之物。

大概是想得太热切，一不小心他的病就加重了，只好去骊山的温泉行宫休养。

易姜得尽为人臣子的本分，便选了个天气不错的日子，带上东郭淮去骊山探望了一趟。

返回咸阳时暮色初降，时已入秋，天高云微，那片碧蓝仿佛要一直连接到下方连绵的山脉上。咸阳城尚且在几十里外，道路前方忽然尘烟滚滚，一人一马到了跟前。易姜定睛一看，竟然是聃亏。

他到了跟前，朝易姜拱手："早上便听闻秦相的队伍从这里经过，亏守在此处，果然等到了秦相。"

易姜左右看看，只有他孤身一人："等我做什么？"

"请秦相去做客。"他一边说一边朝易姜递眼色。不过可能是他为人太单纯了点，做这种卖心眼的事总有些不伦不类。

易姜大概明白了他的意思。先前公西吾说他将无忧安排在了城外，他来必然是要请自己去见无忧。没想到公西吾还没回齐国，齐王建也真够纵容他的。

她吩咐侍卫在此等候，只叫东郭淮随自己前去。

聃亏下了马，带着他们二人步行，离开官道往岔路而行，拐入崎岖的山路，一阵乱七八糟的路径。

一直到天快黑时，易姜已有些不耐烦了，却见转过山壁，赫然一块平地。宽阔高耸的院落，垂手而立的护院，却有一座高门独户在这地方矗立着。

易姜加快脚步走过去，护院一见她便推开了门。里面景致却不怎么样，似乎是座新院子，树木都是新植的，尚未长成。她叫东郭淮在前庭等待一下，自己跟着聃亏去了后院。

护院虽然不少，却没见到仆从。聃亏领着她踏上回廊后便止了步，请她独自前行。

回廊有些特别，踩在上面有嗡嗡的空响，乍一听不觉得有什么，走多了却似乐曲一般。她在书里读到过，夫差曾给西施建过这样一条回廊，将廊下挖空，放入大缸，覆上木板。西施踩着木屐走过，便有空悠的回响，美人摇曳的身姿踏着空灵的声音分外动人，这样的回廊被称作“响屧廊”，没想到这里竟然也有。

可惜她今日没有穿木屐，不然倒是可以体会一下西施的感受。

刚想完，耳中便传来了清幽的回响。她抬眼看去，公西吾从前方而来，散着长发，穿着鸭卵青的衣袍，脚踩木屐，声音自他脚下一路流泻而出。

易姜被这情景一惑，微微移开视线。

“先前睡了一觉，醒来天竟要黑了，还好赶上了师妹前来。”他到了易姜面前，推开旁边屋子的门，请她进去。

“这地方是你的？”

公西吾点头。

易姜挑眉：“我以为你满脑子宏图大业，没想到还有私产。”

“宏图大业也需要钱，这点身家我还是有的。”他示意易姜就座，转身道，“我去叫无忧来。”

易姜坐不住，拦了他一下：“见过之后你们便赶紧回去吧，秦王的宫人经常在咸阳与骊山之间往来，难保不会发现这里。除非你是以齐相名号正大光明出使秦国，秦王不敢动你，你偷偷摸摸在这里，情形就不一样了。”

公西吾脚下一移，正对向她：“师妹担心我？”

易姜蹙眉：“我是担心无忧。”

公西吾贴近一步，垂头看着她的眉眼。分开这几年，每次见面都仓促短暂，似乎从未好好看过她。那双眼睛垂下时敛成一道婉约的弧度，下巴尖瘦了一些，肤色白皙，双唇便显得越发红艳。

他的眸光黯了下去：“我此时若吻你，你可会怪我？”

“嗯？”易姜错愕抬头，他的唇已经覆了下来。

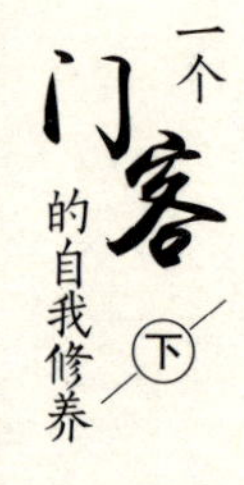

门口一阵急促奔跑的脚步声，接着一道稚嫩的声音好奇道：“你们在做什么呀？”

易姜连忙推开公西吾，转头看去，无忧已经到了跟前。几个月没见，他长高了不少，雪白的衣袍，光着脚丫踩着木屐，歪着头睁大眼睛看着二人。

公西吾咳了一声，稍稍侧身：“没什么。”

无忧一把扑过来抱住易姜：“我也要亲母亲。”他的口齿清晰了许多，却分明还是那个活泼机灵的淘气鬼。

易姜顾不得与公西吾计较他方才的举动了，也不看他，蹲下来搂住无忧，摸摸他的脸，笑容里不觉溢出宠溺来，当真亲了他一下。

公西吾知道自己在这里她肯定会不自在，便转身出去了。

无忧高兴得很，搂着易姜的脖子在她脸上啃了两口，苦兮兮地问：“母亲怎么不与我住一处呢？我好想你。”

易姜讪讪，到底长大了，迟早会有这些疑惑。她抱起他，发现他重了许多，已经叫人吃力了。

“嗯……人天天在一起就会没意思啊。过些时候重逢，就能说一说彼此的经历，像是过了两种生活一样，岂不是很有趣？”

无忧睁大眼睛：“那我也不要与父亲天天在一起了。”

门外廊上公西吾的脚步声似乎顿了一顿。易姜不知是不是因为这句话使他想到了将来父子分别的必然，依然若无其事地与无忧说笑。

陪着无忧玩了片刻，天便黑了。他似乎知道易姜不能久待，一注意到易姜朝外观望天色便连忙拖着她的手：“母亲要走了吗？父亲说我此后要学习了，不能常看到母亲了。”

易姜心中酸涩，摸着他的头道：“无妨，很快母亲就能将你接来身边了。”

他这才高兴了，攀在她肩头蹭来蹭去，忽然问：“那父亲呢？”

易姜笑容一僵。她与公西吾之间横陈了太多的不可能和差异，并不是靠感情就能解决的。彼此都伤害过，还能和平相处已是不易。

“你父亲……到时候再说吧。”

好在无忧不追根究底，转头就忘了。

直到将无忧哄睡着易姜才出门，天已黑透了。

公西吾没有留她用饭，也没送她，毕竟是秦国地界，能谨慎一些就不要冒险。

他只在易姜出门前说了句："师妹忽然调兵攻楚，我已做出应对，静候下招。"

易姜料想他应该就要返回齐国了，说了句"保重"，匆匆走入夜色。

公西吾所言不虚，她回到相府没过两日，二人之间的较量便已到如火如荼的地步。

几场雨浇下来，秋风猛烈了起来，天气里渐渐多了一丝凉意，茅草上开始覆起薄薄的霜。

行军月余，四十万秦军过了秦赵边境，一路顺畅地压入了赵国大地。

赵国早已荒废了军事，除邯郸之外，其余城池的防守都不甚稳固。却狐并不在这些城池上耗费时间，径自率大军长驱直入，扑向邯郸，沿途所过城池，莫可阻拦。

赵国再次启用廉颇，又从边疆调回李牧。李牧与狡猾的匈奴交手多次，擅长应对各种变数，出手更是灵活善变，难以琢磨。廉颇又稳扎稳打，擅长防守，邯郸城一时看起来固若金汤。

易姜的书房里坐满了大臣，她在上方案后跪坐，手中捧着刚刚收到的文书。

公西吾已经返回齐国。他做出的应对是没有管楚国，反而派小股军队去了仇由、邢城、潞氏三地。这三地都在邯郸后方，横挡于秦赵边境之前。

他的目的是要让齐军加入秦国战事。一旦秦军在战事上得到了齐军的相助，那么战后就必须要跟齐国分享赵国。齐国是不可能正面与秦国军队交锋的，但此举可能是要截断秦国运输辎重的小股队伍，不得不防。倘若秦军辎重受损，补给不足，离得近的盟国齐国若要出手相助就有了理由。

她抬眼在下方大臣当中扫视一圈，朗声道："此次战事，粮草辎重不可一次送达，要分批次，否则容易被拦截。至于送达时机，需要依据行军到达地点而定。"她在地图上标了几处，又朝下方看了一眼，点了两个大臣的名字，让他们专门负责此事。

被点了名的两位大臣连忙上前接令，细细看过地图上标记的位置，还认真地记录了下来。

"另外，战马、盔甲、兵器，补给需充足，不可有任何怠慢。"她又朝下方看了一眼，点了个大臣的名字。

被点了名的大臣赶紧又上前接令。

她发了一道又一道命令，直到窗外开始落雨，暮色四合，才告一段落。

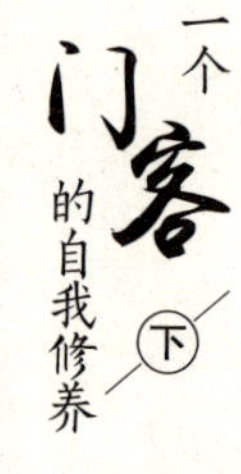

大臣们领命而去，个个都摆着一张刻板的脸，仿佛已经亲自上了战场。秦国依照律法治国，他们领了命必须要完成，否则是要被问罪的，严重的可能还要送命。

之后送来的消息果然如易姜所料，秦军辎重被截，但好在她及时防范，损失不大。

可她细想之下又觉得公西吾不可能这么好应付，也许这本就是他刻意为之。

入冬时，秦国与赵国终于开始交战。李牧竟然先有动作，直扑秦军主力。所幸易姜早有叮嘱，李牧狡黠，倘若他主动出击，暂避其锋芒再寻机反攻。

却狐听从她命令，及时退避，不与之正面交锋，随后在其穷追不舍时反攻其侧翼，竟将他生生逼退了回去。

秦王大悦，当着满朝文武的面夸赞："此子以后前途不可限量啊，能助我大秦成就大业者，必有此人。"

白起当即就没了好脸色。尽管夸的是他的学生，还是他推荐做主将的人选。但他自认向来以推进秦国大业为己任，可秦王却对他反而没了以往的重视，难免越想越气闷，回去后便直接称病不朝了。

然而廉颇与李牧到底顽强，邯郸的战事从秋日耗到了隆冬，又从隆冬耗到了来年开春，双方依旧在僵持着。

先前易姜安排去攻打楚国的军队已经夺下丹阳，楚国忽在此时发难，掉头攻了过来，直扑向原来的韩地。

易姜一猜便知这是公西吾的回击。却狐被廉颇和李牧拖住主力，楚国又来捣乱，秦国若想速战速决，就必须要求助齐国首尾夹击。

她将自己锁在了书房里终日思索对策。窗外春光灿烂，她却无心欣赏。

最后她干脆一狠心，叫原韩地驻扎的秦军悉数去进攻楚国，从丹阳开始，一路南下，直逼其都城寿春。

却狐依旧听从她调动，特地又拨了五万人马入楚支援。楚国果然慌忙，不敢再恋战，忙不迭从韩地撤军回去救援。

外人并不清楚这背后有公西吾与易姜的操纵，秦王还怪罪楚国插手，恨不能当即灭了赵国，后脚就去灭了楚国。

这一前一后，又是几个月过去了。算一算，这一战竟然不知不觉就耗费了近乎一年的光景。易姜难免又开始思念无忧，不知道他又长高了多少……

在这期间，却狐忽然写了封信来。

易姜原以为是战报，拆开却发现只是单纯的问候，字迹潦草，没一句提及战事，莫名其妙的话倒是不少：什么赵国原野上遍地开满的小黄花，邯郸城外的麦苗居然很青翠之类的。

虽说这小子自从受了伤之后就不太对劲，但眼下是在战场，易姜分外关心他的状况，当下便写了信过去询问。

可是等了半个多月也没有等到回复。

公西吾忽在此时有了新的应对。燕国与齐国交战的军队忽然窜入了赵国，齐军有了正大光明配合秦军作战的理由。一旦造成齐秦合作的局面，秦国不与盟友瓜分赵国就说不过去了。

正是决定胜负的关键时刻，易姜连忙又派人快马加鞭送信给却狐，让他尽快驱逐燕军。然而等候许久，依旧没有回复，如石沉大海一般。

不应该啊，他答应过诸事唯她马首是瞻的，之前也一直是这么做的，怎么忽然音信全无了？莫非是出什么事了？

易姜无心坐等战报，立即派人快马赶去邯郸，一面在朝中安排监军前去督军。

咸阳城里近来天气不好，几乎每天都是雷雨阵阵，到了今天夜里甚至转为了暴雨，电闪雷鸣，吵得人睡不安稳。

易姜在床上翻来覆去睡不着，忽闻房门被拍得震天响，东郭淮在外面大声叫她，似乎很慌张。

他这么一个沉闷的人，还从没这样过。易姜赶紧披衣起床，拉开门。东郭淮举着飘摇的灯火站在廊下，雨伞扔在一旁，身上衣裳湿了大半：“主公，大事不好！前线来报，却狐叛国，秦军四十万主力遭受重创。”

头顶闪电划过，照出易姜目瞪口呆的脸。

怎么可能！明明不费吹灰之力就能赢的战事，他为什么要叛国？

赵国已是苟延残喘，秦国这一战志在必得。廉颇和李牧虽然经验老到，但赵国仅剩老弱残兵，敌众我寡，实力悬殊太大，即使眼下能抵挡，也不可能扭转必败的结果。

却狐之前与易姜配合默契，虽与廉颇、李牧僵持，却半分未落在下风，诸位将士都很服从他的指挥。秦王也是对其赞许有加，也特地下过令，叫诸位副将不

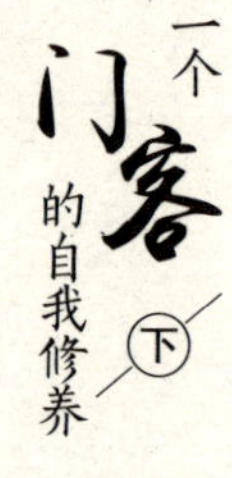

得擅作主张，要全听主将安排。

眼看廉颇和李牧已经穷途末路，只要大军齐发，必然邯郸城破。可是却狐却将大军拆分成数股，且每次只派单独一股迎战。如此优势尽失，在廉颇和李牧面前简直犹如羊入虎口，兵力连续折损。

随后李牧带人马夜袭秦营，一击便走。明眼人一看就是引诱的架势，却狐却下令全军追击，引着主力堂而皇之地进入了埋伏圈。

途中就已有副将发现异常，多次提醒。却狐却勒令所有人听从安排，不得退缩，生生将四十万大军引入了死路。

然而秦军到底善战，人数又多，中了埋伏也不至于全军覆没。但却狐仿佛变了个人，与之前的指挥大不相同，又接连下了数道错误的军令，不带领剩余的大军突围出去，反而自断后路，致使秦军被赵军围困于山坳之间，粮草不继。

廉颇和李牧身经百战，岂会错失良机，当即引军围住四周山头射杀。秦军被却狐的指挥弄乱了阵脚，成了瓮中之鳖，鏖战数日，死伤无数。

副将忍无可忍地喝骂却狐是故意为之，实属通敌叛国，却被他一剑砍杀。此举虽然暂时震慑住了众位将士，但军心已经动摇。

最终秦军借着人数优势还是成功突了围，原本可以顺利退出邯郸城重整旗鼓，没想到半路又遇到了赵军的伏击。

之所以确定却狐已经叛国，是一名叫作王翦的千夫长亲眼看见却狐斩杀了前来传递相国命令的传信兵。

王翦寻机领着一小队秦军冒死冲杀出来，连夜疾驰回咸阳禀报。彼时足足四十万秦军主力已经死伤得只剩下不足十万……

早上一起身，相国府门外就挤满了大臣，个个都是来询问对策的。彻夜未眠的易姜在书房中徘徊不断，满面倦色，一言不发，一个人也没见。

四十万大军几乎折损殆尽，举国震惊。秦王闻信暴怒，病体雪上加霜，竟当场口吐鲜血，卧榻不起。

易姜头疼得厉害。这是她万万没想到的结果，秦国不仅没有轻而易举地拿下赵国，反而一败涂地。她和公西吾的比试也已输了。

为什么？她想不通，却狐一直希望能建功立业，摆脱掉义渠旧贵族的头衔，真正成为秦国上层的一员，这次是多好的机会！虽然战事拖得久了些，但赢是必然的，这简直是白送来的功勋，为什么他要这么做？

秦王是连夜从骊山温泉行宫赶回来的。听闻回程途中接连吐血，太医磕破了头请他回去继续休养也未能成功，必然已是惊怒到了极点。

宫中愁云惨淡，体弱多病的太子都强撑着过来探视了父亲。子楚、嬴政等人也是一个不落。

易姜到寝殿门口时他们刚刚离去。子楚走在后面，见到她依旧没好脸色。倒是嬴政与她说了几句话，只是眼下情形不妙，易姜回复得有些心不在焉。

秦王尚未叫易姜进去，白起已大步流星地走了过来。他的身上已经换上铠甲，随着走动摩擦出肃杀的轻响。待到了易姜跟前，脸色隐隐一层铁青，“哼”了一声，径自入了寝殿。

易姜只好暂且等在门外。

白起这架势看来是要主动请缨去前线接手战事了。她隐约间听到一些动静，与她所想并无二致。

不过片刻，殿中蓦地发出一阵叮叮当当砸东西的声响。她探了探头，盛药的青铜小爵竟被秦王一直扔到了外殿，药汁淋漓一地。

“若非你举荐，本王岂会相信却狐！他到底是义渠人，本王就不该信他！”秦王愤怒地呼喝，一连串的咳嗽声止也止不住。

白起惶然跪地：“王上，臣忠心为国多年，若非王上不愿臣领兵，此事又岂会轮得到他一个毛头小子？”

秦王拍案，双目圆睁如铜铃般骇人：“如何？你倒还要怪罪本王不成？”

“臣不敢。”

“滚！你与范雎一样，手底下的全是吃里爬外的混账！全都不忠于我大秦！是本王错信了你们！”秦王又砸了一通东西，内侍从内殿到外殿跪了一地，就连最受他宠信的叔乞都不敢靠近。见白起站着没动，他火气更旺，喘着粗气朝外高声道：“来人！给本王将这个不识人的东西押回府中监禁起来，没本王的允许，不准他出门半步！”

左右禁卫冲了进去，功高震主的白起从未如此狼狈过，竟然被生生从里面拖了出来，脸色一阵青白交替。经过易姜身边时，他挣扎着停住，愤然道：“相国高兴了？”

易姜皱眉：“武安君此言何意？难不成是我故意叫却狐反了来害你不成？”

“嘀，他与你同食同寝，谁知道是不是受你唆使。”

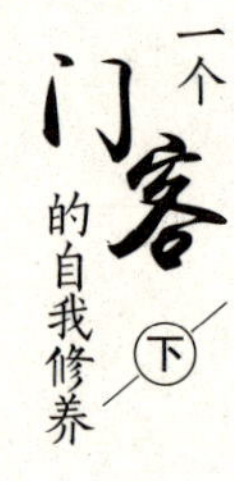

易姜冷了脸："你觉得这对我有好处？"

"哼，妇人之心毒如蛇蝎，谁知道你是不是真心为我大秦！"说话间他已被拖了下去，口中忽然狂笑不止，竟有几分悲怆之意。

秦王似乎又吐了血，殿内慌忙一片。过了许久，叔乞从殿中走了出来，小声对易姜道："相国回去吧，王上此刻不想见您。他说等左庶长被押回来要亲自审问，您与左庶长的关系……此事还是不要插手的好。"

易姜皱紧眉头，道谢离去。

出了这样的事，秦王已不再信任任何人。战事也命易姜移交宫中由他亲自处置，连沉疴宿疾也不顾，不日便派了王龁急调二十万兵马前去邯郸支援。

千夫长王翦报信有功，王龁看出此人能力，破例提拔他为副将，重整军队，急速赶往邯郸。但主力大损，眼下也只能与赵军对峙着，而后他亲自领人搜寻却狐。

秦王下令，活要见人，死要见尸。

秦国朝会暂停，易姜多日闭门不出，只通过眼线观望外界情形。

却狐没有战死沙场，也没有叛逃赵国，他已经在被押往咸阳的路上。线报中说他被追捕到时神色不乱，似乎早就等着被捕。料想此举早有预谋，并非是简单的作战失误。

深秋寒凉，院中落满了枯叶，息嫦因为却狐的事叹惋了许久，拄着扫帚在院中看着枯叶发呆。

东郭淮从府外而归，匆匆走去书房请了易姜出来，二人径自出门去了，脚步很急。息嫦猜想八成与却狐有关。

易姜出来得匆忙，身上只穿了件单薄的绕襟深衣，雪白的曲裾，边沿绣着繁复的纹样，据说还是义渠部族传来的样式。

今早她就收到了却狐被押到咸阳的消息，但是无法接触。因为他直接被押入了王宫，由秦王亲自审问。

易姜叫东郭淮去宫中打探，他塞了不少好处给内侍，总算探知些消息，据说却狐已经认罪，半句也不做辩驳。秦王盛怒，下令将其车裂于市，即刻执行。

市集上到处都是人。秦国律法严厉，从未有人敢做出这样大逆不道的事来，官员百姓无不称奇。想到那折损的几十万大军，又对却狐此人恨之入骨，闻风都早已赶去闹市岔路口，要亲眼见着这千古罪人死了才作罢。

易姜从车上下来，险些被人群冲散。东郭淮护着她穿过拥挤的人群直奔前方高台，士兵本要阻拦，一见是相国便退了下去。

高台上还有其他人在，叔乞微微佝偻着身子抄手立在那里，他是奉了秦王命令来监斩的。转眼见到相国来了，他赶忙上前迎接。

易姜紧锁着眉："本相认为此事太过蹊跷。王上只审问了一次就急于行刑，只怕不妥。你暂停行刑，本相即刻进宫去见王上。"

叔乞讪笑着拦了她一下："王上早知相国会入宫求情，已下令禁止相国入宫。此等逆天大罪，绝无更改可能，相国还是看开些吧。"

易姜咬了咬唇。

人声陡然嘈杂了许多。她转过头去，看见却狐被押到了台下的空地上。

他单薄的褐衣上血迹斑斑，刚被按着跪倒在地，百姓们便按捺不住向他投掷石子菜叶，场面混乱不堪。他却似浑然不觉，昂着头视线落在高台之上，也不知是在看监斩官还是在看易姜。

直到行刑的刽子手引着五匹快马而来，众人方才安静下来。

易姜的眉头就没松开过，问叔乞道："本相与却狐说几句话应当无妨吧？"

这不算什么大事，叔乞也不愿得罪她，躬身抬了一下手："相国请便，别太久就行。"

易姜下了高台，走到场地中间，左右押解士兵立即退避开去。

却狐的额角已被石子砸破，软皮面具上也沾了血，囚衣上还遍布着干涸了的血迹，但他却像是根本没感觉，呼吸平稳沉静，双眼紧紧地盯着她。

易姜蹲下来，平视着他的双眼："你早有预谋是不是？为什么？"

却狐低低地笑了起来，声音依旧嘶哑难听，却与之前说话时的音色有些区别。

易姜忽然觉得他笑起来的感觉有些熟悉，不禁凑近了些。他面具后的双眼看不分明，但能看清楚笑起来时眸子里的神采与以往大不相同，甚至连瞳孔的颜色都比以前深了一些。

她心悸了一下，手指朝他的脸伸了过去，捏住那张面具时微微颤抖起来。

却狐止了笑，始终盯着她的双眼。秦人知道他毁了容貌，不敢叫他冲撞秦王，这张面具在受审时也未曾揭下，但现在被她捏在了手里。

易姜只将面具揭了些许，手却抖得越发厉害了。他的左脸上有几道疤痕，看起来狰狞可怖，辨认不出原本容貌，但她却渐渐觉出熟悉来。唯一完好的是眼

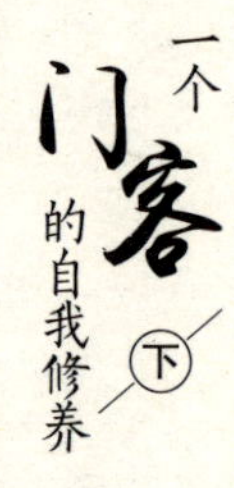

睛，眼角微微上挑，有些倨傲和张扬。

却狐是胡人，眼部轮廓很深，眸色却偏浅，这根本不是他的眼睛。

她几乎立即就将面具覆了回去，脸上血色退尽：“赵重骄？”声音极低，如同梦呓，轻飘飘的，带着小心翼翼，生怕所言属实。

“是我。”他的声音也放得极低，嘶哑晦涩。

“怎么会这样……”她怔忪着，仿佛成了一尊泥塑，“却狐呢？”

赵重骄没有作答，眼神飘远，毫无着落。

他得知易姜入秦的消息时起便已暗中等在路上见过她几次，由此发现了那个与他身形极其相似的义渠男子。

这一定是上天送来的机会，只要能代替他，就有机会复仇。

他一直隐忍着，直到却狐参加攻韩战事，他也跟去了战场。战场危险，恐怕一去不回，他特地又去见了一回易姜，却险些被她追到。

而后却狐在墨家机关阵中身受重伤，天下纷传易姜就要与他成婚。他就在相府外徘徊，等待着机会。

等易姜从齐国成功破坏了公西吾的联姻回到相府，待在她身边唤她夫人的人已经是他……

这些年东奔西走，他早已不是当年的赵重骄，心性也大不相同。他当然也希望能坐在她面前，与她正大光明地相认，叙一叙这些年的经历，也许还希望能取代公西吾照顾她，但她已经是敌国的相国，他也始终放不下。

每晚闭眼，脑中全是过去。年少时的荣华富贵，母后的爱护，无忧无虑的时光，还有那被坑杀的四十万俘虏的哀号。

他觉得曾经的锦衣玉食是上天给他的责任，过往享受了多少，如今就要回报多少。他无法安然地做个平民，听到赵国口音都会觉得战栗，不复仇就难以平息心中的不安。

这副容貌和嗓音是母后给的，为了赵国大可以舍弃，也不枉费母后这一生为赵国劳心劳力。

如今秦国四十万大军被他设计所杀，保住了赵国，也将当年的凶手白起拖下了水，总算是报仇雪恨了。

他抬眼看着易姜。她的眼中已经蓄满泪水，他想抬手为她拭去，一动才想起自己身在何处，手还被缚着。

“好好活着不好吗？”她眼里的泪水终于流了出来，落在他的衣摆上。

他的笑有些恍惚：“赵重骄早就死了，活下来的不过是个一心复仇的赵人。我本也可以逃走，但大仇已报，这条命也无所谓了。只剩一个心愿未了，还是得回来见你。”

他倾了倾身，凑到易姜耳边低低说了句：“对不住。”

他欠她一句道歉，曾经山中告别时就说过，只要活着，一定会回来找她，这句话会留到那时候再说。

易姜僵着身子，说不出话来。多年未见，再见竟已是诀别。

日头渐高，上方的内侍大概觉出些异样来，已经无法再等下去。命人来催请了几次，相国始终没有回应，他只好命令左右好生将她扶走，一面背过身去，不敢见血。

易姜被架着离去时，刽子手上前为赵重骄四肢套上绳索，尽头五匹快马不安地踏着蹄子。她陡然惊惧，想要扑上去却被左右紧紧拉住。

赵重骄的发髻被打散，抬眼朝她看过来，微微笑了笑，双唇轻启，道了一声永别。

“慢……”易姜的阻止尚在口中，马嘶已起。她被左右遮住视线强拉着后退，只看见自己脚下鲜血喷溅过来，沾上了她雪白的衣摆。

百姓欢呼四起，她却止不住浑身哆嗦起来，踉跄跪地，眼中铺天盖地的血红，再不见其他……

易姜病了，病得厉害。

当时在法场上她就晕了过去，东郭淮手忙脚乱地将她送回府中，大夫说是被惊到了，责怪他不该带相国去那种血腥的地方。

东郭淮从不是个多话的人，主公说什么他便做什么，此时听了大夫的话不免后悔，早知如此就该劝说一下的。

息嫦唉声叹气。她虽然不太喜欢却狐的一些行事方法，但他这个人还是不错的，何况看起来还总有几分长安君的影子。

她私心里记挂着长安君，难免对却狐有点移情心理。可如今却狐犯了叛国罪，还被车裂示众，一个朝夕相处的人就这么没了，怎能不叫人惋惜。再看看易姜，心情越发抑郁。

相国府登时笼了层愁云，下人们走路的脚步都轻了许多，生怕惊动了病倒的相国。

不只是易姜，失了宠信的白起也抑郁而病，禁足于府中缠绵病榻，因为秦王居然怀疑他与却狐的叛国有关。

四十万秦军对秦国而言虽然不至于动摇根本，但这是精锐之师。往小了说这四十万秦军折损会使秦国暂时无法再扩张疆域，先前在韩国战事上占领的上风也荡然无存，今后可能还要看一看齐国的眼色才能行事；往大了说就是阻碍了秦国的帝业，原先秦国造就的领头局势立时倾向于平衡，甚至翻转也有可能。

秦王这一生一直在追求帝业，用尽了一切手段希望能完成这项伟业，却在关键时刻毁在了一个白眼狼的手里。

他越想越不甘心，越不甘心就越忍不住想。暴怒和多疑都被勾了出来，心中气闷难去，日日吐血，沉疴痼疾，雪上加霜，眼看着就到了弥留之际。

秦王病重，赵国战场上的秦军只好撤兵。

邯郸像是个风烛残年的老人，拖着浑身病伤的躯体，在死亡关头转了一圈又活了过来，苟延残喘。然而赵国以西的数十座城池尽数被秦国侵占，已成事实。

齐国因为在燕国有战事，也没有趁机出兵赵国。这块地方成了分水岭，划分出当今天下格局，魏楚南北分割，齐秦东西遥望，到底谁能笑到最后，又成了难以琢磨的问题。

秋雨一阵一阵地落下，易姜的病却不见好。她像是被魇住了，经常梦到法场上遍地的鲜血。

赵重骄的身影浮浮沉沉。他乱发脾气的模样，伏在赵太后膝上乖巧的模样，说要复仇时决绝的模样……全都在记忆里渐渐模糊，到处都是血，怎么也逃不开……

大臣们因为忙着早晚入宫探视秦王，也没几个人在意相国生病的事。只当她是因为失了却狐这个心爱的男宠而伤怀罢了。

往后几日天气晴朗起来，大约有些帮助，易姜忽而清醒了许多。

息嫦原本每日都要喂她吃药吃饭，今日一进门就见她自己坐了起来，连忙上前喊了几声“谢天谢地”。

易姜瘦了一圈，眼下青灰，脸也白寥寥的，有气无力地问她：“尸首如何了？”

息嫦愣了愣才反应过来她是在问却狐的事，叹息道：“叛国罪是要警示百姓的，自然要示众了。”

易姜的脸又白了一分，披衣下床，让她叫东郭淮来。

东郭淮匆匆而来，见她好转，松了口气。

易姜支开息嫦，招手唤他近前，低声将事情告知他。

东郭淮大惊失色，谨慎地压低声音：“主公所言当真？若死的是长安君，那却狐人在何处？”

易姜摇头：“所以你暗中安排些人找找看，尽人事听天命吧。”

东郭淮好歹也是在宫中禁卫里待过的，什么样的事没见过，但这种事情还是叫他心惊。依他来看，此事不抱希望，长安君为了复仇对自己都这么狠，何况是旁人，却狐必然凶多吉少。

易姜倚在案后，双眼有些出神：“不知道我上疏秦王，能不能得到其恩准，允许我收殓其尸。”

东郭淮摇头：“主公有所不知，您病着这段时间里，秦王也病得不轻。倘若再用此事去刺激他，只怕不仅做不到，您还会和白起一样被连累。”

易姜眼光黯淡下去，支住额头，摆摆手叫他出去。

他们唤着她主公，可那个死了的人也曾是她的主公啊。她只能眼睁睁看着他丧命，竟然连为他收尸都做不到。

倘若当初在山中能阻止他该多好，也许能将他的念头扭转过来。他一直那么死犟，难免会钻牛角尖，倘若……

她感觉气力不支，又躺回了床上。窗外风过斜阳，云微天淡，凉意一丝丝地钻进来，似乎要入冬了。

没过几天，果然天气转寒，有了冬日的气息。

东郭淮脚步急促地进了房内，易姜正倚在息嫦肩头喝药。他立着等候，一面搓了搓冰凉的手指，似乎有些按捺不住。

易姜喝完了药，抬眼看他：“怎么了？”

他近前一步：“主公，却狐的尸身已经收殓入棺，就停在府内，要如何处置？”

易姜诧异地坐直身子：“怎么做到的？”

“齐王忽然要了他的尸身去，说是要警示国内叛贼。秦王不好拂了齐国颜面，答应了。”

易姜眼神缓缓动了动，心中澄澈：“不是齐王做的，是我师兄。”

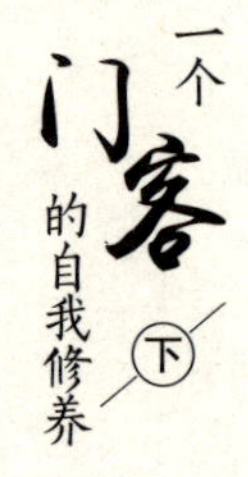

要是以往，秦国大可以不理会齐国这个要求，可如今遭受重创，也不得不卖齐国面子了。

她对东郭淮道："你走一趟，送棺椁入齐，带上我的书信，交给我师兄。"

东郭淮抱拳称是，请她写信。

所幸这时候还未落下大雪，渭水也尚未结冰，道路行走不算艰难。

公西吾接到易姜的信时，临淄已经开始落雪，东郭淮人就在院内候着消息。

其实他原本并不知道那是长安君，以为就是却狐。只是得知易姜因为他的死而生了病，不想她继续伤怀，便自作主张为其收殓了尸首，让她好受些。没想到死的居然是赵重骄。

他负手立在窗边，想起当日易姜上次来见他时还自称再不会顾念感情，凡事只求利益，如今又怎么会如此尽心尽责地料理故主的身后事，说到底还是重情的。甚至如今为了此事，她还低头求了他。

他转头叫上聃亏，吩咐安置好东郭淮，准备亲自入赵走一趟。

依照易姜信中安排，他要求赵王以诸侯之礼，将赵重骄安葬于赵太后墓旁。

赵王刚刚从邯郸解围的喜悦中回神，就收到这样的消息，一时惊悲交加，无以言表。

一个曾经试图谋篡王位的庶人岂能以诸侯之礼厚葬，朝堂上的臣子纷纷提出异议。但公西吾发了话，日期已经择好，他会亲眼看着人下葬。

二十万齐军还在邯郸驻扎着，赵国不从也得从。

赵王本人是愿意的。不管怎样，那是他的弟弟，从小牵着手长大的。他到底没有做到母后的嘱托，未能照顾好重骄，竟然让他先走一步了。

从齐军手中交接到棺椁时，他脚步踉跄，数次被平原君扶着才不至于摔倒。

融融春水开始流动时，东郭淮才返回咸阳复命。

易姜的病依然反反复复，使息嫦感觉不可思议。她往常并没有感受到主公对却狐有多深的情意，怎么却狐死了竟对她打击这般大？倒像是失了一个至亲一般。

春寒料峭，清早的风寒凉中带着微微的湿意钻入窗来。易姜从沉沉睡梦中醒来，一眼就看到床边坐着的人影，白衣乌发，侧脸瘦削，手执着一卷竹简正凝神看着，长长的眼睫凝住了一般，蓦地转头看来，深邃的眸光化开，似波纹荡开沉沉幽潭，一张脸却古井无波。

“师妹醒了？”

易姜眨了眨眼：“师兄何时到的？”

“昨日到的。”

他放下竹简，探身过来将她扶坐起来。易姜从他眼中看到自己的脸，苍白瘦弱，竟然像是变回了年少时的桓泽一样。

“怎么病成这样？”公西吾坐到她身后，手扶着她的背，托着她软软的身躯，眉头不禁皱了起来，“大夫如何说？”

“法场上惊到了罢了，兴许过阵子就好了。”

“可是已经拖延数月之久了。”

“没事。”她没看他，依然带着客套的疏离，“这次的事劳烦师兄了，以后若有机会，我一定报答你。”

公西吾并未在意，轻声道：“我虽与长安君没有多深的交情，好歹也相识一场，这些事是为他做的，你不必放在心里。”

易姜轻轻吐了口气，忽然问：“下葬时情形如何？”

公西吾道：“下葬当日百官俱在，赵王亲自扶棺哭灵，于赵太后墓旁亲手掘了第一锹土，还在墓地里亲手植了株树木，陪葬丰厚，诸侯之礼，未曾怠慢。”

“嗬，可他们都不知实情，赵重骄是为赵国而死的，他们永远也不会知道。”

公西吾看着她的侧脸，他早就发现易姜是个心事化不开的人，有些事情郁结在心里终究会成为一个心结，便如她至今也不肯原谅他。如今长安君的死也给她造成了心结。

“师妹真正伤怀的是什么？”

“我已不再伤怀。”

“既然不再伤怀，为何还躺在榻上？你的心中必然还惦记着法场的情形，当时是什么模样？有很多血？你亲眼看着长安君死的？觉得自己无法救他？还是后悔当初没有留住他？”

他的语调一如既往地平静，每一句问话都如同一把刀，生生剜开结痂的伤口，易姜忽然转头瞪着他，眼眶通红，眼泪大颗大颗地滚落出来。

公西吾托在她背后的手轻轻拍了拍：“事情已经如此，再想又有什么用？”

易姜捂住脸，屈起膝头，伏下头去，终于呜咽出声。

公西吾拢着她，手掌轻抚着她的长发，哭出来应该就会好了。

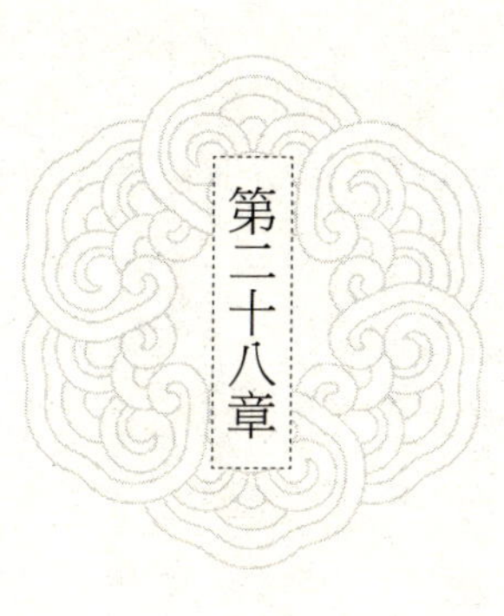

第二十八章

一梦浮生

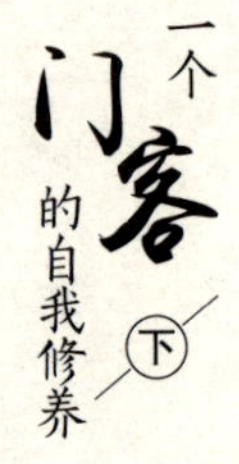

大概是真的打开了心结，也有可能是那些汤药吃出了效果，易姜渐渐好了起来，不出半月已经能下床行走。

盛春时分，连阳光都多了几分娇艳。因为战事暂时结束，原先被压住的学派开始纷纷活动起来。春日是最适合各学派活动的季节，据说齐国的稷下学宫里又多了许多名人大家，吸引了不少年轻士子前去。

易姜府上也多了许多不速之客，来自天下各地的有识之士前来请教鬼谷派学问，但都被东郭淮挡在了门外。

她本也无心应付这些，不过希望可以得到少鸠和裴渊的消息，便抽空接待了几人。

公西吾没有住在相国府，在咸阳城外的宅邸落了脚，只偶尔过来，不曾引起旁人注意。今日悄然来了府中，由息嫦引着一路往书房而去，刚到后院内便听到高谈阔论之声。

园中两个士子坐在易姜对面，苍青曲裾深衣的中年士子慷慨激昂，论及天下大事引经据典，粗粗一听便知道是阴阳家子弟。

阴阳家如今很是吃香，齐人邹衍创立此派，以阴阳五行理论来阐述朝代兴替之事，五德始终，此消彼长，由此为列国君主所钟爱，因为符合他们扩张的舆论需求。

公西吾却只对这一派的天文历算感兴趣，诸子百家之中，唯有阴阳家精通于此道，夜观天文，推算历法，无可出其右者。

但是易姜好像对另一个士子更感兴趣，那人穿得有些破烂，形容也有些憔悴，但说起话来口若悬河，竟然都是些奇闻逸事。

他也听说过这类，是小说家。他们从一些官员中脱颖而出，原本专门记录民间街谈巷语，呈报上级，后自成一家，但通常被视为不入流者。

易姜一旦遇到感兴趣的事物，原先颓唐的神色就鲜活起来，双眼晶亮。因为小说家所言代表平民社会的四方风俗，这对她而言是比较新奇的。

不过她所言对旁人更加新奇。对方说四海之外有夷洲，住着化外之民；她便跟着描述那些住民的相貌，白肤绿眼，深目卷发，反倒跟自己亲眼见过似的。对方说空中有鸟可遮天蔽日，载天神出没；她便说她见过一种鸟也大得可以遮天蔽日，载的却是人，还是一大群人。对方说有人可顺风闻声，远至万里；她便说有一种事物，使用便可以与任何想对话的人交谈，远隔天涯，却似近在咫尺……

最后将那位小说家说得一愣一愣的，忙不迭要找笔墨记录。

公西吾忽而生出一种感觉，她说的这些事物竟不像是空穴来风，看她神情，好像是亲眼见过一样，难道是她那个世界里的吗？

他站了片刻，还是不动声色地离去了。这些时日以来多有不易，易姜难得有这样放松的时刻，见到他只怕又要紧绷起来。

易姜并不知道他来过，与二人谈至傍晚方歇。

向来士子读书，无外乎为了功名利禄。由士子成为门客，再由门客跃升为官员，最后施展才能，一展抱负，这是大多数士子必经的途径。易姜以为这二人特地登门拜访也是要求个门客之位的，然而他们只是来讨论学术的，讨论完便告辞离去。

那位小说家意犹未尽，还与她约定好来年来谈，他要出访各地，去找一些更新奇的见闻来。

易姜亲自将二人送到门口。正要转头回府，宫中车马忽至门前，一个内侍连走带跑地扑到跟前来，尚未说话先开始号哭。

秦王薨了。

她连忙乘车入宫，连朝服也没来得及换。

赵重骄果然报了仇，覆灭了四十万秦军，拉下了白起，还将秦王给活活气死了。望着宫中四处悬挂的白绸，她一时之间竟不知道该有什么情绪。

秦王算是秦国列位君主之中寿命长的了，在位五十六年，享年七十五岁。他少年称王，一生起伏坎坷，终生目标坚定。礼官以“威烈昭彰，天下为襄”为其谥号，是为昭襄王。全国服丧，葬于芷陵。

为防外患，国不可一日无君。易姜这个相国为此不得不终日出入王宫，因为太子的情形叫她忧心。他已经是五十多岁的年纪，又一直体弱多病，即位当日迈

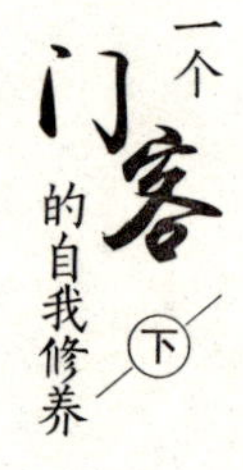

上王座的双脚都是颤巍巍的，最后还是子楚一路扶着将他送到了王座上。

果然，刚刚风平浪静不过三日，新王便一命呜呼。

天下哗然。秦国真是好运到头了，竟然在短短半年里一连失去了两位君主。

所幸早就立了子楚为太子，不至于造成争夺王位的纷乱。子楚顺利即位，嬴政被立为太子。

这些事情尘埃落定，时间已经入秋了。

易姜的身体已经完全康复，却有了新的忧虑。子楚即位后做的第一件事是将重新启用白起，因为白起是将他从邯郸迎回秦国的恩人，但白起重病，不如往日了。可他还有另一位恩人想要重用，她也并不陌生，那就是吕不韦。

如今子楚借口出兵楚国，要收走她手上蜀地的三十万兵马，她便有数了——他想让吕不韦取代她。

她数次上疏阐明利害：眼下秦国军事重创未愈，此时出兵楚国时机未到。就算军事允许，赵国是兵家必争之地，不得到赵国，只能攻占楚国西部，并不能完全吞并楚国。倘若结果只是得到楚国的部分疆土，又何须大费周章去蜀地调兵？如此舍本逐末，恐怕不仅得不到楚国，还会让蜀地增添边患隐忧。

子楚不为所动，也不接受她的求见，近来连早朝都不怎么露面。相反白起和吕不韦却是频繁入宫，看来他是心意已决，执意一意孤行了。

相府里也是宾客盈门，大臣们都看出了新王的意图，却并不认为相国会这么容易失势。易姜能以一介女子之身在昭襄王手底下站稳，岂会是泛泛之辈？如今暗潮汹涌，他们反而不怎么看好新王。

东郭淮将几位拜访的大臣送出了门去。易姜起身，推开书房的窗户朝外看了一眼，秋高气爽，天朗气清，正适宜赶路。子楚初掌王权，急于树立威信，她不如去蜀地暂避锋芒，待时机成熟，再返回不迟。

第二日刚派人将奏章送去宫中，她就开始做启程的准备了。不需要等子楚的答复，重臣避居封地向来是让权的举动，他没道理拒绝。

息嫦不放心她大病初愈就长途奔波，打定主意要跟她同去。只是觉得这一去可能一年半载也回不来，心里记挂着丈夫孩子，便向她告了个假，打算回家探个亲再随她上路。

易姜派人送她，心里忽然想起无忧来，其实自己又何尝不想在临走前见一见孩子。现在回想，真是庆幸没有过早接他过来，否则如今陷入这般境地，岂不是连累了他。

天公不作美，忽然开始接连地落雨，足足过了四五日才又见到日头。

准备得已经差不多，只等息嫦回来便能上路。易姜在书房里收拾简牍，东郭淮从门外大步走了进来：“主公，宫中派人来传话，秦王急召您入宫去见。”

易姜放下竹简，拍了拍手，看来子楚是不想让她离开咸阳了。

之前一场大病，她整个人都瘦了许多，这几个月又因为接连国丧而忙碌，更是没有什么精神。出门之前她稍稍添了薄妆，换上赤色朝服，祥云瑞鹿的绣纹隐隐在衣襟上浮动，这是地位的象征，而吕不韦正期待着这地位。

子楚成为秦王后气质与之前大不相同，王公子弟都是善于伪装的。之前老秦王在世时，他知道自己不受宠，需要仰人鼻息生活，做什么都小心翼翼，看起来简直有些懦弱。而如今端坐王座之上，眼神看下来时都带着几分睥睨。

这整个秦国都是他的了。

易姜进了大殿一眼便看见他这神情，又立即垂眉敛目，趋近见礼。

殿中只有几位重臣在，太子嬴政也在，长高了不少，端端正正地坐在案后，侧过脸看向她。

上方的子楚仿佛没看见易姜行礼，过了许久才允许她站直身子，开门见山道：“相国忽然要去蜀地，难道是要亲自去守着那几十万兵马不让本王调度不成？”

易姜不慌不忙：“王上明鉴，臣只是大病未愈，想去疗养罢了。”

“哦？本王听闻相国的病是被叛贼却狐之死刺激所致。相国虽是女子，可不像是儿女情长之人，当真对这叛贼用情至深？”

“臣伤怀是觉得可惜。本是国之良才，却一念之差犯下大罪，郁结难解，这才疾病缠身。”

子楚突兀地笑了一声，听起来像是讽刺：“相国所言极是，却狐的确是可惜了。叛国一案，义渠旧部的人都在为他喊冤，一个当初可以在魏国潜伏数年还忠心事秦的人，怎么会无缘无故就叛国呢？相国觉得这当中可有隐情？”

易姜悄悄瞥了他一眼：“臣不敢妄言。毕竟此案是昭襄王在世时所结，已经盖棺定论，臣相信昭襄王的判断。”

“相国休要用昭襄王来压本王。”子楚冷哼，“昭襄王若是知道却狐的尸首如今埋在了赵国，定然和本王想的一样。”

易姜袖中的手倏然紧握成拳，又缓缓松开：“臣听闻齐王有意警示国中反

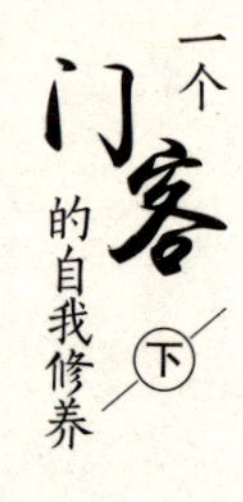

贼，向昭襄王要了却狐的尸身去示众。至于后来是不是真的埋去了赵国，臣并不知情。”

“不知情？”子楚猛地掀翻了身前的桌案，惊得在场的大臣纷纷离开案席，跪地不起。他怒极反笑，“相国怎会不知情呢？那可是你的故主，赵国的长安君啊！真是一出里应外合的好戏，难怪你怎么都不肯交出兵权，原来真正叛国的就是你！”

易姜咬了咬牙，稳住心神：“王上明察！大秦法度严明，没有证据，岂可轻言罪名？臣离开赵国已经多年，如今在秦国位高权重，断无叛国自寻死路的道理。”

身后有大臣附议：“王上息怒，相国言之有理啊。当初赵王为保国要牺牲相国的事天下皆知，如此绝情寡义，相国若是叛秦助赵，根本说不通啊。”

“是啊，王上，切莫听信谗言，冤枉了相国啊！”

子楚脸色铁青。特地选了这几个重臣来，没想到这妇人的势力根须已经在朝堂上盘根错节至如此地步，竟成了她那边的帮手了。此人不除，如何能安心？

“本王已经查得很清楚，多说无益。”他朝外唤了一声，“来人！将叛贼易姜押下去，听候处决！”

大臣们立时山呼一片，叩拜阻拦。

易姜蓦地笑了一声：“当年昭襄王不遗余力请臣入秦，拜臣为相，如今王上一句多说无益便给臣定了罪名，这便是对待重臣的态度？为君如此，敢问此后还有何人敢入秦效力？”

子楚满面怒色，眼中杀机越发明显。

嬴政忽而站了起来，一板一眼地见了礼：“父王且慢。相国助秦灭韩，居功至伟，不可贸然诛杀，否则难以向天下人交代。”

子楚瞪了他一眼：“逆子，为王者不当机立断，以后反受其累！”

嬴政垂首：“老师教导，乱世铁腕，治世却需仁德。父王如今已在王位之上，行事不该动辄杀伐论断。”

子楚竟被他噎得说不出话来，再看易姜，越发憎恨，竟然将他的儿子教得与她一条心了！

他扫了一眼殿中求情的众人，视线又落在易姜身上：“也罢。本王暂且不杀你，但你与长安君的事脱不了干系，活罪难免。即刻交出相印，去芷陵为二位先王守灵吧！”

“谨遵王命。”易姜不冷不淡，只在转头看到嬴政时笑了一下。

她很难断定嬴政保她的目的，也不确定这是不是她教导的结果，但至少是值得高兴的。他现在可以保她，将来就可能保住更多无辜的性命。

禁卫押着她出宫直奔芷陵，没有允许她中途停顿相国府，也不许与任何人接触。

不过这情形在到达芷陵后就得到了改善，因为负责驻守芷陵的将领恰好是她一手提拔起来的，原本负责都城东西两道城门安防，没想到被调来了此处。若不是巧合，那就是子楚有心打压她的势力关系。

这地方距离咸阳有百里之遥，虽然是皇陵，活人能享受的条件实在有限。能住的地方就只是一间茅舍罢了，加上四周都是守兵，倒更像是牢房，吃的东西也是如同粗糠，难以下咽。一夕之间从锦衣玉食跌至深渊，这还是在被优待了的情况下。

深秋寒夜，风卷过陵地，呜呜地响，在晚上听起来分外瘆人。易姜缩着身子在枯草铺就的木板床上睡不着。先前子楚要杀她时的狰狞厉色犹在眼前，其实她离死亡的距离很近，比现在就身处墓地还近。

子楚不会只是单纯地让她来守陵，他故意把她放在熟人看守的环境里，看来没有让守军除了她的打算，毕竟那样太容易落人口舌。也许是要故意引她逃跑吧，届时罪加一等，一句畏罪潜逃便坐实了罪名，他就好下手了。

刚想到此处，茅舍的门发出了轻微的响动。她几乎立即就翻坐起来，手探入腰间，握住匕首柄端。

然而来人速度很快，她只觉黑影闪了一下，对方已经悄无声息地接近，一只手覆在她的嘴上。

易姜拔匕首的动作停了下来，因为鼻尖嗅到了那阵熟悉的气息。她拉下他的手：“你居然还在秦国？”

公西吾的声音低低地在她耳边响起：“好在我还没走，否则就不知道你出事了。”

易姜急忙推他：“快走，带着无忧离开秦国！”

公西吾的手紧紧攥着她的，掌心微凉，连他都察觉出事态严重了。

易姜只好耐心道：“我虽然被困此处，但根基尚在，他们不敢随意动我。

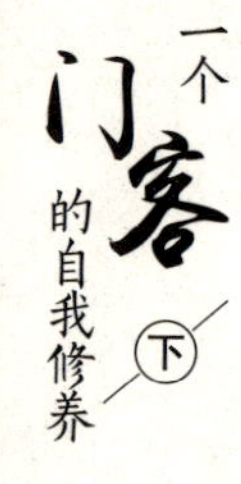

皇陵重地，看守严密，我能跟你跑出去的可能极低，一旦被捕却是天大的代价，你要为无忧想想。不过你来了也是好事，可以替我传句话给东郭淮，让他依计行事，我当初吩咐过的，你说了他便明白了。”

公西吾刚要说话，蓦然松了她的手，快步走去门边，朝门缝外看了看，转头对她叮嘱了句“保重”，迅速开门离去。

外面很快就传来整齐划一的脚步声。守军们举着火把从茅舍外巡视过去，连边边角角也没放过。

易姜在门边枯站了许久才回神，她刚才也该说一句“保重”的。

公西吾此番入秦原本只是来探望一下重病的易姜，见她身体大好便已准备归齐，若非因为秦王忽然薨逝，也不会拖延。

燕国已经大半落入齐国之手，秦国接连动荡，时局开始向齐国有利的方向倾斜，他自然需要观望一下。却没想到这一停留，易姜竟然出了事。

公西吾相信她行事稳妥，应该不至于没有退路，只是赵重骄的事太过突然，恐怕已经打乱了她的计划。

屋外回廊上空空的一阵轻响，无忧踩着脚步进了屋。他又长高了一个头，那张脸越发地像父亲，唯独嘴巴生得像母亲，总是带着笑容。如今他已经渐渐懂事了，见父亲一整天站在窗边发呆，便知道他是在思念母亲，走过去牵住他的手陪他站着。

窗外山石累叠，孤零零地生长着棵树，树叶早已黄了，落了厚厚一层在地上。

天像是被洗过一般，蓝得纯粹，公西吾衣衫的白映着窗外的灰黄，有几分单调萧瑟。他侧头看了无忧一眼，目光又投向窗外，直到门口传来聃亏的声音，再收回视线，无忧已经站着在打瞌睡了。

他将无忧抱起送去里侧榻上，返回来问聃亏：“情形如何？”

聃亏刚正的脸上眉心皱成了川字：“不太妙，吕不韦领了相国衔，看他的样子，恐怕是要下杀手。”

公西吾在屋内踱了几步，每一步都在计算自己的计划。目的太大，涵盖列国，大到王公贵族，小到贩夫走卒，全都可能牵扯在里面。他要为易姜做最坏的打算，但自己可能会损失到难以想象的地步。

“相国府有什么动静？”他看向聃亏。

聃亏道："没什么动静。哦，好像息嫦不在。"

公西吾若有所思。

却狐系赵国长安君假扮的消息已经不胫而走。义渠旧部那些喊冤的人松了口气，只要不是却狐所为，他们以后就不用被秦王室区别对待了。

消息传到赵国，举国惊叹。赵王丹震骇，竟然当着宫人的面痛哭流涕不止。难怪当时公西吾送来的尸首容貌被毁，他还以为是在外落下的伤。

平原君下令举国哀悼，百姓上至耄耋老儿，下至总角小童，无不出行于道前洒酒祭奠。

列国闻言，盛赞国士无双。尤其是疑心病重的魏王，一直念叨着，恨不得叫魏无忌将之作为榜样，有这样忠心的弟弟，他才可以高枕无忧啊。

而魏无忌只醉在温柔乡里，不问世事，根本连这个消息都不曾听闻。

秦国暗潮汹涌。子楚虽然扣押了易姜，却不敢贸然下杀手。朝堂不平静，上疏谏言的大臣不在少数。子楚越发犹豫，毕竟他才刚刚即位，易姜在秦数载，在朝中的根基是深是浅他也不敢确定。

无奈吕不韦一直催他斩草除根，还提醒他当初在赵国做质子时凄凉的光景，而那些都是拜易姜所赐，一想到便让他恨得牙痒。

商人出身的吕不韦耳目遍布天下，变着花样地翻易姜的老底，每日都送到子楚的跟前来。据说易姜还叫桓泽时被赵太后器重有加，因此对赵太后忠诚无比，而合纵失败被秦国追杀时是长安君带她逃出邯郸的。

吕不韦说她到底是个女子，岂能不感情用事？以她与赵太后和长安君的这份情义，这桩叛国的案子她不可能没有参与。

子楚深以为然。想到易姜与公西吾既是师兄妹又曾是夫妻，疑心更重，也许他们二人之间也还藕断丝连呢？不管怎样，他都无法再信任易姜是真心忠于秦国。她做了几年相国，必然掌握了秦国不少底细，此人的确留不得。

殿外内侍匆忙而入，奉上新相国吕不韦的奏章。

子楚拆开阅览，骤然暴怒，将桌案上的东西扫了个精光。

身在芷陵的易姜正在茅舍外面抬头看天。已经是要入冬的时节，这地方再待下去会无法住人的，不过料想子楚应该也按捺不住了。

天快黑时，守军忽然出现了。领将打马到茅舍前，交给她一只包裹和一只锦囊，说是王上特地差人送来的。

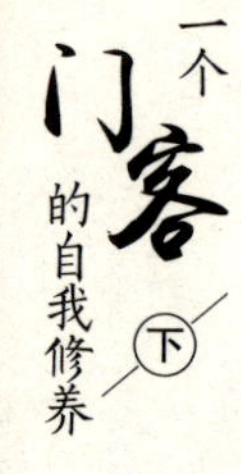

易姜将包裹放在脚边，拆开锦囊，里面是块写了字的绢布。她摊开细看，尚未看完，手已抖了起来，低头去看脚边的包裹，只觉浑身血液倒流，冲得她大脑发涨。

终于鼓足勇气蹲下身去拆包裹。只稍稍打开了个口子，一眼看到里面露出一截发白的物事，她已骇然地跌坐在地上。

子楚居然掘了赵重骄的墓，甚至趾高气扬地送过来给她看，告诉她这是她的旧主遗骸。所有阻碍大秦宏图大业的，即使死了也不得安生，这就是下场！

易姜的手指深深抠入泥土。指节因为太用力而隐隐泛白，眼睛盯着包裹，脸上毫无血色，整个人如同被掏空了一般。

原先那道伤口结了疤，渐渐愈合，现在又被狠狠地撕扯开来。她仿佛又回到了那日的刑场，到处都是血，她无能为力。

第二日一早，禁卫赶往芷陵，将易姜押往王宫。

易姜一夜未眠，形容憔悴，行尸走肉一般被拽上马车时，头重脚轻，一脚一脚仿佛踩在棉花上。

她不清楚自己是怎么到的王宫。意识到自己人在王宫时发现天已经黑了，周围穿梭不断的内侍宫女看她的眼光已有了回避，不再像过去那般逢迎了。

她被拖进了大殿，狼狈地跌倒在地。殿中美人跪坐形状的宫灯排了几排，将整个大殿照得亮如白昼。她从青铜灯座的反光里看到自己模糊的身影，再不是当初高高在上的相国，身上相国的朝服却还未脱下。

没有旁人在场，只有几个内侍垂手侍立，殿门在她进来时就被关上了。

赤玄冕服的子楚坐在王座上，冷冷地开了口：“看来易夫人见到故主遗骨是悲痛欲绝啊。都这样了，你还不承认与故主勾结？”

易姜反而清醒了许多，站起身来，理鬓整衣，拂拭衣摆。

“我只知道若非因为王上怀疑我，长安君也不至于死后还遭此劫难。我心中有愧，寝食难安，至于他所做的事我一无所知，又何谈勾结？”

子楚冷哼：“你心中始终装着赵国，何必遮掩？当初为了赵国，提出让秦国派本王入赵为质，后来又为了赵国合纵抗秦，险些命都没了。你这样的人，根本不会真心事秦。”

易姜恍然大悟，原来他仇视自己的原因就是因为当初入赵为质的事。

“我的确做过这些。在其位谋其政，所以我到了秦国之后自然也就会为秦国尽心尽力。王上可以嫌我做得不好，但不可以否认我对秦国的忠心。”

“哼，果然嘴硬，那看你接下来是不是还能继续嘴硬了。”子楚朝身边内侍递了个眼色。

易姜抬眼。右侧垂帐之后的内殿里，两个内侍拖着一个人走了过来。到了跟前松了手，那人立即摔在地上，似乎受了伤，半天才爬起来，转头一看到她便哭了起来，竟然是息嫦。

子楚扫了一眼，内侍立即捂住了息嫦的嘴，免得她吵到王上。

“易夫人隐瞒秦国的事不少啊。明明为齐相公西吾生了个儿子，却谎报秦国流了产，这就是你所谓的忠心？”

易姜蓦然看向息嫦，她支吾摇头，忽然用力拨开内侍的手，以头抢地，呜咽着吐出字眼：“主公恕罪！他们用我两个孩子的性命逼我，我实在没有办法……我可以为主公死，可孩子们还小啊……”

易姜咬紧牙关，看来子楚为了要她的命已经无所不用其极。

嗬，这大概就是天意吧。赵重骄会忽然出现，计划被忽然打乱，一定是冥冥之中早有安排。

子楚在她面前闲闲地踱步：“念在夫人这几年为秦国立下过功勋，本王留你全尸，赐鸩酒一盏，不必谢恩了。”

话音未落，一群内侍走了过来。当先两人一左一右捉住易姜手臂，按着她肩头，后面跟着的一人手托漆盘，其上放着精巧的青铜酒爵。息嫦惊慌失措，挣扎着想要到易姜身边来，但被拖出了门去。

殿中死一般的寂静，易姜忽然笑了一声。

子楚冷着脸：“你笑什么？”

“我笑王上到底不是昭襄王。昭襄王心中只有一统大业，为此可以不计前嫌拜我一个女子为相。而王上的心中却只有权力和私愤，受人摆布毫无主见，盲目破坏我耗费数载才打开的局面，甚至千方百计置我于死地。”

“那是你该死！”

“我若真该死就不会被带来这里私下处决。我本有心退居封地，继续事秦，但主君如此，纵然我官爵再高又有何用？所以我现在站在这里并不是因为有罪，更不是因为畏惧王权，恰恰是因为对王上失望至极，已无心再为秦效力罢了。”

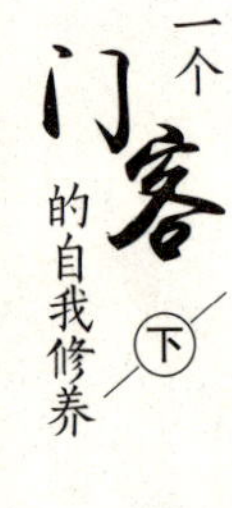

子楚脸上青白交替，气急攻心之下口中一阵猛咳，喘着气一把推开要来扶他的内侍："动手！"一面抬头恶狠狠地瞪着易姜，讥笑一声，"本王就不送夫人了。"说完拂袖离去。

叔乞从一群内侍中走了出来。昭襄王离世后，他似乎也越发苍老了，身形都微微佝偻起来。他端上酒爵走到了易姜跟前，低叹一声："易夫人走好，待到了地下，先王自会为您主持公道。"他一手抬起易姜下巴，将酒爵抵在了她的唇边。

易姜紧抿着唇，心底没有慌乱，思绪开始飘忽。

她本只是个懒散的小人物罢了，平生从未做过大事，直到来到这里。近十年辗转奔波，从回避到接受，从一个混吃等死的小门客到如今摆弄天下大局的鬼谷弟子，这一路迷茫过，彷徨过，走过弯路，跌跌撞撞，一面为了生存在这世间苦苦挣扎，一面又因为灵魂而不愿屈服这世间的规则。

怨责于被操纵的生活，期望着遥不可及的自由，可为了这份自由自己又何尝没有操纵过别人？何尝没有利用过别人？如今纵然站到了顶端又如何，变不了世道，止不了兵戈，救不了故人，得不到所爱，一场云烟罢了。

她已经记不清自己是如何来的，也记不清现代世界还剩下多少回忆。庄周梦蝶，一梦浮生。究竟是她变成了桓泽，还是易姜才是她的幻想？究竟是现在身在梦中，还是心中的现代世界才是南柯一梦？

她已不是原来的易姜，也再也做不回原来的易姜。

闭上双眼，嘴唇被用力捏开，那杯酒一滴不剩地灌了下去。叔乞的手一顺她脖子，她便咽了下去，竟是轻车熟路的架势。

易姜忽然理解了赵重骄临终时的心情，这一刻竟然出奇地平静。

人之将死，忽然没有了怨责，没有了企盼，没有了一切情绪，无爱亦无恨，无怨亦无怖。

唯可庆幸的是，还好没有将无忧接来身边，还好少鸠和裴渊都走了，还好她及时推开了公西吾……

如果从未来过多好，从未遇上多好，这里的一切都不曾触及该多好。她本就不属于这里，也许这是一种解脱，无声而来，寂然而去，但愿就此回到原点。

夜已深，后宫却依旧喧闹。王后赵姬称病不能侍奉，子楚便另择美人在寝殿

里狎玩。

处决了易姜，他心情分外地好，左拥右抱，欢声笑语不断。殿中杯盘狼藉，门外宫人已经困得要打瞌睡了。还不见停歇，只怕要侍候一夜了。

叔乞轻手轻脚走进殿门，佝偻的身躯，肃穆的黑衣，看起来像个飘浮的影子。他垂着头没有看殿中场景，恭敬地向子楚回复，易夫人已经没了气息，送出宫门去了。

子楚推开美人，拢了拢不整的衣衫："也别太寒酸了。拣块薄地安葬了，免得叫天下人说我秦国苛待功臣。"

"是。"叔乞不紧不慢地道，"王上容禀，还有一事，吕相国在相府上搜到了蜀地军队的兵符，已经交给王龁将军，方才送了奏章上来。"

子楚摆摆手："搜到就行了，不用看了。"说罢又要去搂美人。

叔乞没动弹："王上，相国说很紧急。"

子楚只好皱着眉伸出手："拿来。"

叔乞徐趋上前，双手呈上奏章。

子楚粗粗阅览完，霍然坐正身子，怒道："这是怎么回事？为何说蜀地军队需要易姜的同意才能调动？"

叔乞抄着手想了想："此事奴婢倒是略知一二。易夫人在出兵攻赵之际向昭襄王要了这么个特许，昭襄王应允她五年之内，蜀地将领必须同时见到兵符与相国私印方可调动，缺一不可。"

子楚脸色缓和下来："原来是这么回事，那叫吕不韦拿出私印送去蜀地就是了。"

叔乞讪笑："昭襄王说的相国特指易夫人，所以只能是易夫人的私印。"

子楚一愣，怒气冲冲地推开身旁的美人："祖父是疯了不成，竟然答应这种荒唐的要求！"

"王上息怒。这是因为彼时武安君对易夫人不满，有意争夺蜀地兵权，昭襄王心存打压武安君之意，自然就同意了。不过也只有五年期限罢了。"

子楚烦躁地摆摆手："且不提这个，你毒死她时可有搜到她身上的私印？"

叔乞摇头。

"那派人去相国府搜！她身边的人也一个都不能放过！"

"王上所说的吕相国都已经查遍了。何况那日她直接被押去芷陵，并无机会

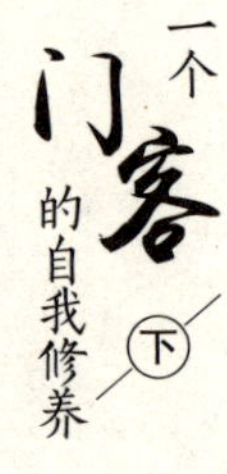

接触旁人，当不至于假他人之手转移才是。”

“混账！”子楚暴怒掀了桌案，吓得几个美人连忙闪避开去。他气得不轻，捂着胸口一阵猛咳，脸都涨成了紫红色，“难不成蜀地的军队本王就只能干看着！”

叔乞伺候惯了昭襄王，他这点怒火实在算不上什么：“王上息怒！吕相国才智过人，一定会有解决之策。再不济，也只是等五年而已。”

子楚闻言更气，又咳了几声，喘着气埋怨：“祖父当真是老糊涂，竟然会如此相信那个女人！”

叔乞赔笑，额间皱纹深深簇起：“昭襄王也是为了长远大业考虑，至于易夫人嘛……她总说攻楚会坏了眼下的局势，大约就是为此才藏了私印吧。”

子楚又想起易姜最后那番话来，恨意难消：“荒谬！她以为她料事如神不成！一个妇人，自以为是！”越想越是怒火上涌，他又是一阵猛咳。

叔乞弓着身子退了出去。

寒冬时节，中原冷一分，咸阳冷三分。弯月似钩，倒悬天际，息嫦缩着身子在殿外瑟瑟发抖。

却狐接易姜入秦时安置了她的家人，易姜后来也提过另行安排，建议他们最好不要住在都中。但她不愿与家人分别太远，并没有将这事放在心上，没想到如今却被秦王捏在手里做了把柄。

无忧是她亲手接生的啊，如何舍得暴露在秦王眼下？只怕主公也已经……她捂着脸不敢大声地哭，眼泪顺着指缝往外流出来，滴在衣摆上，湿了大片，越发觉得寒冷。

耳中忽然传来脚步声。她连忙收声，抬眼已经看到一双靴子落在眼里。赤玄深衣的少年立在她眼前，月光照出他衣襟上大片严峻狞厉的绣纹，束冠上碧绿的宝石莹莹地蕴着微光，侧脸萧肃，不见情绪。

“见过太子。”息嫦被带入宫时见过他一回，知道他是太子嬴政，连忙跪拜。

“起来吧。赶紧出宫，我已安排好。”

他朝后招了招手，两个内侍上前架起息嫦便走，连给她说句话的时间都没给。

息嫦仓皇间只来得及回头看他一眼，心中惊愕。好一会儿才明白这定是主公一早的安排，又止不住开始流泪。

目视着她的身影再也不见，嬴政从袖中取出一方私印，在月光下轻轻捻动。

易姜被送去芷陵后第二日，这方私印由东郭淮送了过来，大概她对于突发情形早就有安排了吧。

他将私印收入袖中，沿原路返回，叔乞无声无息地跟了上来："太子此举若是叫王上知晓，只怕要受牵连啊。"

嬴政瞥他一眼："你不说我不说，谁能知道？"

叔乞笑了一声："太子所言极是。奴婢心向着太子，谁也不说。"

"易夫人临终前可说了些什么？"

"这……她句句指责王上，认为王上不顾大局，受人摆布，毫无主见。听她口气，不像是王上能杀了她，倒更像是她失望至极有心赴死一般。王上着实气得不轻，其实不过是将死之人胡言乱语罢了。"

嬴政口中轻轻"呵"了一声，似笑似叹，意味不明："我受易夫人教导时，时常感觉她看得很远，透彻若置身局外，这绝非胡言乱语。父王本就是心急了，她若真有心应付，未必没有活路。"

"太子英明，奴婢受教。"叔乞拢手垂头，亦步亦趋，小声恭维。

说话间已到了花园，嬴政倏然止步。

前方丛丛花叶后，吕不韦由一个宫人提灯引路，悄悄出了后宫。看他来的方向，正是病着的王后寝宫所在。

嬴政负在身后的手紧紧握起，目光幽沉似海。

老师说得没错，他那个无能的父王确实毫无主见，居然甘愿被这样一个利欲熏心的商贾操控摆布。

叔乞只当作什么都没看到，打岔道："太子何不去劝劝王上？他终日沉溺酒色，只怕对身体不好啊。"

嬴政收回视线，朝子楚的寝殿遥遥望了一眼："父王以往过多了苦日子，就让他好好享受吧。"

"是。"叔乞看着他远去的背影，心中微动，才十岁出头的孩子，心思却比他父王还要深沉，这感觉倒是有几分像是当初年少即位的昭襄王。

第二十九章

时空旅人

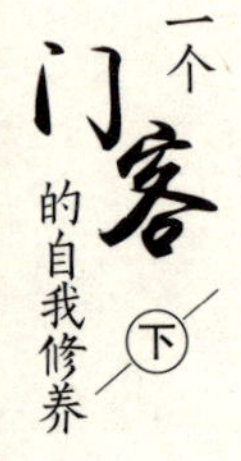

咸阳城外的山后宅邸里只有几间屋子点了灯，远远一看根本察觉不出光亮，像是无人居住一般。

聃亏匆匆地踏上回廊，那阵空茫的回响仿佛是报信，公西吾闻声已经从内院而来，脚步比平时快了不止一倍。

“人呢？”

“小厅里。”聃亏侧身请他先行。

“可曾引起秦人注意？”

“夫人那边似乎也有安排，出城时分外顺畅，秦人并未盘查。”

公西吾点点头：“那她人可有事？”

聃亏叹了口气：“秦王事先验了毒，所以鸩酒不敢全换掉，夫人多少还是中了毒，大夫在诊治。”

公西吾脚下越发快了几分，过了回廊穿过丈长的木桥，到了前院小厅里。

立屏后隐隐浮动着人影，他绕过去，易姜躺在榻上，口眼紧闭，脸色一片青灰，看起来有些骇人。大夫正在一旁翻她的眼皮，愁眉苦脸的模样。

大夫是他齐国相国府里的人，为了照顾无忧，出行一直带在身边，还是第一次见他这般模样，公西吾心中隐隐不安：“如何？”

大夫看了他一眼，斟酌一瞬才道：“饮鸩不多，时间也短，然而来的路上已经给她灌了汤药下去，却不见效果。”

公西吾皱紧眉坐去榻边，仔细看着易姜，她的唇边还沾着浓黑如墨的药汁。

以往周天子的太医得出了这医治的法子，用鸩鸟栖息之地的草药捣碎了煮汤灌服，刮下肠胃里的毒素。鸩毒几乎是无解的，饮得少却是可以救的，以她的情形，分明不该如此才是。

大夫看了看公西吾的神色，再开口时有些小心翼翼：“药三分，人七分。倘若夫人有心求死，那药石无效也就不奇怪了。”

公西吾蓦地扫视过去，大夫赶紧垂下头，不敢多言。他转头又去看易姜，她的呼吸微弱，的确是没有一丝生机的模样。

怎么会？她向来珍惜生命，为何会放弃？

聃亏隔着屏风听了许久，插话道：“听那个老内侍说，秦王掘了长安君的坟，将其遗骨丢给夫人看，又逼息嫦招认了无忧的事，会不会是夫人太过伤心所致？”

公西吾此前一直隐忍，都还算平静，此时却陡然窜出了怒火。难怪她会这样。

她一个什么过失都会往身上揽的人，赵重骄的事已成一块心病，子楚竟然接二连三地折磨她。无忧也是，她始终对孩子怀着愧疚，岂会叫自己连累他。

大夫见他神色不善，不敢久待，安抚了几句，出去准备汤药去了。

聃亏从屏风外走了进来，看了一眼易姜，“我查问过，秦国并未派人去过赵国，何况赵国如今视长安君为英雄，墓地必然看守严密。只怕那掘墓的事是秦王作假来逼夫人就范的。”

公西吾闭了一下眼，权作回应，脸色依旧不见缓和。聃亏站着没动，神色犹犹豫豫，他抬眼看见，心不在焉地道：“有什么话就直说好了。”

聃亏这才低声开口：“公子此番付出太多，若是叫齐国发现端倪该如何是好？后胜还有那些晋国遗老，可全都盯着公子呢。”

公西吾别过脸，摆了一下手。

聃亏也看出他此刻心烦意乱，只好暂且不提这些，转身出了门。

屋子里全是浓郁难闻的药味，窗口开了一道缝，黑夜夹着冷风从外挤进来。公西吾起身掩好窗，又坐回榻边，握着易姜的手。

心中越多酸楚，口中越不知道该如何表达。掌心包裹的那只手冰冷得瘆人，他轻轻搓了搓，想起多年前与她一同行走在齐王宫里，冰天雪地的时节，他握着她的手呵气为她取暖，她仰着头微微地笑。

即使当时那笑是假的，人至少是鲜活的。

他垂下头，将她的手贴在脸上：“你就当真舍得这样走？一点都不记挂无忧了吗？”

他想问一问她是不是也毫不牵挂他了，但问不出口。事到如今，想做一个挽留她的理由都没有资格。

时间如流水，一天一天地滑过去，宅邸里终日飘荡着药香，人却毫无起色。

无忧的学业是公西吾亲自教的，但已荒废数日。他每天乖乖在书房里温习一遍功课，然后就会跑去小厅里看望母亲。

每次去都能看到父亲在，有时坐在榻旁，有时立在窗边，但他已经很久都没有说过话，只偶尔会撞见他贴在母亲耳边说话。

无忧于是学着他的模样趴在榻边对着母亲的脸说话："母亲你怎么还不醒呢？天都要落大雪了呀。"

可是没有回应。

过了几日，果然开始落雪，天阴沉沉的，没有风，四下骤然寂静，尤其是这安静的小厅里，仿佛可以听见落雪的窸窣声。

大夫端着药进来，边朝床榻走边空出只手拂去肩头雪花。转过屏风，果然又看见坐在榻边的一动不动的公西吾。

他的脸颊又瘦削了几分，双眼愈显深邃，形容憔悴，从往常那清贵淡雅的气韵中生出了颓然来，虽看来又是另一番独到的风致，可大夫瞧着却有些担忧。

"相国别太担心了，忧思郁结于心，只怕对身体不好。"

公西吾恍若未闻，视线只落在易姜身上，手里倒是拿了一卷竹简，但半天都没翻动过。

大夫跟随他时间也不算短了，却是第一次见他这般模样，暗暗叹了口气，去榻边喂易姜喝药。

公西吾忽然伸手过来："我来吧。"他站起身来，骤然一晃，险些摔倒，一手扶住榻沿才稳住身形。

大夫连忙搁下药碗，朝外高唤了两声。聃亏大步进来，不由分说将他背了出去……

易姜感觉自己行走了很久很长的一段路，四周都是重重雾霭，只有一束微光引着她前行。

等到终于走到尽头，却是别有洞天。阳光和暖，天蓝云淡，四周草木繁盛，鸟语花香。一路走来，落英缤纷，旁边一汪小池，池水清浅，游鱼恣意。

头顶漫天花雨，她伸手接了一片在手里，觉得自己到了仙境。前方树下倚着个少年，身披大红的女装，冲她微微笑着。

"赵重骄？"她小跑过去，上下打量着他，他竟然好好的，还是那双明亮的桃花眼，歪着脖子看着她笑而不语。

易姜心想自己果然死了，竟然遇到了他。

“你还好吗？”她在他对面坐了下来。

赵重骄挑眉，声音又如往常一般悦耳了：“当然好了。没了仇恨，落得逍遥，虽然人死身灭，但这于我只是解脱。”

易姜轻轻舒了口气：“你过去背负太多，如今能放下我也就放心了。”

“这样就放心了？”赵重骄往后一靠，换了个舒服的姿势，叠起双腿晃着双脚，“你没有其他放心不下的事和人了？”

“有……我放心不下无忧，自他出生后我就未能好好照顾他，如今又丢下他一走了之，实在不够负责。好在还有公西吾在他身边，至少我不用担心他的安全。”

“那其他人呢？”

易姜有些怅惘，许久才道：“没有了。”

赵重骄的双眼润了水般明亮，声音轻飘飘的荡在风里：“真没有了？”

“嗯。”

赵重骄站起身来，朝她伸出手：“那走吧。”

易姜一愣，仰头看着他：“去哪里？”

“你都没牵挂了，还问去哪里做什么？”赵重骄拽她起身，引着她朝前走，一直到了那清澈的池水边，伸手朝里一指。

易姜探头看过去，池水里映着她自己的脸，恍然竟有陌生之感。再看看，又多了无忧的脸，又有公西吾的脸。

身后的赵重骄忽然推了她一把，她朝前一倾，跌入水中，狠狠呛了一口水，鼻腔刺痛，顿觉窒息。

连忙要划动手臂，却发现自己浑身被绑得严严实实。惶恐地抬头，水面上是一轮明月，冷冷地照下来。这场景那般熟悉，竟然是多年前在赵国被害时的场景。

拼命挣扎，有人拖住了她的手臂，贴着她的唇渡了口气给她。她睁大了双眼，借着月光看到公西吾的脸，是当时他救她时的情形。

惶惶然间竟然渐渐浮到了水面，她深吸了口气，陡然睁开了双眼，大口大口地呼吸。

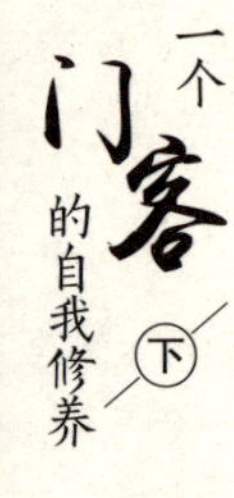

眼前遮着一块白茫茫的布，湿漉漉地搭在她脸上，那块布缓缓地在她脸上移动。原来是有人在用湿帕子给她擦脸，动作有些笨拙，时不时抹过她口鼻，难怪她觉得呼吸有些困难，在梦里都能感觉到窒息。

好半天才有力气抬起手来，揭去那块帕子，碰到了那只拼命忙活的手。顺势握住，却是一愣，那只手很小。

“母亲？”无忧的脸探了过来，大半个身子都扑了上来，视线落在她脸上，眼珠转个不停，“你醒啦？”

易姜怔了怔，抬手抚摸着他的小脸，竟然不是做梦。

“我去告诉父亲！”无忧刺溜一下滑下床，噌噌跑了出去，外面回廊上登时一阵空灵的回响。

易姜没什么力气，来回扫视。榻顶遮了软幔垂帐，帐外是一方屏风，漆木方窗外阳光投射而入，打在屏风上，入眼时不再刺眼，柔和了许多。她的脑子还有点昏沉，茫然地盯着帐顶发呆。

外面脚步声纷乱，有人绕过屏风到了跟前。易姜侧了侧头看过去，怔了怔。

眼前的女子头发绾成了柔和的圆髻，垂在脑后，分外温婉，交领深衣的袖口缠着竹青色的绣纹，整个人都素淡雅致了许多，看着她的眼神也没了往日的棱角。

“少鸠？”一开口才发现喉咙嘶哑得厉害。

少鸠连忙转头去屏风外倒了水来，扶她坐起，一点一点喂她喝下去。

易姜喉中总算舒服了一些：“你怎么会来？”

“听闻你出了事，我与裴渊恰好到了秦国，便赶到咸阳来看看。好在遇到了聃亏，才知道你被公西吾安置在这里。真是命好，昨日刚到，你今日就醒了。”

易姜无力地躺了回去：“没想到再见会是这副模样。”

少鸠也笑了一下，说不清什么意味：“我也没想到。更没想到公西吾竟然因为你的事一病不起。我原本还有些忧虑，此刻见他对你这般上心，似乎该相信裴渊对他的评价了。”

易姜的眼神微微动了动：“他……怎么了？”

“还能怎么？大夫说你有心求死，恐怕救不回来了，他忧思过重就病了呗。眼下刚服药睡下不久，无忧要去唤他被我拦下了。”少鸠一副过来人的口气，“放心吧！他这病，你才是药，你没事了，他很快就会好了。”

易姜思绪空茫，困倦和饥饿一并袭了上来，毫无精神。

少鸠似乎变得会照顾人了，多余的话没再说，嘱咐她好好休息便出门去了。不一会儿就端来了清汤热粥，居然香得很。

易姜受毒性影响，五感尚未完全恢复，草草吃了些东西便迷迷糊糊又睡了过去。中间醒了一回，就见无忧趴在她榻边，紧紧抿着唇，一脸谨慎，看见她睁开眼睛才松懈下来，抱着她的胳膊问："母亲不会又睡着不醒了吧？"

易姜有些心疼，原来这么小的孩子也会担心忧虑，而她本还打算彻底抛开这里的一切，那他岂不会更加难过？

她摸了摸他的脸："放心吧，母亲只是困了，会醒的。"

无忧这才笑了。

再醒过来时天已经黑了，屋中炭火烧得正旺，暖融融的一片。

易姜一睁眼就看到榻边坐着的人，散着头发，衣衫不整，整个人都颓唐着，视线怔怔地落在她身上。见她醒来，他的眼中陡然有了神采，忽然俯身抱住了她。

易姜被他用力扣在怀里，身躯浮软，只能伸手搭住他的肩。他的脸埋在她怀里，扣在她腰后的手微微地颤抖，许久才说出话来："我以为你这次是真走了……"

易姜扯了一下嘴角："没想到半道竟被师兄拽了回来。"

公西吾闭了闭眼，直到此时依然有些后怕，倘若再不醒，终日灌那些流质食物也无法维持她的性命了。他的吻轻轻落在她眉角，贴在她耳边低低呢喃："别走。任何时候都别轻生。"

一个心在世外睥睨尘俗的人，竟然会用这么卑微祈求的语气与她说这些。她想嘲笑，瞥见他消瘦的侧脸，心却微微地揪了一下。

原来他们之间没有胜者，分明就是两败俱伤。

公西吾一直搂着她，直到她昏昏沉沉地睡着才放手，担心刚才她的清醒是场幻觉，守了大半夜才离去。

第二日一早无忧便跑来了，将易姜摇醒，但没一会儿就被少鸠给哄走了。

裴渊隔着屏风来拜见，得到允许才绕过屏风。这么久没见，他稍有清减，偏圆的两颊消瘦了一些，却越发精神奕奕，显出男子气概来了。

"先生可要好生休养，瞧瞧都瘦成什么样了。"他絮絮叨叨地说了一通，仿佛还跟以前一样，中间什么都没发生过。

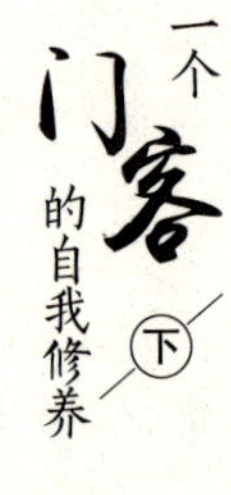

与他说话分外放松，易姜本想跟他好好聊一聊，但他说要让她好生休息，很快便告辞了。

易姜坐起身来，活动了一下四肢，想要穿衣下榻，却没什么力气。

公西吾走了进来，精神虽不济，却已没了先前的颓然，一丝不苟地束着发髻，宽袖深衣也齐齐整整。他走至榻边，一面帮她系腰上结带一面道："秦国暂停攻楚了。"

易姜撑着他的手臂下了榻："原本也没到时候，子楚太心急了。不过这与我已没什么关系。"

公西吾扶着她走到窗边，推开窗户。外面雪还未停，白茫茫的一片，银装素裹，天地看起来分外安宁。

易姜瞥了他一眼："赵国之局的比试是我输了，师兄有什么要求现在可以提了。"

公西吾竟有几分犹豫："我一直希望能赢。可真赢了，又有些说不出口。"

"师兄但说无妨。只是我已不再是秦相，能做的有限，恐怕不能给你什么了。"

"我想要你原谅我。"

易姜一怔，转头看向他："就这样？"

公西吾点头。

易姜看着他的眉眼，许久才回神。

情之一道他到底还是算不上精通，为了一句原谅竟然苦心孤诣至此。

"死过一回，我那些怨恨不甘早已没了，又谈何原谅？说到底不过是因为当初太过坚持罢了，这些坚持你不会了解，因为对你而言实在太过匪夷所思。"

他们之间横亘着两千多年的时光，有着截然不同的观念。她认为无法接受的事，他觉得理所应当，他觉得不可理喻的事，她却习以为常，偏偏又都是固执的人。

公西吾扶着她的手紧了紧："那就告诉我，也许我未必能够理解，但至少会明白缘由。"

易姜一时有些恍惚，抬手拂去他鬓边沾上的雪屑，张了张嘴又闭上。

她要好好想想，该从何说起。

公西吾这些年常年在外行走，齐王建并不多加管束，但后胜等人难免会揪住

不放。眼下易姜已经大好，他便准备归齐。只是大雪停后，附近的山头都被积雪遮掩住了，道路难行，只能再耽搁一段时日。

聃亏偶尔会出趟门，看一看周遭情形，为公西吾打听一下咸阳城中的消息。今日回来得比较晚，居然还带来了一个人。

原本易姜安排的应急之策就是为了防止被困宫中或者暗遭毒手，不过事后必然也是麻烦众多。东郭淮依照计划去城门边接应她，却没等到人，只好出城来找，终日徘徊，还要防着子楚的人发现自己。希望已经渐渐渺茫，就遇到了聃亏。

现在见到主公安然无恙东郭淮也就放心了，忙将咸阳的情形，离开相府前诸事的安排都一五一十告诉了她。

秦国朝堂局势大改，咸阳暗流涌动，对他们而言是好事，至少眼下是安全的。

天气渐渐好起来，易姜恢复得也不错。

她已经醒了，再继续住在小厅里未免多有不便。尽管如此，公西吾却不好意思开口让她住去自己房中，可要是让她单独另住，又有故作推拒之嫌，一时便没开口。

早上无忧想要来找易姜，被公西吾提回书房读书去了。易姜独坐室内太过沉闷，吃了早饭后便出门去院中走动，顺带活动活动筋骨。

院中的积雪已被聃亏清扫干净了，树木枝头还挑着一层雪白，在阳光下融化，一滴一滴落到地上。

易姜将头发束在脑后，换上了公西吾送来的新衣，正白细布曲裾，衣领束腰却装饰了夺目的蓝染绣纹，衣料厚重，很是保暖，恰好遮住她如今的苍白瘦弱。比起做相国时的锦衣貂裘，这身装束可平民化多了，连走路都觉得轻松了许多。

沿着走廊走了片刻，恰好撞见少鸠从前面的房间里出来。裴渊紧跟在她身后，一手挟了她腰一手带上门，自然而然。易姜稍稍一愣，侧身倚去廊柱后，待二人说着话到了跟前，忽然闪出来，板着脸道："好啊，不动声响地就成了婚，竟然都不通知我。"

少鸠蓦地落了个红脸，"啪"一下拍开裴渊的手："这有什么好说的。"

裴渊吃痛，瞪着她鼓了一下腮，转头对易姜道："原本是要告知先生的，可我们成婚之时秦国正准备攻赵呢，便没有打扰您。"

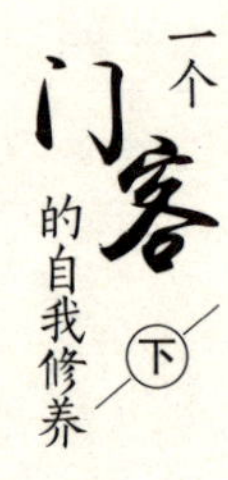

听他提到攻赵，易姜一时尴尬，因为联想到了攻韩，正是因为这个他们三人才会分别至今。本以为他们这一生都不会原谅自己了，没想到生死关头，他们还愿意当她是朋友。

她压下思绪，笑了笑，“这是好事。你们二人也不容易，从小一起长大，到如今才在一起。”她摸了摸身上，什么也没有，讪笑道，“看来我连个贺礼也没法给你们了。”

少鸠撇撇嘴：“算了吧，要什么贺礼，嫁给他有什么好庆贺的。”

“贺礼早备好了。”

裴渊刚要鼓腮帮子，听到身后传来公西吾的声音，立时情绪一收，转过头去。

公西吾宽大的深衣雪白一片，胳膊上搭着件狐领大氅，脚下行走时腰间环佩轻击出脆响。这般闲适从容，裴渊猜想他应该心情不错。

到了几人跟前，他先将大氅给易姜披上，伸手入袖，取了一支彩漆木盒，递到裴渊面前：“这是我们的贺礼，二位千万不要推辞。”

裴渊哪能不推辞，连连摆手。少鸠却毫不客气地接了过去，打开一看，里面是一对玉佩，一块刻了裴渊的名字，另一块刻了少鸠的名字，皆用韩国文字所刻，虽算不上特别精致，但贵在有心。

少鸠朝他看了看：“好歹你们的儿子是我接生的，收你们夫妻一份礼也是应该的。”

易姜有些不自然，公西吾却像是一点也没感觉到：“玉上刻了你们的名字，你们若是不收也送不了旁人。”

裴渊听了这话才终于肯收下，再三道谢。

少鸠朝他使了个眼色，扯着他的衣袖将他拖走了。

公西吾目送二人离开，转头扶住易姜胳膊：“师妹随我来，有样东西要请你为我解答。”

易姜先前那点不自然顷刻被打散，跟着他前行。

无忧还在书房里乖乖读书。公西吾怕打扰他，带着易姜去了自己房中，扶她在案后坐了，在案头那堆竹简的最下方抽出一只锦袋递到她跟前。

“你还记得这个吗？”

易姜打开锦带，里面是一卷竹简。展开看了看，睁大了双眼，这竟然是她初来乍到时用来记日记的那卷竹简。

不对啊，她记得当时跑出齐国时，已经当着他的面丢进淄水里去了啊。

“你……居然把它捞上来了？”

公西吾点头：“当时是出于谨慎，但捞上来后却反而增加了更多的疑惑。这么多年过去，我本已不打算弄清这疑惑，但那日听了你的话后，料想这与你口中的世界有很大关联，才又想起它来。这竹简上的文字我看不明白，莫非也是你那世界里的？”

易姜低头看着竹简，因为泡过水，又时隔多年，许多字已经模糊，但大多还能辨认。

“的确，这来自我的世界。”

公西吾坐近了些：“你的世界在何处？与这里可有关联？”

易姜抽了支毛笔，在木牍上写了个大篆的“国”，又在旁边写了简体的“国”，推到他眼前：“这是一个字，它们之间的演变用了两千多年。你我的世界也一样，你的世界往后过两千多年，就会变成我的世界。”

公西吾眼中倏然变化。

直到现在，他才彻底解开心中的疑惑。有一条河，每一段水域就是一个季节，河里的鱼只要顺着这条河向前游，就会经历春夏秋冬四季，但鱼只能向前游而无法回头。可是有一天，有一条鱼随着河流漂流到夏季时，忽然倒退回了春季的水域……

原来她就是那条鱼，河流是时间，季节是历史，她居然从两千多年后倒退回了现在？

从未听闻过这样的事情，他的面前竟然坐着两千年后的人。

易姜看着他：“不可思议是不是？就算你认为我是在疯言乱语，我也不会怪你，这本来就难以置信。”

公西吾将竹简卷起，仔细收入锦袋，心情依旧无法平静：“你的世界与这里有哪些不同？”

易姜诧异于他的接受能力，笑了笑托住腮：“太多了！我的世界没有七分天下，国家统一，民生安定，人没有高低贵贱之分，或者说分得不是那么明显。专制帝王早已消亡，领导者靠选举产生，治国靠的则是法制。哦，这个法制与现在的法家思想相似，但更为合理，刑罚也更为人道。男人三妻四妾是犯法，监控他人是犯法，强迫他人也是犯法……不过也有不好的地方，环境比起这里可差多了，天没这么蓝，也见不到这里的许多动物和植物，就连学术氛围也没这里浓厚啊……”絮絮叨叨说了一大段，易姜骤然停下，“我这么说你能理解吗？”

公西吾神情很认真：“我尽量。”

易姜点头。说出这些对她而言并不是件轻松的事，因为对这里的人而言实在太难接受了。恐怕也就只有他能够领会，还不会将她当作怪物看待。

“从小生活在什么样的世界里，观念也会深植人心，我如此，你亦然。我所说的这些很有可能会推翻你之前的认知，我不明白你为何非要理解这些。”她一直都明白这个道理，所以之前想的也只是避开他，从没想过要去改变他。

寒风从门外卷进来，屋内没有炭火，愈渐寒冷。公西吾将她的双手拢入掌心搓了搓：“我也说不清楚，就是想离你更近些吧。”

易姜原本要抽出他掌心的手停了下来。

公西吾握住她的手往身边带了带，低头吻到她的唇。她也没有回避，软软地靠在他的怀里，呼吸渐渐急促，原本毫无血色的双唇已是红艳欲滴。她埋头在他胸口，遮掩自己的脸色。

到了晚上，公西吾设了宴席，招待这些时日被他疏忽了的宾客。

冷风骤息，炭火融融，很多年没有过这样安然的时刻了。裴渊与少鸠刚刚落座，聃亏和东郭淮也被请了进来。

易姜抱着无忧坐在席间，顺嘴问了一句息嫦的事。东郭淮说嬴政已经将人送出了秦国，她才安心。

公西吾与她坐在一处，虽然神色平淡，但与她之间若有若无的亲昵还是看得出来。

少鸠的视线在二人身上扫来扫去，心中有底，只装作不知道。

她也经历过许多事了，如今看事与以往也大不相同。有时想起过去也会后怕，倘若当初裴渊没去韩国找她，他们会不会生死两处，一辈子也不知道对方的心意？那份酸楚自己尝过，也就能理解他人的感受了。

宴席结束，易姜回到小厅。自己的床榻已经被收拾了，她疑惑地走出门去，恰好撞上少鸠。

“哦，我将你的床榻收起来了。许久没伺候你这个主公，今日难得勤快些，不用夸我。”

易姜目瞪口呆，她已经施施然回房去了。

裴渊今日与公西吾席间相谈尽欢，正在房中高兴，一时又有些怅惘，对刚刚进房的少鸠道："唉，也不知公西先生要如何才能使咱们这位主公回心转意啊。"

少鸠白他一眼："管好你自己就是了，你那位公西先生可没你这么笨。"

裴渊原本有些恼怒，习惯性地要顶几句嘴，但一回味她是拿自己跟公西吾比较，被骂笨也无所谓了，便高高兴兴地躺床上去了。

无忧近来刚刚开始分房睡，不太习惯，公西吾在他房中哄了半天，直到他睡着才出门回房。特地绕道去了小厅，就见易姜站在那里发呆。她似乎有些尴尬，一见到他便移开了视线。

公西吾朝小厅内看了一眼，炭盆被移走了，屏风也被移走了，床榻上空无一物。他心中已有数，牵起她手道："走吧。"

易姜越发尴尬，怎么觉得刚才站在这里仿佛就是等着他来领似的。

公西吾一副老模样，不急不缓，平平静静，洗漱完便先睡下了。

没他杵在眼前，易姜总算好受了点，洗漱完慢吞吞挪去床边，刚坐下就被他拽住手臂扯进怀里。

他也没有其他举动，只搂着她，呼吸时微微带出酒气。

易姜想起席间聃亏数次欲言又止的神情，心中其实猜到了几分，低声道："师兄这次为了救我想必费了不少心血，不知道有没有坏了你的计划。"

公西吾的双臂收紧了一些："计划可以重新再来，你若不在就没机会挽回了。"

易姜心头微暖："我之前总觉得心里只有宏伟目标的人不切实际。可仔细想想，正是因为这个时代有你这样的人一个一个出现，才造就了后来我的世界。"

公西吾的手掌轻抚着她的长发："既然这里于你而言是过去，想必你知道结果。这里最终会变成什么模样？"

易姜摇头："原本我就是忽然造访，对这里的历史也只知道一些皮毛，何况这里的实际情形与我所知的历史有许多不同。过程如何，结果如何，我都无法断定。"

"那在你的世界，最后统一天下的是哪个国家？"

"秦国。"

"果然。"公西吾毫不意外，"眼下看来，的确是秦国最有优势。秦齐虽然渐

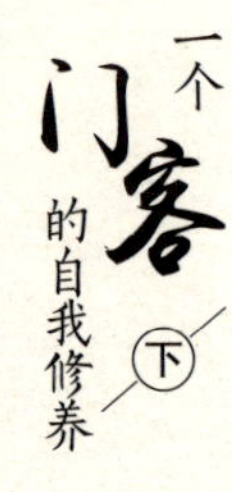

趋平衡，但秦国制度优于列国，后劲尚足，时间久了，齐国的弊端就会显露。”

易姜倏然沉默，许久才道：“到了那时，你就会成为一统的绊脚石。”

公西吾口中似乎发出了一声笑：“那我就亲手把这块绊脚石移去。”

易姜转过脸正对着他，仿佛不敢相信他所说的话，但仔细一想，这的确又是他会做的事。

“不用担心。”公西吾察觉出她的情绪来，手抚上她的脸，微凉滑腻的触觉在掌中越来越清晰，忍不住索取更多。只是思及她刚刚康复，不敢放纵，最终也只是小心轻柔地吻了吻她，将她抱紧在怀里，吐着散不去的酒气道：“睡吧。”

气候已经渐渐转暖，道路不再硬邦邦地冰冷，溪流也开始破冰流淌，树木生出嫩绿色的新芽。

公西吾因为营救易姜，除去要打点宫中，在秦国多年铺排的势力也一朝尽废，失去耳目，如今对咸阳城中的消息也所知甚少，只能靠聃亏去打听消息。

聃亏探知子楚耽于酒色，近来身体不大好，吕不韦又忙着巩固权势，看来正是顾及不到旁人的时候。公西吾觉得这是离开的好时机。

齐国已将燕国大半揽入怀中，秦国如今在子楚当政下又毫无建树。齐王建身心舒畅，日渐感到自己地位尊崇，此刻正优哉游哉地在王宫花园里带着美人赏春。

后胜从廊下走来，也不知是不是被头顶娇艳的日头照得，双眼微眯着，手抄在厚重的朝服里，那丝精明如何也挡不住。

“王上今日好兴致啊。”他笑眯眯地到了跟前。

齐王建摆手遣退美人：“舅舅今日怎么有空入宫？”

“唉，做臣子的，总要操心国事，王上才能安心嘛。不像相国，至今连人在何处都不知晓。”他摇了摇头，感慨万千。

齐王建对公西吾放心惯了，无所谓道：“齐国能有今日都拜相国所赐。他做事自有他的道理，本王不想多加干预。”

后胜的脸色有些不好看，但也不过就是一瞬的事，从嘴角又生生挤出笑来：“王上所言极是。不过秦国刚刚处决了易夫人，相国至今未归，不会是去了秦国吧？”

齐王建不禁一怔，这事他也是前两日才听说。子楚初即位就将心腹大臣给换了个遍，还把易夫人给赐死了，眼下秦国朝堂都沸成一锅粥了吧。公西吾先前因为易夫人离开而情绪低沉，他也有感知，想来若是因为易夫人过世前去吊唁，倒也不足为奇。

“唉，去便去了吧。相国重情义，本王不能连这点面子也不给吧。”齐王建负着手慢悠悠地踱步。

“王上此言差矣。”后胜绕到他跟前来，“公西吾对妻子还有情义倒不算什么，可他妻子是秦国相国，那就不一样了。何况他至今未归，也许不是吊唁，而是出手救人去了呢？”

齐王建疑惑地看向他：“舅舅何出此言？”

后胜讪笑：“臣也是耳听了一些传言。具体如何，王上不妨等相国归国后细细探查。”

哪里是耳听传言，分明就是有心打探。之前他无论如何都探不到半分公西吾的消息，可近来也不知怎么回事，秦国那边他的防范似乎一下松了，很容易就探到了一些眉目，只不过还不敢确定。

不过只要等他回国，齐王建下手去查，若是他身边当真带着易夫人，那就没错了。

巧得很，第二日就传来消息，公西吾归国了。

回齐的路程公西吾走得很快。到达临淄时将近春末，夹道花红柳绿，都已灿烂到了极致。

这一路走得十分低调，他是黄昏时入的城，但还是叫人发现了他后方跟着的一驾严严实实的马车。

齐王建原本就耳根软，又没主见，听了这传言一下联系到后胜的话，心中不禁动摇起来，将这事拿去跟君太后商议。君太后也觉得此事需细查，他便下了决心，叫人暗中去相国府盯着。

然而相国府上并没有出现什么易夫人，马车上下来的人是当初在齐国任过官的裴渊，连公西吾的儿子都没瞧见。公西吾返回的路上还特地过问了燕国战事，那里许多被齐国接手的城镇都需要安置，他因此忙了许久，可半分没有因私废公的模样。

齐王建松了口气，还叫人去告诉舅舅，让他不要大惊小怪。

后胜又怄又气，却又没有办法，只能怪公西吾太过狡诈。

相国府里一派平静。公西吾积压了许多事情，回到府上便在书房里忙碌起来。只是如今不同往日，从那忙碌的间隙里会想起别的事来，多了一丝牵挂。

易姜没有跟他回来，也不知现在身在何处。

临行前那晚，尚未等他开口，她便主动问："你是不是要回齐国了？"

当时她刚哄无忧睡着，被他牵着往房间走。回廊上没有悬灯，四周黑暗，夜风还带着微微的寒。他的声音在黑暗中很轻很低："嗯，是要回去了。"

易姜沉默了许久才道："我还不能跟你走。我的事情想必已经传遍天下，如果被齐王建发现你救了我，对你没有好处，所以还是等事情被尘封了再说。"

他用力握住了她的手，"那你有何打算？"

"既已金蝉脱壳，我也可以过得自在些了。无忧大了，我想带他去拜访一些名师，自己也增长些见闻。"

公西吾推开房门，带出"吱呀"的一声响，仿佛将他心里的不舍和担忧也带了出来。但她说得有道理，何况这是她的选择。

"既然你有了打算，我便不挽留了，只是一切小心。"

易姜"嗯"了一声，语声轻轻地搔动他的心头。他的情绪骤然开了闸口，转头便将她扣进了怀里，急切地吻了上去。

怀里的身躯温软娇柔，易姜勾着他的脖子，没有刻意地回应，也没有尴尬地推拒，自然而然，水到渠成。

第二日一早她便起了身，去叫醒了无忧，说要带着他出去看看。

无忧十分兴奋。连日来总听母亲与他说那些新奇的故事，满是向往，也许出去见识一下能遇见故事里的人和事呢？

她带上了东郭淮。公西吾不放心，又另外安排了人手照应。没想到少鸠竟然提着包裹跑了过来，说要随她一起去。

公西吾转头就见廊下裴渊哀怨地倚着廊柱。

少鸠倒是一点没有把新婚丈夫抛下的自责，瞪着裴渊道："我知道你始终记挂着你的抱负。你随你的公西先生回齐国去做官好了，我随易姜出去见识见识，也没什么不好。"

裴渊不愿在她面前露出哀怨之色，装作毫不在意般道："那就去好了。我得空去看看你就是了。在外有事就早些回来。"

少鸠"切"了一声："不用你人来，俸禄给我就成。"

易姜忍不住笑出声来，瞥见公西吾看着自己才敛了笑，转头将无忧抱起送上车去。

公西吾扶着她登上车，又嘱咐一遍：“一切小心。”

“嗯。”他一直是这副沉静平淡的模样，外人面前滴水不漏地端着自己的情绪。易姜却从那语气中察觉出不同，不自觉反手握了一下他的手，“放心吧。”

她既没有说要去哪里，也没有说何时回来，公西吾却的确第一次放了心。

回忆未断，案头油灯里的灯芯已经烧短了，光线暗淡下去。他撩袖挑了挑，待灯火再亮堂起来，就见聃亏从门外大步走了进来。

“有事？”

聃亏点头，从怀中取出一封书信放到案上。

公西吾接过来。白帛布上密密麻麻写满了字，后面是署名，足足好几串，最后还压着各人的私印。

是晋国遗老们的信。他们觉得眼下时机正好，公西吾操控了齐国，秦国暂时敛了锋芒，便该一举攻下赵国，光复晋国，而后剑指魏国，驱除韩国土地上的秦军，将三晋再次合而为一。

“先不用管。”公西吾将帛书叠起，引火烧掉。

聃亏推开窗散去气味，再回到案前却是忧心忡忡：“遗老们来了几人，眼下还未离开临淄。他们的意思是，等了这么多年，难得有这个好时机，再不愿等了，如今联名请愿，请公子千万不可错过良机，否则……”

“否则？”公西吾幽幽抬眼。

聃亏摇头：“他们没说下去，只叫我赶紧送信来。”

公西吾推开眼前的竹简，起身出了门，毫无回应。

第三十章

尘埃未定

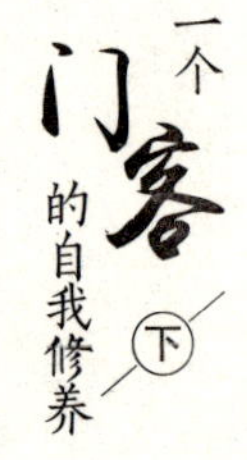

易姜辗转而行，先到达赵国，去祭拜了赵太后和赵重骄，不过不得近前，守军防范十分严密。这样她也放心了，至少证明赵重骄的墓好好的，没有被动过。

趁着时间没入夏，他们又踏上行程，去拜访了几位名师。

少鸠走后门，带着他们去见了避居赵国的巨子，自然隐瞒了身份。之后又受巨子引荐，去见了几位名家。

无忧这段时间真是开心得不行。母亲终日陪伴着他，还天天有这么多新奇的见闻，比跟父亲在一起时有趣多啦，他都不想回齐国去了。

唉，就是每次见的那些人都好严肃，还得行大礼。

炎炎酷暑到时，不方便再上路奔波，易姜觉得正好可以让无忧跟随名家学习。他这才后悔了，还是回齐国去吧，到哪儿不都还是学习嘛！

名家们大多隐居山野，少鸠却闲不住，经常要往城里跑。每次都带来新的消息，原先还有不少是关于易夫人之死的，到后来越来越少。这浪过无痕的世间，短短数月，人人都只知道秦国相国现在叫吕不韦了。

这样尘埃落定也好，更方便行走。易姜带着无忧告别恩师，离开了赵国，前往魏国。她想找机会去探望一下魏无忌。

少鸠先行一步，送了信去信陵君府。

魏无忌被魏王终日怀疑，日渐消沉，终日沉醉在酒色之中，人也日渐苍白憔悴。得到易姜的死讯时又受了一层打击，原先一直病着，直到少鸠送来她还活着的消息，病情才渐渐好转。

易姜去看他时已经是深秋时节，他斜靠在书房里的榻上阖眼假寐。背后的窗户开了半扇，秋高气爽，风卷进来都带上了爽利的气息。

他应当是特地梳洗过，身上赤色重锦深衣微敞衣襟，发上束着镶玉镂金的高冠，腰上玉佩香囊，依旧是贵气逼人的魏公子，只是脸色还带着大病初愈后的苍白。听到响动，他睁开眼，一眼便看到易姜牵着无忧站在榻边，眼中神采顿时溢了出来，坐起身道："这是无忧？这么大了？"

易姜点头，将无忧推到他面前："叫父亲。"

无忧眨巴着眼睛："我有父亲了。"

易姜很严肃："这也是你父亲，有养育大恩的父亲。"

"算了算了，你可别把孩子教糊涂了。"魏无忌忍不住笑起来，容光焕发，又变回了往日那开朗和煦的模样。他捏了捏无忧的小脸，心中感慨万千，当初的小不点都长这么大了，当真是岁月如梭。再看看易姜，除了消瘦了点，倒是没什么变化。

能再见到她实在值得高兴，可是不知怎么，心底总又夹着些许涩然。他并没有表露，请易姜就座，哪怕只是看着她不说话也觉得很舒服。

"我听说了你这些年的生活。闻名天下的四公子之一，如何就成了这副模样？"

魏无忌点了一下她紧蹙的眉心，笑道："什么四公子，我怎么从未听说过？"

易姜一愣，干脆故弄玄虚道："你有所不知，我近来拜访阴阳家名师，已有通晓占卜预言之能。我算过了，你的名号以后会和楚国的春申君、赵国的平原君以及齐国的孟尝君齐名，被后人合称为四公子。"

魏无忌"扑哧"一声笑起来。

他这些年一直受魏王猜忌，心中郁结越发深沉，只能每日沉迷酒色麻痹魏王，虽渐渐不再被刁难，可这样无法施展抱负的日子反而更加难熬。今日见到易姜倒是一下疏通了心中郁堵，看到死过一回的她又好好地在眼前说笑，比任何劝说都更有效。

二人一直谈话到日头渐沉。易姜不想引起府上人注意，起身告辞。

魏无忌忽然道："你听说公西吾的事了吗？"

易姜一怔："他怎么了？"

"原来你还没听说。"魏无忌神色有些微妙，"听闻他是晋国王公之后，不知真假。"

易姜皱眉，这消息怎么会传出来？

齐国相国府里，刚送走几个大臣，另几个大臣又到了。自从消息传出去，前来打探的人便没断过。这符合齐王建的行事做派，不敢相信，又拼命试探，想必

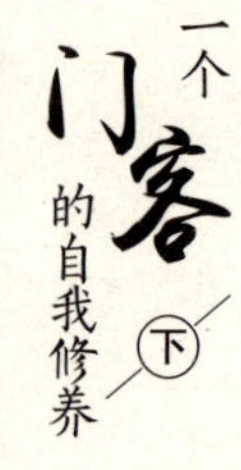

后胜又在忙着撺掇了。

公西吾迎来送往有些疲倦，刚饮了些暖汤，站在窗口休息。

“相国。”长高了一个头的童子已经在变声期了，声音有些粗嘎，“有个自称是您门客的人求见，说可以为您分忧解劳。”

公西吾转头：“什么门客？”

易姜已经走到门口，一边解下披风交给童子，一边抬脚进门。

公西吾眼中漾出微微的笑来，伸手轻轻招了招：“从不知我门下竟有先生这样的门客。不知先生要如何为我分忧解劳？”

易姜走近，一脸的无奈。

先前她匆匆赶到临淄，到了相国府外叫东郭淮一打听，果然如她所料，周围有不少鬼鬼祟祟探头探脑的人，自然就不能堂而皇之地进门，便叫少鸠领着无忧从大门而入，自己罩上披风帷帽向后门而去，借着门客投靠的名义要进府。

童子被守门的请来定夺，一下认出她来，便将她领了进去。

深秋的暮色仿佛是薄蓝的绸子浸了水，微蓝的天色里蒙着一层淡淡的灰，穿过层层树影从窗外扑进来，映在易姜的脸上，影影绰绰地遮掩了她眉梢眼角里的风情。

“这到底是怎么回事？”

公西吾的双眼在暮色下轮廓愈显深刻：“晋国的遗老们在我身上耗费了太多心力财力，这些都是要回报的，只有我光复晋国，他们才能得到想要的回报。但我迟迟没有动作，他们便急了。”

“所以他们故意将你的身份暴露出来，逼你动手？”

他微微颔首：“这样半真半假遮遮掩掩，越发会引起齐王怀疑，魏国与赵国也会将我视作敌人，届时为了自保我就不得不出手了。”

易姜错愕不已：“他们可真是豁出去了。”

公西吾手揽着她的腰，半边身子靠在窗框上，叹了口气：“眼下的确是好时机。可是攻赵用的是齐军，最后却要光复一个晋国，齐国必然是抵触的。秦国也许会愿意扶立一个根基不稳的晋国，但那是因为他们暂时无法东顾，一旦喘息过来必然还是要吞并的。届时少不得战火重起，也许能撑个几年，到最后还是会回到原位，甚至更乱。”

易姜听他这般分析，忽然明白了什么：“你一直想要天下一统，是不是与被逼着复国有关？”

公西吾轻轻“嗯”了一声，眉眼之间竟显露了几分倦色：“我虽为王公之后，但生来只是个助他人成就权势欲望的踏脚石。若我不成功，这使命便要移到我的子嗣身上，所以我一早便打定主意不论及婚娶。为了复国，他们培养我学贯古今，可知道得越多，我就越明白复国不过是徒劳之举。而要想彻底卸除这自出生便背负的枷锁，唯有天下一统，再无国家之分。”

易姜无言以对。

公西吾忽然低头凑近，鼻尖与她相触，语气里带了几分笑意：“怎么，觉得我很可怜？”

易姜抬眼看他：“也许吧。”

他轻轻摩挲着她的鼻尖：“有你在我就不可怜了。”

易姜虽然受用，可正事要紧，稍稍推开他道：“我已有了计较，不妨试一试效果。”说着坐去桌案边匆匆写了些什么，送出门去交给东郭淮，细细吩咐了一番。

齐王宫里连日来都不甚安宁。

君太后忽然病重，相国又忽然冒出来个不清不楚的身份，齐王建真是愁闷，终日都没什么胃口，如此又牵连着整个后宫都开始不安。

后胜也是慌得很。君太后若是离世，他就失了一座靠山，以后想要得到公西吾的相国之位就会更困难了。

病来如山倒，君太后原先身子也不太好，到底没熬过几天就到了弥留之际。

齐王建守在床榻哀哀流泪，忽听她低声道：“众臣之中唯这几人可以任用……”

齐王建未听清，却见她目光警惕地看着左右，赶紧遣退宫人，小声道：“母后若不方便直言，可以写下来。”

君太后点头。齐王建便亲自取来笔墨木牍，刚送到她面前，她却又摇头道：“罢了，我忘了……”

说完不久就咽了气。

宫中顿时忙碌起来，齐王建因为她临终这番话悬着越发不安，想到公西吾的事也更加没底。

天尚未黑，齐王宫里已经早早点满灯火。侍女来请齐王建用膳，他还是道没胃口，在书房里来回踱着步，负在背后的手时而握紧又时而松开，反反复复

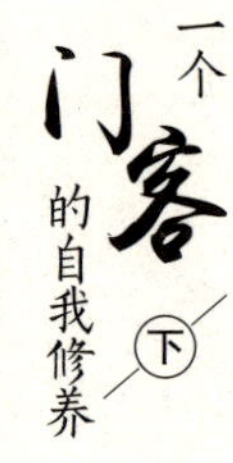

好几次。

后胜就在他旁边立着，趁着君太后的耳旁风煽风点火："太后既然提到哪些人可以用，必然是有人不可以用，想必说的便是公西吾，王上不得不防。他若真是晋国公子，岂会安于现状？少不得日后要篡位自己做王啊。"

齐王建皱紧了眉，脚下的步子有些凌乱。

殿外忽然传来一声通报，在燕国战场上领军的田单竟然回来了。他的身上还披着战甲，风尘仆仆的模样。

"安平君怎么回来了？"齐王建快步迎上前，抬手托住他手腕，免了他的见礼，"可是燕国战事有了阻碍？"

田单摇头："臣是为那个传言回来的。"

齐王建不解："什么传言？"

"天下皆传，王上怀疑相国是晋国公子，要除了他。如今秦国已经厉兵秣马准备攻赵，要趁齐国内乱将驻扎在邯郸的二十万齐军赶出来，独霸赵国。臣实在忧心，只好亲自赶回来询问王上，此事是否属实？"

"这……"齐王建有些慌张，下意识朝后方的舅舅看了一眼，口中支支吾吾，"没，没有的事，本王从没说过要除去相国啊。"

田单松了口气："若无此事再好不过。相国总揽大局，若有意外，只会便宜旁人罢了。"

齐王建讷讷点头："安平君所言极是。"

他身后的后胜就快气得将袖角给扯破了。

当晚相国府周遭的眼线便一撤而空。宫中内侍捧着齐王建的文书进了相国府，诏命公西吾重整齐国军事，半个字没提到那身份的事。

公西吾接了诏命，往书房走，远远便见到门内易姜正在督促无忧读书。她故意摆出一副严肃的脸，无忧也是老大不高兴。

"我要告诉父亲去。"

"你要告诉他什么呀？"

"母亲在外面行走，总是遇着好多男子，还给我多找了个父亲。父亲就不会，他一直是一个人。"

易姜屈指在他脑门上弹了一下："什么多找了个父亲！那可是养育过你的魏公子，你当初可口口声声叫过他父亲的。"

无忧抱着脑袋爬起来就朝外跑。易姜这才反应过来他是不想学习，起身要去追，被刚好走到门口的公西吾一把拦住。

他低头凑到她耳边："无忧说得没错，我也觉着不太公平。"

易姜转过身："那你也去找别人就是了。"

"找别人可未必会替我排忧解难。"他将齐王建的诏书递到她眼前，"这流言传得好，不仅没有受损，还多了一分权势。"

易姜看完文书却有不一样的感受。齐国若在军事上再壮大一分，秦国的帝业便又受阻一分，难道这里最后会是齐国翻盘压住秦国称帝？眼下看来，的确也有许多未知。

公西吾似乎猜到了她心中所想，取过她手中文书，放去案头："此事我已有计较，放心好了。"

易姜还是提醒了一句："后胜此人不得不防。"

公西吾看向她："原本我的确多加防范，但眼下时局大变，他的作为，也许反倒有用。"

易姜不明所以，撇撇嘴，走去他斜后方的小案后坐下。

案上放着十几卷竹简，是今日魏无忌忽然着人送来的，也难怪会勾起无忧那番话来。

当初合纵时，列国王公得知由信陵君统率联军，特地送了兵法古籍来给他，他令门客编撰成册，名作"魏公子兵法"。先前一直闲置，如今总算被易姜劝动振作，便翻找出来，送来请易姜重新整理编撰。

易姜要一卷一卷看完，再分卷分篇，衔接清楚，自然要耗费许多时间。但她觉得这是值得的，不仅是对魏无忌有用，以后若是能流传下去，也是给兵家典籍里添了一砖半瓦，就是现在，也能用来教导他人。

想到这里，她不禁抬头朝外看了一眼。

公西吾特地吩咐过，后院之中不需要侍从伺候，因此往来的只有聃亏和少鸠几个老熟人。可这不是长久之计，她总不能一直蒙着一层不明不白的身份待在这里。

相国府上的下人都知道府上多了一个女门客，可从没见过真人。后胜不知从何处听到了些许风声，反正相国府里只要是女的他都很关注。

奈何齐王建叫他撤走眼线，公西吾又多了防范，要想再追查难上加难。何况上次就听说一个女子牵着公西吾儿子的手进了相国府，一查却是个名叫少鸠的墨家弟子，空欢喜一场，只怕这次又是白忙活。

他如今只恨齐王建太过软弱，根本没有动手除去公西吾的魄力，看来是半分也指望不上了。

“后胜竟然还盯着你？”易姜正在整理兵书，听到刚刚回府的公西吾说起此事，皱了皱眉，“真是难缠。”她埋怨一句，提起笔又把头埋进兵书里。

公西吾自背后拥住她。他连日来忙着整军，难得回府一趟，可易姜眼里却只有那些兵书。

原本不过是耳鬓厮磨，易姜也没在意，谁知止不住便惹起了火来。手中的笔被拿开了去，人被抱去了榻上。

尚是青天白日，他的手在她腰间缓缓游移，看着她压抑住自己的声音，身体柔化成水，在火热的呼吸下嘤咛婉转，自己也仿佛醉了酒，昏昏沉沉，不愿苏醒。

“师兄。”

“嗯？”

易姜难耐地弓起身子，想要推他。

“嘘……”他在耳边低低安抚，清冷被灼热的情潮化去，越来越如鱼得水。

齐国整军的事轰轰烈烈，到第二年开春才结束。

整军之后，齐军作战效率大有提升，在燕国越发势如破竹，已经攻至都城蓟。临近的魏国有些慌张，魏王竟然亲自来了一趟齐国，表示对盟国的祝贺，其实是示好。

楚王听说魏王此举，便也赶紧跑来了齐国，一副要为齐王牵马执镫的架势，比起当年为吴王夫差当牛做马的勾践也有过之而无不及。

他国君王亲自前来，齐王建已是拥封一方霸主的架势，自然大悦，便下令于宫中招待二人。公西吾自然要在宫里作陪。

齐王建如今实在庆幸田单当初那一番劝说，再也不想提及公西吾什么晋国公子的身份了。没错，那一定都是敌国故意挑拨离间的计谋！

后胜怏怏不乐，在席间喝了全程的闷酒，越看公西吾那冷冰冰的模样越是不顺眼。出了宫门便唤来心腹，叫他带上厚礼前往秦国。

他已经受够了，君太后去世了，齐王建没有魄力，倒不如指望外人。

秦国这边，子楚也正心烦。昭襄王在位时秦国南征北战，疆土大有开拓，可到了他手中却至今毫无进展，朝臣们难免会有些看法。吕不韦也连带着被品评起来，说他还不如易夫人一介女流有能力，到底商贾不如鬼谷传人。

子楚因此便急于拿出点功绩来，可如今齐国只整顿了一下军事便焕然不同，若再整顿朝政，岂不是要赶超秦国？原本他还准备出兵赵国，此刻却不得不瞻前顾后一下了。

公西吾此人真是个麻烦啊，然而要想拉拢他也没有可能。昭襄王会重用易姜是因为她以前即使合纵抗秦，却在任何一国都根基不深。公西吾与之截然相反，他在齐国多年经营，深受齐王宠信，即使他肯入秦，子楚也绝不敢相信他是真心效力的。

原本就因公西吾而心烦着，叔乞那个老东西又有事没事在他身边念叨易夫人的事，渐渐地，竟叫他生出一丝后悔来。

当初昭襄王就是为了对付公西吾才任用她的，她为相时的确对齐国有所压制，自己是不是的确心急了点？

“早知如此，本王就暂且留她一命了。”这日喝完药后，他终于说了这么一句话出来。

叔乞侍立在侧，将这话一字不落地听入了耳中，喉头滚了滚，终究还是没有将实话说出来。

子楚终日唉声叹气，被酒色拖累的身体又因抑郁而越发颓败，连日地咳个不停。王后赵姬却不怎么在旁伺候，唯有嬴政时不时过来探望，许多事情也抢着分担，让他心中慰藉不少。

所以后胜的人到了秦国没有见到子楚，见到的却是太子嬴政。

很快他就得到了回复，秦国愿意与之合作，但回复他的人不是秦王，而是太子。

他不免有些忧虑，一个十几岁的少年，说的话能信？

初夏时分的临淄气候最舒适。相国府的后院里花团锦簇，难得地从那清淡的调子里显露出一丝富贵气息来。

裴渊任官于稷下学宫，如今管着学术上的事情，得心应手，少鸠也去帮忙了。他们二人离开了相国府，易姜身边一下就清静起来，每日不是督促无忧读

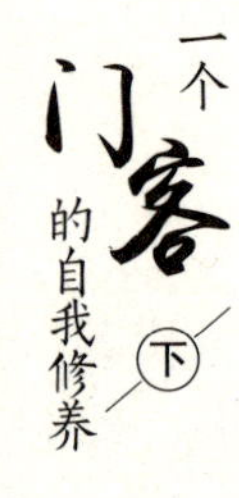

书，就是专心整理魏公子兵法。

日头斜过树影，正是闲适的时候。易姜已经把“魏公子兵法”整理完毕，共二十一篇，图十卷，整整齐齐地装入了木匣之内，准备誊抄完毕就差人送去信陵君府上。

公西吾恰好走进书房，朝服未褪，卷了袖口过来帮忙，一边道：“魏无忌非要请你编撰此书，八成是为了报复我。”

易姜好笑地抬头：“那也是你活该啊。”

公西吾叹了口气。

书房门忽然被敲了敲门，聃亏站在门口，神情有些紧张：“先生，遗老们来了。”

公西吾原本轻松的神情立即冷了下去。

易姜看了他一眼，抱起木匣出门。待转过回廊拐角，耳中已听到脚步声。她转头一看，聃亏领着几个衣锦饰玉的男子，为首的已经头发花白，忽然朝她这边看了一眼。

她收回视线，目不斜视地朝前走了。

这些人来了必然又是为了复国的事。公西吾自幼由他们出资抚养，也不可能说撇清就能撇清，但总与他们来往也不是什么好事。

她回到房中，想了片刻，去了无忧的房间。他正在午睡，易姜就坐在床边，颇有几分防范的架势。

也不知过了多久，窗外的日光都黯淡了下去，无忧才睡醒，一眼看到她就抱住小脑袋：“母亲又来催我读书了。”

易姜又好气又好笑，将他拽起来：“不催你读书就是了。”

无忧这才放心了，搅着她的腰撒娇，弄得易姜发痒想笑。正闹作一团，房门被推开，公西吾走了进来。

见到易姜在他愣了愣，慢慢走到了跟前。

易姜转头看他：“他们来是不是为了无忧？”

公西吾点头：“他们没有直说，只说要带无忧去抚养教导。我自然明白他们的意思，一来是可以有个把柄挟持我，二来是防着万一我出了事，他们还有个希望。”

“想得美。”易姜将无忧紧紧搂在怀里。

“我已经拒绝了，一切都有安排，放心。”公西吾走到跟前，抚了抚无忧的头顶。无忧显然没弄清楚眼前状况，眼珠转来转去。

易姜沉默不语，就算相信他算无遗策，会有妥善的安置，但最终结果谁也无法预料。

晚上临睡前，东郭淮送了眼线的消息过来。易姜倚在窗边细细看完，心中忧虑又加深了一层。后胜派人去了秦国，具体所为何事她不知晓，但很有可能是为了对付公西吾。

公西吾还在书房里忙碌。她让东郭淮将线报送去给他，让他自己定夺，自己先躺去床上睡了。

到了半夜公西吾才回房，易姜被响动惊醒。夏日闷热，房中开着窗，夜风幽凉，他融着夜色在窗口站了许久才躺到床上来，身上带着的那丝凉意将燥热祛除殆尽。

“醒了？”他低低问了一句，声音里有些疲倦。

“嗯。”易姜伸手抚住他的脸，也不知是不是心理作用，竟感觉又清瘦了一分，“累了吗？”

公西吾闭了闭眼，轻轻舒出口气来，将她往怀里按了按，没有作声。

以往也有疲倦的时候，但没有可以慰藉心怀的东西，也从未想过这种东西，如今有了她在身边就不一样了。

人心果然奇妙，一旦尝到情爱滋味，竟然欲壑难填，真恨不得天天与她拴在一处才好，可想到这纷杂如泥沼的时局，又深知不可能。

“秦王若要对付你，你有何打算？”

“要对付便对付吧，这是迟早的事。”公西吾的手指轻轻拨着她脑后散着的长发，“一个相国的位子便要如此不择手段，连国之利益也不顾，齐国内政的确不尽如人意。”

他话中有话，易姜一时琢磨不透，忽然扣住了他的腰：“你就没想过抽身事外吗？”

“抽身事外？”

“天下大势虽然可以由一两个人操纵，但一统大局最终要定下来却绝非易事，中间会出现各种各样的旁枝末节，只有出现第二个第三个甚至更多的你，才会最终达成。”

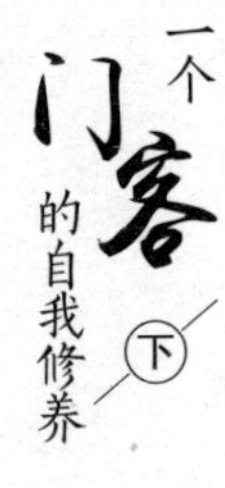

“我知道……”

易姜将脸埋进他胸口。她知道他如今深陷其中，要抽身很难，可她在外人眼里已经是个死人，要行走多有不便，再待下去难免有身份暴露的时候，届时反倒会成为累赘。何况无忧也不能被盯上。

公西吾必然是明白的，但他没有明说，仿佛不说事情就不会发生一般。

第二日一早公西吾便起身要去上朝，易姜跟着起了身，特地送他出房门。他走出去又反身回来搂了搂她，这般模样若是叫外人瞧见，只怕会以为眼睛出了毛病。

无忧今日很乖巧，大概是昨日父母那一番莫名的对话让他察觉到了些异常，早早就伏在书房里读书。

易姜去转悠了一下，怕打扰他便离开了。

东郭淮等在廊上，送来秦国那边的消息。子楚身体日渐不好，近来还时常提及后悔处死了她的话。

易姜觉得不太妙，在廊下默立许久，抬头看看日头，朝会应该已经结束了。

朝堂上也不太平静，公西吾耽搁许久才出宫。

聃亏引着车马来接。公西吾上了车却发现易姜端坐在车内，原本沉沉如堵的心胸骤然一轻，却也没说什么，坐过去歪头倒在她膝头，微微吐出口气来。

易姜理了理他的鬓角：“晚上想吃什么？”

公西吾胸腔震了震，似在闷笑：“你竟会过问这个？”

“闲着也是闲着。”

“不像。忽然对我这般好，只怕是有什么事。”

易姜叹口气：“罢了，那我还是想自己要吃什么好了，反正你也尝不出味道来。”

公西吾侧身往她怀中靠了靠，手揽着她腰，语气依旧听不出什么情绪来：“师妹有什么事就直说吧。”

易姜俯身贴在他耳边：“我想带无忧去云梦山。”

公西吾没有应声。

其实他知道这是应该的。无忧被遗老们盯着，她的身份也容易暴露，可一直忍耐着没有开口，隐隐地在心中抗拒着这一日的到来。

易姜的唇就贴在他耳边，低低地柔柔地像是在说着悄悄话：“我知道你有你的计划，布置了这么多年，不能随便置之不理。但你我已经为人父母，不应该只考虑自己，也该想想无忧。”

公西吾终于叹了口气：“也好。”

决定一下，随之便立即开始准备动身。易姜没有告诉任何人，除了公西吾之外，只有聃亏知道，因为他认识路，此行必须要由他领路才行。

夏日昼长夜短，易姜一早就起了身，外面天色还是一片伸手不见五指的漆黑。

无忧已经先一步被聃亏抱上了车去，人还睡着没醒呢。

公西吾也起了身，朝会时间尚未到，他披着袍子赤脚走在地上，自背后抱住就要出门的易姜。

“山中清苦，一切所需尽管开口。”

易姜转过头，双手捧住他脸，似笑非笑：“那我要是说需要你呢？”

公西吾的眼眸在灯火中似盈了一层薄霭，氤氲出纷纷迷离色：“那我便在你身边。”

虽然知道不太可能，易姜还是被他的话打动了一下。大约越是清冷的人说起甜言蜜语越显得真诚。

公西吾托起她下巴，递过来双唇，浅浅地啄了一遍，又忽而波涛汹涌如同啃咬一般，直到彼此气喘吁吁才松开她。她双颊早已泛起红晕，理了理鬓发低声道：“我走了，师兄多保重。”

“嗯。”公西吾将她送到门口，直到她的背影完全融入黑暗，仍倚门独立良久。

云梦山位于卫国早期的都城朝歌，这里也曾是商朝时期的都城。此山属太行山脉，峰峦叠嶂，山岚雾霭，云蒸霞蔚，气象万千。

易姜跟着聃亏赶了将近两个月的路才到。聃亏告诉她说这时节入山最为适宜，山中泉水潺潺，百花争艳，又无山下燥热的气候，人待着最为舒适。

易姜上山前抬头看了看。这片山脉的山势出奇地陡峭，山壁嶙峋，据说入了山要仔细寻找才能到达传闻中的鬼谷，真是和迷宫一样。

这话不假，聃亏在这儿待了一两年的光景，乍一回来也摸索了许久。最后无忧都累得趴在他背上睡着了，三人才总算找到了入口，幽深狭窄，恐怕一次只能容一人通过。

易姜一边喘气一边感叹：“好地方，这简直就是桃花源嘛。”她记得现代的

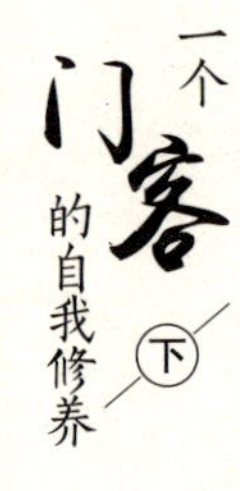

鬼谷已经成一个旅游景点了吧，哪里有这么隐蔽？

聃亏好奇地问：“桃花源是什么？”

“就是有很多桃花的地方。”

“哦……”聃亏恍然大悟。

到了鬼谷中，易姜乍一眼只看到几处洞穴，聃亏介绍说那里都是历代鬼谷子著书立作藏书的地方。

快到山顶时总算发现有几间竹屋可以居住，那是此代鬼谷子犀让的居所。再往上，竟然赫然有一座庭院，依山而建，虽然说不上雕梁画栋，却也强过其他百倍。

聃亏一边引着她走一边道：“那是公子去年命人来建的。因为这里不方便透露太多人知晓，所以来的人少，建造很慢，至今方完工。”

易姜有些意外：“他一早就准备了这里？”

聃亏点头：“公子原本是打算从秦国救了夫人就送你来此避居的，没想到你险些无法醒过来，又是隆冬季节，不好赶路。此时来也好，庭院建好了，住着也舒适，只不过……”只不过想起公西吾身边无人陪伴，又有些于心不忍。

山中都是参天大树，仿佛一道天然的屏障，只有人工铺就的石板路是唯一可以往上的途径。易姜牵着无忧入了庭院，里面却是别有洞天，显然公西吾是花费过许多心思的。

衣食住行一概不缺，只不过从今天起要自己照顾自己了而已。这样也好，更自在些，至少在这周围方圆几百里内行走都不会有人认出她来。

稍事休息，易姜便又牵着无忧去山腰的竹屋里转了转。竹屋看着小，后方却很开阔，有一大片院子，里面种植了果树和蔬菜，还有一方池塘，恐怕还养着鱼。鬼谷子可真是会过日子的人啊。

最里间的竹屋里还有些起居用品，看着是女孩子用的，大概就是以前桓泽的房间了。

不知道当时公西吾住在何处。历代鬼谷弟子便是在这里学习的，真是不可思议。

初来乍到自然是不习惯的，但山中悠闲舒适，一旦接受了很快就会适应。易姜看聃亏似乎不放心山下，便叫他回去复命，反正此地隐蔽，不用担心安全。

聃亏离开后，她的所有精力便扑在了教育无忧上。在山中学习归学习，待来年开春还得再带他出去遍访名师，也不至于长期孤立，将来难以融入社会。

除此之外她便将洞穴里的鬼谷典籍都整理了一番。其实都是些没多大用处的，真正有用的早已被历代鬼谷弟子所瓜分，倒是很惊奇地在桓泽的房间里发现了一卷书。

当初初来乍到时，公西吾说鬼谷子曾传了他们师兄妹二人一人一卷书，她一直以为公西吾是诈她的，没想到竟然是真的。

只不过桓泽可能未曾将这书放在心上，所以离开云梦山时也没有带走，直到现在才被她发现。

她带回住处翻了翻，果然精妙。犀让没有偏倚，虽然本没有打算收桓泽为徒，但收了之后却是一样用心教导的。

世事如此玄妙，犀让绝对想不到他的两个弟子如今会是这般模样吧。

山中日子古井无波，山下却是风云变幻。

今年的秋日分外地短暂，夏末捎带了个尾巴，冬日便仓促而至。聃亏返回到齐国临淄时，已经感受到了冬日的气息。

气候乍转，不少人都抵挡不住生了病。子楚也是，先前便卧了榻，如今病情又加重了许多，秦国因此越发有止步不前的架势。

齐国趁势西扩，在公西吾的主导下侵占了赵国东部数座城池，扩张之势越发澎湃。

晋国遗老们对此很满意，以为公西吾有光复的意思了，心满意足地离开了临淄，坐待好消息送到。

公西吾也的确一副干劲十足的模样。自从易姜离开后，他就全身心地忙碌起来，简直是起早贪黑。

聃亏分外担心，劝了他又没用，想了一想觉得忙点也好，免得挂念着妻儿徒增忧思。

公西吾重新布置人手，紧盯着秦国的局势。据说吕不韦一手把持着朝政，数次提出要出兵赵国，见到齐国的动作后又决定出兵楚国。但嬴政认为时机未到，二人意见相悖，相国与太子之间的关系渐渐有些紧张。

让公西吾感到忧虑的是，在这过程之中，嬴政与昭襄王的内侍叔乞越走越近。

果然，不多久就听闻嬴政派了人手暗中往齐国而来的消息。

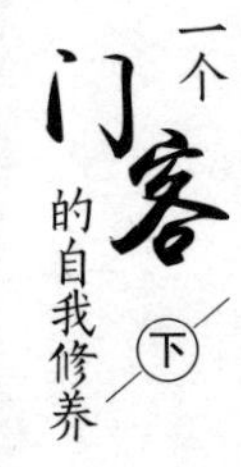

公西吾听易姜提过多次嬴政的事情，从未小看过这个少年。如今他已经答应与后胜合作，又与吕不韦生出了嫌隙，必然是想找回易姜来对付自己。叔乞肯定会将易姜尚存人间的消息告知他。

此时不得不庆幸易姜反应迅速，早早地离开了齐国。公西吾重新布置了一番，叫聃亏好生安排，抹掉一切易姜的痕迹。

无忧正是长身体的时候，精力旺盛，自小又跟着父亲到处跑习惯了，在山上待了没多久就闲不住。易姜便选了天气晴好的一日，带着他下山去转悠。

刚走到鬼谷出口，穿过那道狭窄的缝隙，忽然瞥见外面一道人影。她立即捂住无忧的嘴警觉起来。

仔细看了看，发现那人竟然很眼熟，待其走近，却原来是东郭淮。她心中一松，牵着无忧走了出去。

东郭淮一眼看到她，快步走上前来，抱了个拳："主公无事便好。秦太子嬴政已经得知了您尚在人世的消息，正在四处搜寻您的消息，据说有意重新请您入秦。"

易姜皱眉。秦国大势已定，唯一的障碍不过是公西吾，嬴政会请她回去无非就是为了对付公西吾罢了。想到这里，她立即问了句："公西吾眼下如何？"

东郭淮道："公西相国一切都好。他已抹去了您的踪迹，防止嬴政追查。虽说鬼谷隐蔽难寻，但他还是不放心，所以叫我过来看一看。"

易姜闻言却并未觉得轻松。

嬴政自小生活的环境复杂，远没有同龄人的单纯浪漫。也许是她的教导起了些许的作用，也许他本人根本就没史书上那般暴戾，但不可否认他是个目的明确的人，对于阻碍其目的的人他是绝对不会善良的。

她牵着无忧返回谷中，嘱咐东郭淮将入口遮掩起来。

就算找到她又如何。从她决心饮下那杯鸩酒时起，她在秦国的岁月就结束了。

终章

云梦鬼谷

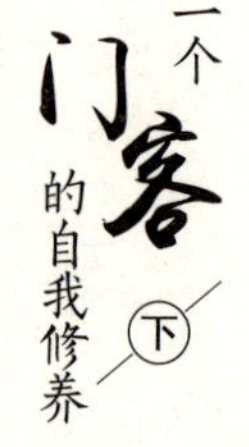

齐国，相国府。

窗外开始飘雪，寒风扑打着窗棂。聃亏匆匆走入书房，见公西吾站在窗边吹着冷风，垂头道：“公子，后胜带着人入了齐王宫。”

“秦人？”公西吾抬手关上窗，声音比冷风更冷。

聃亏怔了怔：“您知道？”

“猜的。”

“他带的是……”聃亏左右看看，凑近他耳边低语，“是当初参与营救夫人的那个老内侍。”

公西吾神色平淡：“知道了。”

聃亏以为他有了计较，便退出门去了。

公西吾转身走回桌案，盯着案上铺着的地图。天下局势在他和易姜手中已然渐渐明朗，这天下最终必花落齐秦之一，比起之前各国胶着拉锯不下，实在是好了百倍。

约莫过了半个时辰，门外传来童子的声音：“相国，王上请您入宫。”

公西吾点头，回房换上朝服，不假人手，齐齐整整之后才出门。

府外风雪又大了一分，他在登车时对扶凳的聃亏道：“去云梦山里守着吧。”

聃亏一愣。他递过来一封书信，依旧是紫草为记，而后便探身进了车内。

未曾看清他的神情，但那语气有些不对，聃亏说不上来。

阴风洒雪的天气，齐王宫里整个都很阴郁，于是宫人们早早悬上了灯火。

眼见着相国一步一步从阶下登至殿前，清资卓绝好似挟了背后一片天，唯肩头担了层细粒般的雪看着碍眼。宫女立时要上前为他拂去，被他摆手拒绝。

齐王建未入座，正在殿中来回踱步，见到他进门迅速看了一眼又移开，与往常大不相同。他的身后站着后胜，笼手而立，被熊熊炭火映照着脸，眸中蹙着火光，闪烁不定。

公西吾抬手见礼：“不知王上召见所为何事？”

齐王建神情竟有些犹豫，嘴唇翕张了几次才开了口：“听闻相国曾去秦国救了易夫人，可有此事？”

“王上听何人说的？”

“这……”齐王建朝后方瞄了一眼。

后胜真是受不了外甥这副窝囊样，上前一步道：“相国不用遮掩了。秦昭襄王的内侍是亲手给易夫人灌入鸩酒的人，他已经言明一切，当初你给了他不少好处啊。秦国表面虽与齐国是盟国，但实际如何大家都心知肚明，你救了他们的相国，未免动了齐国的利益吧？”

齐王建仍有些讪讪：“相国，你当真救了易夫人？”

公西吾垂手而立，语调波澜不惊：“我救她时她已不是秦国相国，只是臣的师妹和妻子。”

“所以……这是真的？”齐王建其实已然得知结果，但性子里的软弱总让他再三确认才放心，偏偏确认了还不知该如何是好，整个人反倒越发慌乱。

难得有此机会，后胜可不愿错过，紧盯着齐王建不放：“王上该早做决断，相国不顾大局，岂能继续总领朝政？”

齐王建拿不定主意，脸色都有些发白，口中只不断嗫嚅：“这……相国……”

公西吾伸手入袖，取出相印来：“臣多年为齐国奔走，对王上从无二心。若王上不再信任臣，臣无话可说，就此辞去相国一职，绝无二话。”

齐王建竟吞吞吐吐起来，犹豫着不敢去接，最后反倒挤出一句安慰之言来：“相国不必多想，本王也没有猜忌你的意思。”

后胜简直怒不堪言，上前一把夺了公西吾手中的相印，将齐王建拉去一旁低语：“公西吾手有军权，又控制着朝政，如今王上已经走到了这步却又不下手，他心中岂会毫无他想？待他日他反手咬回来，王上恐怕连王位也保不住。”

齐王建心中犹如担了两桶水，一边翘起一边落下，起伏不定，毫无主张。

公西吾心中微微叹息。自古成大业者皆杀伐果决之人，君臣一心，方能做到力挽狂澜、事半功倍，至少也得像当初的昭襄王和易姜那般。而如今在他眼前的齐王建是远远达不到这期望的。

“那……那就……”齐王建终究接过了相印。

后胜看向公西吾，脸上不禁添了一丝得意："相国可别以为这就算过去了。易夫人是一定要交出来的，否则他日她若再入秦效力，齐国岂不是和上次一样又收留了一回白眼狼？既然相国自诩忠心，肯定没有异议吧？"

公西吾倏然抬眼，袖中手指捻动腰间佩玉，蓦然扯了掷在地上。

清脆的碎裂声传开，殿门外霍然一声高喝，惊得齐王建手掌一翻，险些将相印丢在地上。

万千兵戈赫赫捣地之声如同擂鼓一般震慑心扉。殿中的人都惊住了，不知何时宫中多了这么多兵士，竟一无所觉。殿门外有人大步而至，一身铠甲，手扶宝剑，面目森森冰寒。

"安平君？"齐王建有些摸不着头脑。

后胜皱紧了眉。田单忽然出现，佩戴兵器，恐怕来者不善。他伸手拽住齐王建的衣袖，有些畏惧地拉着他往后扯了扯，却瞥见田单嘴角冷漠的笑意，心头陡然一凛。

"国舅联结秦人陷害相国，该当何罪？"田单手中的剑抽了出来。

后胜下意识缩了一下脖子："胡、胡说八道！"

"来人！"田单一声呼唤，外面立即鱼贯而入一队士兵，将后胜拖出了殿门。

后胜大呼小叫，扯着齐王建的衣袖不敢撒手，口中高呼："谋反了！谋反了！"

齐王建脸色煞白，不敢拉他又不愿放，被拉扯得东倒西歪，畏畏缩缩地看着公西吾。对方却是面无表情。

田单大步过来，一剑斩断了衣袖，齐王建跌坐在地上。后胜手中一空，人就被拖了出去，顿时就破口大骂，但嘴被士兵及时堵住了，只能呜呜地号叫。

"相国，这是怎么回事？"齐王建哆嗦着站不起来。

公西吾弯腰扶他起来，顺便取回了他手中的相印，甚至还替他掸了掸衣摆："国舅才是与秦国联手之人，王上不可纵容。臣与安平君今日不过是要让王上认清他的面目罢了，并无其他意思。王上安心，不过臣还有一事请求。"

齐王建身子又一阵发软，所幸被他稳稳托住才没摔倒。这样的架势哪里是请求，他已经不敢信了。

公西吾道："臣想圈出齐赵边境五十城作为封地，可否？"

"五十城？"齐王建大惊，这是要做封地还是要自立为王？

田单闻言也皱起眉来：“相国这是何意？”

公西吾只牢牢盯着齐王建：“王上，可否？”

齐王建终究架不住，点了一下头。经此一遭，他再也无法相信公西吾了。

公西吾招手唤来士兵送他回寝殿休息，转身出殿。田单立即跟了上来，低声道：“我与相国共事多年，从不知相国是贪图私利之人，今日此举倒叫我后悔助你揭发国舅了。”

公西吾在阶下停步，抬头看了看漫天乱舞的雪沫：“安平君放心，这五十城终究还是齐国的领土，我只不过是用来做一下饵罢了。”

田单蹙了蹙眉，刚要追问，忽又听他道：“眼下此举不是大好时机吗？安平君终于可以取代我获得王上心中的信任，他日齐国就要仰仗你了。”

田单暗暗思索他话中意思，心中已经百转千回。

聃亏日夜兼程，但冬天赶路艰难，即使如此他还是比平常速度提高了近一倍。到达云梦山时，山下冰雪已有消融的势头，而山上还挑着积雪。

易姜正陪着无忧在院中锻炼身体。他打小就跟公西吾学了剑，但易姜不懂这个，只能在旁欣赏他举着木剑练习，提不出什么有用的建议。

聃亏立在院门边没有作声，他心中带着忧虑，却不知从何说起。

还是易姜转头时发现了他。一见他脸色便察觉出不对，赶忙快步迎了上来，连无忧都被惊动了，没再继续练剑。

“你怎么忽然来了？”

“公子营救夫人的事被告发了，如今恐怕全天下都知道你还活着的消息了。”聃亏将已经在胸口捂得温热的信拿出来交给她。

易姜匆匆展开，帛布上密密麻麻写了公西吾的字。他竟然在信中通篇分析了一遍时事，字迹分外冷静，如他这个人一般。

天下大局已定，唯齐秦有能力一统。秦国内政滞而不乱，诚如之前所言，后劲很足。齐国渐有赶超之势，却内政有荏弱之态，王不果断，臣不齐心。他在这朝堂，既压制着齐王的动作，又阻碍着秦国的进展，终究引来这一场后胜与秦国的合谋，既然如此，不如推动一把。

易姜心中感觉不妙，如何推动一把？

她将信收起，高声唤来东郭淮，一面对聃亏道：“先下山看看。”

聃亏挡住她：“夫人不担心秦国吗？”

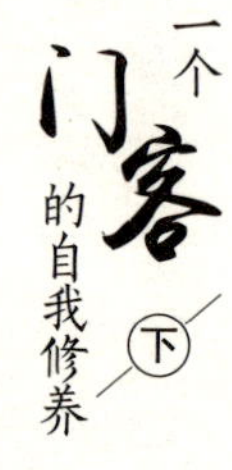

易姜摇摇头："嬴政就算有心请我入秦，他毕竟只是太子，吕不韦还在，子楚不会真这么做的。何况嬴政谨慎细致，对我还活在世上的消息未必完全相信，外面的传言不足为惧，时间久了自然化解。"

聃亏一想也是。

易姜早已想透，一旦知晓是公西吾救了自己，秦国连信任她都难，又谈何用她？嬴政的消息八成是从叔乞那里得来的，而叔乞知道鸩酒是真有毒的，人是不是真的没死，恐怕连他这个灌酒的都无法保证，又何况是嬴政呢？

她现在最担心的是公西吾，真不知道他又在做什么打算。

春日正浓烈，窗外的桃枝灼灼其华，花枝舒展，几乎要从窗外探入室内来。

公西吾在书案后奋笔疾书。巨大的一张渔网铺排了这么多年，到如今要缓缓收起，每一步都要凌而不乱。

童子轻手轻脚地进来，没有打搅他，将一封信放在案头便又退了出去。

公西吾书写了许久，告一段落，终于注意到那封信。拿过来一看，信封上衔着一枚紫草，展开后内里却只有易姜的一句问话：是否一切都好。

只这一句话他也仔仔细细看了好几遍。

他已经得知易姜和无忧下了山，却没有入齐，只在距离最近的魏国邺城等着他的消息。易姜是个再敏感不过的人，这一句话问出时心情究竟如何，他无从深究。但他分外满足，他有事，她便来了，极有分寸地守望。

柔软的绢帛似乎成了她的发丝，但他终究还是引火烧了，而后提笔回了封信：最后这一步，非得借师妹的手不可。

天黑时，童子又回到书房里来，仔仔细细安置了小案软席。不多时，遗老们三三两两入了府，一个个在公西吾面前就座。

公西吾忙碌到此时才抬头，众人这才见礼。

"今日请诸位来，是为了报答诸位幼年养育之恩。"他将地图展开，在赵燕两国交界之处圈了一下，"这里的城池，诸位可以任选一块作为自己的封地。"

众人错愕不已，面面相觑。为首的老者忍不住问："公子既然已经把持了齐国大权，何不自立为王呢？有您庇护，我们才敢领受封地啊。"

众人附和称是。

公西吾道："赵燕二国交界处是被齐国攻占的城池，暂未有人接手，如今齐王已经赐给我做封地，诸位大可以安心接受。这些地方无人过问，得到之后等同占城为王。难道自己做王不比扶持他人做王更好？”

众人一时神色各异，有人连忙表示光复晋国才是毕生所愿，然而语气听来未免有些中气不足。

最终还是有人按捺不住上前挑拣了。一旦开了头，其他人便再也坐不住了，纷纷挤了过来。屋中顿时嗡嗡声一片，哪有之前的半点推让矜持。

公西吾知道他们不会拒绝，辛苦忙碌这么多年当真是因为忠于晋国？未必，只不过是为了那点权势财富罢了。

复国算什么，他们已经得到自己想要的了，恐怕比原先计划的还要更多吧。

眼下的秦国却很不安生。

子楚病入沉疴，难以分心东顾，自然也就顾不上齐国。嬴政却在此时收到了易姜的信。

他很惊讶，没想到易姜竟然真的活着，还会主动写信给他，而信中的内容也让他大吃一惊。

她自称要为公西吾牵线，让秦国去接手他之前得到的五十座城。

公西吾狮子大张口要了五十座城做封地的事早已传遍天下。嬴政在后胜这件事上受了挫，正对他不满，没想到他竟然拱手献上了这五十座城。

这到底是什么意思？公西吾明知秦国有意陷害他，为何还要献殷勤？难道是有投诚之意？这倒也不是没可能，毕竟后胜已倒，齐王建对他的信任也已开始动摇。

嬴政自幼生长的环境复杂，从没有正常孩童的纯真浪漫，早就习惯了深沉复杂的人心，但这一刻却觉得自己甚为年轻，年轻到无知的地步。

要接手就要跟公西吾详谈，他该相信公西吾吗？

答案自然是否定的。

他忍了又忍，终究将那五十座城的诱惑给压了下去，将信收好，命人送去齐国。

齐宫之中因为公西吾的作为已经暗潮汹涌。

齐王建骤然封了这么多城池给公西吾，朝中哪个大臣会乐意？这几日朝会停了，入宫拜见又遭阻拦，他们已经急得没有办法。

还是云阳夫人机敏，知道从田单这块入手。接连登门造访几次，总算探得了

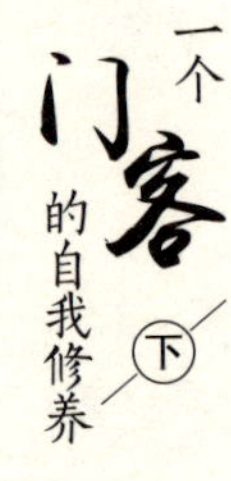

些许口风，还得了他的默许入宫见了齐王建。

齐王建一见到姐姐都快哭出来了，将公西吾的事一五一十与她说了，颇为愤恨不甘：“本王从不知相国是这样的人，以往真是错信了他！”

云阳夫人安安静静地站在他面前，心里打着自己的主意。她看不上弟弟的软弱无主，但是自己毕竟是齐国公主，匡扶齐国王室是她的责任。何况指望公西吾给自己依靠是没可能的，听闻易夫人还没死，虽不知真假，但从公西吾还愿意入秦救她这件事来看，就算她真死了自己也没机会。

为了后半生，帮着弟弟重掌大权才是正道。

她安抚了齐王建几句，想了想道：“此事恐怕只有靠安平君才能扭转了。”

“田单？”齐王建愤懑地拍了一下桌案，“他也不是什么好人！”

“可是他毕竟是齐国宗室，也是唯一有能力遏制相国的人了。”云阳夫人理了理衣襟往殿外走，“我去试一试好了。”

本该已在军中的田单至今留在都中没走，也没像公西吾那样对她拒而不见，可见他很可能对公西吾的作为已经有了不满。云阳夫人一路思索着，到达安平君府时天已快黑了。

入了院内，却见身着便服的田单立在廊下，周围空无一人，仿佛早就等着人来拜访一样。云阳夫人心中又多了一分把握，带着笑走上前去：“我算着日子，料想安平君就要离开临淄回军中去了，特地赶来相送。不知安平君何时动身？”

田单不答反问：“云阳夫人倒是难得关心这些。”

云阳夫人笑道：“我虽是女流，却也关心战事。先王在世时总教导我与王上，当初燕国险些灭了我齐国，是安平君挽救了齐国，大破燕军，收复七十余城，才让齐国有了今日。如今安平君攻破燕国，占城无数，也算是为齐国报了大仇，我来为功臣送行是应该的。”

天色昏暗，云阳夫人却还是眼尖地注意到田单的脸色在听到这些话后有了变化。

“唉，可惜得到的燕土尽数被相国私吞。单愧对先王信任，再无颜面居功了。”

云阳夫人忙说道：“安平君切莫自责，连王上都说此事并非安平君过错。安平君乃是王室宗族，对付后胜也是为国着想，绝不会帮着外人撬齐国的江山，这点我们都深信不疑。”

田单当即后退两步，向她见了大礼：“谢夫人劝诫！单绝不辜负王上信任。”

云阳夫人心中大定，还好是赌对了。

田单当夜便悄然入宫与齐王建密谈，至天明方歇。到了后来，遥想当初齐国光复之初的艰辛，君臣二人竟然抱头痛哭，齐王建对当日他贸然抓了后胜的事也不予计较了。当然还是因为他阿姊说话提醒了他，此时除了田单，他也没人可以信任了。

不出几日，快马送来了秦国太子的信件。齐王建一看到内容便怒了，通知田单来见，一碰头就将信砸在了地上："公西吾果然辜负了本王对他多年的信任！口口声声说舅舅与秦国勾结，不想自己更加放肆，竟然做出这种事来！"

田单接过来看了一眼，署名上压着易夫人的私印。他若有所思："此举可能是易夫人嫁祸相国所为，王上小心中了离间计。"

齐王建听他话中有倾向于公西吾的意思，越发生气："易夫人是被他救的，分明余情未了，怎会嫁祸他？"

"公西吾对她余情未了，可不代表她对公西吾余情未了。臣听说鬼谷派弟子历来是互斗的，王上难道觉得易夫人与相国之间如正常夫妻一般和睦吗？"

齐王建不禁噎住。对啊，当年易夫人可是偷跑了的。倘若易夫人也要对付公西吾，那不就跟他们是一路人了？

刚想到这里，田单忽然问了句："王上究竟是要除了公西吾，还是只是要剥去他的相国之位？"

这问话分外严肃，齐王建不禁吞了吞口水："本王……"

剥去相国之位是必然的，不然无法重掌国政。但说要公西吾的命，齐王建又有些畏缩。公西吾在他眼里不是常人，近乎于无所不能，如今威胁到了他的地位，他心里不甘和愤恨都有，可不敢对付他的畏惧也有。

"能……要他的命吗？"他不确定地问。

田单分外冷静："王上硬要下杀手也未必不可。只不过相国毕竟是国之重臣，又为齐国操持多年，王上当真不念旧情？"

这话说到了齐王建的心坎里。怎会不念旧情？他向来是器重公西吾的，可他对自己做了什么？这么一想竟有几分酸楚，自古以来只有怀才不遇的臣子，哪有重用臣子之后反被戳一刀的君王。他有点阴郁，语气里又有些孤注一掷的意味："本王不想杀他，但也不想他活。"

田单仔细思忖片刻："相国终究忠心多年，忽然行差踏错，必然事出有因。

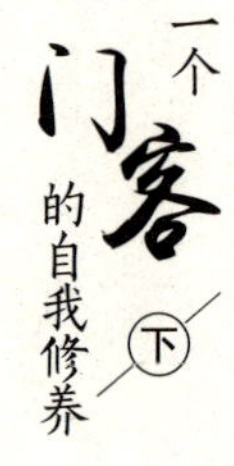

国舅与秦人暗通王上尚未处置，相国这事尚有疑点，更不足以动杀机。何况王上也知道相国的能耐，贸然杀他恐怕会引起难以预料的后果。谁知道他手底下都有些什么样的人，会不会寻仇。”

齐王建身子一抖，脸色有些发白。他其实想的是公西吾自然地生老病死，与他无关又断了个牵挂。田单说得对，他大权被架空了多年，其实真不敢贸然动公西吾。

“那……那要如何是好？”

田单笑了笑，下巴上的短须里已经夹杂了几丝花白，随着抽动的笑容露了出来：“臣已知晓公西吾的弱点，由此生出一计。王上放心，既能让您得偿所愿，还不背负骂名。”

“当真？”齐王建很怀疑。

田单凑到他耳边低语了一阵，退开时接了一句：“何不让天来定他的生死呢？”

齐王建错愕不已，依然有些忐忑。但一想这是田单的主意，就算不成大可以推脱，也就将信将疑地接受了计划。

公西吾被连夜召入了宫。已是盛夏的光景，夜间也热度不退，他依然一丝不苟地穿着厚重的朝服，看来竟神清气爽。

齐王建梳洗整齐，坐在书房之中，一双眼睛四下游移，背后却早已被涔涔冷汗浸透。好在身旁站着田单，座下还有数十位大臣，他这才稳住了心神。

公西吾视线左右一扫，抬手见礼：“不知王上召臣入宫，所为何事？”

齐王建捏着拳，心里却还是止不住对他那点畏惧，示意旁边的田单说话。

田单只好替他开口：“相国要了五十城，肆意分给了旁人，如今又私下进献给秦国，实为不忠之举，相国可认罪？”

公西吾不慌不忙：“王上明鉴，臣实在不明白安平君此言何意。”

莫非他还真是被易夫人陷害的？齐王建心里闪过一丝犹豫。

田单拍了拍手，宫门外立即走进来三名宫人，每人手中都端着一方彩绘漆盘，上置一盏双环青铜酒爵。

“周成王曾以三杯水酒试忠臣，今日王上也以三杯水酒试相国。倘若相国是真忠心，天地自可明鉴。”

据说周成王初即位时怀疑叔叔周公旦并非真心辅佐自己，受小人唆使，赐下三杯水酒，唯有一杯无毒。并立下誓言，倘若周公旦是真心辅佐君主，那上天便会让他选中无毒之酒。

周公旦随手选了一杯饮下，果然毫发无损。周成王愧疚难当，亲自下拜请罪，叔侄二人重归于好，携手得以使天下大治。

“比起周成王，王上要仁慈许多。”田单手指在那三个宫人身上一指，“这三杯水酒之中虽只有一杯无毒，但其余两杯毒酒毒性不强，除非满饮，滴许死不了人。而这有毒的味酸且涩，请相国任选一杯饮尽，命凭天定。王上仁慈，特许你沾唇试味。”

大臣们顿时交头接耳，议论纷纷。公西吾权势滔天，涵盖朝野，所以一听到田单说要用毒酒来试相国时，已经有大臣按捺不住要谏言劝阻了。然而待他们听完全部之后便安心了。这哪里算是什么试炼，只不过是走个过场罢了。只要沾一滴毒酒尝出味道酸苦便可以弃之不选，傻子才可能会选到毒酒呢！

齐王建软弱又好脸面，举国皆知，但没想到他会弄出这么一出无半分凶险的试探来。这与不试有何区别？反倒惹相国不快才是真的。大臣们只觉荒诞，看来要么是齐王建太仁善，要么就是他不敢动相国还硬要强撑。

尽管如此，竟还是有人站了出来，见礼问道：“敢问安平君，确定三杯之中一定有一杯是无毒的吗？”

众人纷纷看过去，原来是刚刚接管稷下学宫的裴渊。他有些激动，整张脸都涨红了，时不时看向公西吾，神色很不安。

齐王建是要面子的人，一下被踩到痛脚，抢先道：“难道本王还会拿上天来行欺瞒之举？哪个君王会行如此荒谬之事？”

裴渊想说这事本来就够荒谬了，又不好直言，惹恼了君王也有些惶恐，垂头下拜，不再多言。毕竟世人敬天畏天，尤其是君王，个个自认受命于天，更是对天尊崇有加，的确少有蔑视天威者。

公西吾从裴渊身上收回视线，抬头看向上方：“敢问王上，这是何人的提议？”

齐王建有些紧张，手心都冒出汗来。田单倒是大方，明明白白地告诉他：“就是你苦心营救出来的易夫人。”

裴渊神情像是见了鬼一般，几乎当场就要忍不住嚷嚷不可能，对上公西吾平静的侧脸又生生压了下去。反正此举也没什么凶险，也许是二人有意为之，谁知道呢。他忍耐着跪坐端正。

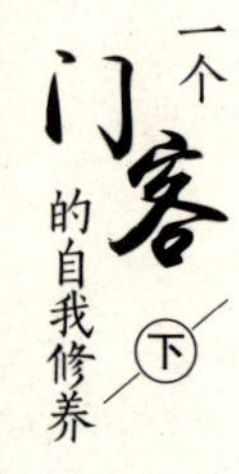

齐王建也有几分意外，先前田单告诉他说公西吾没有味觉，他半信半疑，现在看公西吾的反应，应当是真的了。易夫人居然将此事告知田单，如此绝情，真是叫他刮目相看。鬼谷派当真是一山不容二虎。怎么办？他竟然有些同情公西吾了。

可是再同情也没他的王位来得重要。没别人知道味觉的事，就算公西吾被毒死了，天下也只会夸赞他仁君德厚，说公西吾是咎由自取。齐王建紧攥着拳掩饰慌乱，不敢正视公西吾，只时不时地朝他那边瞄，分外心虚。

公西吾一脸平淡，对田单的说法并没有理会。

田单蹙了蹙眉，催促道："王上已经仁慈至此，相国若是忠心，总不可能连这样的试炼也不肯接受吧？何况这还是你最心爱的易夫人提出的方式，你难道连她也信不过？"

公西吾打破沉默："本相只是在想，此番试探究竟试探的是谁。"他举步走到三位宫人面前，漆盘里有平口的小木勺，但他并没有用来沾酒试味，随手取了一杯便仰脖饮尽。

众人惊讶地拉长了脖子，裴渊更是急得恨不能扑上来。

齐王建全神贯注地盯着他，并没有预料中七窍流血的惊悚场面。他握着的拳头松开又攥紧，攥紧又松开。

公西吾抬手除下高冠，搁在漆盘里，向他见了一礼："王上既然不信任臣，臣纵然忠心又有何用？不如就此离开齐国，遂了王上的心愿。"说完转头，平静地走出了殿门。

殿中嗡嗡声四起，大臣们又交头接耳，已有人起身劝阻，又有人跪地进言。

齐王建充耳不闻，早已惊骇得动弹不得。

不对啊，明明三杯全是……

莫非上天当真有灵，公西吾真的是被冤枉的？想到此处，他竟然仓皇地站了起来，就要去追人。

田单扯住他衣袖，声音压得极低："王上，既然他已决意离开齐国，就由他去吧，这样的机会不可能有第二次了。"

齐王建的脚步停了下来，这话说得没错。他只是觉得慌张，这下在场的人都知道公西吾是被冤枉的了，他成就了一世美名，自己却成了冤枉忠臣的昏君，岂不是要叫天下人耻笑？

公西吾没死成，万一卷土重来怎么办？万一去他国效力，对抗齐国怎么办？

身上的冷汗越发不可收拾，早已汗湿重衫。

身在郸城的易姜收到消息险些没将桌案给掀了。

公西吾让她送信给秦国可以理解是一场推动，外面那些说是她出谋划策要害他的传言是怎么回事？

他曾说有朝一日若自己成为一统的绊脚石便亲手将自己移去，可从没说过要借她的名义啊！

她叫来无忧，吩咐聃亏和东郭淮立即动身。

街道上人来人往，大家都在颂扬着齐相公西吾忠心不怕试炼的名号，一面又说着易夫人竟然企图加害夫君的阴险。他博了个美名，倒将她至于不义之地。

什么混账玩意儿！

聃亏引来车马时，小心翼翼地观察着她的神色：“夫人准备去哪儿？”

“还能去哪儿？回云梦山！”

“那公子他……”

“谁管他！”

聃亏吓得闭了嘴，东郭淮在旁直接一个字也不敢说了，就连无忧都悄悄缩了缩脖子吐了吐舌头。

公西吾悄然神隐。齐秦之间对峙局势越发明显，大批的有志之士蜂拥至两国。稷下学宫里重新焕发生机，秦相吕不韦门前也立满了等候选用的门客。

裴渊在稷下学宫里忙得脚不沾地，偶尔回神也是因为公西吾忽然离开齐国的事。

他觉得不可思议。那晚忽然被叫入宫中，见识到那场闹剧一般的试探，仿佛就是为了逼他离开一样。现在他真的走了，没人知道去了哪里。

这么多年的苦心经营，说不要就不要了，也真够洒脱的。裴渊心里虽然替公西吾可惜，可又隐隐觉得自他离开后天下局势又紧促了一些，有种被一只手无形中调快了的感觉，也不知道是不是自己多想了。

至于公西吾的封地，据说私下分给了旁人，但如今齐王建已经叫田单去收回，少不得要有一场乱，也不知道他是怎么想的。偏偏易姜又不知去向。

裴渊乱七八糟想了一通，手下的竹简没有理整齐，反倒更乱了，干脆一推，

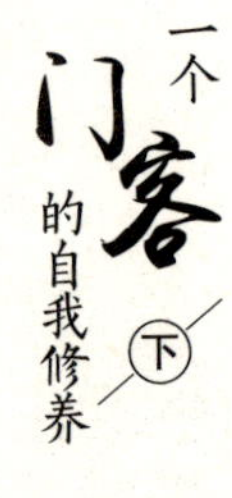

朝窗边看去。少鸠正坐在那里，已经发呆很久了，恐怕也在和他想着一样的事。

不知过了多久，窗外走过两个年轻士子，边走边说着闲话。少鸠原本无神的双眼忽而有了神采，竟然将身子大半探出了窗口。

裴渊连忙上前捉住她胳膊：“你做什么？小心翻出去。”

少鸠愕然地转过头来：“你刚才听到他们说的话没有？”

裴渊一怔：“没有啊，他们说什么了？”

“他们说云梦山中又有人出没了。”

裴渊愣了愣，难道易姜在云梦山里？

都已经入秋了，照理说公西吾就是用脚走也该走到云梦山了。易姜心中虽气，却又不免担忧。

聃亏经常下山查探，也是一无所获。原先知道她生气，有意没说，到了后来竟然反过头来安慰她千万不要担心。

易姜气不打一处来：“依我看，他要么是不想来，要么就是没脸来。如今博了个忠君的美名，只怕天下列国君主全都邀请着他去做官呢。”

聃亏讪讪：“公子在齐国这么多年说放下就放下了，岂会再去别国呢。”

易姜怨气未消，转头去督促无忧做功课了。

无忧又长高了一个头，现在大了一些，懂事了，那张脸也越来越像公西吾。好在性格没有继承父亲，活泼得很，没事就喜欢说说笑笑。易姜觉得这全是自己的功劳，要是成天跟着公西吾，迟早还是变成他那样。

这么一想，越发觉得此人可恶至极，到现在也没有消息，也不知道送个信来。

深山之中最容易感受到四季变换，深秋一到寒意便有些明显了。

无忧正在长身体的时候，需要吃点鱼肉鸡蛋，但山里只有鱼没有鸡。易姜以前哪里会操持这些事情，现在却不得不自己做，太阳刚刚冒头便出门下山去了。

聃亏又忙着去找公西吾了，好几天没见人影。东郭淮要跟她下山，易姜没同意，留他守着无忧，自己一个人出了门。

习惯了山中生活后，她整个人都随意起来，头发太长就剪短了一些，要么散着，要么就随便拢起来束在脑后。衣裳更是随意，宽大的袖口被她自己收拢了起来，衣摆也向上提了好几寸，行动起来方便多了。虽然这种行为让聃亏他们很是惊骇崩溃，但也不敢劝阻，只能默默忍了。

今日毕竟是出门，她一丝不苟地梳了头，罩着披风帷帽，半猫着身子出了鬼谷那道狭窄的入口。

一抬头，谷外大片的树木便扑入眼来。秋日萧瑟，落叶满地，但这些树木四季常青，在这万物凋敝的季节里依然顽强地透着绿，只是绿得深沉，像含着微微的墨色。

脚下枯叶咯吱咯吱地轻响，没走多远，易姜猛地停下了脚步。

狭窄的山道上立着个人，雪白的衣角上沾了枯叶，迎着秋阳在地上拉出一道淡薄的斜影。他枯站在那里，神情似乎有些茫然，缓缓朝易姜这边看了过来。

易姜陡然就怒了，转头就走。

“师妹。”

公西吾低声叫她，她脚下越发快了一些。

嘀，现在知道叫师妹了，之前败坏她名声的时候怎么没想着这一层啊。你还知道回来呢！

刚走到鬼谷的入口边，身后忽然一声轻响，是重物压倒地上枯叶的声音。易姜一愣，转过头去，公西吾已经跌倒在地上，嘴角牵着一抹血丝。

她慌了神，匆忙跑到他跟前：“你怎么了？”小心将他扶起来，发现他整个人都软绵绵的，脸上煞白，她先前竟然没有注意。

公西吾没有答话，脸上怔怔的，眼神也有些茫然。

易姜心中猜到了些许，吃力地架起他站起来往鬼谷中走。到了入口处，因为狭窄难行，只好又改成背的。

“你最好是装的，否则我还是将你丢在这里算了。”她咬着牙，压住心里的慌张。

公西吾环在她颈边的手臂无力地垂了下去：“我就知道人都抵不住权势欲望，田单答应好的事，竟然最后关头还是下了毒……”

他说得没头没脑不清不楚，易姜却立即就明白了。

想必田单是受他安排跟齐王建合作的，那试探的毒酒他应该跟田单早就约好会替换成无毒的，但田单临了变了卦。

“我心有防范，没有咽下全部，否则真要没命了……”他好像反应变慢了许多，语速也十分缓慢，“为了医治，我拖了很久。近来有些好转才上路，总算到了……”

易姜这才明白他是在解释，心中又气又急。偏偏背着他过鬼谷入口时还得小心翼翼，防着他被擦着碰着，身上早已累出汗来，又怕他出事，故意骂道：“谁

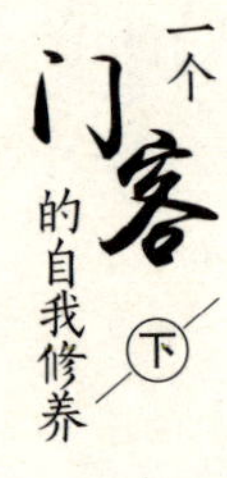

叫你暴露弱点给他的，活该！”

公西吾没有回应。她心中担忧着，脚下便没有顾及，踩在一处坑洼里脚一崴就朝前跌倒下去，手掌蹭地，火辣辣地疼。

公西吾的脑袋无力地靠在她后颈边，被这一摔滑到了地上，大约是被磕着了，闷哼了一声，睁开眼看了一会儿才清楚是怎么回事。他缓缓爬起来，伸手过来捉住易姜被蹭伤的手，拿在眼前看了又看，忽然在伤口上舔了一下：“疼吗？”

易姜被他这举动惊得下巴差点儿掉下来，一把捧住他脸，盯着他涣散的眼神：“你是不是傻了？”

公西吾也愣了一下，似乎刚意识到自己方才做了什么，皱了皱眉说道：“我现在意识不清，你多担待。”

难怪，总是一副茫然迟缓的模样，恐怕先前在鬼谷外干站着就是在找入口。连这都忘了，真是脑子不够用了。

易姜咬了咬唇，拖他起来：“你一早计划好的事情，就不能安排可信的人去做？”

“哪有那么多可信的人……”他又伏在易姜背上，侧脸在阳光下白得近乎透明。

要培养出完全可信的心腹几乎是不可能的，能信任八九成已是不易。这么多年能称作心腹的也就只有几人罢了，都是和聃亏一样的家臣之后。智父留给他的护卫，从未在人前显露过，但在救易姜的时候几乎都已折损，幸存的也断了联系。

易姜其实也有数，不过是用抱怨来让他撑着精神罢了。她不敢耽搁，又背着他朝山顶走。石阶高陡，更加疲累，好在东郭淮眼尖，在院门外便已看到山道上的情形，连忙赶过来帮忙。

易姜的脚先前崴了一下，直到现在才感觉到疼。

东郭淮将公西吾背去房中放下，立即就要下山去请大夫。公西吾及时醒了过来，拦下他道：“不用了，再治也是这样。叫人入山只会多一个人知道鬼谷所在。”

易姜脸上铁青：“什么叫再治也是这样！”

东郭淮见她有发火的征兆，赶紧退了出去。

公西吾仰卧在榻，先前摔倒时鬓发上沾了一片枯叶还在，看起来有些狼狈，好半天才转过脸来对她说了句：“我渴了。”

易姜满腹的担忧愤怒无处发泄，见他这模样又于心不忍，只能压下来，倒了碗水去榻边扶他坐起，顺手将那片枯叶给摘了去。

公西吾向来行事说话都干脆直接，现在却像是做什么都能拖沓出一条长长的尾巴来，就连一碗水都喝了许久，而后又躺了下去，闭上双眼没再说话。

这么久没见，易姜其实有很多话想说，但被他这番动静弄得全给忘了。捏着那只空漆碗站着，忽然觉得屋中安静得过分，俯下身靠近，他的呼吸淡得都快听不见了。

她心里一慌，丢了漆碗便揪住了他的领口："公西吾，你要是敢死，我就……"

公西吾没睁眼，手却像是自发自觉一般揽住了她后腰，轻轻一扣。她往前倾倒，趴在他胸前。他睁开眼睛，意识似乎聚拢了一些："你就怎么样？"

易姜松了口气，心中酸涩，口中反而凶狠起来："你借我的名义喝了毒酒，要是你死了，天下岂不要说是我害死了你！你让我背了黑锅，还问我要怎么样？"

"借你的手是要让齐秦两国相信你我之间并无联结，甚至相处不睦，免得你再被秦国盯着。"公西吾有气无力，"反正在他们眼里你我也已斗了这么多年了。"

易姜也明白，即使他们现在已构不成威胁，齐秦两国也不会希望他们过得安生，斗得越凶越好。只是多少有些气不过，如今都住进深山了，还被他弄坏了名声，偏偏他一口一个为你好，想生气都不行。

"那你也用个温和些的法子，非逼着齐王毒杀你才甘心。"

"不让齐王怀疑我，那些遗老们不会放任我就此离开相国之位。如今他们也没法子了。"公西吾没有细说，垂下眼帘，目光落在她脸上，"你方才说你就怎么样？"

易姜没想到他还记着这茬，现在倒是不迟钝了。她翻了个白眼："我就回我的世界去，再也不回来了！"

公西吾愣了愣："那无忧怎么办？"

"我带他一起走。"

"我怎么办？"

"谁管你！"

他居然皱着眉头认真地思考了片刻，好一会儿才反应过来她是说气话，无奈道："我死不了，绝对死不了，放心……"说这话时他的声音越来越低，眼睛已

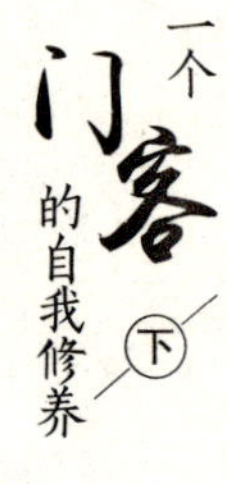

经合上，片刻工夫便又沉沉睡去了。

易姜没有动，脸贴在他胸口边，耳中听着心跳声，好一会儿才放下心来。

到正午时分，学习了一上午的无忧才从东郭淮那里得知父亲回来了，赶紧一路跑进房来，就见母亲正在往浴桶里添热水，父亲躺在榻上一动不动。

“父亲怎么一回来就睡着啦？”他从榻上移开视线，好奇地看着忙碌的易姜，非常贴心地将声音压低了许多。

易姜解释不清楚，干脆道：“病了。”

无忧顿时担心了，趴在榻边盯着公西吾的脸守了许久，始终没等到他苏醒。直到东郭淮来请他用饭才不依不舍地离去。

易姜没急着去吃饭，就等着正午时候温度高些好给公西吾梳洗，免得冻着他。

公西吾这一觉已经睡了好几个时辰。易姜将他架到浴桶边时他才醒了一下，精神似乎好了一些，甚至还知道自己宽衣解带。

易姜多少有些尴尬，要不是他这样，她还真不好意思亲手来伺候他。看着他衣裳一件一件地脱，忽然觉得还是叫东郭淮来算了，但这一晃神间公西吾已经坐进浴桶里去了。

她暗暗松了口气，拖起他胳膊架在浴桶边沿轻轻揉了揉，一边道：“我搁了些药材，发汗用的，不知道能不能散些毒出来。”

这方法最早是从聃亏那儿得知的，以往在齐国相府的时候他还叫婢女给她准备过一回，后来她回到鬼谷才发现原来聃亏也是从鬼谷的藏书里看到的。

不管有没有用，总得试一试。

公西吾听没听清楚都不一定，他又闭着眼睛睡上了。水珠溅在他额头上，顺着眼窝鼻翼轻轻滑下来，越过下巴到锁骨，最后潜入齐胸口的水里。他到底是长期习武的，看着清瘦，脱了衣服却还是能看出料来。

易姜有点脸红，好在他现在看不见，不然她都不知道眼睛该往哪儿看。但转念一想，他都这样了，还顾及这些做什么？遂又仔仔细细给他擦洗起来。他的皮肤渐渐发热，额头上渗出细密的汗珠。

澡快洗完时他又清醒了一下，真是时候，里衣都是自己穿的。易姜扶他去床上躺着，他似乎舒坦了，对易姜说了句：“我再歇一歇便没事了。”

易姜知道他是在安抚自己，心里并不轻松。

聃亏过了好几天才回来。一进院子就见东郭淮收拾了包袱要出门，吃惊道：

"你这是做什么去？"

"下山。"东郭淮言简意赅。

当初他是奉赵太后之命跟随在易姜身边的，后来将易姜认作了主公，这么多年一直很忠心，直到现在，终于要离开了。

其实易姜上次下山时便对他说过这个建议。她不能将他一个正值壮年的大好男子一辈子困在这深山里，也该让他回去与家人团聚，自由地走一走看一看。何况她现在已经不是什么政客，不能给他多少俸禄了。

东郭淮倒是不在意酬劳，记挂家人却是真的。只是先前时局未定，他使命使然，还是护送她回了云梦山。如今公西吾归山，又得知今日聃亏会回来，他便早早收拾了东西，辞别易姜，准备下山去了。

聃亏对东郭淮心情复杂。当初他背叛易姜后东郭淮接手了他的职责，相处起来一直都有点尴尬，现在看他要走，也不知道该说些什么。最后还是东郭淮说了一句："公西先生回来了，你不去看看？"

聃亏几乎惊得跳起来，匆匆道了个别便朝里大步走去。

公西吾这几日昏昏沉沉，清醒的时间极少，沉睡的时候极长，而且每次都睡得很沉。

易姜大部分时间都坐在床榻边守着，一觉醒来第一件事就是去摸他的鼻息。起初觉得这个动作有点晦气，但次数多了竟成了一种习惯。晚上睡觉前也总要伏在他胸口听一听，确定心跳声仍然强烈才安心。

历史上的谋臣就没几个有好下场的，鬼谷弟子能全身而退的更是少之又少，他们俩都还活着就已是极大的幸运了。人真的是要走到了生死的地步才会将一切恩怨纠葛都看淡，她已经没有其他奢望了，只要他还好好的就行。

聃亏在回廊上撞见了无忧，他说父亲病了，可又说不清楚缘由。聃亏更着急了，匆匆到了门口，正好撞见出门的易姜，赶忙上前问她情形。

易姜一五一十地说了，他瞬间就明白为何之前找不到人了。八成是公西吾防着田单斩草除根，故意隐瞒了踪迹。

公西吾还在睡着，他没有进屋打扰，只在门口悄悄看了一眼。瞥见屏风后躺着的身影一动不动，心里七上八下。

第二日起，聃亏开始下山四处寻医问药。一来是他不乐意叫太多人知晓鬼谷所在，二来是大夫们都不愿意长途跋涉远赴深山，所以他只能通过描述毒性症状去求药。出于谨慎，每次熬好药后他都要自己先尝一口，确定没事才送去给公西吾喝。

其实他有很多事情想问公西吾，比如复国的事，那些遗老们的情形，可公西吾如今这般模样，他就只剩下关心他性命了。

好在公西吾常年习武，身体底子好，身体虽然康复得慢，但的确是在慢慢好转。他也真是淡定，这几日醒着的时间越来越长，每次看到易姜总要说一句："无妨，我很快就会好的。"

易姜起初还不满地说他几句，到后来一点脾气也没有了。他这样也好，至少意志力顽强啊。

一直到入冬时节，山野生机凋零，公西吾的身体却明显地好转起来。

大概是聃亏的药有了效果，又或许是他太有毅力，他终于不再长时间地沉睡，思维和行动也渐渐没那么迟滞了，作息也开始变得正常，脸上渐渐有了神采。

易姜还是偶然发现他在床头看了半晌的书才察觉到的，当时就呆呆地扶着门看着他，想起这数月以来的心情，竟像是亲身经历了一场生死一样。

要是晚一点还没起色，她真的就要去找田单算账了。

这段时间她担心得饭都吃不下，连无忧的学业也没敦促过半句，如今终于放下心来，人已经瘦了一大圈。

聃亏又外出了一趟，趁着大雪没有封山从山下赶了回来，见到公西吾已经衣冠齐整地坐在案后翻阅书籍，长长地松了口气。

易姜从屏风后转出来，本来看公西吾初愈就一直盯着书卷想说他几句，见到聃亏立在门口便问了句："山下有什么消息没？"

聃亏点头："秦王病重不治，太子嬴政即位了。"

易姜怔了怔，公西吾也抬起了头来。

都说山中方一日，世上已千年，看来这话未必没有道理。山下风云变幻如何翻涌，山上都是一片平静的。

公西吾没说什么，只是找出了地图摊在桌案上研究了许久。这里的地图典册都是前人留在鬼谷中的，所以看起来分外老旧，疆域也还是以前的样子。他却看得很仔细，仿佛可以从里面看出什么玄机来。

晚上入睡时，易姜本想与他讨论一下此事，但一想这有什么好讨论的呢？在她的世界里的确是秦国一统了天下，现在看来一切也都发展得很好，恐怕将来也是这个局势。可世上多的是未知数，谁知道最后会是什么样的局面？讨论到最后还不是没有结果。

公西吾坐到床边来，身上的袍子微敞着。易姜一边给他拢了拢衣襟，一边观察他的神色："你的身体到底好了没有？"她真怀疑是不是留下了什么后遗症，这么冷的天也不怕冻，难道连感觉都迟钝了？

公西吾原本正在想着事情，闻言转脸看向她："我也不清楚。"他忽然伸手揽住她倒了下去，唇贴了过来，声音里满是旖旎的意味，"你试一试便知晓了。"

易姜无言以对。他身上的药味已经淡去许多，紧缠着她的手臂火热有力，吻得却很缠绵。这冬日的夜晚，紧贴在一起叫人温暖，便不舍得离开，他的手指沿着她的腰线游移，叫她麻痒难当。

"好了好了，我相信你全好了。"她难受得直想躲。

公西吾并不是个热衷于男女之事的人，但兴致已经挑起来了，哪有收回头的道理。手下没有半分停顿，从那松散的衣襟里探进去，拂过沟壑，攀登顶端，已是驾轻就熟的气势。

易姜咬着唇，但被他的口齿给撬开来，声音还是泻了出来。

公西吾的动作里有种强势的温柔，抵着她的腿步步推进。这时候易姜又觉得他慢半拍了，但一融入她他便掀起了狂风暴雨。

易姜的呜咽像是窗外寒风一样破碎，又像小动物一样柔软，心里却很气愤，抓着他的背两相搏斗……

她后悔了，早知道就不问了。他这身体底子，能有什么后遗症，别给她整出个后遗症就不错了！

无忧照例每日一早在院子里练剑，扫着落地的残枝败叶，越来越有架势。

易姜起得不算早，刚吃完饭就倚在廊下看着他，眼前有些恍惚。一晃眼他都这么大了，真是光阴如梭，也难怪山下局势已经变成这样了。

公西吾从屋内出来，一边走一边系披风："师妹，随我去山腰老师的居所整理一下典籍。"

"我早已整理过一遍了。"二人战斗耗光了精力尚未复原，她兴致缺缺。

"恐怕你整理的只是皮毛。"他走过来牵了她的手朝山下走。

易姜听他话中意思可能还藏着别的书，便乖乖跟着他下了山。

山道上覆着一层雪，有些湿滑，他手扶着她的腰，走得很慢。透过光秃秃的大树朝下方看去，隐约可以见到山脚一片白茫茫的小路，远处连绵的山头也是一片雪白。在这里看这个世界，安宁得像是毫无纷争毫无杀伐，一切都平静得如梦如诗。

“我总觉得，此生是有希望见到天下一统的。”他收回视线，继续缓缓下行。

易姜却是一愣：“怎么，难道你原本不这么想？”

公西吾点头：“我原以为我这一生都要耗在这个遥不可及的目标里。也做好了准备，到最后大多是落个死无全尸的下场。”

这话易姜倒是相信。他分明就是计划了一切，将自己也计划了进去，最后耗尽了一切算计，也就退无可退了。

可明明白白听他说出来还是觉得刺耳，偏偏他还一副无所谓的模样，仿佛说的是别人的事。

难怪当初问他天下大定之后想做什么，他回答得含糊。其实是根本没有想过，他最初就没有打算过全身而退。

“这世上多的是和你想法一致的人，只不过有人隐而不露，有人锋芒毕现，但都在出力。只要出的力多了，总有那么一日的。”

易姜说这话时人已经在山道中间停住。极目远望，先前一直在厚厚云层里藏着的阳光露了头，将半边天都染成了金黄。色泽这么炫丽，连下方白皑皑的山脉也照出了辉煌的色调来。

公西吾一手揽着她，一手拂去眼前的雾气，像是揭开了景致的一角，阳光从他宽大的衣袖后渐次露出。在易姜看来，竟然有种拨动天下的波澜壮阔。

“如今时局如此，他国被吞并是迟早的事，胜者无外乎齐秦之一。不过世事难料，究竟谁胜谁负尚未可知，待分出结果那日，也算是你我师兄妹分出了个胜负了。”

易姜笑了一下，率先朝下走去：“我的胜算可大得很。”

公西吾看着她的背影，唇角微微扬了一下，不置可否。

长长的石阶上人影一前一后，积雪上留下两行脚印，一直向下蔓延开去。

这一年，还是少年的嬴政即了位；这一年信陵君再度出山扶持魏王；这一年齐国的大权被安平君田单把持……

天下的时局轻悠悠地摇晃，上面是宫阙楼台盛放着的帝皇梦，下面是百姓们颤颤巍巍双手中的一抔流沙，究竟谁能将这流沙筑成坚固的根基，无人知晓。

这一年，云梦山鬼谷子重新开坛授徒。

有人说鬼谷子有两位，也有人说鬼谷子只有一人，然时男时女。

反正知道内情的都明白那就是易夫人和公西吾。可到底谁才是此代鬼谷子，恐怕也只有入山得拜门下的学生才清楚了。

番外

多年以后

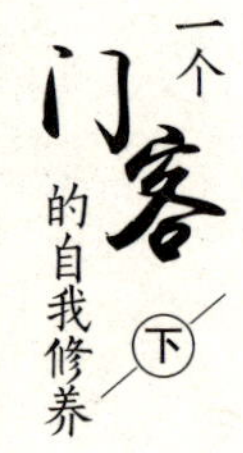

临淄的照凉居舍是齐国专门建来为往来游学士子提供住宿的地方。以往列国之中有很多这样的客寓，如今随着一个一个国家被齐秦两国兼并已经越来越少了。

“你是齐国人？”店家翻看着手里的封传，一边瞄了瞄眼前白净纤秀的少年，才十五六岁的模样，长得跟个小姑娘似的，“既然是齐国士子，为何从他国而来？”

子兮托了一下肩头的包袱：“家父以前在稷下学宫任官，我生在临淄。后来稷下学宫关闭，我们全家就搬去了魏国大梁，临淄已无住所。此番我途经齐国，也只能在此落脚了。”

“啊，原来如此。”店家态度热情了一些，将封传还给他，亲自领他往后院走，一边闲聊道，“听说魏国国都就快要被秦军攻破了，你怎么不劝你父母也一并回来呢？还是齐国安稳些。”

子兮笑了笑：“暂时还没到那一步呢。何况魏国一灭，天下就只剩下齐秦两国，少不得兵戎相见，齐国又能安稳到哪儿去？”

“话可不能这么说。就连信陵君之子都来齐国出仕了，难道还不足以说明齐国比魏国安稳吗？”

子兮双眼一亮：“你说的信陵君之子……莫非就是那位拜在鬼谷先生门下的魏诸离？”

“正是！齐王已经拜其为相。据说此代鬼谷先生就是当年的齐相公西吾，若是真的，那他就是继承其师衣钵了。”

“是吗……”魏诸离此人子兮并不陌生，小时候还见过一面，如今虽已时隔多年，仍依稀有点印象，没想到他现在居然就在齐国。

不过这也不奇怪。信陵君一生都受魏王猜忌，魏诸离身为其子肯定也得不到信任，他离魏入齐只能说是必然之选吧。

回忆了一些往事，店家已经走到了走廊尽头，那里只剩了最后一间空房："阁下来得真巧，晚点儿可就没房了。"他推开房门做了个请便告辞了。

"店家且慢。"子兮叫住他，"你知道去云梦山怎么走吗？"

店家笑道："阁下不会是因为仰慕魏相国，所以要去鬼谷拜师吧？劝您还是算了吧，鬼谷可难找了，何况听闻鬼谷先生早就不收徒了。"

子兮道："哪里，我本就要去云梦山，有些事情要办。只是以前去的时候尚且年幼，早已忘了路线了，只能一路问过来。"

店家想了想："我不知道路。不过有个人应该知道。"他朝对面指了一下，"那里住着位无知先生，你可以去问他，他好像就是从云梦山那一带来的。"

子兮道了谢，送走了店家，立即朝对面走了过去。

"请问无知先生在不在？"老实说这名字实在是让人无法直视啊，都无知了，能知道些什么？子兮心里腹诽着，一边打量着房门。忽然发现这门并不是简单地关着，上面竟还上了锁，看来是没人在了。

子兮失望地撇撇嘴，刚要转头走人，背后的房门忽然发出了一声轻响。转头一看，吓了一跳。

房门开了道缝，露出一个人的小半张脸来。

"你找我？"

"呃……我要找的是无知先生。"

"我就是啊。"

听他说话的声音分明是个年轻人，本还以为年龄很大了呢。子兮的视线在那把锁和他那半张脸上来回扫视，一肚子的莫名其妙："敢问先生，为何要把自己锁在屋中？"

无知的语气里带着点笑意："说来惭愧，我有个师兄十分好客，非要请我去他那里做客，我为了躲他就把自己反锁了。"

真是长见识了，世上还有这样的人。

"对了，你找我有什么事啊？"

子兮见礼："听店家说先生自云梦山一带而来，在下正要赶去那里，想请先生指个路。"

"这样啊……"无知的视线上下扫了扫，笑了一声，"你一个小姑娘，跑去云梦山做什么？"

子兮一愣，脱口道：“你怎么知道我是女子？”

“噗！”无知露着的那只眼睛已经笑得弯如月牙，“我又不瞎。”

子兮低头看了看自己的装束，自觉并无问题来着，竟叫他一眼就看穿了，心中难免挫败，口气也有些不好了：“一些私事罢了，不足挂齿。烦请先生告知路线，感激不尽。”

无知笑呵呵的：“去云梦山的路线复杂得很，我说不清楚，看来是帮不到姑娘了。”

子兮一眼就看出他是有意推托：“那先生何时动身回去？我可以跟先生一同启程。既然说不清楚，那就请先生直接带路好了。”

“我好不容易才把自己反锁起来，现在无心开锁，怎么着也得关个几天再出门啊。看姑娘轻装简从，应当是着急赶路，还是别等我啦。”

子兮虽然今年才刚满十五，却已不是第一天在外面跑了。这年头战事频起，世道混乱，在外遇到艰险是常有的事。寻常人她不敢说，士子之间可都是互相帮忙的，她还是第一次见到这样小气的人，连指个路都不肯。

她心里隐忍着火气，走近两步，托起那把锁翻来覆去端详了一下。这锁由青铜所制，细长扁瘦，精巧细致，但古怪的是居然没有锁眼。

她又瞥了一眼扒着门瞅着她的无知，转身快步走了。

门里的无知还以为她放弃了，立即将门合紧了。

然而不过片刻，子兮又回来了。一手端着一碗水，另一只手捏着根不知从哪儿找来的细长铁针。

她走到门口，将锁放进了碗中，足足浸泡了近一盏茶的时间，忽然听见轻微的一声“咔哒”。将碗放在脚边，又捏着那支铁针对着锁底捣鼓了一阵，接着连续的“咔哒”声传了出来，轻轻一扯，锁解开了。

门被从里拉开，无知站在门口，大概是早就听到响动了。他上下打量着子兮的衣着，恍然地笑了笑：“难怪！全身黑衣，唯有肩头饰白，原来是墨家弟子，这锁出自墨家机关术，你会解也不稀奇。”

子兮挑了一下眉，看来这人还是有点见识的，倒不像他的名字。趁对方打量自己，她也细细端详了他一番，看他年纪约莫刚至弱冠，瘦瘦高高，穿着一身朴素的白衣，相貌生得极好，至少比她以前见过的那些男子都要好看得多。

“既然现在锁已经解开了，先生是不是没有理由再推托了？”

无知叹了口气："也罢，我明日一早出发，你要来就跟着好了。"

子兮大喜过望，当即道了谢，高高兴兴地出门回房，走到半路又匆匆跑回来叮嘱了一句："大丈夫立于世间，先生可不能言而无信啊。"

无知抱着胳膊贼笑："你要不放心就守在这儿啊，我倒是不介意。"

子兮蹙了蹙眉，终究还是不高兴地走了。

果然整整一个晚上她都没放心过，隔一会儿就要拉开门朝对面看一眼，直到入睡前才停止。

第二日一早她就起了身，收拾完毕去找无知，他竟然没偷跑。房门开着，他已经收拾妥当，肩头背着一只包袱，背后背着一把用白布条缠着的佩剑，坐在案后懒洋洋地翻着卷竹简。

看到子兮进门，他卷起竹简，伸了个懒腰站起身来："走吧。"

"有劳先生带路了。"子兮装作一本正经的样子客气了一下。

"唉，能者多劳嘛。"无知咕哝了一句。

二人一前一后到前院向店家报备辞行。店家一看到子兮跟在无知后面就有数了，笑着对她道："看来无知先生这是要与您同行了。可惜二位上路太早了些，不然还能去稷下学宫看一看。听说今日魏相主持重开了稷下学宫，会有诸子百家的饱学之士到场，这里住着的士子们可是一早就去了呢。"

无知可能都没仔细听，脚下已经迈出了门。子兮却是大为心动，快步追上前去道："没想到稷下学宫关闭多年后竟然还有重开的一日，先生就不想去见识一下？"

"有什么好见识的。一群人打口水仗罢了，无趣得很。"无知侧头瞄了她一眼，"难道你想去？"

子兮讪笑："不瞒先生，在下的父亲以前曾在稷下学宫任职，后来因为齐王将稷下学宫给关了，我们全家就搬走了。我的确是想去看一看幼年待过的地方。"

无知忽然停步看着她，看着看着还绕着她走了两圈，仿佛刚认识她一般，把她仔仔细细打量了一遍，摸着下巴说了句："我好像还不知道你叫什么呢。"

子兮愣了一下："哦对，在下失礼了！在下姓裴，名子兮。"

"裴子兮……"无知点了点头，转头往前走，一边招了招手，"行吧，那就去稷下学宫看看吧，反正我也不急着回去。"

子兮喜滋滋地跟了上去。虽然这是个怪人，但好像还是蛮好说话的嘛。

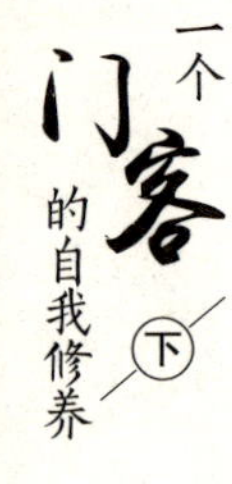

稷下学宫果然很热闹，二人到时门口几乎挤满了人。守军对来人的身份并不刨根问底，只查看是否佩带武器。

无知因此就被拦在了门口。他倒是一点不在意，对子兮道："你自己进去看吧，我反正本来也没什么兴趣。"

"那怎么行！万一你趁我不在眼前偷跑了怎么办？"子兮指了一下旁边正在卸除武器的士子，"人家也没嫌麻烦，你就把剑交给他们又能怎样啊？"

"那可不行！这是家父的佩剑，不能随便交给外人，万一弄丢了我回去还不得被剥层皮啊。"无知将剑抱在怀里不撒手。

僵持期间其他人已经全都进去了，就剩了他们俩还在外面站着。子兮急着进去，可无知偏偏又不肯卸兵，弄得守军们如临大敌，一脸戒备地盯着无知，仿佛担心他下一刻就拔剑杀进去一样。

"让他进去吧。"

忽来的声音让子兮愣了愣。转头一看，一辆马车刚刚停稳，车里的人挑着帘子扫了他们一眼便放下了帘子。车缓缓驶了进去，她只来得及看见对方一身紫衣。

齐国崇尚火金之德，身份尊贵者服饰大多着火金色，也就是紫色，这人必定大有来头。

守军让开了路。子兮像是怕他们变卦一样，拽着无知赶紧走了进去。

除了变旧了一些，这里面几乎毫无变化。子兮想起小时候还常在这里玩耍，听那些士子们高谈阔论，历历在目，仿佛就在昨日。

当中的大殿里早已挤满了人。无知任由子兮拽了一路，一副漫不经心的模样，进门时就看见众人在向上方见礼。

上方站着一身紫衣的青年，发束高冠，眉眼清俊，举手投足一身贵气。只是虽然带笑却眼神疏离，看起来似乎不太好亲近的模样。

子兮停了一下，转头对无知小声道："咦，原来刚才放我们进来的就是魏诸离啊。"

无知睁大了眼睛："哇，你连齐国相国都认识啊。"

"我小时候跟父母去信陵君府上拜访，还见过他呢。"子兮嘀咕了一句，趁着众人落座，赶紧找了个座位坐了下来。转头想叫无知，结果那货径自在门边的角落里坐了，只好随他去。

魏诸离在上方回了礼，简单寒暄了几句，随后便请了在场的各家学派代表发言。

子兮在下方端详着他的脸，琢磨着他这些年都跟鬼谷先生学了些什么呢，可惜他如此惜字如金。

众人言谈热烈，本是讨论学术，后来话题不知怎么就绕到了秦国头上。

有人说秦王提倡法家，并不喜欢诸子百家争鸣之态，偏偏眼下秦国东进势头越来越猛烈，连魏国都要抵不住了。齐国重开稷下学宫正是时候，可以庇护天下学士。

又有人说秦国因为凭人头论战功，打仗时杀伐尤其惨烈，手段残忍，秦王乃此纵容者，并非仁君。若是最后一统诸国的是秦国，天下百姓绝无好日子可过。

儒家感慨秦国礼乐已废，只讲武力征伐。墨家说秦国不知兼爱众生，能胜亦难长久。阴阳家则说秦国水德正兴，周王室崇尚火德，水能克火，他日恐怕真的是秦国成就伟业……

最后众人全都请求魏诸离谈一谈看法。

子兮早已听得入了迷，见魏诸离终于要发话了，越发来了精神。

魏诸离道："天下诸国本就是一体，分割太久，一统乃是大势所趋。无论最后一统的是秦还是齐，哪怕眼前看来多有坏处，长远来看，却是功在千秋百世的壮举。"

说到这里，子兮突然注意到他的眼睛朝下方扫了一眼。顺着他的视线看过去，顿时脸一黑。

无知那小子不知何时靠墙坐着了。一手搭在膝头，一手拄着白布缠着的长剑，闭着眼睛仿佛已经睡着了。

所有人都端端正正地跪坐着，就他一个人这么随性不羁，不知道的还以为他现在所坐的地方是竹林山水间呢。

"咻——"子兮悄悄出声提醒他，可离得太远，他根本没反应。哎哟，急死她了，这不等于说魏诸离的话已经无聊得让他打瞌睡了吗！

她转头去看魏诸离。糟了糟了，他还在看着无知呢。好歹也是相国啊，又是王公之后，何曾被这般失礼对待过，还是在大庭广众眼前，简直是赤裸裸地羞辱啊！

魏诸离后来又说了些话，但视线总时不时往无知那边扫，扫得子兮心惊胆战。

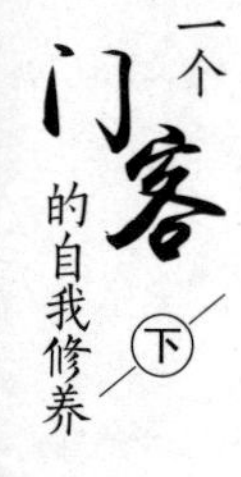

后来她实在受不了了，悄悄起身挪去墙边推醒了无知，招呼他赶紧出门。

“嗯？终于结束啦？”无知根本就没朝上方看一眼。好在刚醒，说话声音不高，爬起来就施施然出门去了。

子兮跟在他身后出门，悄悄转头看了一眼殿内情形。只有靠门边的几个士子发现了他们的离开，大部分人都在专心聆听魏诸离说话。

至于魏诸离……他仍然在看着无知，顺带还扫了一眼子兮。

子兮掉头就跑了。

二人匆匆走到门口。子兮压了一肚子的抱怨，但她还有求于无知，何况二人也不算熟悉，自己也没资格随便指责别人的行止，只能忍着。

身后忽然传来了脚步声。子兮转头一看，魏诸离居然亲自赶了过来，身后跟着几个随从。

“二位这么着急走吗？”他看着无知，仿佛只在问他一个人。

子兮默默在腹中搜刮说辞，思考着若是他真小心眼到要追究，攀一下那点幼年相识的情分不知道能不能幸免啊。

正想着，胳膊忽然被无知握住了。他的眼睛盯着魏诸离，嘴巴几不可察地动了几下：“你平常跑起来快不快？”

“啊？”子兮莫名其妙地看了他一眼，“还行吧。”

“那就好。”无知说完这话慢条斯理地转过了身，然后忽然跑了出去。

子兮吓了一跳，胳膊还被他握着，当然就被他扯着一并跑了起来，直冲出了学宫的大门。

稷下学宫所在之处本就是临淄城的稷门附近，出了稷门就是临淄城外。子兮自认自己身体底子不错来着，没想到无知那么能跑，一口气跑了许久也不见累。她都快趴下了，硬是被他拽出了稷门。

出稷门没多远就是一间茅屋，是卖茶和炭火的小铺。无知拉着子兮跑过去时，门口坐着的老头儿立即站了起来：“哟，先生怎么这么急，这是要走啦？”

“嗯，我的马呢？”无知松开子兮，大步往茅屋后面去了。

子兮一下瘫坐在地上，身上汗如雨下。想叫住无知询问缘故，却已经累得一个字都说不出来了。

身后马蹄声阵阵。她抹了把汗爬起来去看，远远地只看到当先马上的紫色人影，忍不住拍了一下额头：“至于吗？”原来魏诸离这么小气啊，还紧追着不放了！

不过这事也怪无知，没事跑什么啊，道个歉不就完了！

眼看着追兵就要到了，无知的声音在头顶响了起来。子兮转身，他已经跨在马上，一个劲地朝她招手："快快快，他们就要追来了。"

都已经上了贼船，也只能认命了。子兮痛苦地爬上了马背，听他说了句"抓稳了"，人就随着马冲了出去，赶紧扯住他腰带不撒手。

无知一边策马一边乱叫："哎哎哎，仪表！仪表！你可别把我的腰带扯散啦！"

这一跑直到天黑才停下来，后面的追兵没能赶上。不过若真赶上了子兮也认了，她一个会骑马的人都快颠吐了，这一路足足跑了好几个时辰，谁受得了啊！

二人下了马，步行翻过面前低缓的山头。这地方子兮知道，她看过地图，这里过去就是淄水的支流，再往前就彻底出了临淄地界了。

山下地势平坦，子兮步行了许久，麻木的双腿总算是缓过来了。刚要开口问无知为何要跑，忽觉身后似有光亮。转身看过去，视线缓缓上移，山头上站了一排的人，个个举着火把。

她吃惊地眯起眼睛观察，中间站着的人没有举火把，衣带当风，不是魏诸离是谁。

无知也停了下来，重重叹了口气。

"师弟不是躲着我就是跑，看来还是不肯留在齐国。"魏诸离的声音顺着风送了过来。

无知笑道："师兄既然知道就别再这般好客了，我跑着也挺累的呢。"

"你今日来稷下学宫，我还以为是回心转意了呢。"魏诸离顿了顿，"你不愿留在齐国与我一起辅佐齐王，莫非是意在秦国？"

无知连连摆手："师兄想多了！你知道我无心仕途，至少暂时还没有。"

魏诸离稍稍往下走了几步，声音听起来也越发真切了些："我到底是魏国王族之后，秦国灭魏已是近在眼前的事，纵然我道理懂得再透彻，也始终抗拒这一日的到来，对秦国也始终怀着恨意，看来根本无法真正做到老师所说的静观天下，推波助澜。但我知道师弟能做到，因此才希望你能留下。只是师弟始终不愿，但愿他日你我没有为敌的一日。"

无知依然笑嘻嘻的："师兄可别唬我。我与师兄情同至亲手足，怎忍心与你作对？就是真跟你作对，我也不是你的对手啊。"他抬手见了一礼，转身牵着马

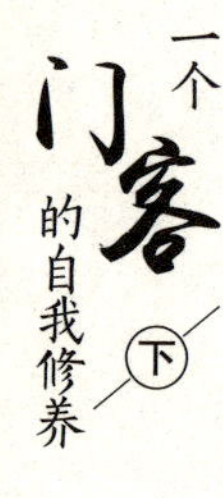

继续前行。

子兮早被他们的对话给弄得五雷轰顶，呆站了半晌，此时见他走了才回神，连忙追了上去。回头看看，魏诸离仍然站着，似乎在目送着他们。

“原来你的师兄就是魏诸离！难道你也是鬼谷弟子？”

“是啊，你至于这么震惊？”无知好笑地看了她一眼。

子兮托起快掉的下巴：“难怪你知道云梦山的所在……”她细细想了一下，鬼谷先生的学生不该一点名声都没啊，怎么她都没听说过“无知先生”这个名号，跟大名鼎鼎的魏诸离简直一个天一个地嘛。

这话当然也不好说，说出来岂不是太伤人了。

“呃，接下来是不是要回云梦山了？”她决定慢慢探究，于是转移了话题。

无知仰头看了看夜空：“等到后天吧。”

子兮也跟着望了望天。以前觉得他古怪，现在完全是不明觉厉。

二人随之越过齐魏交界线，入了魏国国境，就在边城客寓里休整，等待后天上路。

结果后天居然下起了大雨。子兮站在客寓门边满脸不爽：“你等到今天就是为了在大雨中上路？”

无知递了件蓑衣给她，自己也披了一件，牵着马踏进了雨水里：“走吧，春天的雨又没什么，雨中漫步才浪漫嘛。”

“浪漫？”

“就是有趣味有诗意。”

子兮忽然觉得自己真是孤陋寡闻得很。

本以为这条路就是去云梦山的路，但子兮很快就发现自己错了，因为无知带着她走到官道上就不走了，反而靠在大树底下闭目养神起来了。

魏国情形子兮自然熟悉得很，边城如今早已是秦国疆域。她听了太多秦国的传闻，待在他们掌控的地盘上，总感觉不安全。

“你到底想做什么？”

无知睁开眼睛朝官道望了过去：“来了。”

子兮探头望过去，迎着雨走来了一行人马。当中一辆马车，前方四人领头，后方跟了六人，看起来不是什么大阵仗，也瞧不出对方是什么来头。

然而就在她疑惑的这一瞬间，忽然从他们后方道旁的树林里冲出了一群人，个个手持兵器，呼号着朝队伍扑了过去。

子兮吃了一惊，下意识去看无知。他已解下了剑上缠着的白布，就势在脸上一系，对她说了句“别出来”，人迅速地冲了出去。

队伍之中已有数人死伤，有几个刺客就快扑杀向马车。无知的剑已经到了，既快又准，挡在马车前面，击退了那几名刺客。

刺客们愣了愣，大概是没想到会忽然杀出个对手来，彼此示意，迅速集结，齐齐猛攻向他。

无知只不过才抵挡了几招，远处赫然传来了马蹄声和嘶喝声。刺客们的攻击迅速收敛，拖住受伤的同伴就往回跑了。

从马车前行的方向来了一队兵马。子兮躲在树后面观望，黑压压一片，居然是秦军。她皱着眉，越发觉得古怪了。

马车的帘子掀开了。秦军的领将迅速见了一礼，留了部分人马在车旁，领着其余的人迅速朝刺客逃窜的方向追了出去。

雨水冲刷得猛烈，并未留下多少血腥气，连打斗的痕迹都看不出来了。车中的人朝外探了探身子，一身玄黑的锦衣，头发侧梳成髻，眉眼刚正，眼睛落在无知身上：“多谢这位侠士出手相助，不知如何称呼？”

无知收剑入鞘，笑着抬手见了一礼：“秦王不必客气。在下途经此地，顺手罢了。”

“你居然知道本王身份？”秦王嬴政已年近而立，比起年少时更显深沉。他的视线仔仔细细将无知打量了一遍，最后落在他手中的长剑上，眼神微微一动：“昆吾剑。阁下是鬼谷先生之后吧，难怪认识本王。”

无知并未回答：“在下还有事在身，就不耽误秦王上路了。告辞。”

“且慢。”嬴政盯着他停住的背影，“本王曾师从易夫人，又年长于阁下，你我也算是同门师兄弟了。不知师弟可愿入秦，本王定当厚待。”

无知转头冲他笑了笑：“秦王好意在下心领了，只是在下暂时尚无出仕之心。今日之事秦王不必挂怀，在下救的是能一统乱世之人，并非你个人。”

他脸上的白布饱浸雨水后微微下坠，露了大半张脸出来。嬴政忽然想起了易夫人的容貌。多年未见，还以为已经淡忘了，原来竟记得很清楚。虽然此人眉眼轮廓与她并不相像，但神韵很像，尤其是笑起来的时候，简直与当初授课时一模一样。

“既然如此，本王也不强求，请代本王问候易夫人安好。”

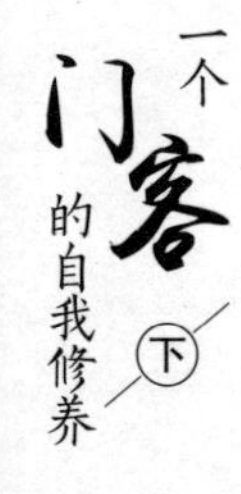

无知道谢，告辞离去。

身后的人忙着收拾道路，重整上路。

一直等无知到了跟前，子兮才露了脸，悄悄朝外看了一眼，五雷轰顶的感觉又遭遇了一回："那是秦王政？"

"嗯。"无知抹下白布，舒坦地吸了口气，将拴着的马解了下来，心里思忖着这事会不会是魏诸离的安排。

秦王轻装简从上路就是为了避人耳目，居然都能传出去风声，倘若没有安排细作到秦王身边是绝对无法做到的。料想秦王回去就要彻查了，若是魏诸离所为，那还真是跟他作对了。

"唉……"他长叹一声，招呼子兮上路。

子兮却没动，呆呆站了一会儿，忽然冲到他面前："你姓什么？"

无知瞥她一眼："复姓公西。"

子兮顿时跺了一下脚，踩得泥水飞溅："我说呢！怪不得秦王政说到昆吾剑、易夫人，你还说这剑是你父亲的，我居然现在才发现！"她懊恼地瞪着他，"你不是叫易无忧吗！"

"是啊，可我也叫公西无知啊。家母说无知者无忧，所以后来给我又取了这么个名字。"无忧脸上的笑渐渐有了点揶揄的意味，"裴渊叔父与少鸠姨母难道就没跟你提过？"

子兮又是一愣："原来你早就认出我了？"

"你说你父亲曾在稷下学宫任职，我问你姓什么时就明白了，否则我岂会真带你去云梦山？"

子兮一时无言，也不知该说这是有缘好，还是被他耍得团团转的好。

也是直到此时她才明白过来为何他要用无知这个名字在外行走。易无忧这个名号在外可是挺响的了，已与魏诸离齐名。难怪她总觉得有点不对劲，明明早在知道他也是鬼谷弟子时就该想到的啊！

大雨停了，到了傍晚竟然还露了点日头。此后就一直是大晴天，道路也越来越好走了。

到达鬼谷那天恰好立夏，子兮一边往山上走一边问无忧："哎，你此番出山到底干了些什么啊？我思来想去想不透你到底有何目的。"

无知一脸随意："没什么啊，我就是去打个酱油而已。"

“啊？将由是谁？”

无知一愣，继而哈哈大笑：“那不是一个人。打酱油的意思就是偶尔出来卖弄一下帅气的英姿，明白吗？”

“我怎么没听过这说法。”

“这是家母教我的。”

子兮忽然想起母亲说过易夫人有时候会说些奇怪的词句，常常弄得她莫名其妙，原来竟是真的。

可惜她当初随父母来时年纪太小了，对易夫人此人根本已毫无印象了。先前父母倒是来拜访过几回，但她当时正跟在墨家巨子身边接受教导，也没能随同前来。

山顶上的庭院中开满了桃花。无忧一脚跨进门去，先仰头闭目深吸了一口香气，接着就撒开脚丫子奔上了回廊，口中早已嚷嚷开了：“母亲，我回来啦，有好吃的没？”

子兮循着声音找到他时，就看到他挨着一个女子坐着正在说笑。女子背对着她，长发梳在脑后束成一束，米白的深衣，蓝染的束腰，正在忙着做吃的，满手的面粉。她赶紧走进去拜见。

“你是子兮？长这么大啦！”易姜惊喜地看着她，片刻后点了点头说道，“长得像裴渊多些。”

子兮看了一眼桌案上她忙活的成果：“夫人在做什么？”

“这啊，随便叫什么都行。”易姜笑了笑。

无忧接话道：“母亲管这叫‘骄子’，说是为了纪念赵国的长安君而取的名字。”

这当然是易姜故意的说辞，纪念赵重骄是不假，却也是有心回避。毕竟这时代还没有饺子，连面粉都不够细白，她也只是偶尔做来给自家人吃的。要是传扬了出去，后世发明了饺耳的医圣张仲景可得怎么办啊？

子兮听说过一些长安君的事，母亲说过这事不能多在易夫人跟前提，免得她心里难受，便立即打岔说要帮忙。

无忧不会做这个，也有心让她们好好说话，便起身去书房见父亲去了。

易姜好久没见到裴渊和少鸠了，没想到他俩还挺有心，居然让女儿来见她，自然分外高兴，去煮饺子的时候还带上她一起去厨房，像是有说不完的话。

子兮跟在她身后出门，恰好经过书房，看见无忧背对门坐在案前低语，似乎正说着此番下山的经历。他的对面端坐着一个男子，白衣散发，手执竹简，除了

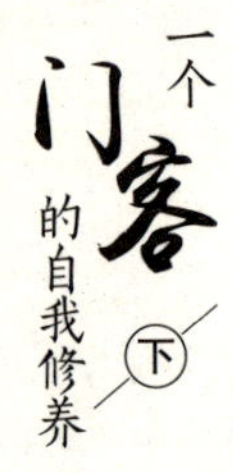

年长之外，五官几乎与他一模一样，只是脸色沉静，没有笑容。

大约是听见了脚步声，男子忽然抬眼看了看易姜，眼神一转，又看向她身后的子兮。

子兮愣了愣，赶紧见礼。

这一定就是当年的齐相公西吾了。

子兮对幼年来此的记忆几已全无，却隐约有些畏惧感还残留着。这畏惧感就来自于公西吾，因为他总是冷冰冰地不苟言笑。长大后她便一直觉得父亲对他崇拜得过分，夸他夸得天上有地下无的，今日再见才知父亲所言并不夸张。即使就这么简简单单地坐着，他也有种深沉似海的气魄。

“原来是裴渊之女，令尊令堂可好？”公西吾放下了手下的竹简。

“家父家母一切都好。先前他们收到公西先生信函时本已决心亲自前来，奈何临时有事要办，只能让我先来一步，免得错过了易夫人的生辰。”

已经走到前面的易姜闻言退到了门口，探头看着里面的公西吾：“我的生辰？哦……我都给忘了！你居然还特地写信叫裴渊他们来为我庆贺？”

公西吾点了点头：“你不是一直挂念着他们吗？刚好有机会聚一聚。”

易姜将盛放饺子的托盘搭在腰间，眼中带着笑，嘴里却在叹气：“看到没有，子兮都十五岁啦，我们真是老喽！还庆贺什么生辰，你这不是提醒我又老了一岁嘛！”

“难道不提醒就能年轻一岁不成？”

易姜翻了个白眼，没好气地走了。

子兮赶紧跟了上去，心里讶异：好像公西吾也没那么可怕啊，还会打趣呢，她小时候怎么就那么怕他呢？搞不懂……

“今日母亲似乎心情不错啊，通常这时候她都会做些好吃的。”易姜和子兮走后，无忧笑嘻嘻地对公西吾道，“莫非是她知道眼下秦国一统希望大了，觉得能赢过父亲的缘故？”

公西吾语气微微笑了笑：“赢就赢吧，你母亲本也没输过。”

无忧觉得这话中有话，但也没追问。他只是默默地托腮：还好他父亲不会心情一好就做吃的，不然他宁愿父亲天天都心情不好哪！

图书在版编目（CIP）数据

一个门客的自我修养／天如玉著．—南昌：百花洲文艺出版社，2016.8
ISBN 978-7-5500-1866-2

Ⅰ．①一…　Ⅱ．①天…　Ⅲ．①长篇小说－中国－当代
Ⅳ．①I247.5

中国版本图书馆 CIP 数据核字（2016）第 182020 号

出 版 者　百花洲文艺出版社
社　　址　南昌市红谷滩世贸路 898 号博能中心Ⅰ期 A 座 20 楼　邮编：330038
电　　话　0791-86895108（发行热线）　0791-86894790（编辑热线）
网　　址　http://www.bhzwy.com
E-mail　bhz@bhzwy.com

书　　名　一个门客的自我修养
作　　者　天如玉
责任编辑　杨　旭　苏双鸽
经　　销　全国新华书店
印刷装订　北京嘉业印刷厂
开　　本　700mm × 980mm　1 / 16
印　　张　36
字　　数　570 千字
版　　次　2016 年 9 月第 1 版
印　　次　2016 年 9 月第 1 次印刷
定　　价　49.80 元
书　　号　ISBN 978-7-5500-1866-2

赣版权登字号：05-2016-237